LARS HAIDER

ICH LIEB' DICH ÜBERHAUPT NICHT MEHR

HAMMERSTEINS ZWEITER FALL

Hoffmann und Campe

1. Auflage 2024

www.hoffmann-und-campe.de
Umschlaggestaltung: © zero media, München
Umschlagabbildung: © FinePic®, München
Satz: Pinkuin Satz und Datentechnik, Berlin
Gesetzt aus der Gazette LT
Druck und Bindung: GGP Media GmbH, Pößneck
Printed in Germany
ISBN 978-3-455-01702-7

HOFFMANN UND CAMPE

Ein Unternehmen der
GANSKE VERLAGSGRUPPE

DAS IST AUS, VORBEI UND LANGE HER.

I

Das Erste, was sie sah, waren Augen. Riesige braune Augen. Ihre Augen. Mara starrte auf das Bild, das über ihr an der Decke hing, und das Bild starrte zurück. Es fiel ihr schwer, sich von dem Blick zu lösen, es war, als würde er fragen: Was machst du hier?

»Was mache ich hier?«, murmelte Mara und rappelte sich auf. Sie lag auf einer Matratze, in einem Raum, der ansonsten leer war. Sie hatte keine Ahnung, wie sie hierhergekommen war. Ihre Sneaker standen direkt neben der Matratze, ihre Socken mit der Aufschrift »Es gibt keinen Planet B« steckten darin. Sonst war sie vollständig angezogen, wenigstens das. Sie hatte unter einem weißen Leinentuch geschlafen. Wie lange? Auch das wusste sie nicht.

Es war so still in dem Raum, dass Mara ihre Frage laut wiederholte, als hoffte sie, von jemandem eine Antwort zu bekommen. »Was mache ich hier?« Langsam stand sie auf, zog ein Haarband aus der Hosentasche und machte sich einen Zopf. Erst dann sah sie es. Die Wände waren tapeziert mit Fotografien von ihr, Ganzkörperaufnahmen, einige fast lebensgroß, daneben Details, ihr Kopf, ihr Rücken, ihr Oberkörper, ihre Augen. Wohin sie sich auch wendete, Mara sah überall sich selbst: bei einer Demonstration vor dem Brandenburger Tor, im Gespräch mit dem französischen Präsidenten, festgekettet vor einem Kohlekraftwerk, in einer Talkshow, im Bikini am Meer. Es war, als wäre sie in ihr eigenes Fotoalbum gefallen, als wäre ihr Instagram-Kanal zu einer begehbaren Ausstellung geworden.

Mara hätte schreien können, und genau das tat sie auch. »Was! Mache! Ich! Hier!«, brüllte sie, stürzte sich wütend und verzweifelt auf das überdimensionierte Bikini-Bild und riss es mit solcher Wucht von der Wand, dass sie sich an einer scharfen Kante die Hand aufschlitzte. Blut tropfte direkt auf den fotografierten Bauchnabel, der die Attacke unbeschadet überstanden hatte. Doch Mara bemerkte die Verletzung nicht, sie starrte nur auf die Balkontür, die sie wie durch ein Wunder freigelegt hatte, zog sie auf und trat hinaus. Jetzt wusste sie, wo sie war. Vor einer Woche hatte sie genau hier oben mit Clemens gestanden und die Elbe entlanggeblickt, auf der ein Schaufelraddampfer dem Sonnenuntergang entgegen fuhr. Ein Tourist winkte in ihre Richtung, und Mara winkte instinktiv zurück.

Sie musste Clemens anrufen und den Mann vom Landeskriminalamt, der für ihre Sicherheit zuständig war, oder am besten gleich diesen Kripochef, den mit der Hypnose. Und ... Wo war ihr Handy? Mara klopfte ihre Hosentasche ab, spürte eine EC-Karte, sonst nichts. Sie ging zurück ins Haus, riss das Betttuch ab, schaute unter die Matratze. Doch da war nicht einmal Staub. Das Parkett sah aus wie frisch verlegt, so wie sie es in Erinnerung hatte, seit Clemens ihr die Wohnung in der HafenCity gezeigt hatte.

Hatte er sie hierhergebracht? Und wenn ja, warum? Sie musste hier raus, so schnell wie möglich.

An der Wohnungstür hing eine Tasche, die aussah wie ... Es war ihre. Wo die Tasche war, musste ihr Handy sein. Sie griff hinein, holte das Telefon heraus und wollte es einschalten, als sie Schritte in ihrem Rücken hörte. Mara traute sich nicht, sich umzudrehen. Sie griff zur Klinke und wollte die

Tür aufziehen, als hinter ihr eine Stimme sagte: »Du musst keine Angst haben.«

Aber genau die hatte Mara Altmeier in diesem Moment wie noch nie in ihrem Leben.

2

Als er im Auto saß, kam es Lukas komisch vor, seine Frau im Krankenhaus zurückgelassen zu haben. Aber Lilli hatte es so gewollt. Sie hatte ihr Glücks-T-Shirt zu Hause vergessen. »Du musst es holen, ohne dieses Shirt gehe ich ganz sicher nicht in den Kreißsaal«, hatte sie verkündet und sich gleich darauf mit schmerzverzerrtem Gesicht den Bauch gehalten, den eine Wehe durchzog. »Bist du sicher?«, hatte Lukas gefragt und war, weil er die Antwort kannte, in Richtung Parkplatz losgelaufen. Wenn die Straßen an diesem milden Oktoberabend frei waren, konnte er in einer Dreiviertelstunde zurück sein.

Er war aufgeregt. Zur Beruhigung hatte er im Autoradio die Playlist mit Balladen von Udo Lindenberg angemacht. Lukas konnte es nicht messen, aber er wusste, dass Udos Stimme seinen Puls verlangsamen würde, seine Atmung wurde schon ruhiger. »Getrampt oder mit'm Moped oder schwarz mit der Bahn«, sang er und dachte, wie unfassbar schön das Leben doch war, und wie verrückt. In den nächsten Stunden würde er zum ersten Mal Vater werden, und er? Hatte nichts Besseres zu tun, als von zu Hause ein bestimmtes T-Shirt zu holen. Sein Handy piepte. Lilli. »Beeil dich. Wehen alle zehn Minuten.«

Als er zurück im Krankenhaus war, musste es schnell gehen. Lilli konnte das Glücks-T-Shirt nicht mehr allein anziehen, auf dem Weg in den Kreißsaal krümmte sie sich alle zehn Meter. »Es tut so weh!« Hinter der magischen Tür kam Lukas sich wie ein Unbeteiligter vor, er wurde vom stolzen werdenden Vater zu einem, der allen im Weg stand: der Hebamme, die Lillis Fruchtblase zum Platzen brachte, worauf sich ein Schwall grüner Flüssigkeit vor Lukas' Füßen ergoss; dem Krankenpfleger, der seine Frau für den plötzlich erforderlichen Kaiserschnitt in den Operationssaal schob; dem Chefarzt, der ihm eine OP-Hose, ein OP-Hemd und eine Haube fürs Haar in die Hand drückte: »Ausziehen, anziehen, mitkommen.« Acht Minuten später war Jonathan auf der Welt, zweiundfünfzig Zentimeter lang, viereinhalb Kilogramm schwer. »Ein Glück«, hatte der Chefarzt gesagt, »dass Sie den nicht auf normalem Weg bekommen haben.«

»Lukas?«

Lukas Hammerstein schreckte auf.

»Schatz, kommst du?« Lilli klopfte an die Fensterscheibe und zeigte auf ihre Armbanduhr.

Lukas saß wieder in seinem Auto, doch das stand nicht vor der Geburtsklinik, sondern vor der St.-Michaelis-Kirche, dem Wahrzeichen Hamburgs, das die Menschen hier Michel nannten. In fünf Minuten sollte die Taufe beginnen. Lilli war vorhin mit ihren und seinen Eltern vorausgegangen, Lukas war im Auto geblieben, um Finchen zu beruhigen. Die Dackeldame seiner Schwiegereltern durfte nicht mit in die Kirche, aber zu Hause hatten sie sie auch nicht lassen wollen. Finchen sollte im Auto warten. Der Fußraum vom Beifahrersitz war ihr Lieblingsplatz, normalerweise konnte man sie dort stundenlang zurücklassen, ohne dass sie auch nur einmal jaulte. Außer heute.

Bei der Abfahrt hatte Finchen nicht ins Auto hineingewollt, jetzt wollte sie um jeden Preis wieder raus. Minutenlang bellte die Dackeldame so laut, dass Lukas befürchtete, sie würde die Michel-Glocken übertönen, die zum Gottesdienst läuteten. Dann hatte der Hund angefangen, wie wild Boden, Sitze und Türen des Wagens abzulecken, eine Marotte, von der niemand wusste, woher sie rührte, und gegen die normalerweise nur drei, vier gezielte Schüsse aus der Wasserpistole halfen. Doch diese Pistole hatte Lukas »natürlich nicht dabei« – er betonte diesen Halbsatz anders als die genervte Lilli – und musste deshalb versuchen, Finchen mit herkömmlichen Mitteln zu beruhigen: Streicheln, auf den Arm nehmen, wieder streicheln – so ging das insgesamt fünfzehn Minuten, bis Finchen sich halbwegs beruhigt hatte. Eine Zeit, in der die Gedanken von Lukas auch deshalb abschweiften, weil inzwischen Julius Wolff und Udo Lindenberg am Michel angekommen waren.

Der Bürgermeister und der Sänger waren nach der Geburt von Jonathan noch vor den Großeltern im Krankenhaus gewesen. Was auch daran lag, dass das Baby mitten in der Nacht, um kurz vor dreiundzwanzig Uhr zur Welt gekommen war, also zu einer Zeit, wo Omas und Opas schliefen, Rockstars aber nicht. Lukas hatte an Verwandte und Freunde eine SMS mit den Worten »Jonathan ist da« geschrieben. Drei Stunden später hatte eine junge Krankenschwester ihren Kopf zur Tür hereingesteckt und ungläubig gemurmelt: »Hier draußen steht einer, der aussieht wie Udo Lindenberg, er sagt, er will zu Ihnen.« Ihre Kollegin brachte am nächsten Morgen Julius Wolff, den Hamburger Bürgermeister, ins Zimmer. »Was müssen die von uns denken?«, hatte Lilli gefragt.

Udo hatte vor Lillis Bett seine dunkle Brille abgenommen und einen Handkuss angedeutet. Dann hatte er Lukas gedrückt, »Lucky Luke, Vater des Glücks« genuschelt und sich über das Bettchen gebeugt, in dem Jonathan lag. »Ein kleener Trommler«, hatte Udo gesagt, zwei winzige Trommelstöcke aus seiner Tasche gezaubert und vorsichtig auf der Matratze platziert: »Früh übt sich, wer ein Panikrocker werden will.«

Julius Wolff hatte einen Blumenstrauß für Lilli mitgebracht und für Jonathan eine Spieluhr, aus der eine Instrumentalversion von Lindenbergs »Durch die schweren Zeiten« erklang. Lukas liebte das Lied, und als er die ersten Töne hörte, glaubte er, auch in Julius' Augen etwas Feuchtes zu erkennen. Das war der Moment, in dem er beschloss, dass der Bürgermeister wie Udo Jonathans Patenonkel werden sollte.

Die Glocken des Michels schlugen zwölfmal. Der Altarraum war mit Kordeln abgesperrt, an den Eingängen wachten Sicherheitsleute darüber, dass keine Fotografen hineinkamen. So gern Lukas Journalist war, so ungern wollte er, dass Klatschmagazine eine Story daraus machten, dass die Patenonkel seines Sohnes ein berühmter Rockmusiker und ein Politiker waren, der eines Tages Bundeskanzler der Bundesrepublik Deutschland werden wollte.

Lilli hielt Jonathan über das Taufbecken, als der Hauptpastor des Michels mehrere Hände voll Wasser über die Stirn des Kleinen laufen ließ. Lukas musste schlucken, Udo zog die dunkle Sonnenbrille vorn auf die Nasenspitze und guckte darüber hinweg, und Julius zuckte erschrocken zusammen, als Jonathan laut anfing zu schreien. »Da weiß aber einer, was er will«, bemerkte der Pastor. »Wohl eher, was er nicht will«, flüsterte Lilli. »Ganz der Vater.«

Lukas hatte die Taufgemeinde zu einem Mittagessen in die Alster-Lounge einladen wollen, die seinem Freund Niklas Claasen gehörte. Er hätte den Hammersteins einen Freundschaftspreis gemacht, aber Lilli wollte nicht in dem Business-Club unweit des Rathauses feiern. Stattdessen hatte sie sich nach dem Ende der kirchlichen Zeremonie den wahrscheinlich skurrilsten Programmpunkt überlegt, den es jemals in der Geschichte christlicher Taufen gegeben hatte: Alle Gäste sollten sich der großen Demonstration gegen den Klimawandel anschließen, die für den späten Vormittag angesetzt war und direkt am Michel vorbeiführte. »Das sind wir Jonathan und allen anderen Kindern schuldig«, hatte Lilli bei der Planung der Taufe in einem Tonfall zu Lukas gesagt, der keinen Widerspruch duldete.

Es war Zufall, dass die Geburt des ersten Hammerstein-Sohnes mit dem Aufblühen der Fridays-for-Future-Bewegung zusammentraf, aber einer, der das Leben der Familie noch stärker verändern sollte, als es ein Baby sowieso getan hätte. Lilli und Lukas waren immer bemüht gewesen, ökologisch korrekt zu leben: Sie hatten den Müll gewissenhaft getrennt, Busse und Bahnen benutzt und wären niemals auf die Idee gekommen, von Hamburg nach München mit dem Flugzeug zu reisen. Lukas fand das ganz ordentlich, doch dann war Lilli mit Jonathan durch Zufall in eine Demonstration von Schülerinnen geraten – es waren vor allem Mädchen, die an einem Freitagvormittag den Unterricht schwänzten und stattdessen durch Eppendorf zogen, den Stadtteil, den die Hammersteins ihr Zuhause nannten. »Wir sind hier, wir sind laut, weil ihre uns die Zukunft klaut!«, hatten sie gerufen und damit bei Lilli etwas ausgelöst, das einem Erweckungserlebnis gleichkam. Sie besorgte sich Bücher über den Klimawandel und seine Folgen und blätterte darin mehr als in den Ratgebern für frischgebackene Mütter, die Lukas ihr geschenkt hatte. Eines Tages schickte sie ihm per WhatsApp das Bild einer jungen Frau, die bei mehreren Freitagsdemonstrationen als Rednerin aufgetreten war und die aus Hamburg kam. Sie hieß Mara Altmeier und plante am Tag der Taufe einen großen

»Klimastreik« in der Stadt. Lilli war der festen Überzeugung, dass die Hammersteins dabei sein müssten. »Aber ...«, hatte Lukas gesagt. »Kein Aber«, war ihre Antwort. »Lukas, wir sind jahrelang munter durch die Gegend gejettet, Hawaii hier, Thailand dort. Was willst du Jonathan erzählen, wenn er dich in zwanzig Jahren fragt, was wir eigentlich gegen den Klimawandel unternommen haben? Dass wir an seinem Tauftag von der Terrasse der Alster-Lounge aus mit einem Glas Wein in der Hand zugeguckt haben, wie andere versucht haben, die Welt zu retten? Ohne mich.«

Also schlossen sich die Taufgäste nach der Zeremonie mehr oder weniger begeistert der Demo an. Nur Clemens Engel war vollkommen in seinem Element.

Er hatte zusammen mit Julius, Niklas und Lukas in der Studentenzeit die sogenannte Weltverbesserer AG gegründet und war schon immer der Radikalste der vier gewesen, einer der schärfsten Kritiker des Kapitalismus, den Lukas kannte. Nicht umsonst waren die anderen Weltverbesserer erstaunt gewesen, als Clemens ihnen nach dem Studium – und einer missglückten Karriere als Musiker – erklärt hatte, dass er vorhabe, Makler zu werden. »Ist Makler nicht der mit Abstand kapitalistischste Beruf, den es auf diesem Planeten gibt, gleichauf mit Investmentbanker?«, hatte Niklas gefragt. Genau deshalb werde er ihn ergreifen, hatte Clemens geantwortet: »Ich«, hatte er gesagt, »werde der Robin Hood unter den Maklern sein.«

Fridays for Future war für Clemens ein Glücksfall. Endlich war er in seinem Aufbegehren gegen den Kapitalismus nicht mehr allein. Er, der ewige Außenseiter, fand sich plötzlich inmitten vieler junger Menschen, die so redeten, dachten und handelten wie er. Seine alten Freunde hatten ihn nie euphorischer erlebt, es ging so weit, dass er der Organisation größere Teile seines Büros in der HafenCity als Kommandozentrale zur Verfügung stellte.

Dort hatte er auch Mara Altmeier kennengelernt, die die Demonstration durch die Hamburger Innenstadt anführte und hinter die sich Lilli sogleich mit der Taufgemeinde drängte, Jonathan im Kinderwagen vorneweg. Der Täufling hatte seinen Schnuller bekommen, alle Gäste eine Trillerpfeife. Clemens hielt ein Plakat mit der Aufschrift »Makler for Future« in die Höhe, Udo hatte sich mit einer Schirmmütze getarnt, und Lilli schrie die Parolen der Schülerinnen und Schüler, als würde sie nicht das Taufessen ihres Sohnes, sondern die sechste Stunde Mathe schwänzen. Lukas bewunderte die Leidenschaft seiner Frau, zugleich war es ihm unangenehm, als Journalist an vorderster Front mit denen zu marschieren, über die er eigentlich unabhängig berichten sollte. Er zog sein »Make the world green again«-Cappy tief in die Stirn und hoffte, dass er sein Foto nicht am nächsten Morgen in den *Hamburg News* oder einer anderen Zeitung abgedruckt finden würde. Leider marschierte er genau hinter dieser Mara, vor der ein Fotograf mit einer Jacke herlief, auf der in Großbuchstaben »Presse« stand, und der nicht aufhörte, auf den Auslöser zu drücken.

3

Er hatte als Kind gern genäht. Seine Großmutter hatte es ihm beigebracht, und sie wäre stolz gewesen, wenn sie seine Jacke gesehen hätte. Sorgfältig hatte er die Buchstaben aus Filz ausgeschnitten und dann mit der Nadel draufgenäht. P, R und E links vom Reißverschluss, S, S und E rechts. Er fand, dass das Ergebnis sehr professionell aussah, genau wie die drei kleinen F auf der Rückseite des Kragens. Seine Ausrüstung tat ihr Übriges. Die beiden Kameras, zwei Objektive und die geräumige Tasche ließen ihn wie einen Fotografen aussehen, der Bilder für eine Zeitung oder ein Nachrichtenportal machte. Was er nicht tat.

Vor zwei Monaten hatte er auf Facebook gelesen, dass die Hamburger Fridays-for-Future-Gruppe einen Fotografen suchte. Er hatte sich gemeldet und war zu einem Treffen in ein schickes Büro in der HafenCity eingeladen worden, in der so etwas wie eine Kommandozentrale der Bewegung zu entstehen schien. Alle redeten sich mit Vornamen an, also hatte er sich als Henri vorgestellt – seinen richtigen Namen fand er zu altmodisch. Henri hatte gehofft, dass er ein paar Fotoaufträge bekommen und damit etwas Geld verdienen könnte, aber Fridays for Future suchte jemanden, der den Job umsonst machte.

»Umsonst?«, hatte Henri gefragt.

»Nein, nicht umsonst. Dein Lohn ist, dass du hilfst, die Welt zu retten«, hatte eine junge Frau geantwortet, die laut

Namensschild Frida hieß. Die meisten, die hier Plakate malten, Aktionen planten oder Nachrichten auf verschiedenen Plattformen posteten, waren junge Frauen, Henri zählte nur eine Handvoll Jungs. Er war mit seinen dreiunddreißig Jahren einer der Älteren und hatte auch deshalb das Gefühl, hier nicht hinzupassen.

Bis er Mara erblickte.

Sie hatte an einer Pinnwand im hinteren Teil des Raumes gestanden, zusammen mit einer Frau, die Henri auf Mitte vierzig schätzte. Vielleicht gehörte die zu den »Müttern für Fridays«, dachte er, und dann: Das ist gar keine Frau, das ist ein Mann, der mit einem Mädchen mit langen dunkelbraunen Haaren den Kopf zusammensteckte, seine Hand auf ihrer Schulter. Der Typ, Henri war sich trotz seiner hohen Stimme nach ein paar Minuten endgültig sicher, dass es sich um einen Mann handelte, redete ununterbrochen auf sie ein. Irgendwann hatten sich beide umgedreht und waren direkt auf Henri zugekommen, mit zwei Bechern in der Hand, um frischen Kaffee zu holen. Als er zum ersten Mal ihr Gesicht sah, die Augen mit den dichten Brauen, den Leberfleck auf dem rechten Nasenflügel, den gesunden Teint und die vollen, ungeschminkten Lippen, wurde Henri blass. In seinen Ohren fing es an zu pfeifen, es fühlte sich an, als würde der Raum um ihn schwanken, er hatte Angst, dass er gleich in Ohnmacht fallen würde. Das konnte nicht sein. Henri stützte sich an einem Stuhl ab, der neben ihm stand, und starrte auf die Frau, die ihren Namen auf einer Art Ausweis um den Hals trug: Mara. Mara? Mara! Henri hätten schreien können, was hier passierte, war Wahnsinn. Ein Traum.

»Alles in Ordnung mit dir?«

Mara war kurz bei Henri stehen geblieben und hatte ihn angesprochen. Als der nicht reagierte, hatte sie an seiner

Schulter gerüttelt, erst leicht, dann immer stärker, und ihre Frage lauter wiederholt: »Alles in Ordnung mit dir?«

»Alles in Ordnung«, hatte Henri geantwortet und war endlich in Ohnmacht gefallen.

Es verging kein Tag, an dem er nicht mehrfach an diesen Moment denken musste, der sein Leben verändert, der ihm eine zweite Chance geschenkt hatte. Eine Chance, die er nutzen wollte. Es hieß, dass Geschichte sich nicht wiederholte, aber seine Geschichte tat es, und er war fest entschlossen, dass der Ausgang diesmal ein anderer sein würde. Diesmal würde es gut ausgehen. Er lachte. Hatte ihm Mara zugezwinkert? Sie führte die Demonstration durch die Hamburger Innenstadt an, hatte Charlotta rechts untergehakt und Frida links, oder war es Anna? Henri brachte die Zwillingsschwestern immer durcheinander. Er setzte die Kamera an, blickte durch den Sucher und sah Maras Gesicht direkt vor sich. Henri drückte auf den Auslöser. Wenn er sie fotografierte, dann war das ein behutsamer, fast zärtlicher Akt. Er zog das Bild ein wenig auf und sah nun, dass der Mann, den er erst für eine Frau gehalten hatte, in der Reihe hinter Mara ging. Er hieß Clemens, war Makler, wirklich älter als vierzig, und Henri nahm ihm nicht ab, dass es ihm nur um die Sache ging. Er hatte nämlich von seiner Großmutter nicht nur den Spaß am Nähen, sondern auch eine ziemlich gute Menschenkenntnis geerbt. Seine Oma war Psychologin gewesen, Henri hatte immer das Gefühl gehabt, dass sie ihm nur in die Augen schauen musste, um zu wissen, wie es ihm ging und was ihn beschäftigte. Ähnlich war es bei ihm mit diesem Clemens: Wenn er ihn ansah, dann erkannte er einen mittelalten Mann, der in eine viel jüngere Frau verliebt war. Henri wusste nicht, ob Mara das registriert hatte, aber er nahm es an, klug wie sie war. Er glaubte nicht, dass sie die Gefühle erwiderte, vielleicht spielte sie vielmehr damit, spielte mit Clemens, weil sie bei Fridays for Future sein Büro und seine Kontakte gut gebrauchen konnten.

Er machte ein Foto, auf dem Clemens den Mund aufriss, als wollte er eine Banane in voller Breite essen, und bekam eine junge Mutter mit drauf, die einen Kinderwagen vor sich herschob. Sie sah aus, als ob sie Clemens kannte, auf jeden Fall gingen die beiden eng beieinander. Durch sein Objektiv konnte Henri beobachten, wie sie sich hin und wieder Blicke zuwarfen, die Vertrauen signalisierten. Er schwenkte mit der Kamera weiter nach rechts, was nicht leicht war, weil er die ganze Zeit rückwärtsgehen musste, um immer fünf, sechs Meter vor dem Zug zu bleiben. Neben Clemens und der Frau tauchte ein Mann vor der Linse auf, der einen Dackel auf dem Arm trug und offenbar große Schwierigkeiten hatte, diesen ruhig zu halten. Henri zoomte dichter heran. Der Mann hatte Schweißperlen auf der Stirn, das Tier war groß, bestimmt zehn, zwölf Kilogramm schwer, und es zappelte so sehr, dass es jeden Moment herunterfallen könnte. Henri machte ein paar Bilder, die Szene war witzig, dann schwenkte er zurück und suchte wieder Mara durch das Objektiv, es dauerte ein wenig, bis er sie eingefangen hatte. Der Zoom war so eingestellt, dass Henri in ihre überlebensgroßen Augen blickte, und es gab nichts, was ihn glücklicher machen konnte als dieser Anblick. Er drückte ab, immer und immer wieder, auf seiner Kamera reihte sich ein Augenpaar an das nächste. Henri würde sie auf Plakatgröße ausdrucken, nicht für Fridays for Future, für die er offiziell auch bei dieser Demonstration im Einsatz war, sondern für sein inoffizielles Projekt. Er zoomte wieder raus, bis er fast die kompletten ersten zehn Reihen der Demonstranten im Blick hatte. Die Fotos, die er machte, fand er langweilig, aber er hatte gelernt, dass die bei Fridays for Future auf diese Art Aufnahmen standen. Sie liebten es, wenn Bilder die Demos noch größer erscheinen ließen, als sie es waren, wobei das heute gar nicht nötig war. Henri konnte das Ende der Masse, die sich auf ihn zubewegte, nicht erkennen, irgendwer hatte durch ein Megaphon durchgegeben, dass es dreißigtausend Menschen seien, mindestens.

voraus.

Er wollte ein paar Bilder aus einer höheren Perspektive machen. Erfreut stellte er fest, dass auf einem Mauervorsprung direkt an der Willy-Brandt-Straße ein Platz frei war. Henri hievte sich hinauf und hatte Mühe, das Gleichgewicht zu halten, beinahe wäre er direkt auf der anderen Seite wieder heruntergefallen. Ein Kameramann vom NDR, der ebenfalls hier oben stand, hielt ihn im letzten Moment fest.

»Danke, Kollege«, sagte Henri außer Atem, und der andere nickte ihm zu. Henri setzte den Fotoapparat an und machte ein paar Großaufnahmen, bevor er die Gesichter der jungen Leute aufzog. Hatte Mara ihn gesehen? Sie winkte in Richtung der Mauer, auf der er stand, und sicherheitshalber winkte er zurück, so gut es eben mit einer Kamera in der Hand ging. Henri wollte auf die Straße zurückspringen, um erneut vor Mara zu gelangen, als er ein paar Reihen hinter ihr einen Typen erblickte, der hier eigentlich nichts zu suchen hatte. Henri wechselte sein Objektiv aus, so schnell er konnte. Mit der Tüte, die er nun draufhatte, konnte er jedes Nasenpiercing erkennen. Es dauerte ein paar Sekunden, bis er den Kerl herangezoomt hatte, dessen Gesicht er zuletzt vor einer Woche auf einem Treffen von Fridays for Future in der HafenCity gesehen hatte. Henri hatte den Namen vergessen, irgendwas mit G, aber er würde nie vergessen, wie dieser Typ ausgeflippt war, wie er rumgeschrien hatte und mit Mara aneinandergeraten war, die ihn schließlich gebeten hatte, das Büro zu verlassen und nicht wiederzukommen. Nun lief er mit verschränkten Armen zehn, fünfzehn Meter hinter ihr, und das gefiel Henri gar nicht. »Ich habe dich im Blick«, sagte er und drückte ab.

4

Lukas war um kurz vor acht Uhr einer der Ersten in der Hausarztpraxis gewesen. Die Sprechstundenhilfe hatte ihm ein Rezept in die Hand gedrückt, für das er in der Apotheke an der Straßenecke die Spritze mit dem Hinweis erhalten hatte, sie möglichst schnell zu benutzen. Das war vor einer guten Stunde gewesen. Seitdem saß Lukas im Wartezimmer. Zwischendurch hatte er unter das Pflaster an seinem Zeigefinger geguckt, in den ihn Finchen gebissen hatte. Die Wunde sah gar nicht schlimm aus, aber das hieß angeblich nichts. Hatte zumindest seine Schwiegermutter behauptet, als ihr Lukas die Verletzung zeigte, für die ihr geliebter Dackel verantwortlich war, den er bei der Fridays-for-Future-Demonstration auf den Armen getragen hatte. Finchen war von Minute zu Minute unruhiger geworden, und Lukas hatte große Schwierigkeiten gehabt, sie überhaupt festzuhalten – der Dackel hatte sich gewunden, gejault und angefangen, so hysterisch wie selten in seine Pfote zu beißen. Irgendwann konnte Lukas das nicht mehr mitansehen. Er hatte versucht, ihr die Pfote aus dem Maul zu ziehen, und dabei war es passiert: Einer von Finchens Schneidezähnen hatte sich in die Wurzel seines Zeigefingers gebohrt, Lukas hatte vor Schmerz aufgejault und hätte den Hund mit Sicherheit fallen gelassen, wenn sein Schwiegervater nicht sofort zur Stelle gewesen wäre. »Kannst du nicht aufpassen«, hatte der ihn angeschnauzt, bevor er sich wie ein Rettungssanitäter mit dem verschreckten Tier den Weg aus der Menge bahnte, seine Frau vorneweg.

»Sie ... hat ... mich ... gebissen«, hatte Lukas gequält hinterhergerufen und dann versucht, die Blutung mit einer Windel aus der Wickeltasche von Jonathan zu stillen. Das musste komisch ausgesehen haben – als Lilli kurz zu ihm herüberblickte, schüttelte sie den Kopf und murmelte etwas, das Lukas vor der enormen Geräuschkulisse als »Was hast du denn da schon wieder angestellt?« vernahm. Es konnte aber auch der Klassiker gewesen sein, also: »Stell dich nicht so an.«

Erst als sie wieder zu Hause waren, konnte Lukas die Wunde vernünftig säubern und verbinden. Seine Schwiegereltern warteten schon, und Finchen kam auf ihn zugelaufen, als wäre nichts passiert. »Sie hat dir verziehen«, sagte sein Schwiegervater gönnerhaft, und als er die Verletzung an Lukas' Hand sah: »Die kleine Schramme ist ja nicht der Rede wert. Du bist doch gegen Tetanus geimpft, oder? Jeder Hundehalter ist gegen Tetanus geimpft, Elisabeth und ich waren erst vor einem Jahr zur Auffrischung, oder, Elisabeth?« Lukas' Schwiegermutter beließ es nicht dabei, mit dem Kopf zu nicken, sondern zog wie zum Beweis ihren gelben Impfpass aus der Handtasche und blätterte bis zu der Seite, auf der die Tetanus-Impfung vermerkt war. »Das muss man eh alle zehn Jahre machen«, sagte sie, bevor sie den Pass wieder wegsteckte. »Ich habe ihn jetzt nur dabei, falls wir ihn auf der Reise brauchen.« Die Schusters, also Lillis Eltern und Lukas' Schwiegereltern, waren im vergangenen Jahr zum ersten Mal auf Kreuzfahrt gewesen, und sie waren auf den Geschmack kommen: Statt sechs Wochen, wie bei der Premiere, wollten sie diesmal ein sattes halbes Jahr unterwegs sein. Das war etwas, wogegen Lukas prinzipiell nichts einzuwenden hatte, auch wenn sie die Hilfe der Großeltern seit der Geburt von Jonathan gut hatten gebrauchen können. Schwierig war nur, dass Elisabeth und Klaus wie bei Kreuzfahrt Nummer eins darauf bestanden, dass sich Lukas um ihren geliebten Dackel kümmerte. Also um den Hund, der ihm soeben, wenn er das alles richtig verstanden hatte, eine potenziell lebensgefährliche Verletzung zugefügt hatte. Denn Lukas konnte sich nicht entsinnen, in den vergangenen zehn Jahren gegen Tetanus geimpft worden zu sein, ebenso wie er keine Ahnung gehabt hatte, wo sich sein Impfausweis befinden könnte. Es hatte fast zwei Stunden gedauert, bis er das zerfledderte Teil in einem Aktenordner mit Zeugnissen aus der Grundschulzeit gefunden und mit Erschrecken festgestellt hatte, dass seine letzte Auffrischimpfung knapp zwölf Jahre zurücklag. Wahrscheinlich wäre er direkt ins Krankenhaus gefahren, wenn nicht Felix geklingelt und für Jonathan ein Taufgeschenk abgegeben hätte. Der Nachbar war Arzt und meinte, es würde genügen, wenn Lukas sich morgen früh in seiner Praxis am Klosterstern impfen lassen würde.

Dort saß Lukas nun und blickte zunehmend unruhig auf sein Handy. Es war Viertel nach neun, um 10.30 Uhr würde er in der Handelskammer neben dem Hamburger Rathaus sein müssen. Lukas hatte sich überreden lassen, eine Podiumsdiskussion mit dem Titel »Klimakollaps – übertreibt Fridays for Future?« zu moderieren. Wobei »überreden« untertrieben war. Ursprünglich hatte der alte Keil für die Podiumsdiskussion zugesagt, dann aber einmal mehr die Lust daran verloren. Er war seit fast zehn Jahren Chefredakteur der *Hamburg News*, für die Lukas arbeitete, und Lukas hatte viel Bewunderung für seinen Chef. Keil war ein belesener und kluger, inzwischen älterer Herr, der noch drei Jahre bis zum Ruhestand hatte. Er führte die Zeitung sehr konservativ und hanseatisch, misstraute allen Trends, zu denen er auch das Internet zählte, und ließ sich durch nichts aus der Ruhe bringen. Das hatte er mit dem Bürgermeister gemeinsam.

Was auch daran lag, dass der alte Keil, wie er von fast allen in der Redaktion genannt wurde, solange er nicht in der Nähe war, glaubte, in seinem journalistischen Leben alles gesehen zu haben. »Dinge scheinen nur denen neu, die sie noch nicht erlebt haben«, hatte er in einer Redaktionskonferenz gesagt, als es um das Aufkommen der Fridays-for-Future-Bewegung ging. Der alte Keil hatte die Angst vor dem Klimawandel in einem Leitartikel mit den Sorgen verglichen, die sich frühere Generationen wegen des sauren Regens oder des Ozonlochs gemacht hatten. »Alles schon mal dagewesen.« Kurz darauf hatte sein Vorzimmer bei Lukas angerufen und ihn gebeten, für den Chef die Moderation »dieser Klimadiskussion« zu übernehmen, ihm sei etwas Wichtiges dazwischengekommen. Lukas wusste auch, was: Der alte Keil fand Fridays for Future nicht wichtig genug, um sich persönlich damit zu beschäftigen.

Sollte er am Empfang nachfragen, ob man ihn vergessen hatte? Das Handy zeigte 9:29 Uhr, langsam wurde Lukas unruhig. Hatte die Frau in der Apotheke nicht gesagt, dass die Spritze gekühlt werden müsse, wenn man sie nicht sofort verbrauche? Lukas hielt sich die Packung, die vielleicht sein Leben retten würde, an die Wange. Sie fühlte sich noch leicht kühl an, vielleicht war sein Gesicht aber auch besonders warm. Es führte kein Weg daran vorbei, er musste dringend drankommen. Heute Morgen beim Aufstehen hatte er noch kurz überlegt, seine Kollegin Kaja anzurufen und zu fragen, ob sie bei der Podiumsdiskussion für ihn einspringen könnte. Er hatte den Gedanken jedoch schnell verworfen, weil sie sich für alles, was sich um Fridays for Future drehte, nicht viel mehr begeistern konnte als der alte Keil.

Kaja Woitek war Polizeireporterin geworden, weil sie das Adrenalin brauchte, das ihr Körper ausschüttete, wenn sie mitten in der Nacht zu einem Einsatz gerufen wurde, zu einer Schießerei auf der Reeperbahn oder einer Messerattacke am Jungfernstieg. Sie liebte es, nach schweren Verbrechen, von denen es in Hamburg leider mehr als genug gab, tagelang zu recherchieren, auch wenn sie das den Schlaf kostete. Mit den vielen Schlagzeilen, die Fridays for Future produzierte, konnte sie dagegen nichts anfangen. Denn das Einzige, was der alte Keil von ihr wissen wollte, wenn mal wieder eine Demonstration anstand, war, welche Straßen dafür gesperrt wurden. »Das ist eigentlich nicht mein Job«, hatte sie beim letzten Mal mit zusammengepressten Lippen in Richtung Lukas gesagt, der ihr in den Redaktionsräumen der *Hamburg News* schräg gegenübersaß. »Ich bin hier, um über Mörder:innen und Einbrecher:innen zu berichten und nicht über Schüler:innen, die den Unterricht schwänzen. Wo sind die Praktikant:innen, wenn man sie mal braucht?« Kaja war die erste Kollegin bei den *Hamburg News* gewesen, die konsequent gegendert hatte, und trieb damit all jene, die ihre Texte gegenlesen mussten, in den Wahnsinn. Lukas hatte ihr Begriffe wie »Gebärende« (statt »Mütter«), »Abgeordnet:innen«, »Hundehaltende« und »Witwer:innen« gestrichen und damit jedes Mal lange Diskussionen provoziert, selbst wenn das jeweilige Wort erwiesenermaßen kompletter Quatsch war.

»Herr Hammerstein, bitte.«

Endlich. Lukas sprang auf, ließ dabei die Packung mit der Spritze fallen und wäre fast draufgetreten. »Aufgeregt?«, fragte die Arzthelferin, die das Ganze mitangesehen hatte.

»Nur etwas in zeitlichem Stress«, antwortete Lukas wahrheitsgemäß, zog sich das Hemd aus und setzt sich auf den Stuhl, den ihm die junge Frau zugewiesen hatte.

»Linker Arm?«

Lukas nickte.

»Ganz locker lassen, bitte.«

Der Einstich war kaum zu spüren, die Arzthelferin drückte anschließend ein kleines Stück Watte auf die Stelle. »Da sind Sie ja gerade noch rechtzeitig gekommen.«

»Kann man gegen Tetanus denn wirklich nichts mehr machen, wenn man sich einmal infiziert hat?« Lukas steckte den zerfledderten Impfpass zurück in seine Gesäßtasche.

»Nein. Leider sind die meisten Krankheiten, gegen die wir Sie hier impfen, potenziell tödlich.« Die Arzthelferin zog die Tür zum Wartezimmer auf. »Schönen Tag noch.«

Sie hatte auch noch gesagt, dass er heute besser keinen Sport treiben und aufpassen solle, nicht zu viel Sonne abzubekommen (in Hamburg!). Aber von Fahrradfahren war keine Rede gewesen. Lukas brauchte knapp fünfundzwanzig Minuten von Eppendorf in die Innenstadt, um zehn Minuten nach zehn Uhr war er in der Handelskammer. Clemens wartete schon auf ihn. »Ich wollte dich gerade anrufen.« Der Freund umarmte Lukas zur Begrüßung und drückte dabei etwas zu doll auf die Impfstelle. Lukas entfuhr ein »Aua!«, Clemens fragte: »Rücken?«, und Lukas antwortete: »Tetanus.« Sie gingen gemeinsam in einen Saal, in dem rund zweihundert Menschen warteten.

»Julius ist noch nicht da, oder?« Lukas sah zwar einen der Sicherheitsleute des Bürgermeisters, diesen selbst aber nicht.

»Er kommt um Punkt 10.30 Uhr«, Clemens senkte die Stimme, »und vorher würden wir gern noch mit dir etwas vertraulich besprechen.«

»Warum flüsterst du?«, fragte Lukas. »Und wen meinst du mit ›wir‹?«

»Mara und ich und die anderen«, sagte Clemens.

»Das heißt, du bist mit denen hier?« Lukas blieb kurz stehen. »In welcher Funktion?«

»Nennen wir es einmal Berater«, Clemens gab Lukas ein Zeichen, dass er ihm hinter die Bühne folgen möge, »und außerdem bin ich ja das wichtigste Gesicht von Makler for Future.«

»Und das einzige«, murmelte Lukas, als sie einen kleinen Raum betraten, in dem sechs junge Frauen standen. »Darf ich vorstellen: Mara, Frida, Laura, Anna, Karla und Clara.« Clemens zeigte von einer zur anderen, und Lukas musste unwillkürlich an das A-Team denken. Gab es heute keine Eltern mehr, die sich trauten, ihren Töchtern Namen zu geben, die nicht auf a endeten? Hatten Sophie und Kathrin das Rennen gegen Sophia und Katharina endgültig verloren? Lukas beschloss, dass mal Kaja als Thema vorzuschlagen, wobei: Kaja …

»Das ist Lukas Hammerstein von den *Hamburg News*, der heute freundlicherweise die Podiumsdiskussion moderieren wird«, sagte Clemens, als ob er selbst das eingefädelt hätte. »Wir sagen du, oder, Lukas?«

»Meinetwegen.« Seine Antwort hörte sich brummeliger an, als Lukas sie gemeint hatte.

»Hi, ich bin Mara, ich bin gleich mit auf der Bühne.« Das bekannteste Gesicht aus dem A-Team war einen Schritt auf Lukas zugetreten und streckte ihm die Hand entgegen.

»Hi, ich bin Lukas.« Er nahm die Hand, drückte sie leicht und blickte in die Augen einer Frau, die haargenau wusste, was sie tat und wie sie wirkte. Selbstbewusst und souverän.

»Mara hat eine Bitte an dich.« Clemens ging dazwischen.

Die Art, wie er die junge Frau ansah, gefiel Lukas nicht. Sie war ihm zu schwärmerisch.

»Kein Problem, worum geht es?« Lukas wandte sich von Clemens wieder der Anführerin von Fridays for Future zu.

»Im Publikum sitzt ein Typ, mit dem wir in der vergangenen Woche einige Probleme hatten …«, sagte Mara.

»Links, vierte Reihe, direkt am Gang«, ergänzte eine andere Aktivistin, die, wenn Lukas sich richtig erinnerte, Frida hieß. Es konnte aber auch Anna sein, die beiden sahen sich sehr ähnlich. Zwillinge, dachte Lukas. »Hat die ganze Zeit die Arme verschränkt und guckt extrem böse. Ein mieser Kerl.«

»Es wäre schön, wenn du ihm nachher nicht die Gelegenheit geben würdest, Fragen zu stellen.« Mara hatte gewartet, bis Frida oder Anna fertig war. »Dem Gregor geht es nur darum, Ärger zu provozieren und uns und unserer Sache zu schaden. Der ist unberechenbar, und deshalb müssen wir vorsichtig sein.«

»Ich werde tun, was nötig ist«, sagte Lukas, der sich bei aller Sympathie für die Anliegen von Fridays for Future nicht vorschreiben lassen wollte, wie er eine Diskussion zu leiten hatte, noch dazu eine, an der er ursprünglich gar nicht hatte teilnehmen wollen.

»Sind Fragen aus dem Publikum überhaupt nötig?«, fragte Clemens.

»Ich finde, wir sollten sie schon zulassen, gerade bei diesem Thema und gerade, wenn es um Fridays for Future geht«, antwortete Lukas.

Dass am Ende kaum Zeit dafür blieb, lag an dem Rededuell, das sich Julius Wolff und Mara Altmeier auf der Bühne lieferten. Lukas hatte den Bürgermeister mehrfach in Diskussionen mit anderen Politikern oder mit Unternehmern erlebt, aber selten hatte ihn jemand so aus der Reserve gelockt wie die junge Frau. Was daran lag, dass Mara ihm rhetorisch weit überlegen und in puncto Sachkenntnis mindestens ebenbürtig war. Die anderen Mitdiskutanten, eine Klimaexpertin der Handelskammer und der Vorsitzende der Jungen Union, waren kaum wahrnehmbar. Lukas hatte Probleme, sie vernünftig ins Gespräch einzubeziehen, aber er gab sich auch keine besondere Mühe. Zu interessant, zu kontrovers war die Auseinandersetzung zwischen den beiden Hauptakteuren, die nach einer Dreiviertelstunde abrupt endete, weil Julius Wolff zu einem wichtigen Anschlusstermin eilen musste. »Wir können das gern fortsetzen«, sagte er beim Hinausgehen zu Mara gewandt, die klang wie ein Boxer im Ring, als sie erwiderte: »Jederzeit.«

»Das hört sich nach einer baldigen Neuauflage an«, Lukas übernahm die Moderation wieder. »Aber jetzt wollen wir die restlichen uns verbleibenden Minuten für Fragen aus dem Publikum nutzen.« Er sah, wie in der vierten Reihe am Gang ein Arm nach oben schnellte. »Auch wenn der Bürgermeister sie leider nicht mehr beantworten kann und wir wirklich nicht mehr viel Zeit haben. Wer will den Anfang machen?«

Die Hand, die zu dem Arm in der vierten Reihe gehörte, begann zu schnipsen. Drei weitere Arme gingen hoch, und Lukas beschloss, genauso viele Fragen zuzulassen. Er nahm erst eine mittelalte Frau in einer der hinteren Reihen dran, dann einen Mann, der am Rand stand. Als dessen Frage beantwortet war, tat Lukas so, als würde er auf eine Uhr am Handgelenk gucken, die er nicht trug, und sagte: »Eine letzte Frage noch.« Er blickte in den Saal, aber die Frau, die er hatte drannehmen wollen, hatte ihren Arm inzwischen runtergenommen. Dafür war der Typ in der vierten Reihe nun aufgestanden und schnipste wie verrückt. Was bleibt mir übrig, dachte Lukas, holte tief Luft und wollte gerade dem vermeintlichen Querulanten das Wort erteilen, als in der ersten Reihe Frida, oder war es Anna?, aufstand und einem Helfer, der in der Nähe stand, signalisierte, ihr das Mikrophon zu bringen. Als Lukas in ihre Richtung zeigte, sprang der Typ aus Reihe vier endgültig auf den Gang und schrie: »Wollt ihr mich verarschen? Was ist das alles nur für ein abgekarterter Schwachsinn hier! Aber damit kommt ihr nicht durch, das verspreche ich euch!« Gregor – Lukas war der Name wieder eingefallen – spuckte demonstrativ auf den Boden, drehte sich um und stapfte aus dem Saal. Frida oder Anna sah Lukas an, Lukas guckte zu Mara. Beide zuckten mit den Schultern, als wollten sie sagen: Wir haben dich doch gewarnt. Lukas brauchte drei, vier Sekunden, dann hatte er sich gefangen: »Wir sehen, nicht nur das Klima, auch die Gemüter sind erhitzt, und wir sollten gemeinsam alles dafür tun, dass sich das schnell ändert.« Mara begann zu klatschen, dann fielen nach und nach die anderen im Saal ein. »Ich danke Ihnen für Ihre Aufmerksamkeit«, sagte Lukas und folgte der Bitte eines Fotografen, sich mit Mara und den verbliebenen Teilnehmern der Podiumsdiskussion für ein Bild zusammenzustellen. Das Gesicht des Fotografen kam ihm bekannt vor, vielleicht hatte der alte Keil ihn geschickt.

5

Bevor er zum Meteorologiestudium nach Hamburg gezogen war, hatte Gregor in einer kleinen Gemeinde in Baden-Württemberg gelebt, wo seine Familie in der vierten Generation ein Weingut betrieb. Mit sechs Jahren hatte Gregor zum ersten Mal einen Schluck probieren dürfen, mit sieben hatte er begonnen, im Betrieb zu helfen, mit acht war er jedes Jahr im Frühherbst zur Weinlese eingeteilt. Je älter er wurde, desto mehr konnte und musste er mitarbeiten, mit vierzehn hatte der Vater ihm zum ersten Mal Geld dafür bezahlt. Viel weniger als den Saisonkräften, die er beschäftigte, aber immerhin. Gregor war der einzige Sohn der Familie, seine drei Schwestern waren zwei, vier und sechs Jahre jünger, und seine Eltern waren enttäuscht, als er ihnen nach dem Abitur mitteilte, dass er vorerst nicht am Weingut bleiben würde. Das lag nicht daran, dass ihm die Arbeit zu hart war, wie der Vater vermutete, und es hatte auch viel weniger mit dessen Dominanz tun, als die Mutter dachte. Gregor wollte einfach raus aus dem Dorf, er wollte von den Bergen ans Meer, nach Norden, dorthin, wo sein größtes Vorbild lebte: Als kleiner Junge hatte er Mojib Latif das erste Mal in einer Kindersendung im Fernsehen gesehen, und seitdem stand für Gregor fest, dass er Klimaforscher werden wollte. Was wiederum damit zu tun hatte, dass er all das, vor dem der Herr Latif aus dem hohen Norden warnte, tief im Süden bei der Arbeit in den Weinbergen selbst erlebte, wo sich die Ernte immer weiter nach vorn verschob.

Auf einmal gediehen in Baden-Württemberg Rebsorten, für die es in der Toskana oder im Bordeaux zu warm geworden war. Mojib Latif hatte seit Jahren vor dieser Entwicklung gewarnt, aber leider hatten ihm zu wenig Leute zugehört. Als der Klimaforscher zu einem Vortrag nach Stuttgart kam, hatte Gregor mit seinem Vater in der ersten Reihe gesessen und den Wissenschaftler hinterher sowohl um ein Autogramm als auch um ein gemeinsames Foto gebeten. Als der Papa die Bilder machte, hatte sich Latif zu Gregor heruntergebeugt und gefragt: »Na, und weißt du schon, was du werden willst?«

»Ich«, hatte Gregor Vögele geantwortet, der damals zwölf Jahre alt war, »will so werden wie du.«

Seit zwei Semestern studierte er nun Meteorologie an der Universität Hamburg, genauso wie es Latif auch getan hatte. Die kleine, halbwegs bezahlbare Wohnung teilte er sich mit einem Kommilitonen. Dem hatte er auch den Kontakt zu Fridays for Future zu verdanken, für die Menschen wie er ein Geschenk sein musste, dachte Gregor. Als er das erste Mal bei einem Treffen gewesen war und sich vorstellte, war das Hallo groß gewesen, und er hatte mehrfach gehört, wie gut sie hier einen Meteorologen gebrauchen konnten. Die Begeisterung war aber in den Wochen und Monaten danach abgeklungen, und zwar auf beiden Seiten. Gregors Meinung zu aktuellen Themen wurde zwar angehört, doch wenn es um die Planung von Maßnahmen ging, übernahmen andere die Führung. Das Sagen hatten, so nahm es der Zugereiste wahr, ausgerechnet junge Frauen, die aus den sogenannten Elbvororten kamen, also aus sozial verwöhnten Stadtteilen, die Nienstedten, Blankenese oder Othmarschen hießen. Sie hatten vielleicht gerade ihr Abi gemacht oder studierten Betriebswirtschaftslehre, kannten sich mit dem Klimawandel und seinen dramatischen

Folgen jedenfalls niemals so gut aus wie er, der Student. Doch dafür konnten Mara, Frida, Anna und Laura sehr souverän und selbstbewusst darüber sprechen, ihre Auftritte waren beeindruckend, als hätten sie niemals etwas anderes gemacht. Dass sie aus bildungsbürgerlichen und wohlhabenden Familien stammten, ließ sich nicht verbergen. Manchmal dachte Gregor, wie absurd es war, dass ausgerechnet diese Töchter reicher Eltern, die wahrscheinlich Ferienhäuser auf Ibiza, in London und Südafrika hatten und wie selbstverständlich mehrmals im Jahr in den Urlaub flogen, jene Bewegung anführten, die unter anderem genau das verdammte.

Dass er nach und nach mit den Anführerinnen aneinandergeriet, zuallererst mit Mara, die durch die schnell steigende Zahl ihrer Fernsehauftritte zum Gesicht von Fridays for Future werden sollte, lag jedoch an etwas ganz anderem. Gregor war das, was die Gruppe gegen den Klimawandel tat, nicht radikal, nicht konsequent genug. Ihm ging es um zivilen Ungehorsam, doch drang er damit im Rest der Gruppe nicht durch. Dabei fühlte er sich durch all das, was er im Studium über den Klimawandel lernte, bestätigt. »Wir haben keine Zeit mehr, es reicht nicht, mit lustigen Sprüchen auf Plakaten durch Hamburg zu laufen. Wir brauchen viel radikalere Maßnahmen«, hatte er zu Anna gesagt, als sie beide nach einem langen Planungswochenende in der HafenCity versackt und bei ihm zu Hause im Bett gelandet waren. Gregor hatte die ältere der beiden Zwillingsschwestern, die zu den Wortführerinnen der Gruppe gehörten, von Anfang an attraktiv gefunden, sich aber keine Chancen bei ihr ausgerechnet. Ein Irrtum, wie sich an diesem Samstagabend und nach mehreren Cocktails herausstellte, die die beiden in einem Club in den Tanzenden Türmen getrunken hatten. Das Gebäude am Anfang der weltberühmten Reeperbahn hatte seinen Namen bekommen, weil es aussah wie ein Paar im Hüftschwung. Gregor liebte die Aussicht von der Dachterrasse vom ersten Moment an, und er liebte sie noch mehr, als Anna seinen Kopf in beide Hände nahm und ihren Mund auf seinen drückte. Sie knutschten eine Viertelstunde, bevor sie sagte: »Lass uns besser zu dir gehen. Meine Schwester schläft bestimmt schon.«

In seinem WG-Zimmer merkte Gregor schnell, dass seine Partnerin das, was sie lange und ausgiebig taten, anders als er schon öfter gemacht hatte. Er ging davon aus, dass es bei dieser einen Nacht bleiben und aus Anna und ihm kein Paar werden würde. Aber das stimmte nur für den zweiten Teil, denn sie kam in der darauffolgenden Zeit noch ein paarmal vorbei. Entweder hatte ihr die erste Nacht besser gefallen, als Gregor gedacht hatte, oder es fand sich gerade kein anderer. Er nahm es, wie es kam, und war nicht einmal beleidigt, als Anna ihm direkt sagte, dass es ihr um Sex ging und sie hoffe, dass er auch keine weiteren Ambitionen habe. Sie hatte wirklich von »Ambitionen« gesprochen, ein Wort, das Gregor in diesem Zusammenhang niemals eingefallen wäre. Die beiden trafen sich zunächst einmal die Woche, dann wurden die Abstände größer, bis sie sich schließlich nicht mehr bei ihm meldete. Gregor war nicht besonders überrascht, er hatte eher früher damit gerechnet. Enttäuscht war er bloß, dass Anna ihm nicht zur Seite sprang, wenn er bei einem Fridays-for-Future-Treffen wieder einmal versuchte, die anderen von seinem radikaleren Kurs zu überzeugen. Mit jeder neuen Sitzung spürte Gregor, dass er zu einem Außenseiter wurde, was sich zunächst darin äußerte, dass Mara die Augen rollte, sobald er sich zu Wort meldete, und Frida, Laura und die anderen es ihr gleichtaten. Irgendwann begannen sie, ihn zu ignorieren, wenn er sich meldete, und als er eines Abends lauthals rief, dass »ich auch nicht mehr kommen muss, wenn ich euch so nerve«, hatte Mara ihm zum ersten Mal seit Wochen direkt in die Augen geguckt: »Schön, Gregor, dass du es selber merkst.« Es war daraufhin still geworden im Büro in der HafenCity, das Maras Lover – Gregor war fest überzeugt, dass Clemens Engel das war – der Gruppe zur Verfügung gestellt hatte. Alle hatten ihn angesehen, nur Anna hatte verschämt zu Boden geguckt. Gregor wusste nicht, wie lange er den Blicken würde standhalten können, wahrscheinlich viel länger als diese verwöhnten Schnepfen aus den Elbvororten, die von nichts eine Ahnung hatten. Trotzdem stand er nach einer Minute auf, warf dabei seinen Stuhl um und zischte: »Ihr könnt mich mal, ihr *Klimaaktivisten*«, wobei er mit Zeige- und Mittelfinger Anführungsstriche in der Luft zeichnete. Er war wütend in Richtung Ausgang gestapft und hatte sich kurz vor der Tür noch einmal umgedreht: »Wenn ihr glaubt, dass ihr mich jetzt los seid, habt ihr euch geschnitten!«

Seitdem war Gregor bei jeder Aktion der Gruppe aufgetaucht, als »Störenfried Nummer eins«, wie er in den Chatverläufen genannt wurde, die er noch einsehen konnte. Er genoss seine neue Rolle und registrierte mit zunehmender Genugtuung, dass er Mara und ihren Getreuen offenbar Angst machte. Dass er bei der Podiumsdiskussion mit dem Bürgermeister nicht zu Wort gekommen war, war sicherlich Maras Verdienst gewesen. Sie musste diesen Journalisten von den *Hamburg News*, der die Runde moderiert hatte, um den Finger gewickelt haben wie so viele andere Menschen vorher. Für Gregor hatte sich sein Auftritt trotzdem wie ein Triumph angefühlt, weil er kurz davor war, eine Aktion zu starten, die die Klimaproteste auf ein neues Niveau heben würde.

Die Vorbereitungen hatten länger gedauert, als er gedacht hatte, aber jetzt war es so weit. Eine der größten Fragen war gewesen, wie er das Material, das er für seine Aktion benötigte, an den Türstehern der Tanzenden Türme vorbeibekommen würde. Am Ende ging das ganz leicht, die gelangweilten Typen an der Tür winkten ihn durch und bemerkten gar nicht, dass er sich seltsam steif bewegte. Gregor ging gleich auf die Dachterrasse und wäre auf dem Weg dorthin fast mit Anna zusammengestoßen, ausgerechnet. »Hi.« Er blickte ihr schüchtern in die Augen. »Hi«, sagte sie und ging einfach weiter, als würden sie sich gar nicht kennen. Aus den Augenwinkeln sah Gregor, dass sie auf einen Typen zusteuerte, der an der Bar stand und deutlich älter war als er. Er schätzte ihn auf Ende dreißig und fragte sich, ob der Kerl der Grund war, warum sich Anna nicht mehr bei ihm meldete. Egal, dachte er und schob sich durch die Menschenmenge auf der Dachterrasse, bis zu einer Ecke, die nur schwach beleuchtet und deshalb für das, was er vorhatte, ideal war. Gregor beugte sich über die Brüstung und sah nach unten. Die Menschen, die wie er vor einer Viertelstunde am Eingang zu den Tanzenden Türmen gestanden und darauf gewartet hatten, eingelassen zu werden, waren kaum als solche zu erkennen. Die beiden Haken, die er bei seinem letzten Besuch gesehen hatte, waren genau dort, wo er sie in Erinnerung hatte. »Es kann losgehen«, murmelte Gregor, als er zwei Hände in seinem Rücken spürte und daran denken musste, wie sein Vater ihn bei ihren Bergtouren immer erschreckt hatte, wenn er zu nah am Abgrund stand: »Hätte ich dich nicht festgehalten!«, hatte der Vater dann gerufen und ihn mit seinen Händen kräftig an den Schultern gepackt. Gregor traf es jedes Mal bis ins Mark. Aber das war nichts gegen den Schrecken, der ihn jetzt durchfuhr.

6

Für die Treffen der *Vier Flaschen* gab es im Prinzip nur eine Regel: Niklas Claasen, Lukas Hammerstein, Julius Wolff und Clemens Engel tranken vier verschiedene Sorten Wein und sprachen darüber und über das Leben im Allgemeinen. Es war offiziell nicht verboten, jemanden mitzubringen, aber meistens blieben die Freunde unter sich. Einmal war Niklas Claasen senior dabei gewesen, was vor allem daran lag, dass er aus seinem privaten Weinkeller eine uralte Flasche Château Pétrus mitgebracht hatte, die selten, sehr teuer und bei den *Vier Flaschen* deshalb hochwillkommen war. Und einmal hatte Julius die anderen mit einem Gast überrascht, den sie nicht hätten wegschicken können, selbst wenn sie es gewollt hätten: Der Bürgermeister hatte sich in der Alster-Lounge zu einem Arbeitsessen mit der Bundeskanzlerin getroffen und sie anschließend einfach in das Kaminzimmer geführt, das einmal im Monat für die *Vier Flaschen* reserviert war. Der Abend begann etwas stockend, aber als die erste von vier Rotweinflaschen geleert war, hatte sich die Stimmung entspannt, zuerst bei den Freunden und dann auch bei der Kanzlerin, die plötzlich zum Du überging. Nach der zweiten Flasche duzten die Freunde zurück. »Wein verbindet«, hatte Clemens damals gesagt und sich über sich selbst gewundert. Wenn es eins gab, das er in seinem Leben für ausgeschlossen gehalten hatte, dann war es ein weinseliger Abend mit der Bundeskanzlerin ausgerechnet jener Partei, die er für fast alles verantwortlich machte, was in diesem Land schieflief. Das war eine Menge, und jetzt war die Zeit gekommen, etwas daran zu ändern.

Clemens hatte sein Leben lang darunter gelitten, dass die Welt so war, wie sie war, und er konnte sich nicht erinnern, wann er zuletzt so zufrieden und glücklich gewesen war wie bei Fridays for Future. Zwei Gefühle, die sich verstärkten, als Mara zur Gruppe stieß. Sie war als Delegierte der Deutschen Gesellschaft für die Vereinten Nationen beim Weltklimagipfel in Kattowitz gewesen und hatte dort Greta Thunberg getroffen, die schwedische Schulschwänzerin, mit der alles begonnen hatte. Kurz darauf war sie eine der Wortführerinnen von Fridays for Future geworden, erst in Hamburg, dann in Deutschland. Die *Chronik* hatte sie »die deutsche Greta« getauft, der *Blick* hatte vom »schönsten Gesicht der Klimabewegung« fabuliert, und Markus Lanz hatte Mara zusammen mit dem Vorsitzenden der Freien Demokratischen Partei Deutschlands in seine Talkshow eingeladen. Clemens war als ihr vermeintlicher Betreuer und Pressesprecher mitgegangen, er hatte zusammen mit ein paar anderen Aktivisten bei der Aufzeichnung im TV-Studio in der ersten Reihe gesessen und jedes Mal gejubelt, wenn Mara das Wort hatte.

Hinterher hatte er sie erst in ihre Garderobe und dann in die von Markus Lanz begleitet. Der Moderator sitze nach der Show oft mit seinen Gästen bei Tee und etwas Sushi zusammen, hatte eine Mitarbeiterin Clemens vor der Aufzeichnung zugeflüstert, und dass das manchmal richtig lange dauern könne. Tatsächlich verließen Mara und Clemens die Studios gegen ein Uhr nachts. Sie hatten fast drei Stunden mit dem TV-Mann diskutiert, und Clemens staunte, wie selbst dieser Profi an Maras Lippen hing, wie sie ihn mit ihrem Charme und dem nicht enden wollenden Wissen über den Klimawandel einwickelte. Zum Abschied hatten sich die beiden umarmt, und Markus Lanz hatte beiläufig gefragt: »Habe ich eigentlich deine Handynummer?« Mara grinste, diktierte Lanz ihre Nummer und drückte ihn weg, als er zum Test bei ihr anrief.

Jetzt stand Clemens vor dem Nebeneingang der Alster-Lounge und sah zum wiederholten Mal auf sein Handy. Es war 20.10 Uhr, Mara war fast zwanzig Minuten zu spät. Das war nichts Außergewöhnliches bei ihr, mit der Pünktlichkeit hielt sie es wie die Deutsche Bahn. Trotzdem wurde Clemens nervös. Was, wenn sie nicht kommen würde, wenn sie den Termin vergessen oder es sich kurzfristig anders überlegt hatte? Er hatte Mara vor einer Woche von den *Vier Flaschen* erzählt und ob sie nicht einmal dabei sein wolle, es ergäbe sich sowohl die Möglichkeit, den Bürgermeister näher kennenzulernen, als auch Niklas Claasen, dessen Beziehungen als Clubbetreiber man bei Fridays for Future sicher noch gut würde gebrauchen können. Mara hatte kurz nachgedacht und dann gesagt: »Klingt, als ob ich da mal vorbeischauen sollte.« Was Clemens ihr nicht erzählt hatte, war, dass er selbst gern einmal Zeit mit ihr ohne die ganzen anderen Klimaaktivisten verbringen wollte, ohne diesen ständigen Trubel, dieses »Mara hier, Mara da«. Ja, er wollte sie für sich haben, und er wollte sie seinen Freunden vorstellen.

Er schickte Mara eine WhatsApp: »Wo biste?«, und sie antwortete binnen einer Minute: »ETA 20:25. Sorry.« Clemens atmete tief ein. Sie kam also spät, aber sie kam, nur das zählte. Er hatte Niklas in den Überraschungsbesuch eingeweiht, und der hatte einen Weißwein aus dem Geburtsjahr von Mara besorgt. »Das muss doch nicht sein«, hatte Clemens gesagt, aber gedacht hatte er: Das wird ihr sicher gefallen.

»Hi.« Da war sie, kam wie so oft aus dem Nichts, ließ sich in Clemens' Arme fallen und kitzelte mit ihren langen Haaren seine Nase. »Sorry, ich musste noch laden«, sagte Mara und zeigte auf eine Laterne an der Straßenecke, an der ein E-Bike lehnte.

»Hoffentlich wird das nicht geklaut«, sagte Clemens.

»Doch nicht in so einer feinen Gegend wie der hier.« Mara lachte und Clemens merkte, wie ihm ganz warm wurde. »Wollen wir? Deine Freunde warten bestimmt schon, oder?«

7

Lukas hatte fast vergessen, wie es war, einen Hund zu haben. Seit Jonathans Geburt hatten seine Schwiegereltern auf längere Urlaubsreisen verzichtet, um immer in der Nähe ihres ersten Enkels zu sein. Die beiden waren eine große Hilfe gewesen, vor allem als Lukas nach dem Ende seines Sabbaticals wieder angefangen hatte, seinem Job als Reporter bei den *Hamburg News* nachzugehen. »Wird Zeit, Lukas«, hatte der alte Keil gesagt, »dass Sie wieder in den Alltag zurückfinden.«

Der Alltag, das war ein monatelanges Reporterleben ohne Hund, bis jetzt. Lillis Eltern waren zur nächsten Kreuzfahrt aufgebrochen, und Lukas musste jeden Tag Finchen mit ins Büro nehmen, wo seit einem knapp Jahr Hunde nicht nur erlaubt, sondern sogar gern gesehen waren, weil sein Chef in einer Studie in den *Hamburg News* gelesen hatte, dass das gut fürs Arbeitsklima war. Was im Falle Finchens nur bedingt stimmte, aber die war ja auch kein Hund, die war ein Dackel. Zu ihren neuesten Ticks zählte, dass sie, wenn zum Beispiel die Alarmanlage eines Autos losging, sofort mitheulte: Minutenlang hörte sich das dann an wie bei dem stimmgewaltigsten Wolf. Besonders schlimm war es vor ein paar Wochen bei einem Probefeueralarm in der Redaktion gewesen, der dazu führte, dass Finchen in einer nervtötenden Mischung aus Lecken, Beißen und Heulen zwischen den Schreibtischen hin- und hergeflitzt war und es Lukas nicht gelungen war, sie einzufangen. Hätte es wirklich gebrannt, wäre von den beiden nur ein Häuflein Asche übrig geblieben.

Der Dackel hatte ein Körbchen mit zwei Decken, einem Kissen und allerlei Spielzeug, das Lukas zwischen seinem und dem Schreibtisch von Kaja aufgestellt hatte. Die Polizeireporterin mochte Finchen und umgekehrt, aber es gab ein Problem: Kaja war süchtig nach Schokolade, kleine und größere Tafeln fanden sich bei ihr überall, in ihren Handtaschen, in Jacken und Schubladen. Als Finchen sich zum ersten Mal eine Mozartkugel vom Schreibtisch geschnappt hatte, die unbewacht dort lag, hatte sich Lukas keine Gedanken gemacht. Es war ihm bloß Kaja gegenüber unangenehm, und er ärgerte sich, dass der Hund überhaupt nicht auf seine »Aus! Lass das!«-Rufe reagierte. Das änderte sich, als Finchen eine geöffnete Tafel Ritter-Sport-Schokolade aus der Strickjacke stibitzte, die über Kajas Bürostuhl hing, und mit wenigen Bissen vertilgte: Das war nicht nur frech, das war auch lebensgefährlich, aber das merkte Lukas erst, als der Dackel plötzlich seltsam apathisch wurde und zu würgen begann. Er rief Lilli an, und nachdem er ihr erzählt hatte, dass Finchen gerade achtzig, neunzig Gramm Vollmilchschokolade gefressen hatte, war die eindeutige Antwort: Ab zum Tierarzt – Schokolade enthielt irgendeinen Stoff, von dem Lukas noch nie gehört hatte und der für Hunde in zu großen Mengen tödlich sein konnte. Eine halbe Stunde später saß er in einer Kleintierpraxis, wo Finchen unzählige Kohletabletten verabreicht bekam und Lukas einen Einlauf: Er soll bitte, ermahnte ihn die Ärztin, besser auf seine Hündin aufpassen. Lukas hatte das versprochen, und Lilli hatte ihm zugesagt, dass sein Anschlag auf Finchens Leben ihr süßes Geheimnis bleiben sollte. Unvorstellbar, was passieren würde, wenn seine Schwiegereltern davon erführen.

Seit dem Schokoladendrama hatte Lukas Finchen immer im Blick, das würde auch heute Abend nicht anders sein. Er hatte noch nie jemanden zu den Treffen der *Vier Flaschen* mitgenommen, aber diesmal ging es nicht anders, weil Lilli mit Jonathan für ein paar Tage zu einer Freundin nach Köln gefahren war. Er hatte Niklas angerufen, der belustigt geklungen hatte, als er ihm von seiner Begleitung erzählt hatte. »Was ist daran so witzig, mich stresst das echt, Nik. Man kann den Hund nicht einen Augenblick aus den Augen lassen!«

»Mach dir keinen Kopf, kriegen wir schon hin, notfalls geht mein Azubi mit ihr so lange um die Alster spazieren, bis wir die Weine ausgetrunken haben, und ...« Er hatte wieder angefangen zu lachen, diesmal deutlich lauter als beim ersten Mal.

»Alter, was ist daran so lustig, dass ich den Hund mitbringe?«

»Das ist«, Niklas hatte sich vor Lachen verschluckt, »deshalb so lustig, weil du nicht der Einzige bist, der jemanden im Schlepptau hat.« Er räusperte sich. »Aber psssst!«

Als Lukas mit Finchen die Alster-Lounge betrat, wäre er fast mit Julius und seinem Sicherheitsquartett zusammengestoßen. Der Bürgermeister war immer von vier Leibwächtern umgeben, sie warteten während der Treffen der *Vier Flaschen* in einem Nebenzimmer, in dem inzwischen nur noch Brot, Wasser und Käse standen – etwas anderes hatten die Kollegen bisher nicht angerührt, obwohl Niklas früher richtig aufgefahren hatte.

»Bist du allein?« Lukas drückte Julius an sich und stellte fest, dass die Frage an jemanden, der aus Sicherheitsgründen nie allein irgendwohin gehen durfte, seltsam war.

»So allein, wie man als Bürgermeister sein kann«, antwortete Julius entsprechend. »Und wer ist das?« Er zeigte auf Finchen, die zu Lukas' Füßen kauerte und hart in ihre Pfote biss.

»Das ist doch Finchen, du weißt, der Hund, der damals bei den Journalistenmorden …«

»Ach so, ich erinnere mich. Und warum bringst du den heute mit?«

»Das ist eine längere Geschichte«, Lukas zog Finchen die Pfote aus dem Maul. »Ging halt nicht anders. Aber Niklas sagte, dass es kein Problem sei, weil jemand anders auch noch jemanden mitbringt.«

»Ich bin das nicht«, sagte Julius. »Wollen wir?«

Sie mussten die Treppe nehmen, weil Finchen sich weigerte, in den Fahrstuhl einzusteigen, ganz gleich, wie stark Lukas an der Leine zog.

»Alles in Ordnung mit dem Hund?«, fragte Julius.

»Mit diesem Hund ist nichts in Ordnung«, zischte Lukas und registrierte erste Blicke von anderen Gästen.

»Was ist denn hier los?« Niklas war aus der Richtung gekommen, in der das Kaminzimmer lag, im dem sich die *Vier Flaschen* normalerweise trafen. Und er war nicht allein: Neben ihm stand ein mittelalter Mann, der Lukas bekannt vorkam, er wusste nur nicht, woher. »Sie heißt Finchen, richtig? Gib sie mal her«, sagte Niklas, und sein Begleiter streckte die Arme aus.

»Wenn das so einfach wäre …«, wollte Lukas gerade sagen, als er erstaunt feststellte, dass Finchen aufgehört hatte zu bellen, sie zitterte nicht einmal mehr.

»Komm, Finchen.« Die Stimme des Typen, den Niklas mitgebracht hatte, war ganz sanft und ruhig, und Lukas hatte keinerlei Mühe, ihm den Dackel zu übergeben. »Sie hat, sie braucht, man darf auf keinen Fall«, stammelte er und drückte dem Mann die Leine in die Hand. »Keine Sorge, ich kümmere mich um sie, gar kein Problem.« Sprach's und verschwand in einen Raum, der neben der Küche lag.

»Was war das denn?«, fragte Julius, der die Szene interessiert beobachtet hatte.

»Vor allem: Wer war das denn?« Lukas wischte sich den Schweiß von der Stirn und klopfte Hundehaare von seinem Hemd.

»Das war Matthias Hunold, der Hundeflüsterer. Seine Bücher sind Bestseller.« Niklas grinste. »Und für eine gute Flasche Wein macht der alles für mich. Apropos Wein: Wird Zeit, dass wir starten, Jungs. Und seid bitte nicht zu überrascht.«

Das waren Lukas und Julius dann doch. Während sich der Bürgermeister in bewährter Manier nichts anmerken ließ und Mara Altmeier begrüßte, als sei es das Normalste der Welt, dass die Aktivistin hier im Kaminzimmer mit einem Glas Weißwein neben Clemens saß, blieb Lukas einen Moment zu lange mit offenem Mund in der Tür stehen.

»Mund zu, Herz wird kalt.« Clemens ging auf seinen Freund zu und klopfte ihm auf die Schulter. »Ihr kennt euch ja. Mara, Lukas, Lukas, Mara, wir sagen alle du, oder?«

»Hi, erneut«, sagte Mara und ihre dunkelbraunen Augen blitzten. Clemens wurde rot. Die nächsten vier Stunden erinnerten Lukas an seine Jugend, als ein Freund nach dem anderen in die Pubertät gekommen war und Treffen mit Mädchen immer peinlicher wurden, weil jeder Junge den besten Eindruck auf sie machen wollte. Das Gepose hatte seinen Höhepunkt irgendwann zwischen achtzehn und zwanzig erreicht, dann war es langsam abgeebbt. Dass es nicht verschwunden war, zeigte sich bei jedem Mitglied der *Vier Flaschen* an diesem Abend auf seine Art – bei Niklas, indem er einen sehr guten Wein nach dem anderen auffuhr, zuletzt als offensichtlich geplanten Höhepunkt das Forster Kirchenstück vom Weingut Reichsrat von Buhr aus 1996, Maras Geburtsjahr. »Ein Weltklasse-Wein«, flüsterte Niklas Lukas zu, und der staunte, wie dunkel der Wein war und wie intensiv er roch.

»Schmeckt er dir?«, fragte er Mara, und jetzt war es an Clemens, seine Begleitung erwartungsvoll mit offenem Mund anzustarren.

»Leider gar nicht«, hatte Mara geantwortet, und das hatte nicht einmal unhöflich geklungen. Es war schlicht die Wahrheit, und für Lukas brachte dieser Satz den Abend auf den Punkt: Mara hatte sich weder vom Bürgermeister noch vom Chef der Alster-Lounge oder von Clemens einwickeln lassen. Wenn, dann war es eher umgekehrt.

Auch Lukas musste sich eingestehen, dass es ihm schwerfiel, sich dem Charme und den rhetorischen Fähigkeiten der Aktivistin zu entziehen, selbst wenn es ihm auf den Geist ging, dass Clemens bei jedem zweiten Satz von Mara so heftig mit dem Kopf nickte, als hätte sie soeben Einsteins Relativitätstheorie widerlegt.

Als die letzte Flasche Wein fast geleert war – Mara war zwischenzeitlich auf ein alkoholfreies Bier umgestiegen, auch das ein Novum bei den *Vier Flaschen* –, standen für Lukas zwei Dinge fest. Erstens: Er würde die Geschichte dieser jungen Frau für die *Hamburg News* recherchieren, er würde sich in den nächsten Wochen an ihre Fersen heften. Und zweitens: Clemens war verliebt, ein Zustand, in dem Lukas ihn selten erlebt hatte, und noch nie so offensichtlich wie an diesem Abend.

»So, ich muss.« Kurz nach Mitternacht war Mara aufgestanden, hatte wie selbstverständlich jeden der drei

Freunde, außer Clemens, der sie offensichtlich mindestens zum Eingang, wenn nicht nach Hause begleiten wollte, umarmt und gesagt: »Da habt ihr wirklich eine putzige Runde.« Lukas wusste nicht, ob das aus dem Munde einer Frau, die jede Menge originelle Wörter verwendete, ein Kompliment für eine Gruppe weintrinkender Männer jenseits der vierzig war oder eine kleine Boshaftigkeit, aber am Ende war es ihm auch egal.

»Habe ich eigentlich deine Handynummer?«, fragte er und überlegte kurz, ob er andeuten sollte, dass er sich demnächst gern beruflich etwas ausführlicher mit Mara beschäftigen wollte. Er bekam die Nummer, und Mara fragte: »Hast du noch mal eine Minute für mich?«

»Für uns«, korrigierte Clemens, der neben ihr gestanden und mitgehört hatte.

»Klar.« Lukas sah von der Klimaaktivistin zu seinem Freund und wieder zurück, bevor sie gemeinsam das Kaminzimmer verließen, in dem Niklas und Julius mit den Resten des Rieslings zurückblieben.

Vor der Tür räusperte sich Clemens, sein Blick wechselte von verliebt zu ernst: »Lukas, Mara weiß, wer du bist.«

»Wie meinst du das?«, fragte Lukas irritiert zurück.

»Ich habe ihr von den Journalistenmorden erzählt, und wie du damals ... Du weißt schon.«

»Irre Story, Respekt«, sagte Mara.

Lukas verstand überhaupt nichts mehr: »Sorry, Leute, ich stehe auf dem Schlauch.«

»Es kann sein, dass wir deine Hilfe brauchen.« Clemens legte den rechten Arm um Mara und zog sie an sich heran.

»Ich hatte mir sowieso überlegt, eine Geschichte ...«, setzte Lukas an, als Mara den Kopf hob und ihm direkt in die Augen sah, mit einem Blick, der zum ersten Mal an diesem Abend weder selbstbewusst noch kämpferisch war, sondern ernst: »Ich versuche seit zwei Tagen, eine meiner engsten Mitstreiterinnen bei Fridays for Future zu erreichen, aber sie meldet sich nicht.« Mara zeigte Lukas einen WhatsApp-Chatverlauf mit unzähligen »Wo bist du?«, »Anna?«, »Wir machen uns Sorgen«, »Melde dich dringend!«, »Wir überlegen wirklich, die Polizei einzuschalten«.

»Ist das ungewöhnlich?«, fragte Lukas.

»Was?«, fragte Mara zurück.

»Dass sie sich mal ein paar Tage nicht meldet.« Ihm selbst kam das nicht unnormal vor, wenn er an seine eigene Reaktionsgeschwindigkeit bei WhatsApp dachte.

»Das hat es noch nie gegeben, seit wir uns kennen. Der harte Kern von Fridays for Future ist rund um die Uhr in Kontakt, wir müssen schließlich die Welt retten.« Mara versuchte ein Schmunzeln, aber es misslang: »Im Ernst, Lukas, ich mache mir wirklich Sorgen. Was sollen wir tun?«

Sie waren gemeinsam mit Clemens aus der Alster-Lounge heraus- und aus dem zweiten Stock über die Treppe zum Hinterausgang gegangen, der direkt an die Binnenalster führte.

»Ich kümmere mich«, hörte Lukas sich sagen, und erst da merkte er, dass er Finchen vergessen hatte.

8

Die vergangenen zwei Tage hatten Kaja Woitek für die vielen Wochen entschädigt, in der sich ihre Rolle als Polizeireporterin der *Hamburg News* darauf beschränkte, von den sich häufenden Demonstrationen der jungen Klimaaktivisten zu berichten. Nicht dass sie etwas gegen Demonstrationen gehabt hatte, schon gar nicht, wenn die Beteiligten so konsequent genderten, wie es die Leute von Fridays for Future taten; aber Kaja konnte mit Protestzügen, die derart friedlich verliefen, wenig anfangen. Es war mehr nach ihrem Geschmack, wenn es wie aus dem Nichts zu Ausschreitungen kam, wenn die Polizei in dicker Schutzkleidung anrückte, Flaschen flogen und aus den Seitenstraßen die Wasserwerfer anrückten. Dann setzte sie ihren Helm aus alten Militärbeständen auf, war mittendrin und in ihrem Element. Kaja kannte in solchen Situationen keine Angst. Die einzige Angst, die sie hatte, war die vor Langeweile. Und davon hatte sie zuletzt viel zu viel gehabt.

Bis sie vor zwei Tagen von einem der vielen Informanten, die sie sich in der Polizei in den vergangenen Jahren aufgebaut hatte, angerufen worden war und von einem Großeinsatz auf der Reeperbahn erfahren hatte. Von der Terrasse der Tanzenden Türme war offensichtlich ein Mann gestürzt, etwas, was in der jungen Geschichte des eindrucksvollen Bauwerks auf der Reeperbahn noch nie passiert war.

»Suizid?«, hatte Kaja gefragt, weil das einen Unterschied

machte. Wenn ein Mensch versuchte, sich das Leben zu nehmen, berichteten die *Hamburg News* normalerweise nicht darüber, da war der alte Keil sehr konsequent.

»Die Lage ist unklar, Suizid kann nicht ausgeschlossen werden, aber das kann er fast nie«, hatte Kajas Informant geantwortet, und dann, mit einer leiseren Stimme, als würde er eine Hand vor das Handy halten: »Wobei man von einem Suizid eigentlich gar nicht sprechen kann, weil der Mann, der von den Tanzenden Türmen gefallen ist, noch lebt.«

Wenig später saß Kaja auf ihrem E-Bike und fuhr zum Tatort. Sie brauchte knapp zehn Minuten, viel schneller wäre sie mit dem Auto auch nicht gewesen. Von weitem sah sie schon die Blaulichter, die Fahrzeuge von Feuerwehr, Notärzten und Polizei standen kreuz und quer und blockierten die Zufahrt zum Kiez. Kaja schloss ihr E-Bike knapp hundert Meter vor den Tanzenden Türmen an einem Geländer an und ging den Rest zu Fuß. Zwei Polizeibeamte waren dabei, das Gebiet großräumig mit einem rot-weißen Band abzusperren, und sie waren viel zu sehr damit beschäftigt, als dass sie Kaja bemerkt hätten. Die besaß sowieso eine Unauffälligkeit, die für Einsätze wie diesen perfekt war. In der Regel konnte sie sich auf Tatorten recht frei bewegen, und wenn sie angesprochen wurde, dann meist von jemandem, den sie aus den fast zehn Jahren kannte, die sie als Polizeireporterin für die *Hamburg News* arbeitete. Inzwischen hatte sich herumgesprochen, dass sie eine On-and-off-Beziehung mit dem Chef der Kriminalpolizei pflegte, wobei das On in den vergangenen Monaten überwogen hatte. Auch wenn es sich Kaja, die fast stolz auf ihre Bindungsängste war, nicht eingestehen wollte: Wahrscheinlich waren Enno von Spoercken und sie ein Paar.

»Kaja?« Ein Polizist, der vor einem Feuerwehrwagen stand, dessen Leiter sich langsam in den Hamburger Himmel schraubte, rief die Polizeireporterin für ihren Geschmack etwas zu laut zu sich. Kaja deutete mit einer Handbewegung an, dass sie ihn gehört hatte, und ging in seine Richtung, während die Drehleiter ihr Ziel langsam erreichte.

»Kaja? Wusste ich doch, dass du das bist.« Der Polizist, ein Zweimetermann, grinste, bückte sich herunter und gab der Polizeireporterin ein Küsschen auf die Wange. Er hieß Michael und war ein Relikt aus der wahrscheinlich wildesten Zeit, die Kaja in ihrem Job zwischen Zeitung und Polizei gehabt hatte.

»Michael, long time no see.« Kaja deutete den Kuss auf die Wange nur an und kam gleich zur Sache, sie wusste, dass Polizisten in solchen Großlagen alles gebrauchen konnten, aber auf keinen Fall Small Talk. Was sowieso nicht ihre Stärke war: Kaja sammelte Informationen und Fakten, je mehr und präziser, umso besser.

»Von mir hast du nichts gehört«, sagte Michael, bevor er loslegte: »Notruf war vor zwanzig Minuten. Putzleute in einem der obersten Stockwerke haben draußen einen lauten Knall gehört, ein Mann ist auf eine Arbeitsbühne gefallen, mit der die Fensterputzer hier gerade am Werk sind. Weißt du, was ich meine?«

Kaja nickte. »Weiter.«

»Notarzt und Sanitäter sind über das Fenster zu dem Mann gelangt, der zwar nicht bei Bewusstsein ist, aber noch lebt. Der hat tierisches Glück gehabt. Fünf Meter weiter rechts oder weiter links, und die Kollegen von der Spurensicherung könnten ihn hier vom Asphalt kratzen.« Jetzt wusste Kaja wieder, warum sie damals das Techtelmechtel mit Michael relativ schnell beendet hatte. Seine Ausdrucksweise war selbst für eine wie sie, die viel gesehen und noch mehr gehört hatte, gewöhnungsbedürftig.

»Sieht alles danach aus, als ob da einer den Abflug aus dem Leben machen wollte.«

»Was dagegen spricht, ist, dass er dann nicht besser aufgepasst hat, wohin er springt. Die Wahrscheinlichkeit, dass man bei einem Sprung von den Tanzenden Türmen genau dort aufkommt, wo er aufgekommen ist, scheint mir denkbar gering.« Kaja machte mit ihrem Handy ein paar Fotos von der Szenerie.

»Nichts ist unmöglich.« Michael schob sein Gesicht vor ihre Kamera und streckte ihr die Zunge heraus.

»Weiß man schon was über den Mann?«

»Es hieß vorhin, er sei Anfang dreißig. Die Ärzte wollten ihn lieber über die Leiter abtransportieren lassen als durch das Fenster, frag mich nicht, warum. Der Rettungshubschrauber wartet schon auf dem Heiligengeistfeld, ist gerade gelandet. Ich glaube, es geht los.«

Sein Funkgerät hatte gepiept, dann kam erneut Bewegung in den Leiterwagen, und Michael signalisierte Kaja, dass sie jetzt gehen müsse, alte Freundin hin, Erinnerungen an gemeinsam verbrachte Nächte her. Die Polizeireporterin nahm noch ein Video und ein paar Fotos auf und schickte alles in die Redaktion der *Hamburg News*. Dort hatte man sich entschlossen, trotz der unklaren Lage über den Vorfall zu berichten, weil ohnehin so viele Menschen davon mitbekommen hatten. Vor der Absperrung der Polizei hatten sich bestimmt dreihundert, vierhundert Leute versammelt, aus den Tanzenden Türmen strömten unzählige junge Leute hinterher, offenbar hatte die Polizei den Club geräumt, von dessen atemberaubender Dachterrasse Kaja bisher nur gelesen hatte. Sie fand, dass jetzt ein guter Zeitpunkt war, die Aussicht von dort oben selbst zu prüfen, und sie staunte wie so oft, wie leicht es war, unbemerkt in eine Richtung unterwegs zu sein, wenn sich die Polizei auf die andere konzentrierte. Während es also für nahezu alle Menschen mit den Fahrstühlen nach unten ging, nahm Kaja, so viel Vorsicht musste sein, die Treppe nach oben. Nach der Hälfte legte sie eine kurze Pause ein, um das Schnaufen in den Griff zu kriegen, und setzte sich auf einen Treppenabsatz. Immer wieder war sie vereinzelt Personen begegnet, die zu Fuß nach unten gingen – einige sahen aus wie Büromenschen, die bis spät in den Abend gearbeitet hatten, andere wirkten, als hätten sie im Club nur schnell einen Absacker genommen.

Die Gespräche, von denen Kaja immer nur Fetzen mitbekommen hatte, drehten sich fast alle darum, was passiert war. Jetzt hörte sie die leicht hysterische Stimme einer Frau, die sich aus einem der oberen Stockwerke näherte und die auf ihre Begleitung einredete: »Ich habe gesehen, wie der Typ gestürzt ist, ich hab's gesehen. Digger, der ist über die Brüstung rüber, so'n anderer hat noch versucht, ihn festzuhalten, aber wumms. Das war richtig krass, Digger.« Kaja verstand nicht, warum auch immer mehr Frauen dazu übergingen, Begriffe wie Digger und Alter zu verwenden, und sie verstand es noch weniger, als sie das junge Mädchen sah, das sie eben nur gehört hatte. »Das hast du doch nicht nötig«, flüsterte Kaja, als es mit zwei Freundinnen an ihr vorbeiging, die drei waren gerade mal volljährig, wenn überhaupt.

»Haben Sie was gesagt?« Das Mädchen stoppte kurz, und ihre Freundinnen blickten sich nun auch um.

Kaja schüttelte den Kopf, stand auf und setzte den Weg nach oben fort.

Für den zweiten Teil der Strecke brauchte sie deutlich länger als für den ersten, neben ihrer Lunge begannen auch ihre Waden zu brennen. Ihr Handy piepte ununterbrochen, sicher Rückfragen aus der Redaktion. Sie hatte keine Zeit, sie sich durchzulesen. Als sie oben angekommen war, wartete sie im Treppenhaus vor dem Eingangsbereich des Clubs so lange, bis sich ihre Atmung beruhigt hatte, und wischte sich den Schweiß von der Stirn mit dem Ärmel ihres T-Shirts ab. Dann griff sie auf den Trick zurück, dessen sich Reporter wie sie seit Urzeiten bedienten und der trotzdem sehr gut funktionierte. »Ich komme von der Polizei«, rief sie einem etwas ratlos dreinschauenden Türsteher entgegen, und das war nicht gelogen: Sie kam ja von Michael, und der war schließlich bei der Polizei. Der Türsteher ließ sie durch, ohne einen Ausweis zu verlangen, und wenig später stand Kaja dort, wo vor einer guten Stunde noch Hunderte Menschen getrunken und gefeiert hatten und wo sich einer von ihnen womöglich in den Abgrund gestürzt hatte. Oder gestürzt war? Es konnte schließlich auch ein Unfall gewesen sein, oder – aber an so eine große Geschichte mochte Kaja nach den ereignisarmen Wochen der jüngsten Vergangenheit nicht denken – ein Verbrechen.

An der Bar waren zwei Polizeibeamtinnen dabei, ein paar Mitarbeiter zu befragen, sie standen mit dem Rücken zu Kaja. Die ging mit schnellen Schritten die Brüstung entlang und warf immer mal wieder vorsichtig einen Blick darüber. Nicht dass sie Höhenangst gehabt hätte, aber toll fand sie es nicht, von hier oben in die Tiefe zu schauen. Über ihr ratterte etwas, ein starker Luftzug kam auf, als der Rettungshubschrauber mit dem Verletzten über die Tanzenden Türme flog. Kaja musste für einen kurzen Moment daran denken, wie schnell sich ein Leben ändern konnte, wie wenig Zeit zwischen einem vergnüglichen Abend auf einer Dachterrasse hoch über der Stadt und einem Notfallflug ins Krankenhaus lag. Schnell stand für sie fest, dass man von hier oben nicht einfach so runterfiel, dafür brauchte es das eine oder andere waghalsige Klettermanöver oder eben einen, der mutwillig … Das Klingeln ihres Handys riss sie aus den Gedanken. Enno.

»Wo bist du?« Seine Frage klang etwas vorwurfsvoll, aber Kaja konnte sich nicht erinnern, dass sie verabredet gewesen wären.

»Wieso fragst du?«

»Weil ich dich überraschen wollte und nackt vor deiner Tür stehe.«

»Enno, ich …«

»War nur ein Scherz, ich habe natürlich einen Mantel drüber. Soll ich warten?«

Normalerweise hätte Kaja die Vorstellung verlockend gefunden, dass Enno mit eindeutigen Absichten vor ihrer Tür wartete. Aber jetzt passte es schlichtweg nicht: »Tut mir leid, ich muss noch arbeiten.«

»Bist du …«, setzte Enno an, der natürlich über den Einsatz an den Tanzenden Türmen informiert worden war, aber angesichts seiner Bekleidungslage selbst dann nicht hätte an den Tatort kommen können, wenn er gewollt hätte.

»Ja, ich bin auf …«, Kaja korrigierte sich, weil sie fand, dass er nicht alles wissen müsse. »Ich meine, *an* den Tanzenden Türmen. Ganz schön was los hier. Was weißt du?«

Enno wiederholte im Wesentlichen das, was Michael berichtet hatte, aber er hatte auch ein neues Detail für Kaja: »Dem Opfer hat irgendetwas das Leben gerettet, das er um seinen Oberkörper gewickelt hatte und das den Aufprall abgedämpft hat. Wir wissen noch nicht, was es ist, aber wir werden es bald erfahren, spätestens wenn er im Krankenhaus ist.«

»Du meinst, du wirst es erfahren?«, fragte Kaja.

»Und du auch, wenn du dich beeilst«, sagte Enno und legte auf.

Eine halbe Stunde später war Kaja zurück im Schanzenviertel, wo sie in einer Drei-Zimmer-Altbauwohnung lebte, für die sie Enno nach wie vor keinen Schlüssel gegeben hatte. Ein Umstand, den sie gerade zum ersten Mal bereute. Er stand an die Hauswand gelehnt, und er hatte wirklich nur einen Mantel an, darunter lugten seine nackten Beine hervor.

»Du spinnst«, sagte sie, er grinste und nahm ihr das Fahrrad ab, damit sie die Haustür aufschließen konnte. Der Fahrstuhl war defekt, Enno trug das Rad bis hinauf in den dritten Stock – es unten stehen zu lassen, wäre zu gefährlich gewesen. Kaja tippte im Gehen ein paar Sätze für die Redaktion in ihr Handy, mit der die Kollegen im Büro die Geschichte ergänzen könnten, die sie eben auf der Fahrt nach Hause durchgegeben hatte. Der Artikel mit der Überschrift »Drama an den Tanzenden Türmen – Mann überlebt Horrorsturz« hatte sich schnell an die Spitze der meistgelesenen Texte auf der Internetseite der *Hamburg News* geschoben, und Kaja wusste nicht, was sie mehr erregte: dieses Kribbeln, das sie jedes Mal bei solchen großen Einsätzen verspürte, oder der Gedanke, dass Enno gleich den Mantel ausziehen würde und …

»Stopp!«, sagte sie, als er ihr Fahrrad in den Flur geschoben hatte und Anstalten machte abzulegen. »Erst will ich wissen, was du Neues über den Mann weißt, der da runtergefallen ist.«

Enno verdrehte die Augen, fummelte sein Handy aus der Manteltasche und scrollte in einem E-Mail-Postfach etwas herunter. Dann drückte er Kaja das Telefon in die Hand. »Nachricht aus Krankenhaus«, las sie. »Opfer war in ein Transparent eingewickelt.« Kaja sah aus dem Augenwinkel, wie Enno seinen Mantel herabgleiten ließ. Er hatte nicht zu viel versprochen, und trotzdem starrte Kaja wie gebannt auf sein Handy. Denn dort stand: »Transparent ausgerollt. Aufschrift in roten Buchstaben: Fridays for Future kills you.«

9

Ihre Augen waren das Einzige, was sich an die Dunkelheit gewöhnt hatte, ansonsten befand sich Annas Körper im Panikmodus. Sie hatte nichts angehabt, als sie aufgewacht war, und sie hatte instinktiv ertastet, ob irgendwelche Verletzungen oder andere Spuren an ihrem Unterleib darauf hinwiesen, dass … Zum Glück nicht. Allein die Beine waren schwerer als sonst und verspannt. Daran konnte aber auch das harte Sofa schuld sein, auf dem sie gelegen hatte. Anna entdeckte durch Zufall ihre Klamotten auf einem Tisch, als sie auf allen vieren durch den Raum krabbelte, um ihn zu erkunden, und fand auch zwei Lichtschalter. Doch als sie sie drückte, passierte – nichts. Die Fenster, die sie erahnte, waren entweder schwarz gestrichen oder von außen verbarrikadiert oder beides, und sie ließen sich nicht öffnen. Das Ganze wirkte wie ein Gartenhaus oder eine alte Scheune, es roch muffig, und Anna hatte seit ihrer Krabbelaktion einen Holzsplitter im Zeigefinger. Aber das war ihr geringstes Problem.

Sie wusste nicht, wo sie war und wie sie hierhergekommen war, aber an alles andere, was passiert war, konnte sie sich nach und nach erinnern. Ein gutes Zeichen, wie sie fand. Jemand musste sie betäubt haben, aber nicht genug für einen dieser Filmrisse, wie wenn sie mit einem Typen zu viel Alkohol getrunken hatte.

Diesmal war es nur ein Gin Tonic gewesen, dieser Frank hatte ihn ausgegeben, und Anna war sich sicher, dass er ihr irgendetwas in den Drink getan hatte. Einer Freundin von ihr war das schon passiert, sie hatte K.-o.-Tropfen in ihrer ansonsten harmlosen Cola gehabt. Die Kerle, die dafür verantwortlich waren, hatten so getan, als ob sie zu betrunken wäre, um allein nach Hause zu gehen, und sie im wahrsten Sinne des Wortes abgeschleppt. Wer weiß, was mit ihr passiert wäre, wenn der Trupp nicht durch einen glücklichen Zufall Anna in die Arme gelaufen wäre, die die Typen verscheucht und ihre Freundin mit nach Hause genommen hatte. »Wie kann man auf so einen billigen Trick und auf solche Arschlöcher reinfallen«, hatte Anna damals mit ihr geschimpft und ob sie nicht wisse, dass man als junge Frau heutzutage sein Glas immer im Blick haben müsse.

Und jetzt das.

Dieser Frank hatte vertrauenswürdig gewirkt, er war deutlich älter gewesen als Anna und auch ansonsten kein Date wie andere. Er hatte sich, wie so viele in den vergangenen Wochen, über die E-Mail-Adresse an Fridays for Future gewandt, die Mara in ihrem Twitter- und Instagram-Account angegeben hatte. Die Zahl der Menschen, die ihr in den sozialen Medien folgten, wuchs mit jedem Interview, das Mara gab – nach ihrem jüngsten Auftritt bei *Anne Will* war sie explodiert. Mehr als eine Viertelmillion Leute konnte sie jetzt mit einem einzelnen Post erreichen, es war Wahnsinn. Weil Mara der Menge an Anfragen, Mails und Bitten niemals allein Herr werden konnte, hatte sich ein Team gebildet, das sich nahezu rund um die Uhr um die Zuschriften kümmerte, mit Anna an der Spitze. Sie hatte auch die Nachricht von diesem Frank herausgefischt, der angab, ein Unternehmer zu sein und Interesse zu haben, die Klimaaktivisten finanziell zu unterstützen, »ohne darum viel Wirbel zu machen«. Geld konnten sie gut gebrauchen, und deshalb hatte Anna ein paarmal mit ihm hin und her gemailt und sich irgendwann zu einem »persönlichen Kennenlernen« verabredet.

Sie hatte sich nichts dabei gedacht, weil sie in den vergangenen Wochen und Monaten wie der gesamte engere Führungskreis von Fridays for Future jede Menge neue und wichtige Leute kennengelernt hatte. Das Interesse an dem, was sie machten, war groß, und Anna genoss es, auf einmal von allen Seiten umschwärmt zu werden. Sie hatte mit Frank ein, zwei Drinks nehmen und dann weiterziehen wollen, entweder mit ihm oder ohne ihn. Es war anders gekommen.

Sie spürte, wie ihr Tränen das Gesicht herunterliefen, sie weinte erst still, dann laut schluchzend, wütend, dann verzweifelt. Schließlich versuchte sie, die Tür einzutreten, die sie trotz der Dunkelheit ausfindig gemacht hatte. Beim vierten oder fünften Versuch stürzte sie und fiel auf das Knie, in dem sie sich vor anderthalb Jahren ein Band gerissen hatte. Es tat höllisch weh, Anna weinte nun nicht mehr nur aus Angst und Wut, sondern auch vor echten Schmerzen. Sie setzte sich vor das Sofa auf den Fußboden und legte das Bein hoch, als gäbe es in ihrer Situation nicht wichtigere Dinge.

Ihr Zeitgefühl funktionierte nur noch mittelmäßig. Weil durch ein paar Ritzen in der Holzwand Licht einfiel und weil sie ab und zu glaubte, ein Flugzeug über ihrem Gefängnis zu hören, ging sie davon aus, dass es Tag war. Welcher Tag, war Anna egal. Sie hatte nichts gegessen, seit sie hier eingesperrt war, obwohl auf einem kleinen Tisch in der anderen Ecke des Raumes ein paar Lebensmittel standen, Kekse, Knäckebrot, Honig, Müsliriegel, Bananen und Dosen mit Früchten, eine seltsame Mischung. Daneben eine Kiste mit Mineralwasser, halb mit, halb ohne Sprudel. Annas Durst wurde von Stunde zu Stunde größer, aber sie traute sich nicht, das Zeug zu trinken. Außerdem gab es statt einer Toilette in dem Häuschen nur einen Eimer, an dessen Henkel eine Rolle Klopapier hing.

Das Knie war angeschwollen, nicht ganz so stark wie bei dem Bänderriss, den sie sich bei einem Hockeyspiel zugezogen hatte, und so instabil wie damals wirkte es auch nicht. Aber wenn sie auf die Schwellung drückte, tat es weh, und für einen Moment musste Anna an ihren Vater denken, der in solchen Situationen immer gesagt hatte: »Dann drück nicht drauf.« Sie fing wieder an zu weinen und staunte, woher ihr Körper die ganzen Tränen nahm. Irgendwann konnte sie nicht mehr, schloss die Augen und versuchte das zu tun, was sie in schwierigen Situationen immer tat und was ihr vor wichtigen Klausuren genauso geholfen hatte wie zu der Zeit, als die Eltern sie und ihre Schwestern die ersten Male allein zu Hause gelassen hatten und sie aus Angst vor Einbrechern nicht hatte einschlafen können: Anna konzentrierte sich auf ihre Atmung, sie holte tief Luft und stieß sie wieder aus. Ihr Körper brauchte länger als sonst, um sich zu entspannen, viel länger, aber irgendwann ging wenigstens das Rauschen in ihren Ohren zurück, und sie hatte nicht mehr das Gefühl, ihren Herzschlag zu spüren. Sie merkte, wie müde sie war, wie fertig, und weil sie Angst hatte einzuschlafen, atmete sie konzentriert weiter, etwas flacher und leiser als in den ersten Minuten. Sie konnte die Luft hören, die durch die Nase ihren Körper verließ, es war ein beruhigendes Geräusch, auch weil es überhaupt ein Geräusch war. Jetzt fielen Anna doch die Augen zu, sie versuchte abermals sich dagegen zu wehren, das verletzte Bein rutschte vom Sofa herab, sie konnte es gerade noch mit den Armen stützen, als es plötzlich draußen vor der Hütte einen mächtigen Knall gab, einen Schlag, etwas, das ihr nach den Stunden in absoluter Stille unangenehm laut vorkam. Ihr Herz fing wieder an zu rasen. Sie hievte sich hoch und starrte in die Richtung, aus der das Geräusch gekommen war. Jetzt versuchte jemand mühsam, die Tür zu öffnen. Anna wertete das als gutes Zeichen, weil Frank oder derjenige, der sie hierhergebracht hatte, einen Schlüssel haben würde.

»Ich bin hier drin«, rief sie und dann, so laut sie konnte: »Hilfe, Hilfe, retten Sie mich!« Sie konnte sich nicht erinnern, jemals in ihrem Leben so geschrien zu haben.

Dann passierte alles gleichzeitig. Die Tür sprang auf, und Anna bildete sich ein, einen Ruf gehört zu haben, »Raus!« oder »Lauf!«, vielleicht spielte ihr Gehirn ihr aber auch nur einen Streich. Sie wollte losrennen, hatte aber ihr lädiertes Knie vergessen und sackte kurz weg. Das helle Licht schmerzte in ihren Augen, das Bein tat höllisch weh, und Anna befürchtete, dass sie sich in die Hosen gemacht hatte. Sie humpelte los, Tränen in den Augen und einen beißenden Geruch in der Nase. Sie konnte nirgendwo einen Menschen erkennen, und als sie sich der Tür näherte, beschloss sie, weder nach rechts noch nach links zu schauen, sondern immer nur geradeaus. Das Gartenhaus schien am Rande eines Waldstücks zu liegen, Anna nahm sich vor, so lange es ging auf einem Bein zu hüpfen, weil sie damit in ihrer Situation am schnellsten unterwegs war. Sie zählte, wie damals in der Schule, wie viele Sprünge sie schaffte, und erst bei neunundsechzig stoppte sie das erste Mal, um kurz zu verschnaufen und dann weiterzuhüpfen. Fünfundvierzig, zweiunddreißig, fünfundzwanzig, dann hatte sie einen Feldweg erreicht. Anna konnte nicht mehr. Sie ließ sich auf den Boden fallen und blickte zum ersten Mal seit ihrer Flucht in die Richtung zurück, aus der sie gekommen war. Das Gartenhäuschen konnte sie nicht mehr erkennen, wohl aber die Flammen, die von dort kamen, wo sie eben noch gewesen war und die immer größer wurden. 112, dachte sie, 112. Jemand muss die Feuerwehr rufen.

10

Finchen war nicht wiederzuerkennen. Als Lukas zurück in die Alster-Lounge gegangen war, um die Dackeldame mit nach Hause zu nehmen, hatte sie in einer Ecke von Niklas' Büro gelegen und geschlafen. Sie hatte sich gefreut, ihr Teilzeitherrchen zu sehen, aber hatte weder gebellt noch den Fußboden abgeleckt oder sich in die Pfote gebissen, also nichts von dem getan, was sie normalerweise tat, wenn sich irgendetwas Aufregendes und Ungewohntes in ihrem Hundeleben ereignete.

Was war passiert? Was hatte dieser Hundeflüsterer mit Finchen gemacht? Lukas stellte sich diese Frage auch am nächsten Morgen, als er mit dem Dackel an der Leine in Richtung U-Bahn ging und sie an einer jungen Frau mit einem Golden Retriever vorbeikamen, den Finchen früher angefallen hätte, als gelte es, Lukas vor einer Horde Straßenräuber zu beschützen. Und diesmal? Nichts! Sie war kurz auf den mindestens sechsmal so großen Hund zugetrippelt, hatte sich beschnuppern lassen und zurückgeschnuppert und war dann brav weitergetrottet. Lukas konnte es nicht glauben. Als sie an eine Ampel kamen, die gerade auf Rot gesprungen war, tat er etwas, das er vor einiger Zeit eigentlich aufgegeben hatte: Er beugte sich leicht zu Finchen hinunter, hob den Zeigefinger seiner rechten Hand und sagte: »Sitz!« Normalerweise teilten ihre Dackelaugen ihm nur mit, dass er ihr gar nichts zu befehlen hatte, doch diesmal machte sie es tatsächlich. Sie setzte sich und harrte so lange an der Ampel aus, bis Lukas »Komm« sagte. Dieser Matthias Hunold musste sie hypnotisiert oder ihr irgendwelche Wundermittel gegeben haben, und Lukas hoffte, dass die möglichst lange wirken würden. So war es kein Problem, den Dackel mit in die Redaktion zu nehmen, so würde er in Ruhe arbeiten können und müsste nicht alle fünf Minuten gucken, was Finchen schon wieder für einen Quatsch – Stichwort Schokolade – gemacht hatte.

Lukas hatte sich für heute viel vorgenommen. Er hatte gestern Nacht fast eine Stunde mit Clemens hin- und hergemailt, um mehr über diese Anna zu erfahren, die verschwunden war. Anders als sein Freund und Mara Altmeier machte er sich keine Sorgen, weil er in seiner Zeit als Reporter bei den *Hamburg News* allzu oft erlebt hatte, dass Menschen, die wie vom Erdboden verschluckt schienen, genauso plötzlich wieder auftauchten. Aber weil er sich sowieso stärker mit Mara und ihrer Rolle in der deutschen Klimabewegung beschäftigen wollte, war die Gelegenheit günstig. Wenn er dabei helfen konnte, diese Anna wiederzufinden, war das dafür auf jeden Fall nicht schlecht, und wenn sie verschwunden bleiben sollte, hätte er auch eine Geschichte.

Clemens hatte erzählt, dass Anna zu dem kleinen Führungszirkel von sechs bis acht Personen gehörte, die meisten davon junge Frauen, der sich in Hamburg um Mara herum gebildet hatte. »Du darfst dir das aber nicht vorstellen wie in einer Partei oder so, wo es darum geht, dass einer der große Boss ist und die anderen nur machen, was er sagt. Das läuft hier alles echt basisdemokratisch«, hatte Clemens geschrieben und dass Mara sich nicht in die Rolle des »Gesichts von Fridays for Future« gedrängt habe, sondern von »den Medien« dazu gemacht worden sei. »Ich finde das fast schon sexistisch, weil es ja auch damit zu tun hat, dass sie so aussieht, wie sie eben aussieht: die langen Haare, die großen Augen, die vollen Lippen.« Lukas musste sich beherrschen, nicht etwas zurückzuschreiben wie »Du hast dich voll verknallt, oder?«. Er fand den Begriff für den Beziehungsstatus eines über Vierzigjährigen auch nicht recht passend.

Anna hatte unter anderem auch so etwas wie das Management von Mara übernommen. Weil Mara es war, die die meisten Anfragen und E-Mails »und übrigens auch erschreckend viele Drohungen« erhielt, halfen ihr die anderen bei der Beantwortung. »Personenkult passt eigentlich überhaupt nicht zu uns«, hatte Clemens geschrieben, »aber wenn diese absurde Aufmerksamkeitsökonomie in diesem Land nun mal so funktioniert, wie sie funktioniert, wären wir schön blöd, das nicht für unsere Zwecke auszunutzen.« Lukas bemerkte, dass sich sein Freund wieder so kämpferisch anhörte wie zu Uni-Tagen.

»Moin.« Lukas war um kurz nach neun Uhr in der Redaktion. Er hatte Finchen gegen seine Gewohnheit von der Leine gelassen, und sie war tatsächlich brav in ihr Körbchen getrottet, nachdem sie mit einem heftigen Schwanzwedeln Kaja begrüßt hatte.

»Nanu?«, fragte die. »Warum flippt sie nicht aus, wenn sie mich sieht? Hat deine Hündin mich nicht mehr gern?«

»Erklär ich dir später.« Lukas klappte seinen Laptop auf und fuhr ihn hoch. »Sag mal, ich habe da vielleicht eine gute Geschichte zum Thema Fridays for Future …«

»Ich auch«, unterbrach ihn Kaja.

»Wie, du auch?«

Kaja erzählte ihm von dem Unglück an den Tanzenden Türmen, davon, was sie vor Ort erlebt hatte, und von der wichtigen Information, die Enno von Spoercken ihr gesteckt hatte.

»Seid ihr immer noch zusammen? Das ist ja persönlicher Rekord«, sagte Lukas.

»Erklär ich dir später.« Sie grinste.

»Und der Typ war in ein Plakat gewickelt? Verstehe ich nicht.«

»Eher in ein Transparent. Enno und ich vermuten, dass er das oben auf den Tanzenden Türmen ausrollen und dann an der Fassade anbringen wollte.«

»Und dabei ist er abgestürzt?«

»So kann es nicht gewesen sein, denn als man ihn gefunden hat, war er ja noch in das Ding eingewickelt. Was für mich auch gegen einen Suizid spricht und eher für einen Unfall«, sagte Kaja, die immer eine Kanne Tee auf ihrem Schreibtisch stehen hatte, heute Ingwer-Zitrone.

Lukas stand auf und ging ein paar Schritte, um ihr seine Tasse hinzuhalten.

»Und dieses Transparent hat ihm am Ende das Leben gerettet?« Lukas pustete, bevor er vorsichtig einen Schluck trank.

»Vor allem hat ihm diese Kabine das Leben gerettet, mit der Fensterreiniger an Fassaden hochfahren und die sie auf einer der oberen Etagen über Nacht geparkt hatten. Aber ja, die Ärztinnen sagen, dass das Transparent seinen Oberkörper entscheidend gestützt hat, sonst hätte ein Sturz aus dieser Höhe auch tödlich enden können.«

»Weißt du, wie es ihm geht?« Lukas hatte begonnen, auf und ab zu schreiten. Finchen war in ihrem Körbchen eingeschlafen, allmählich machte er sich Sorgen um den Hund.

»Er liegt im Koma«, sagte Kaja.

»Und auf dem Transparent stand ›Fridays for Future kills you‹?«

»In Blutrot.« Kaja schob sich ein Stück Schokolade in den Mund, Finchen schlief weiter.

»Was soll das sein, ein Protest gegen Fridays for Future?«

Kaja zuckte mit den Schultern: »Keine Ahnung.«

»Hast du einen Namen?«

»Bisher nicht, angeblich haben die nichts bei dem Opfer gefunden, das zur Identifizierung beitragen konnte, keinen Perso, keinen Führerschein. Aber man hat mir ein Bild zukommen lassen.« Kaja grinste. »Willst du's sehen? Ist aber nicht besonders schön.«

Lukas stellte sich so hinter die Polizeireporterin, dass er auf ihr Handy gucken konnte. Sie rief WhatsApp auf und öffnete schnell einen Chat. Das Bild eines Mannes, der auf einer Trage lag, ploppte auf. Er trug eine Art Halskrause, hatte die Augen geschlossen und sah ansonsten, fand Lukas, recht friedlich aus.

»Kannst du mal ranzoomen?«

Kaja tat es, bis das Gesicht die gesamte Fläche des Bildschirms ausfüllte.

»Und jetzt?« Sie blickte von ihrem Bürostuhl zu ihm hoch und fühlte sich noch kleiner als sonst. Lukas war fast zwei Meter groß, Kaja allenfalls 1,68 Meter.

»Ich kenn das Gesicht«, murmelte Lukas vor sich hin, »ich kenn das Gesicht.«

»Wichtig wäre, dass du auch den Namen dazu kennst«, murmelte Kaja zurück.

Lukas dachte nach. Gesichter waren seine große Stärke, Namen seine große Schwäche. Er wusste immer, ob er jemanden kannte, und meistens auch, woher, aber das hieß nicht, dass ihm auch der Name einfiel.

»›Fridays for future kills you‹«, sagte er vor sich hin. »Das könnte natürlich auch eine versteckte Botschaft sein, eine

Anklage, dass Fridays for Future ihn in den Tod getrieben hat.«

»Dann müsste es aber ›Fridays for Future killed me‹ heißen«, erwiderte Kaja trocken.

»Klugscheißer.«

»Klugscheißer*in*, wenn schon.« Kaja streckte Lukas ihre Hand entgegen. »Und deine kleine Klugscheißerin hätte gern ihr Telefon zurück, wenn es keine Mühe macht.«

»Warte, gleich fällt mir ein, woher ich den kenne.« Lukas hielt das Handy dicht vor seine Augen, dann wieder etwas weiter weg.

»Guten Morgen, da sind aber zwei früh in der Redaktion.« Kaja und Lukas fuhren herum, sie hatten nicht gemerkt, dass der alte Keil hinter ihnen stand, wie immer mit seiner schwarzen, wie er selbst in die Jahre gekommenen Aktentasche in der Hand.

»Moin, Chef!«, sagten die beiden im Chor.

»Lassen Sie sich nicht stören«, sagte der alte Keil und wollte gerade weitergehen, als ihm noch etwas einfiel: »Ach ja, Lukas, bevor ich es vergesse: vielen Dank, dass Sie neulich bei dieser Diskussionsrunde für mich eingesprungen sind.«

Da wusste Lukas endlich, woher er das Gesicht kannte. Und wie er den Namen herausbekommen würde, wusste er auch.

11

Wenn Mara vor zehn Uhr in der Fridays-for-Future-Zentrale in der HafenCity auftauchte, zu der Clemens' Büro endgültig geworden war, musste etwas Besonderes anstehen oder passiert sein. Heute kam sie sogar schon um kurz nach neun Uhr, das Handy in der rechten und Frida an der linken Hand. Die Schwester von Anna sah aus, als hätte sie seit einer Woche nicht geschlafen.

»Nichts Neues?«, fragte Clemens, nachdem er die beiden Frauen zur Begrüßung in den Arm genommen hatte, Mara wie immer etwas inniger und länger.

»Nichts.« Fridas Stimme war kaum zu hören, sie klang zittrig.

»Du machst dir wirklich große Sorgen, oder?« Clemens stellte ihr einen Becher Kaffee hin.

Frida nickte.

»Milch?«

Frida nickte noch einmal.

Mara hatte sich einen Espresso an dem neuen Kaffeeautomaten gemacht, den Clemens für viel Geld und, wenn er ehrlich war, vor allem für sie gekauft hatte. Mara trank Espresso wie andere Leute Mineralwasser.

»Hast du was von deinem Freund gehört?«, fragte sie Clemens.

»Welcher Freund?«, hauchte Frida und nahm vorsichtig einen Schluck von ihrem Kaffee.

Clemens erzählte von Lukas Hammerstein, sie wisse vielleicht, dieser Reporter von den *Hamburg News*, der damals die Journalisten-Morde aufgeklärt hatte, die wochenlang das Hauptgesprächsthema in der Stadt gewesen seien. »Wir haben ihm gestern von Anna erzählt und ihn gebeten, dass …« Clemens Handy klingelte. »Das ist er.« Er ging ran, sagte guten Morgen und hörte dann eine halbe Minute zu, bevor er das Gespräch wieder beendete: »Wir sind alle bei mir im Büro, Mara und Frida, die Schwester von Anna. Bis gleich.« Clemens legte auf.

»Hat er was rausgefunden?« Mara guckte ihn aus Augen an, die auf Clemens noch größer wirkten als sonst.

»Das könnt ihr ihn gleich selbst fragen: Er wollte unbedingt persönlich vorbeikommen.«

Frida fing an zu wimmern.

Eine Viertelstunde später waren Lukas, Kaja und Finchen in der HafenCity. Lukas hatte kurz überlegt, den Dackel allein in der Redaktion zu lassen, so ruhig wie er auf einmal war, aber dann erschien ihm das doch zu riskant. Finchen trottete in Clemens' Büro, als wäre sie hier schon unzählige Male gewesen. Kein Bodenablecken, kein lautes Gebell, sie bliebt selbst an Lukas' Seite, als der die Leine abmachte. Es war ein Mysterium.

Lukas stellte Kaja Mara und Frida vor. Wenn er den leicht panischen Blick von Annas Schwester richtig deutete, schien sie zu erwarten, dass er Neuigkeiten von der Vermissten hatte. Bevor er auf den Mann zu sprechen kam, der von den Tanzenden Türmen gestürzt war, musste er also die andere Sache ansprechen.

»Und«, fragte Lukas und blickte dabei erst Mara, dann Frida an. »Habt ihr etwas von Anna gehört?«

Beide schüttelten den Kopf.

»Wir dachten, dass du, also ihr«, Mara nickte Kaja zu, »Informationen habt.«

»Kaja weiß noch nicht mal, was es mit Anna auf sich hat.« Lukas erzählte der Polizeireporterin schnell, dass die Aktivistin seit zwei Tagen, »eigentlich seit drei«, flüsterte Frida, verschwunden war.

»Das war also deine Fridays-for-Future-Story.« Kaja zog einen Stehhocker zu sich, von denen ein halbes Dutzend wahllos in Clemens' Büro herumstand, und setzte sich. »Eine Klimaaktivistin verschwindet, ein anderer liegt im Koma, das kann …«

»Wer liegt im Koma?«, unterbrach Mara sie und stemmte ihre Arme in die Hüften.

»Der hier.« Kaja holte ihr Handy heraus und rief das Foto auf. Mara beugte sich darüber, ebenso Frida und Clemens.

»Ich war mir relativ sicher, dass das dieser Typ ist, der die Podiumsdiskussion gestört hat, aber ich wusste seinen Namen nicht mehr«, sagte Lukas.

»Gregor. Das ist Gregor Vögele.« Mara starrte auf das Foto. »Was ist passiert?« Nun war es an Kaja, die Geschichte von den Tanzenden Türmen, dem Sturz, dem Glück im Unglück und dem Transparent zu erzählen, in das Gregor Vögele, sie hatte sich den Namen bereits in einen Notizblock geschrieben, eingewickelt gewesen war.

»Fridays for Future kills you? Was soll das bedeuten?«, fragte Clemens. Frida hatte wieder angefangen zu wimmern, und weil es niemand anders tat, nahm Kaja sie in den Arm. Sie hatte Erfahrung darin, andere Menschen im Angesicht von Leid, Elend und Verbrechen zu trösten, und es fiel ihr nicht schwer.

»Was er damit sagen will, weiß ich auch nicht. Denn von

uns hatte sicher keiner vor, ihn umzubringen.« Mara hatte sich einen weiteren Espresso geholt. »Wobei wir uns alle zum Schluss sehr über ihn geärgert haben, oder, Frida?« Sie nickte, und Clemens sagte: »Der Kerl war am Ende nicht mehr zu ertragen.«

»Warum nicht?« Lukas fand interessant, welche Wendung der Fall nahm.

»Weil er zu radikal war. Ihm reichte es nicht, dass wir Schülerinnen und Schüler aufgefordert haben, die Schule zu schwänzen, ihm reichte es nicht, wenn wir zu Zehntausenden durch die Innenstädte zogen.« Auf Maras Oberlippe hatte sich ein kleiner Kaffeerand gebildet, sie leckte ihn langsam mit der Zunge ab, und Lukas vermied es bewusst, in diesem Moment auf die Reaktion von Clemens zu achten. Er fand es schon unangemessen, dass sein Freund Mara nicht eine Sekunde von der Seite wich, als sei er ihr Bodyguard. »Gregor war das alles zu harmlos, ihm schwebten härtere Dinge vor. Blockaden, Besetzungen, Anschläge, so was.«

»Er hat mal gesagt«, Fridas Stimme war so leise, dass sich Kaja und Lukas unwillkürlich nach vorn beugten, um sie besser zu verstehen, »dass wir so etwas werden müssten wie die RAF des 21. Jahrhunderts.«

»Eine terroristische Vereinigung? Im Ernst?«, fragte Lukas.

Frida nickte, Mara wiegelte ab: »Ich weiß nicht, ob er wirklich so weit gegangen wäre, Menschenleben zu gefährden …«

»… wobei das Transparent ›Fridays for future kills you‹ einen Sinn macht, wenn man das hört, was ihr erzählt.« Kaja kam kaum hinterher, und sie war froh, dass niemand fragte, warum sie das alles aufschrieb. Die Geschichte wurde aus der Sicht einer Polizeireporterin immer besser, aber auch das sagte sie lieber nicht.

»Und jetzt …«, stammelte Frida, »liegt Gregor … im Koma?«

»Ja«, antwortete Kaja. »Er hat wie gesagt riesiges Glück gehabt, dass er überhaupt noch lebt.«

»Wird er durchkommen?«, fragte Frida.

Kaja und Lukas guckten sich an, dann zogen beide die Schultern hoch.

»Sein Zustand scheint stabil«, sagte Kaja.

»Traut ihr ihm zu, dass er versucht hat, sich das Leben zu nehmen?«, fragte Lukas.

Mara verzog ihr Gesicht: »Gregor? Niemals. Der war so selbstverliebt, so überzeugt von sich, der wäre einer der Letzten, der sich umbringen würde. Es muss ein Unfall gewesen sein.«

»Oder einer oder eine hat nachgeholfen?« Kaja sagte das, weil es eben nicht unmöglich war und weil sie wusste, dass die Polizei auch in diese Richtung ermittelte.

»Du meinst, der Gregor könnte ermordet worden sein?« Frida schüttelte sich, angesichts dieser Wende hatte sie für einen Moment das Schicksal ihrer Zwillingsschwester vergessen.

»Na ja, er lebt ja noch. Aber meine Informantinnen aus der Polizei sagen mir, dass niemand der Gäste oder Mitarbeiterinnen beobachtet hätte, dass der Mann …«

»Gregor«, warf Mara ein.

»… dass Gregor versucht hätte, auf die Brüstung der Terrasse zu klettern oder dort herumgeturnt wäre. Er muss von jetzt auf gleich runtergefallen sein, und weder ich noch die Polizei halten es für ausgeschlossen, dass da jemand nachgeholfen hat.« Das war etwas übertrieben, aber vielleicht half es, dachte Kaja, den beiden jungen Frauen mehr Informationen zu entlocken.

Doch die sahen nur still vor sich hin. Mara trank ihren Espresso aus, Frida sackte so in sich zusammen, dass Lukas für einen Moment die Sorge hatte, sie könne in Ohnmacht gefallen sein.

»Was macht ihr jetzt?« Clemens hatte sich das Ganze mit leicht geöffnetem Mund angehört und war dabei das Gefühl nicht losgeworden, dass sein Freund Lukas gerade in die nächste große Geschichte stolperte.

»Wir werden versuchen, noch mehr über Gregor Vögele rauszubekommen. Dass wir jetzt seinen Namen wissen, hilft uns sehr, danke!«, sagte Kaja, die sich am liebsten direkt an einen der Bürotische gesetzt und mit ihrem Handy einen ersten Text für die *Hamburg News* geschrieben hätte. Aber angesichts der anderen Fridays-for-Future-Geschichte um diese verschwundene Anna erschien ihr das pietätlos.

»Ist es irgendwie vorstellbar«, fragte sie, »dass das Verschwinden deiner Schwester«, sie sah Frida so vorsichtig an, wie es nur ging, »etwas mit dem Unfall von Gregor Vögele zu tun haben könnte?«

»Gregor und Anna waren etwa so weit voneinander entfernt wie Donald Trump von der Bekämpfung des Klimawandels«, sagte Mara. »Anna fand ihn genauso unmöglich und nervig wie wir alle und hatte ...«

»Die beiden hatten eine Affäre.« Frida sprach so leise, dass Mara nachfragte: »Was hast du gesagt?«

»Die beiden hatten eine Affäre.« Im Raum war es so still geworden, dass alle Frida genau verstehen konnten, auch wenn sie ihre Stimme nicht erhoben hatte.

»Was erzählst du da!« Mara klang sauer. »Anna hätte sich nie mit diesem schmierigen Meteorologen«, Kaja notierte Vögeles Beruf, »ins Bett gelegt, niemals.«

»Hat sie aber. Nicht oft, aber doch.« Frida schluckte. »Ich

weiß es, weil sie es mir erzählt hat, und sie hat mich nie angelogen. Jetzt rede ich schon so, als ob …« Ihr stockte die Stimme, und Lukas hatte den Eindruck, dass er dazwischengehen musste, bevor Kaja ihr Verhör fortsetzte: »Ich bin mir sicher, dass deine Schwester bald wieder auftauchen wird und dass es eine ganz einfache Erklärung dafür gibt, dass …« Aus den Augenwinkeln sah Lukas, wie Finchen das Bein am Stehhocker hob, auf den sich Kaja gesetzt hatte, etwas, was sonst nur Rüden machten. Er konnte gerade noch Stopp rufen und hatte Glück, dass der Dackel wider sein bisheriges Naturell darauf hörte. »'tschuldigung«, murmelte Lukas, »ich habe für einen Moment gedacht, dass der Hund … egal, wo war ich?«

»Du hast gesagt, dass du sicher bist, dass Anna bald wieder auftaucht«, sagte Clemens, als hätte er in den vergangenen Minuten Protokoll geführt.

»Genau.« Lukas nickte.

»Genau was?«, fragte Mara.

»Genau so wird es sein«, antwortete Lukas und wusste, dass sich Mara damit nicht zufriedengeben würde. Doch bevor sie etwas sagen konnte, fingen zwei Handys an zu klingeln. Erst das von Kaja, die den Anruf sofort entgegennahm und, eine Hand vor der Muschel, in eine Ecke des Raumes verschwand, dann das von Frida. Die schreckte auf und fing an zu zittern, als sie eine unbekannte Nummer auf dem Display sah.

»Geh ran«, zischte Mara, und als Frida keine Anstalten machte, nahm sie ihr das Handy ab: »Ja, bitte?«

»Ich muss leider weg«, rief Kaja aus der Ecke, »es hat ein großes Feuer in einer Scheune im Alstertal gegeben, wahrscheinlich mit einem oder einer Toten.«

Frida wurde blass, sie fing an zu keuchen, und weil Clemens sicher war, dass sie sich jeden Moment übergeben würde, schob er ihr einen Papierkorb hin.

»Heißt das, meint ihr, dass Anna …«, Frida taumelte, Lukas kam ihr von rechts, Clemens von links zu Hilfe, als sie die Stimme von Mara am Telefon hörte, die wie aus einer anderen Welt zu kommen schien: »Alles gut, Anna, deine Schwester steht neben mir, sie hat sich nicht getraut ranzugehen. Ich gebe sie dir.«

12

Lukas war froh, dass sich der alte Keil vor ein paar Jahren entschlossen hatte, für die Redaktion drei Elektrofahrzeuge anzuschaffen, auf deren Türen groß das Logo der *Hamburg News* prangte. Es wäre ihm peinlich gewesen, wenn er Mara und Frida in einer der alten Diesel-Dreckschleudern hätte mitnehmen müssen, mit denen die Reporter bis dahin durch Stadt und Land kutschiert waren. Die beiden Klimaaktivistinnen saßen auf dem Rücksitz, zwischen ihnen Clemens, ziemlich eingequetscht, aber dabei anscheinend nicht unglücklich. Lukas hatte ihm angeboten, vorn neben Kaja zu sitzen, aber Clemens hatte abgelehnt, weil Lukas doch so viel größer sei und Platz für seine langen Beine brauche. Zwischen denen lag jetzt Finchen und schlief, während Kaja weit jenseits der Geschwindigkeitsbegrenzungen in Richtung Alstertal fuhr. Laut Navi würden sie zweiundvierzig Minuten brauchen. »Ich rechne mit einer halben Stunde«, hatte Kaja gesagt, als sie alle im Auto saßen, und war aufs Gaspedal getreten, obwohl Maras Tür noch halb offen stand.

Dass die fünf überhaupt gemeinsam unterwegs waren, hatte mit Annas Anruf zu tun. Mara hatte sie auf Lautsprecher gestellt, sodass alle mithören könnten, was Anna zu erzählen hatte: dass sie entführt worden sein musste, eingesperrt war und fast durchgedreht wäre, jetzt aber in Sicherheit sei. »Hier sind überall Feuerwehrleute und Polizisten und Sanitäter und so.« Bei »Feuerwehrleute« hatte Kaja aufgehorcht und Mara auf einen Zettel geschrieben, sie solle Anna fragen, wo genau sie sich befinde, man würde sie abholen. »Wo ich bin?«, hatte die zurückgefragt. »Warte mal …« Dann hatten die fünf in Clemens' Büro Stimmen und ein Rascheln im Hintergrund gehört, Anna schien mit einer der Rettungskräfte zu sprechen. Als sie eine Adresse durchgab, war Kaja aufgesprungen, hatte Notizblock, Stift und Handy in ihre Handtasche geschmissen und den anderen zugeraunt: »Das ist genau dort, wo meine Scheune abgebrannt ist. Los, Leute!«

Sie brauchten zweiunddreißig Minuten, und Lukas konnte nicht glauben, dass sie in einer Stadt wie Hamburg, die jedes Jahr hohe Millionenbeträge mit der Ahndung von Verkehrsdelikten einnahm, nicht geblitzt worden waren. Wären sie es, hätte Kaja für eine längere Zeit den Führerschein abgeben müssen, aber dieses Risiko nahm sie für eine gute Geschichte in Kauf. Und das hier, da war Lukas inzwischen sicher, war eine gute Geschichte, eine sehr gute Geschichte.

Sie hielten am Eingang zu einer Art Waldgrundstück, vor dem viele Rettungs- und Polizeifahrzeuge kreuz und quer geparkt waren. Kaja fühlte sich an die Situation vor den Tanzenden Türmen erinnert, mit dem Unterschied, dass die meisten Blaulichter ausgeschaltet waren. Als die in eine Decke eingehüllte Anna ihre Schwester und Mara aus dem Nissan steigen sah, ließ sie den Becher Tee fallen, den ihr ein Mitarbeiter des Kriseninterventionsteams gegeben hatte, das bei solchen Einsätzen kurz nach der Polizei am Tatort eintraf, und rannte auf die beiden zu. Die Zwillinge lagen sich minutenlang in den Armen, schluchzend, und hielten sich wie unzertrennlich fest. Die eine spürt den Schmerz der anderen, als wäre er ihr eigener, dachte Lukas und dass das ein schöner Satz gewesen wäre, wenn er nicht für die seriösen *Hamburg News*, sondern für eine Boulevardzeitung wie den *Blick* arbeiten würde.

Irgendwann löste sich Frida doch von Anna, reichte sie weiter an Mara, die sie innig, aber deutlich kürzer drückte. Dann war Clemens an der Reihe, der »Was machst du denn für Sachen« sagte. Anna wischte sich die Tränen aus den Augen, so gut es ging, ihr Gesicht sah aus wie nach einem frischen Sonnenbrand.

»Und wer sind die?« Sie hatte Kaja und Lukas bemerkt, die sich bisher im Hintergrund gehalten hatten.

»Das ist Lukas, ein Freund von Clemens, und seine Kollegin Kaja, die beiden arbeiten für die *Hamburg News* ...«, sagte Frida.

»Ach, ich erinnere mich, du warst das bei der Podiumsdiskussion.« Anna nickte Lukas zu, er nickte zurück.

»Mara hatte Lukas um Hilfe gebeten, weil wir uns solche Sorgen«, Frida atmete tief durch, »deinetwegen gemacht haben. Und dann haben uns die beiden von der Sache mit ...« Ihr fiel im letzten Moment ein, dass es nicht sehr schlau wäre, ihrer Schwester jetzt auch noch davon zu erzählen, dass ihre ehemalige Affäre im Koma lag. »... ist egal, Hauptsache, wir sind hier und dir geht es gut.«

»Geht es dir denn gut?« Maras Gabe, die Dinge auf den Punkt zu bringen, ließ sie auch in dieser Lage nicht im Stich.

Annas Gesichtsausdruck wechselte von traurig zu wütend. »Mir geht es beschissen. Ich würde dieses Arschloch von Frank am liebsten erschießen ...«

»Wahrscheinlich nicht mehr nötig«, flüsterte Kaja Lukas zu. Von einer Bekannten aus der Polizei hatte sie eine WhatsApp erhalten, dass bei dem Brand in der Scheune eine Person ums Leben gekommen war. Aber auch das war eine Information, die hier im Moment nichts zu suchen hatte. Jetzt sollte Anna erzählen, Kaja hatte unbemerkt die Aufnahmefunktion ihres Handys gestartet, das sie wie selbstverständlich in der rechten Hand hielt. Anna berichtete in kurzen, knappen Sätzen, wie sie die Mail von »diesem Psychopathen« aus dem Account von Mara gefischt hatte, dass es um viel Geld für Fridays for Future gegangen sei und sie sich mit ihm in dem Club auf den Tanzenden Türmen getroffen habe. Kajas und Lukas' Blicke trafen sich sofort, als der Name fiel. Was danach passierte, konnte Anna nur unvollständig wiedergeben, flüssig wurden ihre Erinnerungen erst wieder, als sie von der Zeit in der Scheune berichtete, ihrer Verletzung am Knie und dem Moment, in dem die Tür aufgesprungen und sie in die Freiheit gehüpft war.

Sie nickte in Richtung der Polizeikräfte. »Haben die das Arschloch schon gefasst?«

Frida, Mara und Clemens sahen automatisch zu Kaja und Lukas, als müssten die alles in Echtzeit zu diesem Fall wissen, nur weil sie Reporter waren.

»Nichts Genaues weiß man nicht«, sagte Kaja. »Aber es heißt, dass man einen Mann in der Scheune vorgefunden hat, und wenn das stimmen sollte«, sie blickte zu den Rauchwolken, die noch immer aus dem vielleicht anderthalb Kilometer entfernten Gebäude drangen, »dürfte er das nicht überlebt haben.«

»Das wäre ja wohl auch das Mindeste«, zischte Anna, um kurz zu erschrecken, dass sie sich über den vermeintlichen Tod eines Menschen freute. »Aber er war nicht in der Scheune, da war keiner, ich war dort allein drin, die ganze Zeit, und ich …«

»Entschuldigung, darf ich kurz unterbrechen?« Ein Polizist war hinter Kaja und Lukas aufgetaucht, und beide mussten sich nicht umdrehen, um zu wissen, um wen es sich handelte. Kaja hatte diese Stimme schon in unterschiedlichsten Situationen und Lautstärken gehört, Lukas kannte Enno von

Spoercken seit der Aufklärung der Journalistenmorde und hatte mehrfach mit ihm als Leiter der Kripo zu tun gehabt. Enno drängte sich zwischen den beiden durch und baute sich vor Anna, Frida und Mara auf. »Mein Name ist Enno von Spoercken, ich leite die Hamburger Kriminalpolizei und muss Sie«, er nickte Anna zu und schluckte das Wort »entführen« gerade noch rechtzeitig runter, »einmal mitnehmen, wenn das möglich ist. Wir würden gern ein, zwei routinemäßige medizinische Untersuchungen im Krankenhaus durchführen lassen und Ihnen, wenn die Ärzte nichts dagegen haben, ein paar Fragen stellen.«

»Dürfen meine Schwester und meine Freundin mitkommen?« Anna zeigte auf Frida und Mara, und Lukas dachte, dass sich Clemens fühlen musste, als wäre er unsichtbar.

»Das ist kein Problem. Wollen wir?« Enno wies mit seinem Arm den Weg, Anna, Frida und Mara gingen zu einem Transporter, der zehn Meter entfernt an der Straße wartete.

»Wir telefonieren nachher«, rief Clemens Mara hinterher, doch die drehte sich nicht einmal um.

Enno zwinkerte Kaja im Vorbeigehen zu. »Er nun wieder«, murmelte sie, als Enno weit genug weg war, und ärgerte sich, weil sie selbst noch etliche Fragen an Anna gehabt hätte.

»Denkst du, was ich denke?« Lukas beobachtete die drei Mädchen, wie sie in dem Transporter verschwanden, dessen Tür sich automatisch schloss. Enno nahm auf dem Beifahrersitz Platz, dann fuhr der Wagen los.

»Dass Finchen sich auf einmal doch benehmen kann?« Kaja zeigte auf den Dackel, der die ganze Zeit brav neben Lukas Sitz gemacht und nicht einmal gebellt hatte.

»Nein, ich meine, dass diese Geschichten so ineinandergreifen, so viele Gemeinsamkeiten haben. Die Tanzenden Türme, Fridays for Future, die Affäre von Anna und Gregor ...«

»Willst du sie nicht mal losmachen?«, unterbrach ihn Kaja. Sie hatte die Angewohnheit, in Krisensituationen plötzlich über komplett belanglose Dinge zu sprechen. Vielleicht war das ihre Art, all das Leid zu verarbeiten, die sie als Polizeireporterin erlebte. Kaja kniete sich zu Finchen herunter, und ehe Lukas etwas sagen konnte, hatte sie den Hund befreit. Als Lukas die Leine ohne Dackel in seiner Hand baumeln hatte, war er sofort in Alarmbereitschaft.

»Das kannst du nicht machen«, fauchte er in Richtung Kaja, »die haut schneller ab, als wir beide gucken können.« Sagte es und wunderte sich, dass Finchen diesmal gar keine Anstalten machte wegzulaufen. Sie saß neben Lukas, als hätte der sie weiterhin an der Leine, und er fragte sich immer mehr, was dieser Hundeexperte mit ihr gemacht hatte. Da mussten Medikamente im Spiel sein, wobei: Konnten die wirklich so lange wirken?

»Chill mal, Lukas.« Kaja tätschelte Finchen den Kopf und kam aus der Hocke wieder hoch. »Wo waren wir? Ein Toter in einer Scheune, ein junger Mann im Koma, wahrscheinlich sexueller Missbrauch, und«, sie zeigte auf Kollegen anderer Zeitungen und Fernsehsender, die inzwischen am Tatort eingetroffen waren, »nur wir beide kennen die Zusammenhänge. Selbst der Herr Kripochef wird staunen, wenn er nachher die *Hamburg News* liest.« Kaja liebte es, wenn Enno in ihren Texten etwas erfuhr, was er nicht gewusst hatte, und das war nicht selten der Fall. Für sie war das das beruhigende Zeichen, dass die Trennung von Berufs- und Privatleben bei ihr noch funktionierte.

»Meinst du, dass die beiden Geschichten miteinander zusammenhängen?«, fragte Lukas.

»Kann auch alles Zufall sein, aber ehrlich: Das glaubst du doch selbst nicht.«

»Aber ...«, sagte Lukas und hatte auf einmal ein komisches Gefühl, das er zunächst auf die Umstände dieser Fälle und auf die Tatsache schob, dass er hier mit Kaja und Finchen stand, und ... »Wo ist der Hund?« Lukas blickte an sich herunter, und dort, wo eben noch brav der Dackel gesessen hatte, herrschte jetzt Leere.

»Scheiße«, stöhnte er und guckte wild in alle Richtungen. »Die hat sich weggeschlichen, und ich habe nichts gemerkt.«

»Keine Panik, die finden wir schnell wieder. Guck, ich glaube, da hinten ist sie.« Kaja zeigte auf den Eingang zum Waldgrundstück, und auch Lukas meinte den Dackel zu sehen, der gemächlich und ungestört an Polizei- und Feuerwehrkräften vorbei auf einen dicht bewachsenen Teil des Geländes zutrottete, das mehr wie ein Park wirkte.

»Wenn Finchen da eine Spur wittert, einen Hasen, ein Reh oder so, dann ist sie weg, und meine Schwiegereltern bringen mich um.« Lukas beschleunigte seine Schritte und war froh, Kaja dabeizuhaben, die von zwei, drei Polizisten wie eine alte Freundin begrüßt wurde. Clemens hatten sie zurückgelassen – er war seit der Abfahrt von Mara und Co. ohnehin mit den Nachrichten beschäftigt gewesen, die im Zwanzigsekundentakt im internen Fridays-for-Future-Chat aufploppten.

»Finchen, komm bei Fuß, Finchen, komm«, rief Lukas, und Kaja erklärte einem Beamten, dass ihrem Kollegen, dem »berühmten Lukas Hammerstein, du weißt schon«, der Dackel weggelaufen sei. »Aber kein Problem, den haben wir gleich.«

»Und wenn nicht, ruft ihr die Polizei«, sagte der Beamte. Kaja grinste, während Lukas nach wie vor nicht zum Lachen zumute war. Von Finchen war nichts mehr sehen, und zu seinem Schrecken stellte er fest, dass das Grundstück, vor dem sie die ganze Zeit gestanden hatten und auf dem die Feuerwehr immer noch mit dem Löschen des Scheunenbrandes beschäftigt war, direkt an einen Wald grenzte.

»Scheiße«, stieß Lukas aus, und: »Finchen!« Die beiden Worte waren neben Kaja seine wichtigsten Begleiter, als sie begannen, den Wald zu durchkämmen. Nach einer erfolglosen halben Stunde beschlossen die beiden Reporter, sich zu trennen. »Du gehst nach links, ich nach rechts«, sagte Kaja, die verstanden hatte, dass sie das Kommando übernehmen musste.

»Wenn ich sie wiederhabe, mache ich nie, nie, nie, nie wieder die Leine los«, murmelte Lukas vor sich hin und erschrak, wie verzweifelt seine Stimme klang. Er hatte sich das schon mal geschworen, damals, als der Hund ihm bei einem Spaziergang an der Alster abgehauen war und er ihn schließlich aus dem Wasser fischen musste, inklusive einer Brieftasche, die ihn endgültig in diese Sache mit den Journalistenmorden reingezogen hatte.

»Hast du was?«, schrieb Lukas an Kaja.

»Leider nein.«

Wie konnte er so dämlich sein, einen Fehler zweimal zu machen, wie hatte er es zulassen können, dass Kaja Finchen von der Leine ließ? Gedankenverloren achtete Lukas nicht auf das unebene Gelände, in dem er unterwegs war. Er übersah eine Wurzel, geriet ins Stolpern und riss bei dem Versuch, einen Sturz zu verhindern, einen Busch aus der Erde. Es nutzte nichts: Lukas knallte erst mit dem rechten, dann mit dem linken Knie auf und lag am Ende platt auf dem Boden.

»Scheiße, Scheiße, Scheiße.« Er trommelte mit den Fäusten auf die Erde und dachte einen Moment, dass er sich etwas gebrochen haben könnte. Langsam richtete er sich wieder auf, klopfte die Erde von seinen Hosenbeinen und seinem Hemd, bewegte testweise Arme und Beine. Letzteres tat weh, aber es schien noch alles zu funktionieren. Er hatte bei der Aktion seinen rechten Schuh verloren, er war ein, zwei Meter nach vorn geschleudert worden. Lukas humpelte hin, hob den Schuh auf, klopfte ihn aus und zog ihn wieder an, als er es auf dem Boden vor sich sah. Da lag – ein F. Ein kleiner Buchstabe aus grünem Filz, den Lukas instinktiv aufhob. F wie Finchen, dachte er, als könnte der Hund für ihn hier ein Zeichen hinterlassen haben.

Er steckte das F in die Tasche seiner Hose, die an der Seite aufgerissen war, als sein Handy piepte. Kaja hatte nur ein Wort geschrieben: »Umdrehen.« Lukas tat es und erblickte zehn Meter entfernt die beste Polizeireporterin aller Zeiten, die einen Dackel auf den Armen trug, der sich hektisch in seine rechte Pfote biss.

13

Anders als den meisten Politikern in seiner Position reichte es Julius Wolff nicht, morgens den Pressespiegel durchzulesen, den ein Referent für ihn zusammengestellt hatte. Der taugte nicht als Frühwarnsystem für Probleme, die in naher oder mittlerer Zukunft auftreten könnten. Dafür eigneten sich nach Julius' langer politischer Erfahrung die Zeitungen selbst besser. Gegen kurz nach sechs Uhr bekam er zehn Stück nach Hause geliefert, die er Seite für Seite durcharbeitete, nicht nur die politischen Texte, das Lokale und die Wirtschaft, sondern auch Kultur und Sport. Da ihm selbst jeglicher Hang zu Übertreibungen fremd war und er seine Kommunikation auf das aus seiner Sicht Wesentliche und Nötige beschränkte, schätzte er die in ihrem Ton manchmal etwas biederen, aber unaufgeregten *Hamburg News*, die er in der Regel als Erstes las. Die meisten Themen kannte er, wie sich das für einen guten Bürgermeister gehörte, aber manchmal gab es unangenehme Überraschungen, die ihn zum Telefon greifen und klärende Gespräche mit den entsprechenden Senatoren führen ließen.

Das würde auch heute so sein, wegen dieser Geschichte aus dem Alstertal, dort, wo die Stadtteile gern mit -büttel endeten, Fuhlsbüttel, Hummelsbüttel, Poppenbüttel. Oder Wellingsbüttel, wo es laut *Blick* ein »Feuer-Drama in Scheune« gegeben hatte, das für die Boulevardzeitung doppelt interessant war. Erstens, weil die Feuerwehr in den Trümmern die verkohlte Leiche eines Mannes gefunden hatte. Zweitens, weil das Grundstück, auf dem die Scheune stand, direkt neben dem Haus von Michael Stich lag. Der war es auch, der die Feuerwehr gerufen hatte, und der *Blick* schrieb: »Ex-Wimbledonsieger sah den Brand als Erster und alarmierte die Feuerwehr. Flammen hätten eine Gefahr für seine Villa werden können.« Auch das stimmte nicht, wenn Julius die Berichte in den anderen Zeitungen richtig gelesen hatte, weil die Feuerwehr wenige Minuten nach dem Notruf vor Ort gewesen und den Brand relativ schnell unter Kontrolle gehabt hatte.

Die Geschichte über die abgebrannte Scheune tauchte in fast allen Zeitungen auf, meist war sie groß aufgemacht, weil so etwas selbst in einer Metropole wie Hamburg nicht jeden Tag passierte, schon gar nicht in einem so vornehmen Stadtteil wie Wellingsbüttel. Nur in den *Hamburg News* las sich die Sache in dem Text von Lukas und Kaja Woitek ganz anders und zog deshalb Julius' Aufmerksamkeit auf sich.

In ihrer Geschichte spielte nicht der tote Mann in der Scheune, sondern eine junge Frau die Hauptrolle, die dort angeblich eingesperrt gewesen war und kurz vor dem Ausbruch des Feuers hatte fliehen können, unter welchen Umständen, sei nicht klar. Zwischen den Zeilen stand die Frage, wer die Frau in die Scheune gebracht hatte, ob sie dort sexuell oder anders missbraucht worden war und was der Mann, dessen Überreste die Feuerwehr nach dem Löschen des Brandes gefunden hatte, damit zu tun haben könnte. Alles Punkte, auf die Julius Wolff gleich Antworten von seinem Innensenator einfordern würde, weil er ein komisches Gefühl gehabt hatte, als er den Text in den *Hamburg News* gelesen hatte. Dort stellten Lukas und diese Kaja, die dem Bürgermeister als Polizeireporterin erstmals während der G20-Krawalle aufgefallen war, einen Zusammenhang zu dem Unfall in den Tanzenden

Türmen her, bei dem es wie durch ein Wunder keinen Toten gegeben hatte. Das Opfer sei in ein Transparent mit der Aufschrift »Fridays for Future kills you« eingewickelt gewesen, hieß es, und dass es wie die junge Frau aus der Scheune zum engeren Kreis der Hamburger Klimaaktivisten gehöre: »Die beiden kannten sich und sind sich nach Informationen der *Hamburg News* in einem Club auf dem Dach der Tanzenden Türme noch begegnet, bevor Jan M. in die Tiefe stürzte und Christiane G. (alle Namen von der Redaktion geändert) verschwand.« Julius hatte den Satz zweimal gelesen, weil er bei aller Einfachheit eine deutliche Botschaft sendete: Da steckte noch mehr dahinter, und wahrscheinlich wusste Lukas auch mehr, als er hier geschrieben hatte.

Julius hätte seinen Freund anrufen und fragen können, das wäre der einfachste Weg gewesen, aber das machte man in seiner Position nicht. Also schrieb der Bürgermeister nur eine kurze SMS mit der Bitte um Rückruf an seinen Innensenator, »Stichwörter: FFF, Brand in Scheune, Unfall Tanzende Türme«.

Es war vor allem die Verbindung zu der Organisation, die in den vergangenen Wochen und Monaten für so viel Aufsehen und politischen Druck gesorgt hatte, die Julius unruhig werden ließ. Fridays for Future war nicht die harmlose Jugendbewegung, nach der sie aussah, sie hatte eine ungeheure Mobilisierungskraft, und zwar von zwei Seiten. Die eine sah man auf den Straßen, auf die die jungen Leute endlich wieder gingen, so wie Julius in seiner Jugend, in der er politisch so links gewesen war, wie er heute nicht einmal denken konnte. Die andere Seite hatte der Bürgermeister nicht nur bei öffentlichen Terminen erlebt, bei denen er immer öfter von älteren Menschen darauf angesprochen wurde, dass er doch bitte hart durchgreifen möge, »damit die jungen Leute auch freitags zur Schule gehen, die lernen doch ohnehin kaum mehr etwas«. Auch in der wöchentlichen Senatsrunde waren die demonstrierenden Schulschwänzer mehrfach Thema gewesen, und beim letzten Mal war der sonst so ruhige Schulsenator explodiert. Er mache das nicht mehr mit, hatte er gesagt, er würde es nicht länger dulden, dass freitags Tausende, bald Zehntausende Schüler nicht zum Unterricht kämen. Das würde Konsequenzen haben, er habe die Schulleitungen angewiesen, unentschuldigte Fehlzeiten radikal zu ahnden.

»Meine Tochter hat schon zwei Sechsen von ihrem Mathelehrer bekommen, weil sie demonstriert hat. Und ich habe ihr gesagt, dass die Rettung der Welt das wert ist«, hatte der Kultursenator eingeworfen, und der Schulsenator war puterrot angelaufen.

Julius Wolff hatte sich ein Grinsen nicht verkneifen können, die Episode jedoch in seinem Kopf abgespeichert. Das Beispiel seines eigenen Senats zeigte, dass Fridays for Future das Potenzial hatte, eine Gemeinschaft zu spalten. Der Bürgermeister war entsprechend gewarnt. Je größer die Zahl der Klimaaktivsten wurde, desto größer würde auch die Wut ihrer Gegner werden.

Julius setzte sich an seinen Laptop und rief den Twitter-Account dieser Mara Altmeier auf, die Clemens zu den *Vier Flaschen* mitgebracht hatte. Sie hatte mehr als 200000 Follower und damit fast fünfmal so viele wie der Bürgermeister. Er scrollte zu einem Tweet von ihr herunter, in dem es um die Verkehrswende in Hamburg und das Verbot herkömmlicher Pkw ging. Mara hatte für ihre Gedanken dazu jede Menge Herzen als Reaktion erhalten, und 1567 Menschen hatten einen Kommentar hinterlassen. »Mach weiter so!«, »Wir brauchen dich!«, »Gebt bloß nicht auf!« – ein Drittel der Reaktionen war positiv bis zustimmend, ein weiteres Drittel setzte sich halbwegs konstruktiv mit den Argumenten der Klimaschützerin auseinander. Der Rest, stellte Julius fest, waren Beschimpfungen, üble Beschimpfungen. Dass es da draußen so viele Wutbürger gab, hatte viel damit zu tun, dass man in den sozialen Medien seine Wut ungefiltert herauslassen konnte. Wehret den Anfängen, schoss es dem Bürgermeister durch den Kopf, und bevor er sich daran erinnert hatte, von wem das Zitat stammte, klingelte sein Telefon. Pamela, eine seiner Vorzimmerdamen, die in ihrer Kommunikation noch minimalistischer als ihr Chef war.

»Der Innensenator«, sagte sie nur, dann hörte Julius die schneidige Stimme von Hartmut Naumann, der früher ein hohes Tier bei der Bundeswehr gewesen und daher der richtige Mann für Sicherheit und Ordnung in Hamburg war. Die es einmal mehr wiederherzustellen galt.

»Hartmut hier, du wolltest mich sprechen?«

»Schönen Dank für den schnellen Rückruf.« Julius setzte sich an seinen Schreibtisch und streckte die Beine aus. »Was kannst du mir über diese Sache in Wellingsbüttel sagen, das nicht in den Zeitungen stand?«

»So viel stand ja gar nicht in den Zeitungen«, erwiderte Naumann.

»Außer in den *Hamburg News*«, sagte Julius.

Der Innensenator räusperte sich: »Also, der Sachstand in aller Kürze: Das Grundstück, auf dem die Scheune steht, wird seit fast zwei Jahren von einer Erbengemeinschaft zum Verkauf angeboten. Ist eigentlich eine Toplage, die wollen aber viel zu viel Geld. Die Scheune war baufällig, wäre von einem neuen Eigentümer sicher abgerissen worden. Das Haus war komplett verrammelt, ein idealer Ort, um sich oder jemand anders zu verstecken. Moment mal.« Julius hörte im Hintergrund ein Klingeln. »Musste mal kurz ein anderes Gespräch wegdrücken. Wo war ich?«

»Was wisst ihr über die Leiche?«

»Die ist in der Rechtsmedizin. Die Spurensicherung hat keinerlei Papiere gefunden.«

»Und das Mädchen?«

»Die war zur Untersuchung bei einem Spezialisten, der zum Glück keine Hinweise darauf hat, dass sie vergewaltigt oder sonst wie sexuell missbraucht worden ist. Fest steht aber, dass jemand sie ausgezogen haben muss, denn als sie in der Scheune aufwachte, war sie komplett nackt. Vielleicht hat sich irgendein Perverser bei ihrem Anblick einen runtergeholt, Fotos gemacht, einen Film gedreht, was weiß ich, die Leute werden immer kränker.«

»Was meinst du mit irgendeinem Perversen? Geht ihr nicht davon aus, dass der Mann, den ihr gefunden habt, der Täter ist?«, fragte Julius.

»Kann sein, muss aber nicht sein«, antwortete Naumann. »Von Spoercken hat lange mit dem Mädchen gesprochen, die sich mit einem Mann namens Frank in diesem Club in den Tanzenden Türmen getroffen hat, weil der Fridays for Future eine große Spende in Aussicht gestellt hatte.«

Julius horchte auf: »Wie sind die beiden in Kontakt gekommen?«

»Die junge Frau, sie heißt Anna, hat erzählt, dass sich jeden Tag Menschen bei Fridays for Future melden, um deren Aktionen zu unterstützen. Die meisten übrigens direkt bei Mara Altmeier, von der eine E-Mail-Adresse bei Twitter und Instagram zu finden ist. Ihre Eingänge werden inzwischen von mehreren Leute gesichtet und bearbeitet.« Weil Julius nichts sagte, fügte der Innensenator an: »Mara Altmeier, du weißt schon: die deutsche Greta.«

»Ich weiß, wer das ist.« Der Bürgermeister war nebenbei wieder in den Twitter-Account von Mara gegangen und hatte sofort ihre E-Mail gefunden: contact.mara.altmeier@gmail.com. »Wissen wir etwas über diesen Frank?«

»Die Kollegen der Kripo arbeiten dran, sie haben die E-Mails und eine Beschreibung von Anna. Damit sollten sie ihn finden, wenn ...«

»... er nicht der Mann ist, der tot in der Scheune lag.«

»Du sagst es.«

»Und was ist mit dem anderen Mann, dem, der von den Tanzenden Türmen gestürzt ist?«

»Der heißt Gregor Vögele, ist zum Meteorologiestudium aus Baden-Württemberg hergekommen, hat sich hier Fridays for Future angeschlossen und war zuletzt eine Art Enfant terrible in der Organisation«, referierte Innensenator Naumann. »Die haben ihn im Prinzip ausgestoßen, wollten mit ihm nichts zu tun haben.«

»Können die Meteorologen nicht gut gebrauchen?«, fragte der Bürgermeister.

»Wahrscheinlich schon, aber dieser war ihnen offenbar zu radikal. Wenn stimmt, was Mara Altmeier und diese Anna erzählen, dann hatte Vögele ganz andere Vorstellungen von zivilem Ungehorsam als sie, sie beschreiben ihn als gewaltbereit und aufbrausend. Du müsstest ihn übrigens kennen, er hat angeblich versucht, die Podiumsdiskussion zu sprengen, an der du auch teilgenommen hast.«

Julius konnte sich nicht erinnern, was aber wohl daran lag, dass er die Diskussion vor dem Ende verlassen hatte. »Und jetzt liegt er im Koma.«

»Und jetzt liegt er im Koma«, wiederholte Naumann.

»Ein Aktivist, der in einem Transparent mit der Aufschrift ›Fridays for future kills you‹ von einem Hochhaus stürzt, und eine Aktivistin, die zeitgleich verschleppt wird und ein paar Tage später aus einer brennenden Scheune flieht, in der womöglich ein anderer Mann ums Leben kommt, der die Organisation unterstützen wollte. Das gefällt mir nicht, Hartmut, das kann doch kein Zufall sein.«

»Habe ich dir eigentlich erzählt, dass Gregor Vögele und Anna ein Verhältnis hatten?«, fragte der Senator.

»Hast du nicht.« Pamela blickte ins Zimmer des Bürgermeisters und signalisierte mit einem wortlosen Blick auf die Uhr, dass der nächste Termin anstand. »Halt mich auf dem Laufenden. Und es wäre gut, wenn die Polizei eine Gefährdungsanalyse von Mara Altmeier und Fridays for Future machen könnte. Ich will nicht, dass da noch etwas passiert, okay?«

»Ich kümmere mich darum«, sagte Naumann und legte auf.

Julius nahm sein Handy und wollte gerade zur Tür gehen, als er eine WhatsApp von Clemens sah: »Bürgermeister, ich wollte nur, dass du es weißt: Hier ist die Hölle los. Ich sage nur: Trittbrettfahrer.«

14

Clemens war aus zwei Gründen enttäuscht gewesen, als Mara mit Anna und Frida in den Polizeiwagen gestiegen war und ihn bei Lukas und seiner Reporterin wie selbstverständlich stehen gelassen hatte. Er hatte das Gefühl gehabt, dass er Mara in den vergangenen Wochen immer nähergekommen war, so nah wie sonst keiner aus dem Hamburger Team. Er war ihr Schatten geworden, wich eigentlich nie von ihrer Seite und ließ seinen Job Job sein, obwohl sich die Anfragen an den Makler Clemens Engel häuften und die Zahl der unbeantworteten Nachrichten auf seiner Voicemail inzwischen dreistellig war. Seit die Sache mit Anna passiert war, kümmerte sich Clemens nur noch um Mara, um deren Sicherheit er sich Sorgen machte. Das war Grund Nummer zwei, weswegen er es nicht ertragen konnte, dass sie ihn nicht mitgenommen hatte: Ihm war wohler, wenn er ein Auge auf Mara haben konnte, wenn er wusste, wo sie war und wohin sie ging.

Am Anfang hatte sich Clemens für Mara darüber gefreut, wie sie von Woche zu Woche populärer wurde, aber inzwischen war ihm die Geschwindigkeit unheimlich, mit der sie von einer unbekannten Geographiestudentin zu einem der bekanntesten Gesichter der Republik geworden war. Vor kurzem noch hatten sie in der Hamburger Zentrale Maras Einladung in eine TV-Talkshow gefeiert, als wäre dadurch schon die Erderwärmung gestoppt worden; inzwischen waren sie täglich damit beschäftigt, Medienanfragen abzusagen oder umzulegen. Obwohl Mara alles versuchte, was möglich war, konnte sie nicht überall dort sein, wo man sie gern gehabt hätte. Clemens, Frida und bis zu ihrem Verschwinden auch Anna hatten versucht, den Zeitungen und Zeitschriften, Radio- und TV-Sendern andere Vertreter der Bewegung als Interviewpartner schmackhaft zu machen, aber bis auf wenige Ausnahmen war die Reaktion immer dieselbe gewesen: Wir wollen Mara, und am besten noch diese Greta aus Schweden dazu, ob man da vielleicht auch einen Kontakt hätte?

Während das Organisationsteam noch über die Uneinsichtigkeit der Journalisten stöhnte, genoss Mara die vielen Diskussionsrunden, an denen sie teilnahm. Vor allem, wenn es ihr gelang, vor laufenden Kameras Politiker oder Manager großer Unternehmen vorzuführen und aussehen zu lassen wie Menschen, die vom Klimawandel, seinen Folgen und der Bekämpfung keine Ahnung hatten. Maras Selbstbewusstsein war schon ohne ihre TV-Auftritte ordentlich gewesen, inzwischen war es so groß, dass selbst Parteivorsitzende und Minister kaum eine Chance hatten, neben ihr zu bestehen. Ein Fernsehsender hatte vor kurzem angefragt, ob sich Mara ein »Duell« mit der Kanzlerin vorstellen könne. Sie konnte, aber die Kanzlerin nicht, und Clemens kam nicht umhin zu denken: Die ist halt clever, die weiß, dass sie in dieser Konstellation nicht viel zu gewinnen, aber ganz schön was zu verlieren hat. Sie musste sich nur die TV-Ausschnitte mit anderen Spitzenpolitikern ansehen, die sich getraut hatten.

Clemens hatte wie alle anderen bei Fridays for Future wohlwollend verfolgt, wie mit jedem weiteren Auftritt Maras die Zahl der Menschen wuchs, die sich hinter den Klimaaktivisten versammeln und ihre Projekte unterstützen wollten. Ihm war aber auch nicht entgangen, wie viele Feinde sich seine Freundin, denn das war sie auf jeden Fall, gemacht hatte und weiter machte. Gerade Männer, »alte weiße Männer«, wie es in den Runden in der HafenCity meist hieß, wenn über die Typen gesprochen wurde, die an den entscheidenden Stellen in der deutschen Politik und Wirtschaft saßen, hatten ein Problem damit, wenn ihnen eine junge Frau sagte, wo es langging. Und sie wurden fast alle Opfer von etwas, das Anna mal den »Sugar-Daddy-Reflex« genannt hatte, ein Begriff, bei dem Clemens kurz zusammengezuckt war. »Die wollen ihr gefallen, weil sie ihnen gefällt«, hatte es Frida auf den Punkt gebracht. »Die meisten dieser Typen sind erst mal ein bisschen verliebt in Mara, werden dann unvorsichtig und unterschätzen sie.« Der Klimaexperte einer großen Partei hatte tatsächlich in einer Talkshow so intensiv auf Maras Busen geguckt, dass er die Frage, die der Moderator an ihn richtete, nicht verstanden und nur gestammelt hatte: »Ging das jetzt an mich? Und könnten Sie dann so nett sein und die Frage noch einmal wiederholen?« Die Szene hatten sich auf YouTube mehr als anderthalb Millionen Menschen angesehen, der Politiker war erledigt.

Nachdem mehrere Medien über Annas Entführung und den Unfall von Gregor Vögele berichtet hatten, erreichte der ganze Wahnsinn die nächste Dimension: Die Nachrichten auf dem Twitter-Account von Mara explodierten. Es gab zwar viele aufmunternde Zuschriften à la »Pass auf dich auf!«, aber auch jede Menge boshafte, widerliche, angsteinflößende. Clemens hatte angefangen, sie auszudrucken und zu sammeln, er wollte das Material über Lukas der Polizei zukommen lassen, weil sich hier etwas zusammenbraute, was ihm selbst für Internetverhältnisse nicht mehr normal schien. Maras *Hater*, so nannte man diese Leute wohl, drehten durch, sie prophezeiten, dass »sie die Nächste« wäre. Man musste doch etwas dagegen machen können – aber was?

Als Clemens genug Material gesammelt hatte, packte er alles in einen Karton, rief ein Taxi und ließ sich zu den Hammersteins fahren. Er selbst besaß keinen Führerschein, als junger Mann hatte er sich nicht vorstellen können, einmal mit einem anderen Verkehrsmittel als der Bahn oder dem Fahrrad unterwegs zu sein, und heute fand er diese Eigenheit so cool wie zeitgemäß.

Er hatte sich mit Lilli verabredet, die für ihn nicht bloß die Frau seines alten Kumpels Lukas war, sondern inzwischen eine echte Freundin. Das hatte begonnen, als er den beiden damals die Doppelhaushälfte in Eppendorf zu einem unschlagbar günstigen Preis vermitteln konnte. Seitdem brachte Lilli Clemens etwas entgegen, worunter er sonst Mangel litt: eine Bewunderung, die noch wuchs, seitdem er sich bei Fridays for Future engagierte. Lilli unterstützte die Organisation, so gut es eben ging, wenn man gerade Mutter geworden war, und sie tat es auch, *weil* sie gerade Mutter geworden war.

Lilli stand an der Tür, als Clemens aus dem Taxi stieg, einerseits, weil sie ihn erwartete, andererseits, weil sie verhindern wollte, dass er klingelte. »Jonathan schläft«, sagte sie und gab Clemens eine Umarmung, soweit ihr das angesichts des Kartons möglich war, den er vor der Brust trug. »Was hast du denn da mitgebracht?«

»Erzähl ich dir gleich. Erst mal brauche ich einen Kaffee.«

»Schon fertig.« Lilli hakte sich bei Clemens ein, der nur etwa so groß war wie sie, und führte ihn in die Küche.

»Ist euer Hund gar nicht da?«, fragte er.

»Den nimmt Lukas jeden Tag schön brav mit zur Arbeit.

Ein Chaot«, sie lächelte liebevoll, als sie so über ihren Sohn sprach, »ein Chaot daheim reicht mir völlig. Milch?«

Clemens nickte und überlegte, wann der geeignete Zeitpunkt wäre, das Gespräch auf Mara und ihre Feinde zu bringen, als Lilli sagte: »Und, was gibt es Neues bei Fridays for Future?«

Eine halbe Stunde später hatte Clemens Lukas' Frau alles erzählt, was ihn in den vergangenen Tagen beschäftigt hatte. Er hatte ihr ein paar der ausgedruckten Posts und E-Mails gezeigt, hatte auf seinem Handy durch den Twitter-Account von Mara gescrollt und Lilli dabei beobachtet, wie sie auf ihrem eigenen Telefon »Mara Altmeier nackt« eingab.

»Das ist so pervers«, sagte Lilli jetzt und schenkte sich etwas Kaffee nach. »Männer können solche Schweine sein.«

»Und Mara rennt völlig schutzlos durch die Weltgeschichte. Wenn überhaupt, sind andere Aktivisten dabei, aber die können ihr im Falle eines Falles doch auch nicht helfen.« Clemens seufzte. »Ich habe mich gefragt, ob Lukas das ganze Material«, er deutete auf den Karton, den er in die Küche geholt hatte, »nicht mal über seine Kontakte der Polizei zukommen lassen könnte.«

»Das macht er bestimmt, ich frage ihn nachher gleich«, sagte Lilli. »Aber meinst du, dass das etwas nützt? Was sollen die denn tun, das sind so viele unterschiedliche Absender, selbst wenn du einen ausfindig machst, laufen da draußen hundert andere rum und verbreiten diesen ganzen Scheiß.«

»Hundert? Tausende! Seit der Sache mit Anna sind es so viel mehr geworden. Wir haben schon mit diesem Typen von der Kripo gesprochen, der Anna verhört hat, und der hat gesagt, dass das typisch sei. Solche Verbrechen würden immer jede Menge Trittbrettfahrer auf den Plan rufen, die aber in der Regel harmlos seien.«

»Was heißt denn in der Regel?«, fragte Lilli.

»Das frage ich mich auch«, sagte Clemens. »Am besten wäre es, wenn Mara Personenschutz kriegen würde, so Typen vom Landeskriminalamt, wie sie immer mit Julius rumlaufen, weißt du?«

»Aber der ist Bürgermeister und Mara nur eine Aktivistin …«, sagte Lilli.

»… die inzwischen aber mindestens so bekannt ist und die sich viele, viele Feinde gemacht hat.«

»Hm.« Lilli öffnete eine Dose, die auf dem Tisch stand, nahm zwei Kekse raus und schob sie zu Clemens rüber. »Magst du?«

Er schüttelte den Kopf: »Was meinst du mit Hm?«

»Hm heißt Hm, heißt: Wir können nichts machen, außer hoffen, dass diese Typen aus dem Internet im wahren Leben den Schwanz einkneifen.« Sie musste kichern. »Den Schwanz einkneifen ist gut, oder?«

»Ich will mich darauf nicht verlassen.« Clemens nahm doch einen Keks, er sah aus wie selbst gebacken, und so schmeckte er auch. »Lecker.«

»Selbst gemacht.« Lilli zeigte auf sich, als wäre Clemens jemals der Gedanke gekommen, dass Lukas gebacken haben könnte.

»Wenn die Polizei und das Landeskriminalamt uns nicht helfen, müssen wir selbst etwas unternehmen. Ich habe gelesen, dass es in anderen Ländern gemeinnützige Organisationen gibt, die Aktivisten oder Menschenrechtlern Bodyguards finanzieren. So etwas brauchen wir auch, deshalb wollte ich Niklas fragen, ob er eine Idee hat …«

»Geld hat er auf jeden Fall«, sagte Lilli, und Clemens nickte zustimmend.

»Trotzdem, mein Engel«, sie liebte das Wortspiel mit Clemens' Nachnamen. »Meinst du nicht, dass das übertrieben ist? Bodyguards für eine Klimaaktivistin?«

»Nein«, sagte Clemens. »Guck dir an, was mit Anna passiert ist. So etwas will ich nicht noch einmal erleben, genau davor will ich Mara schützen, koste es, was es wolle.«

15

Mara Altmeier war von ihrer ständig wachsenden Popularität nicht so überrascht wie die anderen. Sie hatte darauf gehofft. Zwar war Fridays for Future ein basisdemokratisches Gebilde, es wurde so viel und von so vielen diskutiert wie zuletzt wahrscheinlich in den Gründungsjahren der Grünen – das änderte aber nichts daran, dass sich in der Öffentlichkeit führende Köpfe rausschälen würden und mussten. Mara hatte keine Scheu, so ein Kopf zu sein, trotz all der Nachteile, die das mit sich brachte. Seit zwei, drei Wochen konnte sie nicht mehr durch große Städte wie Hamburg und Berlin gehen, ohne erkannt zu werden, selbst in Kiel oder Augsburg war es schwierig geworden. Sie spürte, wie die Leute tuschelten, wenn sie mit einem Journalisten in einem Restaurant saß oder mit anderen Aktivisten in der Bahn. »Guck mal, das ist doch die Altmeier«, war der häufigste Satz, den sie in den vergangenen Wochen gehört hatte, direkt vor »Können wir ein Selfie mit dir machen?«. Die meisten Leute, die sie ansprachen, waren nett, aber es gab auch die anderen, bei denen »Du bist doch die mit dem Klima« jedes Mal wie eine Drohung klang. Wenn es ihr zu bunt wurde, entgegnete Mara in solchen Fällen, dass sie oft mit »dieser Frau aus dem Fernsehen« verwechselt werde. Aber meistens nickte sie einfach oder sagte trotzig: »Ja, das bin ich dann wohl«, und ging weiter.

Zeit, sich Sorgen um ihre persönliche Sicherheit zu machen, hatte Mara sowieso nicht, und sie hatte von ihren Urgroßeltern, die im Widerstand gegen Hitler aktiv waren, nicht nur die Courage geerbt, sondern auch die Eigenschaft, immer misstrauisch zu bleiben. So ein Treffen wie das, das Anna zum Verhängnis geworden war, wäre ihr nie passiert, auch deshalb nicht, weil sie anders als ihre Freundin wenig Interesse an schnellen Affären hatte. Außerdem waren meist irgendwelche Leute von Fridays for Future um Mara herum, manchmal kam sie sich vor wie der Chef eines großen Konzerns, der überall nur mit seinem engsten Mitarbeiterstamm auftauchte. In Hamburg gab sich im Übrigen Clemens alle Mühe, sie keine Minute aus den Augen zu lassen – seit der Sache mit Anna hatte er Züge von einem Wachhund angenommen. Die Nähe störte Mara nur selten, aber sie genoss sie auch nicht, obwohl sie es rührend fand, wie Clemens, der ihr Vater hätte sein können, sie und die Organisation unterstützte.

Bei Linus war das anders. Linus war ihr Clemens in Berlin, wo sich Mara immer öfter aufhielt, um Politiker zu treffen, Lobbyisten, Journalisten. Linus war sechs Jahre älter als sie, sie hatten sich bei einer Podiumsdiskussion kennengelernt, die er moderiert hatte. Danach tauchte er wie zufällig immer mal wieder dort auf, wo Mara sich aufhielt. Eines Tages nahm sie ihn zur Seite, sah ihm tief in die Augen und sagte: »Du, Linus, wenn du sowieso immer da bist, wo ich bin, dann könnten wir das hier doch zusammen machen.« Seitdem war er ihr ständiger Begleiter, wenn sie in Berlin war, und derjenige, der ihr Handy managte, wenn sie mal wieder von einer Bühne zu den Menschen sprach. Und ja, es fühlte sich ganz anders an, wenn Linus statt Clemens in ihrer Nähe war, aber das würde sie weder dem einen noch dem anderen auf die Nase binden. Perspektivisch muss ich mir so oder so überlegen, meinen Hauptwohnsitz nach Berlin zu verlegen, dachte Mara, so sehr sie ihre Geburtsstadt auch liebte. Die Entscheidungen fielen einfach woanders.

Gestern erst war sie aus der Hauptstadt zurückgekommen, wo sie einen Vortrag vor Marketingexperten gehalten und das Greenwashing der Firmen, für die diese arbeiteten, gnadenlos beim Namen genannt hatte. Heute war sie mit jungen Leuten aus Hamburger Schulen unterwegs, die sie anhimmelten, wie ihr Bruder früher die Fußballspieler des Hamburger SV angehimmelt hatte. Mara wollte ihnen die Fridays-for-Future-Zentrale in der HafenCity zeigen, gemeinsam wollte man dort Aktionen vorbereiten, die an verschiedenen Schulen geplant waren. Sie hatte sich mit den acht Mädchen und drei Jungen am Hauptbahnhof verabredet, und sie kam wie immer zu spät. Zur Begrüßung umarmte sie einen nach dem anderen, eine Prozedur, die sich bei Fridays for Future eingebürgert hatte, Händeschütteln war gestern. Als sie loszogen, registrierte Mara aus den Augenwinkeln eine kleine Gruppe junger Kerle, die vor dem Hauptbahnhof herumlungerten und die das waren, was ihre Mutter gern halbstark nannte. Sie zeigten in ihre Richtung, man hatte sie offenbar erkannt, einer schien Fotos von ihr zu machen. Mara überlegte kurz, ob sie einfach rüberwinken sollte, manchmal winkten selbst solche Typen freundlich zurück, entschied sich dann aber doch dagegen. Sicher ist sicher, dachte sie und dass die Jungs ihre Geste auch falsch deuten könnten.

Sie riefen ihr irgendetwas zu, ließen sie aber in Richtung HafenCity weiterziehen, auch wenn Mara das Gefühl hatte, dass etwas nicht stimmte. Aber, und auch das gehörte zur Wahrheit: Manchmal täuschte ihr Gefühl, und nachdem sie drei Stunden mit den Aktivisten in der Zentrale gearbeitet, Slogans entwickelt und Plakate gemalt hatte, hatte sie die Kerle vergessen.

Weil es spät geworden war, wurden die Schüler von ihren Eltern oder größeren Geschwistern abgeholt. Clemens bot Mara an, sie ebenfalls nach Hause zu bringen.

»Hast du neuerdings doch ein Auto?«, fragte sie keck, obwohl sie die Antwort kannte.

»Wir könnten uns ein Taxi teilen und …«, erwiderte Clemens, aber Mara ließ ihn nicht ausreden: »Das erst in die eine Richtung fährt und dann in eine völlig andere, das ist doch Quatsch. Ich nehm die Bahn, soll ökologischer sein.« Sie umarmte Clemens zum Abschied, schulterte ihren Rucksack und machte sich durch die HafenCity auf den kurzen Weg in Richtung Hauptbahnhof. Eigentlich wollte sie dabei mit Linus telefonieren, er hatte vorhin versucht, sie anzurufen, war aber jetzt nicht erreichbar. »Meld dich mal, ich hätte Zeit«, schrieb sie und drückte auf Senden. Sie starrte fast den ganzen Weg auf ihr Handy und merkte erst, dass jemand hinter ihr war, als sie eine Stimme sagen hörte: »Das ist sie wirklich. Komm, die schnappen wir uns!« Dann ging alles ganz schnell. Ein Mann überholte Mara und versperrte ihr den Weg, der andere legte ihr von hinten die Hand auf die Schulter. Sie sagte, so laut sie konnte und in der Hoffnung, dass andere Leute sie hören konnten: »Ich würde gern weitergehen, ich verpasse sonst meinen Zug.«

»Ich würde auch gern viele Sachen«, sagte der Typ, der vor ihr stand. Er roch nach Alkohol.

»Los, komm, zeig ihr, was wir von ihr halten«, sagte der andere und drehte Mara den Arm auf den Rücken. Sie schrie kurz auf vor Schmerz und Schreck. »Das hast du nun davon, du Klimaluder!«, zischte der Kerl, aus dessen Umklammerung sie sich nicht lösen konnte. Und, zu seinem Kumpel: »Besorg es ihr endlich, der Schlampe, danach nervt sie uns nie wieder mit ihrem Scheiß.« Er verstärkte den Druck, Mara beugte sich nach vorn und fragte sich, wie es sein konnte, dass sie mitten in einer Millionenstadt wie Hamburg um kurz vor zweiundzwanzig Uhr völlig allein mit diesen beiden Typen war. Was wollte der unscheinbare Kerl, der vor ihr stand und den sie jetzt wiedererkannte? Es war einer von den Halbstarken, an denen sie vorhin am Bahnhof vorbeigegangen waren. Die beiden mussten ihr gefolgt sein.

»Nun mach schon«, sagte der Mann, der hinter ihr stand. Er verstärkte den Druck auf Maras Arm und begann, an ihrem T-Shirt zu zerren, das sich vor ihrer Brust spannte. »Guck mal, was die für große Titten hat, die sieht man ihm Fernsehen gar nicht, schade eigentlich.« Er versuchte, Mara an die Brust zu grapschen, wenigstens das konnte sie verhindern, indem sie sich wand und gleichzeitig anfing zu schreien. »Lasst mich in Ruhe, ihr Penner«, schrie sie, nahm ihre ganze Kraft zusammen und trat dem Mann, der weiter unschlüssig vor ihr stand, mit voller Kraft zwischen die Beine. Bevor sie ihn genau dort traf, wo sie ihn hatte treffen wollen, und er mit schmerzerfülltem Gesicht in die Knie ging, rief er: »Achtung«, was Mara nicht deuten konnte, aber es war ihr auch egal. Jetzt muss ich nur noch den anderen loswerden, dachte sie, als sie einen dumpfen Knall hörte und spürte, wie sich der Griff um ihren Arm lockerte und der Kerl in ihrem Rücken zu Boden sackte. Ohne sich auch nur einmal umzudrehen, rannte Mara, so schnell sie konnte, in Richtung Hauptbahnhof, dorthin, wo viele Menschen waren und viel Licht. Sie atmete tief durch, wählte 110, sagte ihren Namen und was passiert war und wunderte sich, wie klar und gefasst sie schon wieder war.

16

Dass Lukas ausgerechnet an diesem Tag in der Rechtsmedizin des Universitätsklinikums Eppendorf zugegen sein durfte, war Zufall. Der alte Keil hatte vor ein paar Wochen die Reporter in einer Konferenz aufgefordert, »endlich mal wieder ihrem Namen gerecht zu werden und anständige Reportagen zu liefern«. Die gäbe es in den *Hamburg News* so gut wie gar nicht mehr, »immer nur Nachrichten und Aktuelles, das reicht nicht, Kinder«, hatte der Chefredakteur gesagt und von jedem mindestens zwei Reportagen innerhalb des nächsten Monats gefordert, »und zwar richtig berührende«. Lukas hatte sich vorgenommen, Mara Altmeier bei mehreren Terminen zu begleiten, aber das war eher ein Langzeitprojekt. Die Reportage aus der Rechtsmedizin würde schneller gehen, dabei wäre Lukas normalerweise nie auf die Idee gekommen, sie zu machen. Das war Kajas Beritt, allein schon, weil sie keine Berührungsängste mit Menschen hatte, die tiefgekühlt in silberfarbenen Schränken lagen. Aber Kaja und Reportagen waren wie der Hamburger SV und die Champions League, also zwei Dinge, die nicht zueinander passten und wahrscheinlich niemals zueinander passen würden. Kajas Stärke war das Heranschaffen von Informationen, waren ihre Kontakte tief in die Hamburger Polizei hinein, aus der sie so viel erfuhr wie niemand sonst. Beim Schreiben der Texte hingegen hatte sie immer noch Schwierigkeiten. Ihre Artikel waren mit den Jahren zwar langsam besser geworden, aber nicht so gut, dass man sie unredigiert hätte veröffentlichen können. Es hätte für einen Kollegen wie Lukas viel, viel zusätzliche Arbeit bedeutet, wenn sie selbst eine Reportage geschrieben hätte, die über eine oder gar zwei Zeitungsseiten gehen sollte.

»Willst du das nicht lieber machen?«, hatte Kaja ihn gefragt, und so stand er jetzt an der Tür zum Rechtsmedizinischen Institut, den Block in der einen Hand und die Leine mit Finchen in der anderen. Er hatte gezögert, den Hund mitzubringen, allein aus Angst, dass der sich in einem unbeachteten Moment irgendeinen Knochen schnappte, der womöglich herumlag. Aber Lilli war mit Jonathan zu einer dieser U-Untersuchungen bei der Kinderärztin und wollte sich danach mit einer Freundin treffen, die vor wenigen Wochen das zweite Mal Mutter geworden war, »mal sehen, wie das so ist«. Sie hätten also Finchen mehrere Stunden allein zu Hause lassen müssen, was gefährlich war, weil der Dackel nach dem kurzen Matthias-Hunold-Intermezzo wieder genauso irre war wie vorher, wenn nicht noch irrer. Zu den bekannten Ticks war die störende Eigenart hinzugekommen, an Türen zu nagen, zwei bei ihnen zu Hause hatten dadurch schon richtige Kerben bekommen. Mit anderen Worten: Finchen musste mit, auch zu diesem Termin, und der Chef der Rechtsmedizin, den Lukas sicherheitshalber angerufen hatte, hatte nichts dagegen. »Bringen Sie Ihren Dackel ruhig mit, der stört hier keinen«, hatte er gesagt. »Wen auch?«

Sebastian Kürschner war eine Institution in Hamburg. Bei seinem sechzigsten Geburtstag vor drei Jahren hatte er gewitzelt, dass nun eine Zeit anbreche, »in der ich meinen Klienten immer ähnlicher werde«, und das stimmte. Kürschner arbeitete so viel, dass er aussah, als bliebe ihm zum Essen überhaupt keine Zeit. Die Wangenknochen waren eingefallen, fast hohl, der Rest des Körpers sehnig, die Haare weißer als weiß. Als Lukas ihn das erste Mal gesehen hatte, hatte er sich gefragt, ob man sich allein wegen seines Aussehens vor ihm gruseln würde oder ob das nur mit Kürschners Beruf zu tun hatte. Der Name tat sein Übriges, und Lukas glaubte dem Rechtsmediziner, als der ihm bei der Begrüßung erzählte, dass er schon als kleiner Junge davon geträumt habe, »was mit Leichen zu machen«.

»Ich wollte was mit Medien«, erwiderte Lukas.

»Dann kann man sich uns beide als glückliche Menschen vorstellen.« Kürschner hielt Lukas die Eingangstür auf, und Finchen fing an, den Boden abzulecken, kaum, dass sie über die Schwelle getreten war.

»Ist der Dackel aufgeregt?«

»Nein, der ist immer so«, sagte Lukas. Aufgeregt war er selbst, weil Kaja erzählt hatte, dass Kürschner es liebte, Journalisten, Studenten und eigentlich allen Besuchern zu zeigen, woran er gerade arbeitete, weil man »von den Toten so viel lernen kann«. Entsprechend froh war er, als der Rechtsmediziner vorschlug, erst mal in sein Büro zu gehen und ein paar Tassen Kaffee zu trinken, er hatte wirklich »ein paar« gesagt. »Da müssen wir auch keine Angst haben, wenn Ihr Dackel, wie heißt er noch?«, fragte Kürschner.

»Er heißt Finchen und ist eigentlich eine Sie«, antwortete Lukas.

»Also, da müssen wir keine Angst haben, wenn Ihr Finchen weiter so den Boden bearbeiten will.«

Lukas begriff erst, was Kürschner damit meinte, als er einen Fuß in dessen Büro setzte. Der Fußboden war übersät mit Büchern, Aktenordnern, Geräten und einer Unmenge von Kartons. Der Rechtsmediziner ging voran wie der Führer bei einer Dschungelexpedition, der dem Rest des Teams den Weg bahnte, murmelte etwas wie »Hier müsste auch mal wieder aufgeräumt werden, aber man kommt ja zu nichts«, und wies auf einen Stuhl, der das Einzige war, auf dem nichts lag.

»Den habe ich prophylaktisch schon mal für Sie frei gemacht.«

Lukas setzte sich und staunte, dass Finchen genau das Gleiche tat. Sie rückte, so eng es ging, an ihn heran und bewegte sich in der kommenden Stunde nicht von der Stelle, in der Kürschner ein Beweisstück nach dem nächsten aus den Kartons zauberte. Lukas kam sich vor wie im Seminar »Richtig morden«, und manchmal glaubte er es in den Augen des Rechtsmediziners blitzen zu sehen, wenn der über einen besonders heimtückischen oder raffinierten Fall referierte. Beim sogenannten Säurefassmörder, der seine Opfer in Fässern beseitigt hatte, die er im Garten vergrub, geriet Kürschner fast ins Schwärmen, zumindest wirkte das auf Lukas so.

Er kam mit seinen Notizen kaum hinterher, und wenn er zwischendurch zu Finchen blickte, sah er in angsterfüllte Augen. Der Hund schien zu spüren, wo sie sich hier befanden, und wenn Lukas daran dachte, dass Kürschner irgendwann in der nächsten halben Stunde aufspringen und mit ihm zu einem Seziertisch oder dorthin gehen würde, wo seine aktuellen Klienten kühl und atemlos lagen, wurde auch ihm ganz anders.

»Wissen Sie, ich bin jetzt so lange dabei«, Kürschner legte eine kleine Plastiktüte zurück in einen Karton, in der er, wenn Lukas das richtig verstanden hatte, einen der Fingernägel aufbewahrte, die er im Fall des Säurefassmörders neben einem der Fässer gefunden hatte, »ich bin jetzt so lange dabei, dass ich nicht durch Hamburg gehen kann, ohne an Morde und furchtbare Verbrechen zu denken. Allein rund um die Alster könnte ich Ihnen bestimmt zehn Tatorte zeigen, und an der

Elbe … Meinen Sie, so etwas könnte man als Stadtführungen anbieten?«

Lukas war in seinen Gedanken abgeschweift, um den Würgereiz angesichts dieses einsamen Fingernagels in der Plastiktüte zu unterdrücken, der einmal einer Frau gehört hatte, die erst vergewaltigt und dann in Salzsäure aufgelöst worden war. So gesehen hatte diese Anna von Fridays for Future noch Glück gehabt, dachte er und dass das Schicksal manchmal doch gerecht sein konnte. Denn diesmal war nicht das Opfer, sondern der Täter bis zur Unkenntlichkeit verstümmelt worden.

»Asche zu Asche, Staub zu Staub – das mörderische Hamburg. Das wäre doch ein schöner Titel, oder?«

Lukas sah, wie sich die Lippen von Sebastian Kürschner bewegten, und er registrierte, dass er seit mindestens einer Minute nicht mehr richtig zugehört hatte.

»Entschuldigung, ich war noch in Gedanken beim Säurefassmörder«, sagte er.

»Ein faszinierender Fall, oder?« Jetzt strahlte Kürschner Lukas an wie ein Fußballspieler, der das entscheidende Tor in der Verlängerung geschossen hat. »Und wie finden Sie die Idee mit den Stadtführungen?«

»Klingt gruselig«, war das Einzige, was Lukas in diesem Moment einfiel, aber dann erinnerte er sich nach und nach an das, was Kürschner gesagt hatte, und er hatte eine Idee, wie er um Seziertisch und Leichenkammer herumkommen könnte.

»Wenn ich Sie richtig verstanden habe, könnten wir beide jetzt einmal um die Alster spazieren, und Sie könnten mir zeigen …«

»… welche Morde und Vergewaltigungen und andere Verbrechen an welcher Stelle begangen worden sind, ganz richtig.« Kürschner zog aus einem Stapel auf seinem Schreibtisch eine Karte von Hamburg heraus, faltete sie auf und schob sie, so gut es das Chaos zuließ, zu Lukas hinüber: »Ich hab hier mal alle Punkte markiert, zu denen ich etwas erzählen könnte, wie Sie sehen, ist auch der Journalistenmord dabei, bei dem Sie ...«

Lukas sah den Punkt unweit des Tunnels an der Binnenalster, der unter der Lombardsbrücke hindurchführte. Dort hatte man damals eine Männerleiche gefunden. Der Kollege vom *Politik Insider* war nicht so brutal ermordet worden wie die Frau, von der nur ein Fingernagel übrig war, aber sein Tod war Teil eines spektakulären Verbrechens, an dessen Aufklärung Lukas wesentlich beteiligt gewesen war.

Er sollte mal wieder etwas sagen.

»Wissen Sie, was ich überlege, lieber Herr Kürschner?« Lukas faltete die Karte zusammen und steckte sie hinter seinen Notizblock. »Ich denke, dass das eine großartige Reportage wäre, die ich so noch nirgendwo gelesen habe. Und deshalb brechen wir jetzt sofort in Richtung Alster auf«, was auch Finchen deutlich besser gefallen würde als der Aufenthalt hier, dachte er. »Ich sage einem unserer Fotografen Bescheid, und wir gehen zusammen von Tatort zu Tatort. Was meinen Sie?«

»Das könnte sogar der Auftakt zu einer Serie sein.« Kürschner stand auf, wodurch einer der Stapel rechts neben seinem Stuhl ins Wanken geriet, er konnte ihn gerade noch auffangen. »Tatort Alster, Tatort Elbe, Tatort Reeperbahn – ich könnte Ihnen da Dinge erzählen! Zum Beispiel die Sache im Fischereihafen Restaurant ...«

»Das besprechen wir alles gleich.« Auch Lukas war aufgestanden, das Bedürfnis, endlich aus diesem Raum mit all den bedrückenden Beweisstücken und Erinnerungen herauszukommen, wurde immer größer. »Wollen wir?«

»Aber vorher muss ich Ihnen unbedingt noch meinen eigentlichen Arbeitsplatz zeigen«, Kürschner kam langsam auf Lukas zu. »Das hier ist ja nur der Ort für den langweiligen Verwaltungskram. Ich arbeite gerade an einem Fall, der Sie sehr interessieren dürfte. Sie haben doch schon mal ein Brandopfer gesehen, oder? Ist wahrscheinlich in Ihrem Beruf Standard?«

Lukas schluckte, er spürte, wie sich Schweißperlen auf seiner Stirn bildeten. Kaja wäre jetzt einfach mit Kürschner mitgegangen, als wollte der ihr seine Briefmarkensammlung zeigen. Lukas konnte das nicht, er wusste, dass er in Ohnmacht fallen würde, wenn Sebastian Kürschner ihm einen toten und noch dazu verbrannten Menschen präsentieren würde, und vorher würde er sich mit hoher Wahrscheinlichkeit übergeben. Beides wollte er nicht.

»Ich glaube, wir müssen uns entscheiden, Herr Kürschner«, sagte er, so fest und bestimmt es angesichts der Lage ging. »Wenn wir heute wirklich noch einmal rund um die Alster wollen, dann müssen wir jetzt los, das dauert ja, bis wir alle Fotos gemacht und Sie die ganzen spannenden Geschichten erzählt haben.« Er holte tief Luft. »Und sollte danach noch Zeit sein, komme ich gern wieder mit Ihnen hierher, und Sie zeigen mir alles.« Sagte Lukas und dachte, dass er schon dafür sorgen würde, dass das niemals passieren würde.

Kürschner zuckte mit den Schultern. »Wie Sie meinen«, er bahnte sich den Weg zurück zur Tür, Lukas und Finchen folgten ihm. »Dabei ist der Fall dieses Mannes, den man in der Scheune in Wellingsbüttel gefunden hat, wirklich interessant.«

»Konnte die Polizei denn inzwischen die Identität ermitteln?« Lukas überlegte kurz, ob er sein eigenes Wissen preisgeben sollte – dass es sich wahrscheinlich um einen Frank handelte, der ein Mitglied von Fridays for Future in einer Bar betäubt und anschließend in die Scheune geschleppt hatte, aber dann entschied er sich dagegen. Er wollte den Experten nicht beeinflussen.

»Bisher nicht, aber das dürfte nicht besonders schwer sein, sobald die meinen Obduktionsbericht gelesen haben.« Sie waren am Haupteingang des Rechtsmedizinischen Instituts angekommen. Kürschner stieß die Tür auf, und erst jetzt merkte Lukas, wie muffig und bedrückend die Luft in dessen Büro gewesen war. Selten war er so froh gewesen, unter freiem Himmel zu stehen. Er atmete tief durch, auch Finchen bellte zweimal. Noch einmal davongekommen, dachte Lukas.

»Was steht denn in Ihrem Obduktionsbericht?«, fragte er und bemühte sich, dass es möglichst beiläufig klang.

»Das wollte ich Ihnen ja am lebenden«, Kürschner grinste, »also am Objekt zeigen: Dem Mann fehlten zwei Finger an der rechten Hand, schon vor dem Brand. Wahrscheinlich ein Berufsunfall, vielleicht war er Metzger oder Handwerker, was weiß ich. Auf jeden Fall wird es nicht so viele Menschen in Hamburg geben, die an der rechten Hand nur noch drei Finger haben.«

Jetzt rasten die Gedanken in Lukas' Kopf noch schneller, als sie es auf dem Stuhl in Kürschners Büro getan hatten. Er konnte sich nicht daran erinnern, dass Anna etwas von einer verkrüppelten Hand erzählt hatte, und das hätte sie doch, wenn es so gewesen wäre. Er musste dringend mit Kaja darüber sprechen, mit Clemens und vielleicht mit Mara Altmeier, und er musste sich langsam an den Gedanken gewöhnen, dass der Mann, der Anna in die Bar auf den Tanzenden Türmen gelockt hatte, womöglich nicht bei Sebastian Kürschner in einem Kühlfach lag, sondern völlig frei durch Hamburg lief.

17

Manchmal brachte sein Verhältnis mit Kaja Enno von Spoercken in schwierige Situationen. So wie in dieser Nacht. Sie hatten gemeinsam eine Flasche Champagner getrunken, dann noch eine, und als sie zu Bett gehen wollten, klingelte Ennos Diensthandy. Das tat es um diese Zeit nur in Ausnahmefällen, was sowohl der Leiter der Kripo als auch seine Freundin wussten.

»Geh ran!« Kaja war sofort in Alarmbereitschaft und begann sicherheitshalber, die Hose, die sie gerade ausziehen wollte, wieder hochzuziehen.

Enno erhob sich von der Bettkante, auf der sie beide gesessen hatten, ließ sein Hemd aber aufgeknöpft.

»Von Spoercken.« Als er zuhörte, was ihm die Stimme am anderen Ende mitzuteilen hatte, drehte er sich vorsichtig von Kaja weg. Die Informationen waren knapp und präzise, das konnten sie bei der Polizei. Nach einer Minute glaubte Enno alles zu wissen, was er wissen musste. Wäre er allein gewesen, hätte er gesagt, dass er sich sofort auf den Weg machen würde. Nun murmelte er etwas wie »Okay, vielen Dank« und drückte den Anruf ohne jede weitere Bemerkung weg.

»Scheint ja nichts Spannendes gewesen zu sein.« Kaja fing wieder an, ihre Hose auszuziehen, sie trug den roten String, den Enno ihr zu Weihnachten geschenkt hatte. Sicherheitshalber schaute sie auf ihr Handy, ob sie eine Nachricht erhalten hatte, wie das in der Regel geschah, wenn sich in der Stadt ein spektakuläres Verbrechen ereignet hatte oder ein großer Polizeieinsatz anstand. Enno hatte aufgehört zu zählen, wie oft sie zeitgleich Mitteilungen bekommen hatten, und er hatte sich nicht nur einmal gefragt, wie viele Leute bei seiner Truppe seine Freundin so gut kennen musste, dass quasi alles Wichtige sie erreichte. Doch diesmal: nichts.

»Komm ins Bett.« Kaja hatte nun auch ihr T-Shirt abgelegt, sie saß ganz in roter Unterwäsche vor Enno, dem es schwerfiel, das zu tun, was er tun musste. Er begann, sein Hemd wieder zuzuknöpfen.

»Ich denke, es ist nichts?« Kaja stand auf, ging auf ihren Freund zu und lehnte sich an seine Schulter. »Entweder du erzählst mir, was passiert ist, und wir fahren beide hin«, Kaja nestelte an dem Gürtel seiner Hose herum, »oder wir beide bleiben hier und machen das, was erwachsene Menschen nach zwei Flaschen Champagner um diese Zeit tun sollten.«

Enno nahm behutsam ihre Hand von seinem Gürtel, zog ihn straff und gab Kaja einen Kuss. »Ich muss noch mal los, wirklich nichts Spannendes. Bin in einer Stunde wieder da.«

»Dann schlafe ich«, behauptete Kaja, und: »Du lügst. Da ist was im Busch, aber du willst es mir nicht sagen, obwohl du weißt, dass ich es früher oder später doch rauskriege.« Sie verschränkte die Arme vor der Brust und tat, als ob sie schmollte.

»Kaja, manche Sachen sind einfach nicht für die Ohren von Journalisten bestimmt.« Er band sich seine Armbanduhr um, die er schon auf den Nachttisch gelegt hatte. »Hast du einen Pfefferminzbonbon oder so? Muss ja nicht jeder gleich den Champagner riechen, wenn ich …«

»Wenn du was?« Kaja ging in die Küche und kam mit einer Tüte Fisherman's Friends wieder. »Spuck's schon aus!«

»Bis nachher.« Enno gab ihr einen Kuss, dann noch einen

und verschwand. Vor der Tür wartete schon der Wagen, der ihn ins Polizeipräsidium bringen sollte.

Mara Altmeier sah genauso aus wie immer, was Enno erstaunlich fand, nach all dem, was sie heute Abend erlebt hatte. Seine Kollegen hatten sie in sein Büro gesetzt, auf dem Tisch stand eine Batterie von Espressotassen – wenn Enno richtig gezählt hatte, waren es fünf. Wenn er um diese Uhrzeit so viel davon trinken würde, würde er bis zum nächsten Morgen aufrecht und mit zitternden Händen im Bett sitzen. Mara Altmeier dagegen wirkte entspannt, fast ruhig. Jan Ritter, Ennos rechte Hand, saß neben ihr und schien sie zu befragen.

Enno klopfte an seine eigene Bürotür, bevor er eintrat. »Ich hatte gehofft, dass wir uns nicht so schnell wiedersehen«, sagte er, und weil Mara Anstalten machte, aufzustehen: »Bleiben Sie gern sitzen.«

»Hi.« Sie winkte ihm zu, während er sich direkt gegenüber hinsetzte und ein Glas Mineralwasser einschenkte. Der erste Schluck schmeckte nach Pfefferminze, die Fisherman's Friends wirkten nach.

»Es tut mir leid, wenn Sie noch mal das Gleiche erzählen müssen, was Sie meinem Kollegen Ritter bereits erzählt haben.« Enno zog einen DIN-A4-Block zu sich, der auf dem Tisch lag, und nahm einen Kugelschreiber aus seiner Sakkotasche. »Aber ich würde den Tathergang gern von Ihnen selbst hören.«

»Kein Problem«, sagte Mara, als wäre das, was ihr passiert war, das Normalste auf der Welt, und als würde sie jetzt nicht auf dem Polizeipräsidium, sondern im Café mit guten Freunden sitzen.

»Tathergang ist zwar ein großes Wort für zwei besoffene Vollhonks, die ihr Mütchen an mir kühlen wollten, aber gut.

Kann ich noch einen Espresso haben?« Während Ritter die nächste Tasse holte, berichtete Mara, was ihr passiert war, und endete damit, wie sie den »beiden Idioten« entkommen konnte, weil der eine sie plötzlich losgelassen hatte und der andere sich vor ihr krümmte, nachdem sie ihn in den Schritt getreten hatte.

»Sie haben einen dumpfen Knall gehört, und dann waren Sie frei?«, fragte Enno.

Mara nickte.

»Sie können aber nicht sagen, was genau mit dem Mann passiert ist, der Sie festgehalten hat?«

»Leider nein«, antwortete Mara. »Als ich spürte, dass er zusammengesackt war, wollte ich einfach nur weg. Ich bin Richtung Hauptbahnhof gerannt, habe versucht, dort wieder zu mir zu kommen, und dann ihre Kollegen angerufen. Die übrigens erstaunlich schnell da waren.«

Aber nicht schnell genug, dachte Enno. Als die Beamten am Tatort eintrafen, waren die beiden Männer weg. Die Spurensicherung hatte das Gebiet Zentimeter um Zentimeter abgesucht und alles Mögliche gefunden: einen abgerissenen Knopf, ein Büschel Haare, Blutstropfen und eine Flüssigkeit, die sich später als Urin herausstellen sollte. Aber richtig viel konnten sie damit nicht anfangen. Nach Maras Beschreibungen war von einem der Männer ein Phantombild angefertigt worden, das Ritter Enno hingelegt hatte und das er jetzt hochhob und Mara zeigte: »Haben wir wenigstens den hier gut getroffen?«

Sie nahm sich das Bild. »Soweit ich mich erinnern kann, sah der ungefähr so aus, ja. Eigentlich ein ganz normaler Typ, oder?«

»Offensichtlich nicht«, sagte Enno. »Die Fahndung läuft, mit etwas Glück haben wir die beiden bald. Vielleicht stellen sie sich auch, wenn sie wieder nüchtern sind und merken, was sie für einen Blödsinn gemacht haben.«

Mara trank ihren Espresso aus: »Darf ich Sie um etwas bitten?«

»Natürlich«, sagte Enno.

»Können Sie die Presse da raushalten?«

»Puuuh«, Enno kratzte sich am Kopf, »das wird nicht leicht. Früher oder später werden Reporter von der Sache Wind bekommen, dafür sind Sie einfach zu bekannt.«

»Je später, desto besser.« Mara blickte auf ihr Handy, auf dem permanent Nachrichten eingingen. »Solche Sachen und solche Typen führen leider dazu, dass sich andere ermuntert fühlen, uns noch mehr Drohungen zu schicken, als wir sowieso bekommen. Und mit jedem Zwischenfall sinkt die Hemmschwelle, eine von uns anzugreifen.« Sie machte eine Pause. »Wissen Sie, ich mache mir keine Sorgen um mich, ich komme damit schon irgendwie klar, wahrscheinlich gehört es zu dem dazu, was ich tue. Aber ich mache mir Sorgen um die anderen, verstehen Sie?«

Enno nickte: »Ich verstehe das. Und ich glaube, dass wir handeln sollten.«

»Heißt was?« Mara schob die leere Espressotasse auf dem Tisch hin und her und schüttelte den Kopf, als Ritter Anstalten machte, eine neue zu holen: »Ich glaube, ich habe für heute genug.«

»Heißt, dass wir über Personenschutz für Sie nachdenken sollten, zumindest so lange, bis diese Sache mit Ihrer Freundin Anna und mit dem Überfall auf Sie geklärt ist.«

Mara stutzte: »Ich dachte, die Sache, wie Sie sie nennen, mit Anna sei geklärt. Der Typ, der sie abgeschleppt hat, ist doch in der Scheune verbrannt.«

Enno reagierte nicht.

»Oder?« Mara streckte ihren Oberkörper durch und blickte den Leiter der Kripo alarmiert an.

»Wir müssen den Obduktionsbericht noch abwarten, bisher konnten wir die Identität der Leiche nicht hundertprozentig klären.« Enno sah Mara direkt in die großen dunkelbraunen Augen. In Wahrheit hatte er den Bericht am frühen Abend bekommen, etwas, das er auch Kaja verschwiegen hatte. Vielleicht hatte Anna bei der Befragung nach ihrer Befreiung schlichtweg vergessen, alle Details zu erwähnen. Aber das war unwahrscheinlich, denn natürlich hatte er um eine genaue Beschreibung dieses Franks gebeten, mit dem sie sich in den Tanzenden Türmen getroffen hatte, und Anna hatte sich sogar an ein Muttermal an dessen Hals erinnert. Von drei statt fünf Fingern an der rechten Hand war jedoch keine Rede gewesen, obwohl die beiden zusammen Cocktails getrunken hatten und Anna spätestens dabei dieses besondere Merkmal hätte auffallen müssen.

»Ich habe das Gefühl, dass Sie mir etwas verschweigen.« Mara sah Enno unverwandt an, und er hatte das Gefühl, sie durchbohrte ihn mit ihrem Blick.

»Und ich habe das Gefühl, Sie kriegen Besuch.« Er zeigte in Richtung seiner Bürotür, in der Clemens Engel stand, mit hochrotem, verschwitztem Gesicht und einem großen Stapel Zettel in der Hand. Er stürmte herein, ohne den Kripochef und seinen Assistenten eines Blickes zu würdigen, und umarmte Mara, als wäre sie seine Tochter, die er seit der Geburt nicht mehr gesehen hatte. »Hätte ich dich doch nur mitgenommen«, sagte er.

Mara ließ sich die Umarmungen wenige Sekunden gefallen, dann schüttelte sie Clemens ab und murmelte etwas wie »Alles gut, kein Grund zur Panik«, bevor sie fragte: »Was machst du hier?«

»Was ich hier mache?« Clemens baute sich vor Enno auf und knallte den Papierstapel auf den Tisch. »Ich bringe die ganzen Drohungen und Beschimpfungen mit, die in den vergangenen achtundvierzig Stunden auf deinem Twitter-Account eingegangen sind. Es ist der Wahnsinn, die Hölle. Hier zum Beispiel …«

»Clemens, beruhig dich.« Mara zog den Stapel zu sich herüber, bevor er damit beginnen konnte, eine der ausgedruckten Nachrichten vorzulesen.

»Viel Feind', viel Ehr'«, sagte sie, und: »Hunde, die bellen, beißen nicht, das weißt du doch. Damit müssen wir leben, wenn wir die Welt retten wollen.«

»Und wenn doch?« Clemens' Stimme quietschte, offensichtlich eine Folge seiner Aufregung.

»Wenn doch was?«, fragte Enno, weil Mara nichts sagte, sondern nur mit den Augen rollte.

»Wenn die Hunde doch beißen? Überleg mal, was dir heute passiert ist. Du hast einfach Glück gehabt, dass du unverletzt geblieben bist und …«

Mara machte eine abfällige Handbewegung und unterbrach Clemens: »Du übertreibst, und ich finde, wir sollten jetzt gehen und die Polizei ihren Job machen lassen. Die werden die beiden Typen schon finden, und gut.«

Enno hatte sich ein paar Zettel von dem Stapel genommen und angefangen zu lesen. Es waren Morddrohungen dabei, Ankündigungen von Vergewaltigungen und Verstümmelungen und jede Menge wüste Beleidigungen. Alles Dinge, die in Zeiten vor der Erfindung der sozialen Medien zu einem Polizeieinsatz geführt hätten und die man jetzt hinnahm, weil es so viele waren und weil man die Absender meist nur mit großer Mühe ausfindig machen konnte.

»Das ist harter Stoff«, sagte er in Richtung Mara.

»Hunde, die bellen …«, sagte Mara.

»Trotzdem werde ich mich darum kümmern, dass Sie zumindest für die nächsten Wochen Personenschutz bekommen, damit sich so etwas wie heute Abend nicht wiederholt. Und jetzt wird Sie ein Streifenwagen nach Hause bringen.« Enno nickte Ritter zu, damit der alles Weitere auf den Weg brachte.

»Ich kann Mara auch …«, fing Clemens an, wurde aber erneut von ihr unterbrochen: »Du hast doch gehört, was der Herr von der Polizei gesagt hat.« Sie stand auf, gab Enno die Hand und folgte Ritter in Richtung Ausgang.

»Mara!« Clemens lief ihr hinterher, und Enno saß mitten in der Nacht allein in seinem Büro. Als er überlegte, was er Kaja erzählen sollte, wenn er gleich wieder bei ihr im Schanzenviertel wäre, piepste sein Handy: »Soso«, schrieb seine Freundin, »die Altmeier ist also überfallen worden?«

18

Manchmal fühlte sich Lukas bei der Arbeit als Reporter an seine Kindheit erinnert. Als kleiner Junge hatte er es geliebt, wenn jemand aus der Familie ihm ein neues Puzzle mitbrachte, mit möglichst vielen Teilen. Er hatte sie in seinem Kinderzimmer auf dem Boden verstreut und versucht, das Puzzle so schnell wie möglich zusammenzusetzen, ohne auf die Vorlage zu gucken. Es gab nichts Schöneres für ihn, als aus einem Haufen Einzelteile ein großes Ganzes entstehen zu lassen. Inzwischen dachte er, dass sein Hobby eine gute Vorbereitung auf das gewesen war, was er heute tat. Mit dem Unterschied, dass er sich die Puzzleteile, aus denen eine Geschichte werden sollte, nach und nach selbst zusammensuchen musste und dabei nicht, wie er es als Kind dann doch ab und an getan hatte, auf eine Vorlage gucken konnte, wenn er nicht mehr weiterwusste.

Als er am Tag nach dem Alsterrundgang mit Sebastian Kürschner in die Redaktion kam, glaubte Lukas, ein großes Teil für das Puzzle im Gepäck zu haben, das ihn gerade beschäftigte. Die Hand, an der zwei Finger fehlten, gab der Geschichte um die Entführung von Anna eine völlig neue Richtung. Lukas war extra früh aufgestanden, hatte erst dem kleinen Jonathan und dann seiner Frau einen Kuss auf die Stirn gegeben, aber so zart und vorsichtig, dass beide davon nicht aufwachten, und sich dann Finchen geschnappt, um mit ihr in die Redaktion zu fahren. Er wollte spätestens um kurz nach acht Uhr am Schreibtisch sitzen, um einen Artikel über das zu schreiben, was er von Kürschner erfahren hatte. Dafür musste er mit Anna sprechen, ihre Handynummer hatte er sich über Clemens besorgt.

Um Zeit zu sparen, war Lukas mit der U-Bahn gefahren, auch wenn Finchen das nicht gern mochte. Die beiden waren zu allem Überfluss auf einen Schäferhund getroffen, dem der Dackel in einer Mischung aus Panik und Verteidigungsreflex an den Hals gesprungen war. Das große Tier hatte zum Glück cool reagiert und das kleine Stück Hund mit einem Ruck wieder von seiner Kehle abgeschüttelt. Finchen war verdattert auf den Boden der U-Bahn geknallt, ein paar Schäferhundhaare im Maul, und Lukas hatte sich wortreich bei der Besitzerin entschuldigt, einer älteren Frau, die nur sagte: »Ist halt ein Dackel, was soll man da erwarten?« Das war eine Beleidigung, aber Lukas leider nicht in der Verfassung, entsprechend zu parieren. Er war froh, als sie an der Haltestelle Jungfernstieg angekommen waren und er den Zug verlassen konnte, ohne dass Finchen erneut auf den Schäferhund losgegangen war.

Lukas' Annahme, dass er, bis auf ein paar Onlineredakteure, allein in der Redaktion sein würde, schien sich zu bestätigen. Acht Uhr morgens war normalerweise keine Zeit für Journalisten – aus der guten alten Printära war man es gewohnt, gegen zehn oder elf Uhr anzufangen, die große Konferenz war um zwölf, und erst dann fing die Redaktion an, in Schwung zu kommen, schließlich war bis zum Redaktionsschluss um dreiundzwanzig Uhr noch sehr viel Zeit. Das hatte sich prinzipiell gewandelt, denn das Internet kannte keinen Redaktionsschluss, Texte konnten und sollten so schnell wie möglich veröffentlicht werden. Und trotzdem hatte sich an dem Arbeits- und Lebensrhythmus bei den *Hamburg News* so viel gar nicht geändert. Das ging so weit, dass die meisten Reporterinnen und Reporter weiterhin vor Feiertagen zu Hause blieben, weil da schließlich keine gedruckte Zeitung erschien.

Je näher Lukas seinem Schreibtisch kam, desto stärker zog Finchen an der Leine, und als er Finger hörte, die laut auf Tasten niederfuhren, ahnte er, warum. Kaja war schon da oder immer noch, bei ihr wusste man das nie so genau. Sie hatte viele Nächte in der Redaktion verbracht und war sehr dankbar gewesen, als der Betriebsrat gegen den Willen des alten Keils durchgesetzt hatte, dass einer der Konferenzräume zu einem Ruheraum umgebaut wurde, samt Liege. Dort hatte Kaja schon ein Dutzend Mal geschlafen, manchmal auch tagsüber.

»Moin«, sagte Lukas und ersparte Kaja und sich das »Was machst du denn schon hier?«. Die Antwort war offensichtlich.

»Hast du's gehört?« Kaja schrieb weiter, ohne von ihrem Laptop aufzusehen. »Ich sitze gerade an einer aktualisierten Fassung, der erste Text ist innerhalb von einer Stunde von mehr als 100 000 Menschen gelesen worden, er trendet bei Google.« Kaja gehörte definitiv nicht zu der alten Printfraktion, dafür war sie zu fixiert auf alles, was mit Daten zu tun hatte. Wenig konnte sie glücklicher machen, als wenn Google einen Text von ihr all jenen, die Informationen zu einem Verbrechen suchten, als Erstes anbot. Das machte sie stolz, so wie den alten Keil früher die Quartalsmeldungen über steigende Auflagenzahlen stolz gemacht hatten. Lange war es her.

Lukas band Finchen an einem Bein seines Schreibtisches fest und schob ihr das Körbchen so hin, dass sie darin liegen konnte, wenn sie wollte. Meist wollte sie nicht. Er trat hinter Kaja, um zu sehen, woran sie gerade arbeitete. Normalerweise warf er jeden Morgen nach dem Aufstehen einen schnellen

Blick auf die Seiten der *Hamburg News* und ein paar anderer wichtiger Zeitungen, aber weil es so früh gewesen war und weil in der U-Bahn der Schäferhund seine ganze Aufmerksamkeit gefordert hatte, war er diesmal nicht dazu gekommen. »Exklusiv«, las er und dann: »Überfall auf Klimaaktivistin Mara Altmeier.«

»Was ist das?« Lukas fing an zu lesen, so schnell er konnte, nach zwei Minuten war er mit dem Text durch.

»Scheiße«, sagte er, und Finchen bellte zweimal, als wollte sie ihn ermahnen, dass man so was nicht sagt. »Haben sie die Typen?«

Kaja hatte etwas Platz gemacht, damit Lukas die Zeilen, an denen sie aktuell schrieb, vernünftig lesen konnte. Jetzt setzte sie sich wieder direkt vor den Bildschirm und machte weiter.

»Keine Spur, soviel ich weiß.« Ihre Finger flogen über die Tastatur. Nach dem nächsten Absatz machte sie eine Pause und wandte sich wieder Lukas zu: »Die wollten die Sache vertuschen, Enno hat mir eine ziemliche Szene gemacht, als ich doch davon erfahren habe, und an mein Gewissen appelliert, darüber nicht zu berichten.«

»Warum?« Lukas nahm sich eine Flasche Mineralwasser aus der Kiste, die der Supermarkt nebenan einmal die Woche in die Redaktion lieferte, und trank einen Schluck.

»Weil die Polizei befürchtet, dass sich von jedem Bericht über einen Angriff auf Fridays for Future noch mehr Irre ermuntert fühlen.«

»Trittbrettfahrer«, sagte Lukas, der an Clemens' Worte nach der Sache mit Anna denken musste.

»Dominoeffekt«, murmelte Kaja.

»Wie geht es Mara?«

»Die hat das erstaunlich cool weggesteckt, wenn das

stimmt, was Enno mir erzählt hat. Und davon gehe ich einfach mal weiter aus, auch wenn er nach diesem Text ziemlich sauer auf mich sein dürfte.« Sie gab den Artikel zur Veröffentlichung frei.

»Warum?«, fragte Lukas, schon zum zweiten Mal.

»Darum.« Kaja zeigte auf die Überschrift, die sie verändert hatte. »Polizei ordnet Personenschutz für Klimaaktivistin an.«

»Puuuh …«, Lukas nahm noch einen Schluck Wasser direkt aus der Flasche, bevor er sie wieder zuschraubte.

»Puuuh was?« Kaja hatte die Textvorlage wieder geöffnet, so wie Lukas sie kannte, würde sie sich gleich an die nächste Aktualisierung machen.

»Na, puh, halt.« Lukas setzte sich an seinen Schreibtisch, um seinen Laptop hochzufahren. »Das ist doch ein ziemliches Ding, wenn eine junge Frau, die nichts anderes will, als die Welt vor einer großen Katastrophe zu bewahren, selbst beschützt werden muss. Landeskriminalamt?«

»Landeskriminalamt«, sagte Kaja. »Soweit ich weiß, erst einmal eine Beamtin, die bis auf weiteres immer bei Mara ist, wenn sie das Haus verlässt.«

»Was den anderen Klimaaktivistinnen im Zweifel nichts hilft«, sagte Lukas leise vor sich hin. Erst als Kaja fragte, wie er das meine, stellte er fest, dass er ihr von seinen jüngsten Erkenntnissen noch gar nichts erzählt hatte. Er berichtete von dem Tag bei Kürschner, dem Rundgang um die Alster und dessen Bemerkung über das wichtige Detail aus dem Obduktionsbericht.

»Scheiße«, sagte Kaja, und Finchen bellte wieder.

»Sag ich doch.« Lukas grinste. »Zu 99,9 Prozent ist der Mann, den sie verkohlt in der Scheune gefunden haben, nicht der Mann, mit dem Anna sich auf den Tanzenden Türmen getroffen hat. Und um das endgültig zu klären, rufe ich sie jetzt an. Soll ich auf laut stellen?«

Kaja nickte.

»Oder ist es zu früh?« Lukas sah auf die Uhr seines Handys, es war kurz nach halb neun.

»Ruf einfach an. Wenn sie rangeht, geht sie ran, wenn nicht, dann nicht«, sagte Kaja, die in ihrer Zeit als Polizeireporterin eine Abneigung gegen jegliche Form von Umständlichkeit entwickelt hatte. »Ganz einfach.«

»Ganz einfach«, echote Lukas, während er Annas Nummer wählte. Es klingelte viermal, dann waren mehrere Stimmen und Hintergrundgeräusche zu hören, bevor Anna sagte: »Ja?«

»Guten Morgen, hier ist Lukas Hammerstein von den *Hamburg News*, ich hoffe, ich rufe nicht zu früh an.« Weil Anna nicht reagierte, machte Lukas weiter: »Wir haben uns neulich kennengelernt, als ich mit Mara und Clemens …«

»Ja, ja, ich weiß, wer du bist. Lukas, richtig? Wir waren doch beim Du, oder?«

»Gerne Du«, sagte Lukas.

»Und nein, du rufst nicht zu früh an. Wir waren die ganze Nacht in der HafenCity, in unserem Office«, das früher mal das Büro von Clemens war, ergänzte Lukas in Gedanken. »Krisensitzung. Das mit Mara hast du sicher mitgekriegt.«

»Ja, klar. Wie geht es ihr?«, fragte Lukas.

»Die steckt selbst so was weg, als wäre nichts passiert.« Anna machte eine längere Pause. »Ich wollte, ich könnte das auch. Rufst du deswegen an, gibt es Neuigkeiten?«

»Nicht dass ich wüsste.« Lukas bemerkte erst jetzt, dass er sich nicht überlegt hatte, wie er mit Anna über die drei Finger sprechen sollte, ohne sie unnötig zu verunsichern. Wobei: Früher oder später würde sie davon sowieso erfahren.

»Es geht noch mal um die Sache mit dir«, sagte er.

»Sache klingt so schön harmlos, ne?« Anna atmete tief durch. »War es aber leider nicht.«

»Ich weiß, tut mir leid, ich wollte es nicht verharmlosen.« Lukas musste schnell zum Punkt kommen.

»Ist schon okay. Und was gibt es jetzt?«

»Nur eine Kleinigkeit, wirklich«, Lukas versuchte, seiner Stimme etwas Beiläufiges zu geben. »Ist dir irgendetwas an den Händen dieses Typen aufgefallen, mit dem du dich in den Tanzenden Türmen getroffen hast?«

»An den Händen?«, fragte Anna zurück, obwohl ihr die Antwort leichtgefallen wäre. Sie hatte es sich bei ihren Dates angewöhnt, als Erstes auf die Hände zu gucken, weil sie auf keinen Fall aus Versehen mit einem verheirateten Mann im Bett landen wollte. Das war zu einem Reflex geworden, den sie nicht abstellen konnte, auch wenn es bei diesem Frank ursächlich um nichts Privates, sondern um Fridays for Future gegangen war.

»Ja, an den Händen«, antwortete Lukas. »War da irgendwas Besonderes, eine Tätowierung, ein Ausschlag, Neurodermitis, eine Verletzung …«

»… ein paar Finger, die fehlten«, flüsterte Kaja, und Lukas bedeutete ihr, ruhig zu sein, indem er sich den Zeigefinger vor den Mund hielt.

»Nee, da war nichts«, sagte Anna, und fügte schnell hinzu: »Soweit ich mich erinnern kann.« Von ihrem Hand-guck-Reflex musste dieser Reporter nichts erfahren.

»Okay, danke, alles klar«, sagte Lukas.

»Wie, alles klar? Das war alles?« Anna überlegte kurz, ob sie die nächste Frage wirklich stellen sollte, tat es dann aber doch: »Warum wolltest du das wissen?«

Nun war es an Lukas nachzudenken. Konnte er Anna sagen, dass der Mann, dem sie die schrecklichsten Stunden ihres jungen Lebens verdankte, nicht in der Scheune verbrannt war, sondern irgendwo da draußen frei herumlief?

Kaja nickte ihm zu, als könnte sie Gedanken lesen, und flüsterte: »Nun mach schon, irgendwann erfährt sie es doch.«

Lukas streckte seinen Oberkörper durch, bevor er sagte: »Also, Anna, es ist so ...« Als er fertig war, blieb es auf der anderen Seite still, für einen Moment dachte Lukas, die Verbindung sei abgerissen.

Dann hörte er ein Wimmern: »Was ist das nur für eine perverse Welt«, sagte Anna und ahnte nicht, wie recht sie damit hatte.

19

Früher war es Clemens Engel wichtig gewesen, Mails, die er bekam, innerhalb von vierundzwanzig Stunden zu beantworten. Er hatte es geliebt, wenn das Postfach abends leer gewesen war. Davon war er nun weit entfernt, heute Morgen war die Zahl der unbeantworteten Nachrichten auf seinem Handy zum ersten Mal in seinem Leben vierstellig gewesen. Beim schnellen Durchscrollen hatte Clemens in den Betreffzeilen vier- oder fünfmal das Wort Stornierung gesehen, und auch das ließ ihn gleichgültig. Er hatte den Beruf des Maklers nie besonders gemocht, er war eine Notlösung gewesen, als es mit der Karriere als Sänger nicht geklappt hatte, und Clemens' einziges Ziel war gewesen, möglichst schnell so viel Geld zu verdienen, dass er eines Tages den Kapitalismus mit seinen eigenen Waffen schlagen konnte.

Jetzt war es so weit – jetzt ritt er, der Robin Hood der Makler, Seite an Seite mit den jungen Leuten von Fridays for Future im Kampf für mehr Gerechtigkeit, und jetzt zeigte sich, wer die Feinde waren. Sie lauerten nicht nur in den Zentralen der großen Parteien und Unternehmen, sondern überall, selbst auf der Straße. Clemens hatte die Aggressionen, die der Protest der Klimaaktivistinnen bei anderen Menschen freisetzen konnte, genauso unterschätzt wie den Hass, der ihnen in den sozialen Medien entgegenschlug. »Alles, was wir fordern, werden Teile der Gesellschaft als einen Anschlag auf ihren Wohlstand verstehen. Und deshalb werden sie zurückschlagen«, hatte Mara vor den Angriffen auf Anna und sie selbst gesagt.

Clemens hatte an diese Worte denken müssen, als er vom Überfall auf Mara erfahren hatte. Er hätte schreien können vor Wut. Er, der Totalverweigerer, der sowohl den Kriegs- als auch den Zivildienst abgelehnt hatte und dafür sogar ein paar Tage ins Gefängnis gegangen war, spürte zum ersten Mal in seinem Leben eine Sehnsucht nach Gewalt in sich, nach Vergeltung und Rache. Und er hatte das Bedürfnis, so schnell wie möglich bei Mara zu sein und sie nie wieder unbeschützt zu lassen. Er durfte nicht mehr von ihrer Seite weichen, so viel war Clemens klar.

Umso enttäuschter war er, als er im Polizeipräsidium auf eine Mara traf, die offensichtlich nicht auf ihn gewartet hatte. Die in dem Büro dieses Kripotypen vor ihren Espressotassen saß, als wäre sie nicht gerade einer Vergewaltigung entgangen. Denn was hätten die beiden Irren mit ihr gemacht, wenn Mara nicht hätte fliehen können? Clemens mochte gar nicht daran denken, die Vorstellung einer wehrlosen, missbrauchten Mara traf ihn mitten ins Herz, doch unerträglich wurde der Schmerz, als sie einfach mit einem Polizeibeamten abzog, statt mit ihm, Clemens, nach Hause zu fahren.

Zumal sich Mara gar nicht nach Hause, sondern in das Büro in der HafenCity bringen ließ, wo sie sich per WhatsApp mit dem inneren Kreis der Bewegung verabredet hatte. Von denen hatten die meisten inzwischen einen eigenen Schlüssel für Clemens' Räume und gingen ein und aus, wie es ihnen beliebte. Ihn störte das nicht, im Gegenteil, er hielt sich so viel wie möglich selbst in seinem Büro auf, weil dort die Chance am größten war, dass er auf Mara traf. Clemens überlegte immer öfter, ob es an der Zeit war, ganz offen mit ihr über seine Gefühle zu sprechen. Aber so schnell, wie der

Gedanke gekommen war, verwarf er ihn wieder, weil er aus seinem eigenen Leben keinen Kitschfilm machen wollte. Außerdem hatte er Angst vor Maras Reaktion. Er hatte am Beispiel dieses Gregor Vögele gesehen, wie sie auf Menschen reagieren konnte, deren Emotionen sie nicht teilte. Eigentlich, dachte Clemens, könnten sie einen wie Gregor, der keine Scheu vor harten Auseinandersetzungen hatte, im Moment gut gebrauchen. Seit der Nacht des Überfalls hatten Mara und ihre Vertrauten mehr oder weniger ununterbrochen in der HafenCity zusammengesessen, um zu überlegen, wie es weitergehen sollte und wie man aus der Situation, die der Organisation und ihrem wichtigsten Gesicht noch mehr Aufmerksamkeit gebracht hatte, positive wie negative, das Beste machen konnte. Es war viel um Fragen der Sicherheit gegangen, auch wenn es ein beruhigendes Gefühl war, dass Mara seit dem Tag des Angriffs nur noch in Begleitung eines Beamten des Landeskriminalamtes unterwegs war. Clemens beneidete ihn, nicht nur weil er von Berufs wegen immer an Maras Seite sein durfte, sondern auch, weil er etwa gleich alt war wie sie. Die Klimaaktivistin und ihr Bewacher schienen sich gut zu verstehen, obwohl Mara die Sicherheitsmaßnahmen übertrieben fand und hoffte, »dass wir mit dem Quatsch bald wieder aufhören können«.

Durch den LKA-Beamten war die Entourage, mit der sie bei ihren Terminen auftauchte, bei Demonstrationen, Podiumsdiskussionen oder Interviews, noch größer geworden. Rund um Mara hatte sich das A-Team formiert, wie Clemens die Mädchen im Stillen nun immer nannte, die Zwillinge Anna und Frida waren selbstverständlich auch dabei. Sie teilten die Arbeit untereinander auf, die einen sichteten die Anfragen, die Mara erhielt, die anderen planten ihren Tagesablauf. Clemens selbst hatte die Kontakte zu den Medien übernommen, wobei seine Arbeit immer öfter darin bestand, Journalisten, die mit Mara sprechen wollten, zu vertrösten. Mit Hilfe von Henri, einem Fotografen, der wie er seit vielen Monaten ehrenamtlich für Fridays for Future arbeitete, konnte Clemens die Presse wenigstens ausreichend mit guten Bildern von Mara versorgen, sodass man die ebenfalls häufig angefragten Fotoshootings guten Gewissens absagen konnte. Eines hatten sie neulich erst auf der Dachterrasse der *Hamburg News* gemacht, Henri durfte dank Lukas' Vermittlung Mara vor allen Wahrzeichen der Stadt fotografieren. Mal waren der Hafen und die Elbphilharmonie im Hintergrund gewesen, mal der Michel, mal das Rathaus. Am schönsten hatte Clemens aber die Porträtbilder gefunden, auf denen Maras Haare im Wind flatterten und ihr Blick in die Ferne ging, in eine hoffentlich bessere Zukunft. Insgesamt hatte Henri fast tausend Bilder gemacht, zudem war er bereit, Mara auf allen Veranstaltungen zu fotografieren, ohne dafür ein Honorar zu verlangen. Das war aus Clemens' Sicht ein doppelter Segen: Einerseits, weil er so die Redaktionen permanent mit frischem Bildmaterial und kleinen Texten zu Aktionen von Fridays for Future versorgen konnte, andererseits, weil dieser Henri ein Baum von einem Kerl und mit angsteinflößend großen Teleobjektiven bewaffnet war.

Ihn im Team zu haben, gerade wenn der Beamte des Landeskriminalamtes eines Tages wieder abgezogen werden würde, gab Clemens ein gutes Gefühl. Ein anderer Mann machte ihm dagegen Sorgen: Zwei Tage nach dem Überfall auf Mara war sie in der HafenCity mit jemanden aufgetaucht, den sie den anderen nicht nur als Linus vorstellte, sondern auch, verbunden mit einem Augenzwinkern in seine Richtung, als »den Clemens aus Berlin«. Den Clemens aus Berlin? Der Clemens aus Hamburg dachte, er höre nicht richtig, und hatte Mühe gehabt, Linus die Hand zu geben. Das Erste, was ihm auffiel, waren dessen lange Haare, das Zweite die sanfte Stimme. Und das Dritte, wie Mara ihn verfolgte, als er sich den Mitgliedern der Hamburger Gruppe vorstellte.

Da war etwas in ihrem Blick, das Clemens nicht gefiel. Ihre Augen blieben zu lange an denen von diesem Linus hängen, wenn er zwischendurch zu ihr herüberguckte, und sie lächelte anders, als Clemens sie bisher lächeln gesehen hatte. Außerdem fragte er sich, was der »Clemens aus Berlin« in Hamburg machte, wo es doch hier das Original gab, in dessen Büro sich der Zugereiste gerade einen Milchkaffee zubereitete, als wäre das jetzt auch sein Zuhause.

Clemens würde mit Mara darüber reden müssen, dachte er, es gab so viel, für das er einmal eine längere Zeit unter vier Augen mit ihr bräuchte. Natürlich war ihm aufgefallen, dass sie immer mehr Zeit in Berlin verbrachte. Sie suchte den Kontakt zu den Großen und Mächtigen in Politik und Wirtschaft, und die saßen nun mal nicht in Hamburg, sondern in der Hauptstadt. Clemens hatte mitbekommen, dass Mara vor ein paar Wochen mit Anna und Frida darüber gesprochen hatte, dass sie eigentlich nach Berlin ziehen müsse, so gern sie auch in Hamburg sei. »Hier ist es schöner, keine Frage«, hatte sie gesagt, »aber wenn wir wirklich etwas erreichen wollen, dann können wir das nur in Berlin.«

Clemens hatte sich seitdem den Kopf zerbrochen, wie er Mara in Hamburg halten konnte. Ausgerechnet am Tag nach dem Überfall schien er die Lösung zu finden. Fünf Minuten zu Fuß von seinem Büro entfernt stand eine Wohnung in dem Haus zum Verkauf, in dem laut vertraulichen Informationen, die ihm vorlagen, das amerikanische Generalkonsulat einziehen sollte. Darüber war ein wunderschönes Penthouse frei, Blick auf die Elbe und hohe Sicherheitsvorkehrungen dank Konsulat inklusive. Clemens kannte den Investor, für den er ein paar Dutzend Eigentumswohnungen an Alster und Elbe verkauft hatte. Ein Anruf genügte, man traf sich zu einer schnellen Wohnungsbesichtigung und einigte sich an deren Ende auf einen Termin beim Notar. Der vermeintliche Freundschaftspreis war hoch, aber das war ihm die Sache wert. Außerdem hatte er mit seinen Maklercourtagen in den vergangenen Jahren so viel Geld verdient, dass es an der Zeit war, es sinnvoll auszugeben.

20

Es war gar nicht so leicht gewesen, Beamte zu finden, die den Personenschutz von Mara Altmeier übernehmen konnten. Die Hamburger Polizei schob seit G20 einen gigantischen Berg von Überstunden vor sich her, und es verging keine Woche, in der die Gewerkschaft nicht in der einen oder anderen Form darauf aufmerksam machte. Enno von Spoercken war als Chef der Kripo angehalten, so schnell so viele Überstunden wie möglich in seinen Teams abzubauen. Gleichzeitig wurden ihm vom Polizeipräsidenten und vom Innensenator immer neue Spezialaufgaben zugeschoben. Im Fall von Fridays for Future und Mara Altmeier hatte sich sogar der Bürgermeister eingeschaltet. »Mir gefällt das gar nicht, was da rund um diese jungen Leute passiert«, hatte Julius Wolff gesagt und sich nicht nur auf die jüngsten Attacken, sondern auch auf die Auswertung der Nachrichten auf dem Twitter-Account von Mara Altmeier bezogen. »Bitte FFF besser schützen«, hatte er auf dem Bericht notiert. Das tat die Hamburger Polizei jetzt, und wenn die Gewerkschaft sich bei Enno darüber beschweren sollte, würde er sie direkt an den Bürgermeister verweisen.

Wobei die Gewerkschaft im Moment Ennos kleineres Problem war. Viel größere Sorgen machte ihm der Umstand, dass sie von den beiden Männern, die Mara überfallen hatten, zwar vermutlich die Namen wussten – mehr aber nicht. Auf das Phantombild des einen Angreifers, das in den *Hamburg News* und anderen Zeitungen veröffentlicht worden war, hatten sich eine Menge Menschen gemeldet und Hinweise gegeben, so gute Hinweise, dass die Polizei ziemlich sicher war, dass es sich bei dem Typen, der vor Mara Altmeier gestanden hatte, um Christian Petersen handelte. Der war mit einem anderen jungen Mann namens Mario Greve in einer Zweizimmerwohnung unweit der Hamburger Innenstadt gemeldet. Auch das passte. Trotzdem hatten Ennos Leute ein Problem. An der ermittelten Adresse hatten sie niemanden angetroffen, Nachbarn gaben an, Petersen und Greve länger nicht gesehen zu haben. Die obligatorische Abfrage bei Krankenhäusern nach einem Mann mit Kopfverletzungen, der sich in der Nacht des Überfalls hatte behandeln lassen, hatte auch nichts ergeben. Dabei war Enno überzeugt, dass Mario Greve der Mann war, der Mara Altmeier festgehalten hatte – und dass er schwer verletzt worden sein musste. In der Notrufzentrale hatte in der Tatnacht eine Frau angerufen, die zur fraglichen Zeit an der Stelle mit ihrem Auto vorbeigefahren war, an der Mara angegriffen wurde. Laut Protokoll hatte sie gemeldet, dass sie dort mehrere Personen gesehen habe, von denen eine plötzlich zusammengesackt sei und eine weitere davongelaufen. Zu den anderen hatte sie keine genauen Angaben machen können, nur dass es eine Art Handgemenge gegeben hatte. War also jemand dazugekommen und hatte Mara Altmeier aus den Fängen ihrer Peiniger befreit? Aber warum hatte er sich dann nicht bei der Polizei gemeldet? Und wo waren Petersen und Greve?

Es gab viele offene Fragen, und Enno hatte versucht, vorsichtig darüber mit Kaja zu reden, nachdem sie ihm hoch und heilig versprochen hatte, über diese Details der Ermittlungen erst einmal nichts zu schreiben.

»Wenigstens in den nächsten zwei, drei Tagen nicht, okay?«, hatte Enno gesagt.

»Okay«, hatte Kaja geantwortet, und dann hatte er ihr erzählt, wie seltsam er es fand, dass zwei junge Männer, die eben noch ein relativ normales Leben in Hamburg geführt hatten – zumindest waren sie der Polizei nie aufgefallen –, »plötzlich wie vom Erdboden verschluckt sind«.

»Vom Erdboden verschluckt.« Kaja hatte gegrinst, als sie die Worte wiederholt hatte. »So etwas würden meine Kollegen in einem Text in den *Hamburg News* sofort rausstreichen. Das Bild ist so abgenudelt, und es sagt gar nichts aus: Sind die Typen untergetaucht, haben sie die Stadt verlassen, liegen sie irgendwo unter einer Brücke oder …«

»… sind sie nicht mehr am Leben?« Enno hatte den Satz nur vor sich hingesagt, weil man als Kriminalpolizist immer mit dem schlimmsten rechnen musste.

»Früher oder später werden sie auftauchen, solche Kerle stellen sich doch häufig selbst, ich würde mir da an deiner Stelle nicht zu sehr den Kopf zerbrechen«, hatte Kaja erwidert. »Ich finde diese Sache mit den drei Fingern viel beunruhigender …«

»Was sie vor allem deshalb ist, weil sie gleich wieder in der Zeitung gestanden hat«, hatte Enno gezischt und dabei so wütend geklungen, wie er gewesen war, als er die wichtigste Information aus dem Obduktionsbericht in den *Hamburg News* gelesen hatte. Dass diesmal nicht Kaja, sondern Lukas Hammerstein den Text geschrieben hatte, war ein schwacher Trost. Enno konnte nicht verstehen, wie so ein Detail an die Öffentlichkeit geraten konnte, und es ärgerte ihn maßlos. Auch weil er deswegen erneut zum Rapport beim Innensenator bestellt worden war.

Er hatte geahnt, dass das Gespräch dort mit der Frage beginnen würde, wie so etwas schon wieder passieren konnte. Hartmut Naumann war von Natur aus ein Mann, den wenig schrecken konnte, zudem war er während seiner Zeit bei der Bundeswehr in Afghanistan im Einsatz gewesen und hatte dort Dinge gesehen, gegen die all das, was sich täglich an Verbrechen in Hamburg ereignete, nicht der Rede wert war. Mit den Jahren als Innensenator war Naumann trotzdem vorsichtiger geworden und seit den Journalistenmorden darauf bedacht, jede Krise, die seine Behörde in ein schlechtes Licht rücken könnte, im Keim zu ersticken. Im Rathaus nannten sie ihn den »Ausputzer des Bürgermeisters«. Die, die das sagten, meinten es vielleicht gar nicht so, wie Naumann seinen Spitznamen empfand. Nämlich als Kompliment.

»Wie konnte das schon wieder passieren?« Naumann hielt es nicht einmal für nötig, Enno zu begrüßen, als der zum verabredeten Termin in der Behörde erschien, und zeigte auf einen Stapel Zeitungen, der auf seinem Schreibtisch lag. Während die meisten Medien den Brand in der Scheune zunächst als normales Unglück gewertet hatten, fingen auf einmal alle an, die Geschichte weiterzuspinnen. Der Überfall auf Mara Altmeier und ihr Personenschutz, die Nachricht von dem Toten in der Scheune, der nicht der war, für den die Polizei ihn gehalten hatte, die allgemeine Wut auf Fridays for Future – die Zusammenhänge seien, so hatte es die *Chronik* geschrieben, nicht zu übersehen. Das Boulevardblatt *Blick* fand es »unheimlich, dass eine Leiche nicht die Leiche ist, die sie sein sollte, und dass von den Männern, die Mara Altmeier offensichtlich sexuell missbrauchen, wenn nicht sogar vergewaltigen wollten, jede Spur fehlt. Man muss sich Sorgen machen um die vielen jungen Frauen, die gegen den Klimawandel auf die Straße gehen«. Enno und sein Senator wussten: Wenn der *Blick* anfing, sich »Sorgen zu machen«, waren Schlagzeilen wie »Wer schützt unsere Kinder?« mit entsprechenden Unterstellungen an Polizei und Senat nicht mehr weit.

Und als würde das alles nicht reichen, um für Unruhe zu sorgen, hatte Mara Altmeier dem *Politik Insider* ein langes Interview gegeben, in dem es auch um den Überfall und die Sicherheit der Klimaaktivisten gegangen war. »Um mich mache ich mir keine Sorgen, ich komme schon irgendwie durch«, hatte sie gesagt, aber auch bestätigt, dass ihre Popularität eben nicht nur die gewünschte Aufmerksamkeit für die Folgen des Klimawandels mit sich bringe, sondern auch jede Menge Hass. Mara Altmeier hatte wirklich »Hass« gesagt und damit nicht nur den Hass gemeint, der ihr und ihresgleichen aus dem Internet entgegenquoll. »Also bin ich aufmerksam, arbeite mit Leuten an meiner Sicherheit und probiere, ein Bewusstsein für die Lage zu schaffen«, hatte sie gesagt. Und: »Meistens fühle ich mich sicher.«

Naumann hatte die letzten beiden Sätze aus dem *Politik Insider* laut vorgelesen, so laut, dass sie für Enno unmissverständlich wie eine Drohung klangen, und das sollten sie wohl auch. Der Innensenator legte das Magazin zurück zu den anderen Zeitschriften und Zeitungen und sah dem Kripochef fest in die Augen: »*Meistens* reicht nicht, von Spoercken, ich hoffe, da sind wir uns einig. Nicht auszudenken, wenn dieser Mara Altmeier etwas passiert, dann …«

Es klopfte an der Tür, und bevor Naumann etwas sagen konnte, trat Tillmann Rebus ein. Naumann hatte offenbar mit ihm gerechnet, die beiden nickten sich zu, bevor der Innensenator in Richtung Enno sagte: »Den Kollegen Rebus kennen Sie sicher. Tillmann, das ist Enno von Spoercken, Leiter der Kriminalpolizei.«

»Schön, dass wir uns einmal treffen.« Die Stimme des Schulsenators hatte etwas Melodisches.

»Ganz meinerseits«, sagte Enno und konnte gerade noch ein »Was verschafft mir die Ehre?« unterdrücken. Er ahnte, dass dieser Termin kein Zufall war.

»Ich habe Tillmann gebeten, kurz dazuzukommen.« Naumann wies auf die kleine Sitzecke, die sich schräg gegenüber seines Schreibtisches befand, und die drei setzten sich.

»Jemand Kaffee?« Da weder Enno noch Tillmann Rebus reagierten, fuhr der Innensenator gleich fort: »Ich dachte, ihr beide solltet euch mal kennenlernen, weil ... Ach, Tillmann, das kannst du besser selbst erzählen. Wirklich niemand einen Kaffee?« Naumann schenkte sich selbst eine Tasse ein, schwarz. Er hatte seinen Kaffee nie anders getrunken.

»Das mache ich sehr gern.« Der Schulsenator schob die Brille mit dem dicken schwarzen Gestell, die ihn wie einen Direktor aus den achtziger Jahren des vergangenen Jahrhunderts aussehen ließ, ein Stück die Nase rauf. »Wissen Sie, Herr von Spoercken, die Bewegung Fridays for Future ist in mehrfacher Hinsicht eine Herausforderung für uns. Das beginnt damit, wie wir mit den Schulschwänzern umgehen. Es gibt Lehrer, die ihre Schüler geradezu ermuntern, freitags demonstrieren zu gehen, und nicht verstehen können, wenn eine Handvoll Jungen und Mädchen zurückbleibt, weil sie etwas lernen will.« Tillmann Rebus rollte die Augen, es war bekannt, dass er für diese Sorte Pädagogen kein Verständnis hatte. »Und dann gibt es Lehrer, die jedem Schüler, der fehlt, eine Sechs geben«, diesmal rollte der Schulsenator nicht mit den Augen, »und die den Betroffenen ab dem dritten Schwänzen am liebsten von der Schule verweisen würden. Die Atmosphäre unter den Kollegen ist ziemlich angespannt, man hört von schweren verbalen Auseinandersetzungen in Lehrerzimmern und bei Konferenzen. Von den Elternabenden ganz zu schweigen.« Tillmann Rebus verzog das Gesicht, als hätte er gerade in eine Grapefruit gebissen, und Enno fragte sich, wie lange der Senator noch reden würde.

»Wissen Sie was, Herr von Spoercken? Dieselben Eltern, die ihre Kinder morgens im SUV zur Schule bringen, fahren sie mittags zur Demo, laufen mit und verabschieden sich dann am späten Freitagnachmittag ins Ferienhaus nach Mallorca oder Sylt. Das ist an Bigotterie nicht zu überbieten, und genau das sage ich denen auch. Kann ich vielleicht doch eine Tasse Kaffee haben, Hartmut? Mit Milch, bitte.« Naumann schenkte ein. Er schien sich über den länglichen Monolog seines Kollegen nicht zu wundern, vielleicht kannte er so etwas aus der wöchentlichen Senatsrunde.

»Also, was wollte ich eigentlich sagen? Ach ja, die Meldungen aus den Schulen.«

»Was für Meldungen?«, fragte Enno dazwischen, in der Hoffnung, den Bericht des Schulsenators verkürzen zu können.

»Wenn Sie mich nicht andauernd unterbrechen würden ...« – andauernd?, dachte Enno – »... hätten Sie es längst erfahren. Bei uns in der Schulbehörde häufen sich die Meldungen über junge Umweltschützerinnen, fast immer sind sie weiblich, die beschimpft, bespuckt oder tätlich angegriffen werden. Das waren in der Anfangsphase von Fridays for Future noch Einzelfälle, aber jetzt sind das ein paar Dutzend die Woche, wir sammeln das, und mir gefällt das nicht. Allein versicherungstechnisch wäre es ein Desaster, wenn einem Mädchen, das schwänzt, während der Zeit, in der es eigentlich in der Schule sein sollte, bei einer Demonstration etwas passieren sollte.« Tillmann Rebus stutzte kurz, anscheinend hatte er selbst gemerkt, dass er sich ziemlich kompliziert ausgedrückt hatte. »Sie verstehen sicher, was ich meine, Herr von Spoercken. Wir müssen alles dafür tun, dass die Gewaltspirale nicht weiter eskaliert, wir müssen die Aggressivität rausnehmen, und wir müssen die jungen Leute vor sich selbst schützen. Ich persönlich glaube, das funktioniert am besten, wenn wir rigoros gegen Schulschwänzer vorgehen. Ist sowieso besser, wenn die Schüler erst mal lernen, wie die Welt funktioniert, bevor sie versuchen, sie besser zu machen. Wie gesagt: Viel zu lernen hat noch keinem geschadet, irgendwelche Handgreiflichkeiten dagegen schon.«

»Handgreiflichkeiten!« Naumann ergriff das Wort, anscheinend hatte er genug gehört und wahrscheinlich auch andere Termine. Enno hatte beobachtet, dass der Innensenator immer wieder auf seine Armbanduhr geschaut hatte, erst eher unauffällig, dann so, dass es sein Kollege aus der Schulbehörde wie eine Aufforderung empfunden haben musste, zum Ende zu kommen. »Von Spoercken, Sie haben es gehört: Wir, Sie müssen alles dafür tun, dass kein weiteres Mitglied von Fridays for Future zu Schaden kommt, die Frau Altmeier schon gar nicht.«

Tillmann Rebus reckte den Daumen seiner rechten Hand in die Höhe, und Enno dachte, dass er die Sache mit dem Stalker, von dem ihm das Landeskriminalamt berichtet hatte, lieber noch etwas für sich behielt.

21

Niklas war bei den *Vier Flaschen* immer derjenige gewesen, der sich um die anderen Sorgen gemacht hatte. Was wahrscheinlich daran lag, dass man sich um ihn selbst keine Sorgen zu machen brauchte – das Geld, das sein Vater mit Reedereien und Speditionen verdient hatte, würde reichen, um unzähligen Generationen von Claasens ein unbeschwertes Leben zu garantieren. Umso lieber kümmerte er sich um andere. Rund um den G20-Gipfel in Hamburg hatte er sich große Sorgen um Julius Wolff gemacht, auch weil er wusste, wie sehr den ein vorzeitiges Ende seiner politischen Karriere getroffen hätte. Schließlich wollte er noch Bundeskanzler werden.

Jetzt hieß Niklas' Sorgenkind Clemens. Die beiden hatten über die lange Zeit, die sie sich kannten, gegen alle Wahrscheinlichkeit ein besonders inniges Verhältnis entwickelt. Hier der Junge aus einer der reichsten Familien des Landes, ein Kind des Kapitalismus. Dort Clemens, der eigentlich all das ablehnte, wofür die Claasens standen, und der jemanden wie Niklas' Vater lieber heute als morgen enteignet hätte. Trotzdem waren es immer Clemens und Niklas, die gemeinsam die Treffen der *Vier Flaschen* vorbereitet hatten und die sich schon früher trafen, um ein wenig Zeit zu zweit zu haben.

Zumindest bis vor ein paar Wochen.

Seit Clemens diese Mara Altmeier mitgebracht hatte, hatte Niklas ihn nicht mehr in der Alster-Lounge gesehen. Mehrere Mitglieder, die in den vergangenen Jahren Häuser oder

Wohnungen mit seiner Hilfe ge- oder verkauft hatten, hatten sich bereits erkundigt, was denn eigentlich mit dem Herrn Engel sei. »Mit dem ist alles in Ordnung, der hat nur wirklich sehr, sehr viel zu tun«, hatte Niklas in solchen Situationen geantwortet, obwohl er es selbst kaum wusste. Wenn er versuchte, ihn anzurufen, war meistens die Mailbox dran, auf fünf WhatsApps bekam er vielleicht eine zurück. Mit anderen Worten: Da stimmte etwas nicht, und Niklas war sich sicher, dass das vor allem mit Mara und ein wenig auch mit Fridays for Future zu tun hatte. Clemens neigte dazu, sich in Dinge hineinzusteigern. Wenn er etwas gefunden hatte, woran er glaubte, konnte er alles um sich herum vergessen. Als sein Engagement bei Fridays for Future begonnen hatte, hatte er den Freunden bei den *Vier Flaschen* erzählt, dass das vielleicht die letzte Chance sei, die Welt zu einem besseren Ort zu machen, und dass er sich diese Chance nicht entgehen lassen werde: »Das ist der große Kampf der Jungen gegen die Alten, der Armen gegen die Reichen, des Südens gegen den Norden, der Solidarität gegen den menschenverachtenden Kapitalismus«, hatte Clemens gesagt, und dabei hatten ihm Tränen in den Augen gestanden. Ein wenig bewunderte Niklas ihn dafür, wie leicht er sich mit über vierzig noch einmal in eine Zeit zurückfallen lassen konnte, die Lukas, Julius und er längst hinter sich gelassen hatten.

Trotzdem war es überfällig, dass sie alle mal wieder in Ruhe mit Clemens sprachen, vor allem angesichts der nicht so schönen Schlagzeilen, die Fridays for Future machte. Niklas hatte vier verschiedene Flaschen Sauvignon blanc herausgesucht, weil das Clemens' absolute Lieblingsrebsorte war. Und er hatte Clemens so lange mit Nachrichten auf allen Kanälen bombardiert, bis der für den Abend zugesagt hatte. »Ist gut, ich komme. Kann aber nicht lange«, war seine kurze Antwort gewesen, als Niklas zuletzt in Großbuchstaben getippt hatte: »KANNST DU MIR WENIGSTENS ANTWORTEN?«

Anders als sonst war Lukas der Erste, der um kurz vor zwanzig Uhr in der Alster-Lounge eintraf. Und anders als beim letzten Mal hatte er seinen kleinen Dackel diesmal nicht mit.

»Der war auf einmal völlig normal, nachdem ihn dieser Hundeflüsterer in seinen Händen gehabt hatte«, sagte Lukas. »Niklas, mal ganz ehrlich: Habt ihr ihm was gegeben?«

»Wie meinst du das?« Niklas öffnete die erste Flasche, um seinem Freund und sich einen kleinen Schluck einzuschenken. Das war laut den ungeschriebenen Regeln der *Vier Flaschen* ab Punkt zwanzig Uhr erlaubt. Niemand sollte darunter leiden müssen, wenn ein anderer zu spät kam, und jetzt war es zwei Minuten nach acht.

»Sie war, ach, egal.« Lukas hatte keine Lust, von Finchens Verwandlung und Rückverwandlung zu erzählen. Er war froh, dass er den Hund bei Kaja in der Redaktion hatte lassen können, die nach all dem, was sie über Fridays for Future herausgefunden hatten, eine Nachtschicht einlegen wollte. Bis Mitternacht sei sie auf jeden Fall da, hatte sie Lukas mit auf den Weg gegeben, und viel länger wollte er heute nicht in der Alster-Lounge bleiben.

»Wo ist Clemens?«, fragte er.

»Frag lieber nicht.« Niklas stöhnte, bevor er einen ersten Schluck trank. »Der ist echt gut für einen Sauvignon blanc, der im Einkauf zehn Euro kostet. Da kriegst du viel Wein für dein Geld. Probier mal!«

Lukas nippte an seinem Glas und bewegte den Wein im Mund hin und her, bevor er ihn runterschluckte.

»Lecker.«

»Man sagt nicht lecker über einen Wein, Lukas, wie oft soll ich dir das noch erklären.« Niklas rollte mit den Augen. Das sollte empört aussehen, war aber nur lustig.

»Ich finde ihn aber lecker.« Lukas trank sein Glas in einem Zug aus und hielt es Niklas wieder hin.

»Lecker ist ein Eis, eine Praline oder ein Salat«, sagte Niklas. »Weine sind großartig, ernsthaft, wunderbar, so was.«

»Meinetwegen auch das.« Lukas versuchte auch, mit den Augen zu rollen, und stellte fest, dass er das nicht konnte. »Was ist denn nun mit Clemens?«

»Ich mache mir Sorgen um ihn.«

»Du machst dir öfter mal Sorgen um einen von uns.«

»Um dich eigentlich nicht mehr, seit du verheiratet bist.« Niklas hatte auf dem Flur ein Geräusch gehört und stand auf: »Ich glaube, der Herr Bürgermeister ist eingetroffen.«

Wenn Julius Wolff kam, war das nicht zu überhören, weil er nie allein auftrat. Vier Sicherheitskräfte begleiteten ihn, einer steckte kurz den Kopf zur Tür des Kaminzimmers herein, bevor Julius hinter ihm auftauchte.

»Schönen guten Abend, die Herren.« Er knuffte Niklas in die Seite und haute Lukas zur Begrüßung auf die Schulter.

Da scheint einer gute Laune zu haben, dachte der.

»Ich bin offenbar nicht der Letzte«, stellte Julius fest, »auch mal ein gutes Gefühl. Was trinken wir, Niklas?«

»Ich wollte heute mal einen reinen Sauvignon-blanc-Abend machen«, sagte Niklas, und Julius verzog leicht das Gesicht, weil er am liebsten Rotweine trank, gern mit viel Alkohol. »Wisst ihr, ich möchte Clemens eine Freude machen. Er gefällt mir nicht.«

»Fridays for Future?«, fragte Julius und schenkte sich selbst ein Glas aus der geöffneten Flasche ein, die in einem Kühler neben dem Kamin stand.

»Fridays for Future«, antwortete Niklas. »Die Bewegung hat ihn komplett in ihren Fängen, er macht ja nichts anderes mehr. Diverse Mitglieder der Alster-Lounge haben mir erzählt, dass er auf ihre E-Mails und Anrufe nicht mehr antwortet, der eine oder andere hat schon gefragt, ob sich Clemens aus seinem Business zurückgezogen hat.« Niklas machte eine Pause, als müsste er über das Gesagte nachdenken. »Was er auch irgendwie getan hat. Aber er hat mir versprochen, dass er heute kommt«, er sah auf die Uhr, »und ich hoffe, er hält sich daran.«

»Und ich glaube, dass sich Clemens sehr zu Herzen nimmt, was da gerade passiert.« Lukas Handy piepte, er sah kurz aufs Display, dann schaltete er es auf stumm.

»Du meinst den Angriff auf Mara Altmeier? Wirklich schlimm, was für Typen in unserer Stadt herumlaufen.« Niklas entkorkte die zweite Flasche, weil die erste fast leer war. Den letzten Schluck wollte er für Clemens aufbewahren. »Aber ihr ist ja zum Glück nichts passiert, oder?«

Niklas sah zu Lukas, der blickte zu Julius, der sah wieder zu Niklas zurück.

»Nein, ihr ist nichts passiert. Aber …«, setzte Lukas an.

»Was aber?«, fragte Niklas.

»Aber der Angriff auf Mara war ja wohl nur ›die Spitze des Eisberges‹, um den *Blick* zu zitieren.« Julius griente, er mochte die Boulevardzeitung nicht, musste sie aber als Hamburger Bürgermeister selbstverständlich jeden Tag durchblättern und wenigstens die Schlagzeilen lesen.

»Was heißt das, Spitze des Eisberges?« Niklas hatte die Berichterstattung in den vergangenen Tagen nur oberflächlich verfolgt, was vielleicht ganz gut war. Sonst hätte er sich noch mehr Sorgen um Clemens gemacht.

»Es hat«, Lukas holte tief Luft, als würde er sich für das,

was er zu erzählen hatte, mit Sauerstoff bevorraten. »Es hat mit diesem jungen Mann begonnen, der von den Tanzenden Türmen gefallen ist und jetzt im künstlichen Koma liegt. Dann wurde eine Freundin von Mara entführt und in einer Scheune eingesperrt, die später abgebrannt ist und in der die Polizei die verkohlte Leiche eines älteren Mannes gefunden hat. Und schließlich wurde eben Mara von zwei Kerlen angefallen ...«

»... von denen unsere Polizei zwar die Namen und die Adresse hat, aber sonst nichts.« Julius vollendete den Satz und zog die Mundwinkel nach unten. So sah ein Bürgermeister aus, der mit seinen Ermittlungsbehörden nicht zufrieden war.

»Und was hat das alles mit Fridays for Future zu tun?« Niklas begann, den zweiten Sauvignon blanc in die Gläser zu schenken, die ihm seine Freunde hinhielten.

»Dass es etwas mit Fridays for Future zu tun hat, steht für mich fest. Die Frage, was, ist schwerer zu beantworten«, sagte Lukas. »Es kann sich natürlich um eine zufällige Anhäufung von Unglücken und Verbrechen handeln, aber ganz ehrlich: Ich glaub nicht daran. Da muss es einen Zusammenhang geben, und den suchen wir gerade.«

»Den sucht die Polizei gerade, meinst du?«, fragte Niklas nach.

»Das vielleicht auch. Aber ich meinte mit wir uns«, Lukas musste lachen, »also, die *Hamburg News*, meine Kollegin Kaja und mich. Das scheint mir das nächste große Ding zu sein.«

»Sieht das der Erste Bürgermeister genauso?« Niklas mochte es, Julius hin und wieder mit seiner offiziellen Bezeichnung zu necken. Bei einem Treffen der *Vier Flaschen* hatte Clemens einmal einen leicht anrüchigen Witz erzählt, den Julius erst mit Verzögerung verstanden hatte. »Jetzt hat es der Erste Bürgermeister auch kapiert«, hatte Niklas gesagt, und Julius hatte gekontert: »Wie redest du eigentlich mit deinem Landesvater?« Danach waren die Freunde minutenlang aus dem Lachen nicht mehr herausgekommen.

»Der Erste Bürgermeister«, Julius' Stimme klang ernster als sonst, wenn er von sich in der dritten Person sprach, »hat ein ungutes Gefühl. Der Hass gegen Fridays for Future hat sich hochgeschaukelt, und er kommt aus allen Ecken. Von ganz rechts, von den Klimawandelleugnern, von alten Männern, die sich von jungen Frauen nichts sagen lassen wollen, und von Perversen, die sich, entschuldigt bitte die Ausdrucksweise, einen runterholen, wenn sie Aktivistinnen wie Mara sehen.«

»Und deshalb bin ich dir sehr dankbar, dass sie jetzt Personenschutz hat.« Clemens war so leise ins Kaminzimmer getreten, dass die Freunde ihn gar nicht bemerkt hatten. Er sah müde aus, die dünnen Haare hingen ihm wild ins Gesicht, und Lukas bemerkte zwei Flecken auf seinem Hemd. Entweder hatte er sich beim Mittagessen bekleckert, oder er hatte das Hemd seit Tagen nicht gewechselt.

»Clemens!« Niklas sprang auf und schloss ihn in die Arme. »Ist das schön, dass du es geschafft hast. Ich habe mehrere hervorragende Sauvignon blancs …«

»Danke, ich glaube, ich trink erst mal nur ein Wasser.« Clemens ließ sich auf einen leeren Sessel plumpsen. Er hatte tiefe Ringe unter den Augen und spröde, leicht aufgerissene Lippen. »Habt ihr gerade über mich geredet?«

»Über Fridays for Future«, antwortete Lukas.

»Das ist im Moment fast dasselbe.« Clemens nahm einen Schluck Wasser.

»Du siehst müde aus, mein Freund.« Niklas füllte das Glas sofort wieder auf.

»Ich bin müde, und ich bin voller Sorge um Mara. Ich versuche, sie möglichst nicht mehr aus den Augen zu lassen, und ich bin wirklich sehr froh, Julius, dass sie erst mal Sicherheitsleute von der Stadt bekommen hat. Langfristig werden wir uns überlegen müssen, wie wir das regeln …«

»Das klingt krass.« Niklas zeigte Clemens die erste Flasche mit dem Rest Sauvignon blanc, doch der schüttelte den Kopf, etwas, was er früher bei dieser Rebsorte nie gemacht hätte. »Personenschutz?«, fragte Niklas. »Ist das nicht etwas übertrieben?«

»Guck dir mal an, was diese Irren auf ihrem Twitter-Account hinterlassen oder was sie uns für Fotos schicken«, sagte Clemens. »Ich habe aufgehört, die Bilder mit erigierten und nicht erigierten Penissen zu zählen, mit Typen, die auf ein Bild von Mara abge…, na ihr wisst schon.«

»Widerlich.« Niklas schüttelte sich.

»Und dass der Mann, den man tot in der Scheune gefunden hat, nicht der ist, mit dem sich Anna auf den Tanzenden Türmen getroffen hat, macht die Lage nicht gerade besser.« Lukas schmeckte der Sauvignon blanc, und weil Clemens weiter keine Anstalten machte, nach einem Glas zu verlangen, schenkte er sich den Rest aus der ersten Flasche ein.

»Denn das heißt«, ergänzte Clemens, »dass das Arschloch, das Anna entführt hat, lustig und frei durch Hamburg läuft und eine große Gefahr für Mara ist. Sie ist nun mal das bekannteste Gesicht von Fridays for Future in Deutschland.« Clemens' Blick bekam etwas Funkelndes. »Und das hübscheste.«

»Ei, ei, ei, was seh ich da, ein verliebtes Ehepaar!« Niklas war der alte Kinderreim rausgerutscht, er hatte sich nichts dabei gedacht. Aber Clemens war nicht in der Stimmung für Witzchen dieser Art.

»Leudde, ich weiß, dass ihr mich für verrückt erklären werdet, und, ja, ich weiß auch, wie alt ich bin, und wenn einer gleich sagt, dass Mara meine Tochter sein könnte, dann ...« Er drohte den anderen mit der Faust, was eher lustig als bedrohlich aussah. »Ach, was soll's: Ja, ich habe mich in Mara verliebt. So, und jetzt will ich doch ein Glas Wein.«

Lukas und Niklas schauten ihren Freund sprachlos an, Niklas überbrückte das Schweigen, indem er allen aus der dritten Flasche etwas einschenkte, Clemens besonders viel. Der leerte das Glas mit wenigen gierigen Schlucken: »Jetzt ist es raus.«

»Du«, Niklas tat so, als hätte er nicht recht gehört, »du bist verliebt?«

»In eine Frau«, sagte Lukas.

»Hast du gedacht, ich wäre schwul?« Clemens schenkte sich aus der dritten Flasche nach und bedeutete Niklas, auch die vierte zu öffnen. Jetzt schien ihm alles egal, auch, dass man Weine nicht wild durcheinandertrinken sollte, selbst dann nicht, wenn sie so gut waren wie die, die Niklas aussuchte.

»Ich wollte sagen, dass du in eine Frau verliebt bist, die ...«

»Wie gesagt: bitte nicht dieses Vater-Tochter-Ding. Mein Papa war zwanzig Jahre älter als meine Mutter, und zwischen meiner Oma und meinem Opa waren siebenunddreißig Jahre Unterschied, das liegt bei uns Engels in der Familie.«

»Weiß sie das?«, fragte Julius, und Lukas staunte, weil sich der Bürgermeister ansonsten aus allen Gesprächen heraushielt, in denen es um Emotionen ging.

Clemens schüttelte zum wiederholten Male den Kopf: »Aber wir verbringen viel Zeit miteinander, sehr viel Zeit, und ich werde so lange nicht von ihrer Seite weichen, bis sie ein sicheres Leben führen kann. So.«

Er blickte selbstbewusst in die Runde, als wollte er signalisieren, dass zu diesem Thema alles gesagt sei. Niklas begann still, den Sauvignon blanc aus Flasche vier einzuschenken. Lukas verkniff sich eine der vielen warnenden Bemerkungen, die ihm durch den Kopf gingen.

Nur Julius, ausgerechnet Julius, brach das Schweigen: »Pass bloß auf dich auf, Clemens.«

22

Henri war von dem Beamten des Landeskriminalamtes bei einer Podiumsdiskussion zur Seite genommen worden, bei der Mara in bewährter Manier die Umweltpolitiker verschiedener Parteien zerlegt und ihnen mangelndes Engagement bescheinigt hatte. Er sei doch der Fotograf von Fridays for Future, eröffnete er das Gespräch, und Henri hatte wahrheitsgemäß mit Ja geantwortet und hinzugefügt, dass er das hier ehrenamtlich mache, obwohl er ansonsten mit Bildern sein Geld verdiene. Dass das im Moment vor allem Fotos von Kleidungsstücken waren, die er für eine Modekette in der Hamburger Innenstadt machte, mussten die Beamten nicht wissen. Henri ärgerte sich über sich selbst, dass er auf eine einfache Frage nicht nur mit Ja oder Nein antwortete, sondern gleich eine Erklärung dazu lieferte. Aber das war typisch für ihn – wann immer ihn jemand ansprach, hatte er das Gefühl, etwas falsch zu machen oder das Falsche zu sagen.

Der Typ vom Landeskriminalamt hatte genickt, dann hatte er ihm signalisiert, näher zu kommen, ihm etwas ins Ohr geflüstert und auf einen Mann gezeigt, der im Publikum in der ersten Reihe saß. »Mach ich gern«, hatte Henri gesagt. »Mach ich sehr gern, Sie können sich auf mich verlassen.«

Seitdem fotografierte Henri auf Veranstaltungen, an denen Mara teilnahm, nicht nur die Aktivistin und ihre Verbündeten, sondern immer wieder auch das Publikum. Er fühlte sich wie jemand, den die Polizei damit beauftragt hatte, einen Verdächtigen zu beschatten, und wenn er darüber nachdachte, tat er genau das. Der Verdächtige, das war ein Mann, der zwischen Ende dreißig und Ende vierzig sein musste. Vielleicht war er auch knapp über fünfzig, so genau konnte Henri das nicht sagen. Dabei hatte er mit Sicherheit schon mehr als hundert Fotos von dem Typen gemacht, den sie bei Fridays for Future nur den Stalker nannten, weil er überall dort auftauchte, wo Mara war. Mal hatte er eine große Fahne mit der Aufschrift »Mara – forever in love« dabei, die er schwenkte, wenn sie etwas sagte, mal trug er T-Shirts, auf denen vorn und hinten ihr Gesicht zu sehen war. Nach jedem Auftritt war der Stalker der Erste, der vorn an der Bühne stand, um ein Selfie mit Mara zu bekommen. Anfangs hatte sie sich das noch gefallen lassen, aber mit der Zeit war der Stalker immer aufdringlicher geworden. Als er Mara kurz nach einem Foto einen Kuss auf die Wange gedrückt hatte, hatte sie ihm eine Ohrfeige gegeben. Henri hatte beide Szenen fotografiert und die Bilder sofort an die E-Mail-Adresse weitergeleitet, die ihm der Mann vom Landeskriminalamt gegeben hatte.

Ob das reichen würde, um gegen den Stalker einen Gerichtsbeschluss zu bekommen, damit er sich von Mara fernhielt, wusste Henri nicht. Zunächst registrierte er nur, dass der Mann nach der Ohrfeige noch aufdringlicher wurde, als er es zuvor schon gewesen war. Nahezu jeden Tag trudelte per Post ein Geschenk für Mara ein, bevorzugt Unterwäsche, die Anna oder Frida oder dieser Clemens sofort entsorgten, dann Blumen oder »Kuschelrock«-CDs mit Balladen aus den Achtzigern. Als ob Mara die gehört hätte, dachte Henri, sie hatte sicher nicht einmal einen CD-Player. Wenn er in der HafenCity war, fotografierte er alles, von dem man annehmen durfte, dass es von dem Stalker kam. Auch die Briefe, die, mit dunkelroter Tinte in einer Kinderschrift verfasst, den Geschenken beigelegt waren und immer mit demselben Satz endeten: »In großer Liebe, dein Wolfi.« Dass der Stalker von sich selbst als Wolfi sprach – laut Landeskriminalamt hieß er Wolfgang Borowski –, war das Einzige, was das Team um Mara an ihm lustig fand. Ansonsten fing Wolfi an, den Klimaaktivistinnen ernsthaft auf die Nerven zu gehen.

Als Henri den Stalker eine Woche nach dem Ohrfeigen-Eklat bei einer Demonstration von Fridays for Future in der Hamburger Innenstadt mit einem gigantischen Rosenstrauß in der Hand erspähte, aus dem ein Luftballon mit der Aufschrift »Verzeih mir« ragte, konnte er nicht anders. Er nahm Wolfi mit dem Teleobjektiv seiner Kamera so ins Visier, wie es ein Jäger mit dem Reh tat, das er erlegen wollte. Und dann drückte er ab, bis er im Zeigefinger seiner rechten Hand einen Krampf bekam.

23

Bevor Lillis Eltern Finchen bei den Hammersteins zurückgelassen hatten und auf Kreuzfahrt gegangen waren, hatte Lukas jede freie Minute mit Jonathan verbracht. Er hatte viel früher Vater werden wollen, aber nicht die richtige Frau dafür gefunden. Als die dann in sein Leben trat, hatte Lilli ihren Ehemann für sich haben und endlich all die Reisen machen wollen, von denen sie seit ihrer Kindheit geträumt hatte.

Mit Lillis Schwangerschaft und erst recht mit der Geburt von Jonathan hatte sich das Reiseverhalten der Hammersteins dramatisch verändert. Sie waren zweimal an der Ostsee und einmal an der Nordsee gewesen, und Lukas hatte festgestellt, dass ihm nichts fehlte. Für Jonathan spielte es keine Rolle, ob der Sand, in dem er spielte, an einem zwölftausend Kilometer entfernten Strand lag oder anderthalb Autostunden von Hamburg entfernt.

In den Mütter-Ratgebern, die Lilli las, hieß es, dass Väter in den ersten Monaten und Jahren mit ihren Kindern oft nicht viel anfangen könnten. Tatsächlich war das Verhältnis von Lilli und Jonathan nach der Geburt inniger gewesen, was Lukas aber vor allem darauf schob, dass die Mutter dem Baby die Brust geben konnte und der Vater eben nicht. Und tatsächlich: Seit Lilli abgestillt hatte – übrigens nicht freiwillig, sondern weil Jonathan von einem auf den anderen Tag die ihm dargebotene Brust verweigerte –, hatte sich die Zahl der Vater-Sohn-Stunden deutlich erhöht.

Bis der Dackel zurückgekehrt war.

Lukas musste Finchen nicht nur mit zur Arbeit nehmen, er war es auch, der an den Wochenenden mindestens dreimal mit ihr Gassi ging. Nun brauchte ein Dackel nicht so viel Auslauf wie ein Schäferhund oder ein Golden Retriever, aber Lillis Vater hatte darauf bestanden, dass jeder Spaziergang mit dem Hund mindestens so lange dauern müsse, bis der sein Geschäft gemacht hatte. Die Zeiten, in denen die Schwiegereltern stolz darauf waren, dass Finchen angesichts des ausgeklügelten Ernährungsplanes, den sie entwickelt hatten, »nur einmal am Tag Kacki« machte, schienen vorbei.

Heute war Lukas schon anderthalb Stunden unterwegs, und der Hund hatte nur hier und da sein Revier markiert, mehr nicht. Zu Hause wiegte Lilli den kleinen Jonathan wahrscheinlich in den Schlaf, sang ihm ein Lied vor, und Lukas war wieder nicht dabei. Das ärgerte ihn dieses Mal besonders, weil er die ganze Woche wegen der Recherchen zu den Vorfällen bei Fridays for Future früh in die Redaktion gegangen und relativ spät nach Hause gekommen war. »Du siehst deinen Sohn eigentlich nur noch schlafend«, hatte Lilli vor ein paar Tagen gesagt und dabei kurz vorwurfsvoll geklungen: »Aber jetzt gehst du bitte mit Finchen raus, hier ist eine neue Rolle mit Kacki-Beuteln.« Sie schien nicht zu bemerken, dass das eine, »Du kümmerst dich um den Hund!«, unmittelbar mit dem anderen, »Du siehst deinen Sohn nur noch schlafend!«, zusammenhing.

Lukas knurrte leise vor sich hin, aber nicht leise genug. Finchen blickte sich erschrocken um, sah nach hinten, dann wieder nach vorn, dann zur Seite. Als sie keinen anderen Hund entdeckte, dackelte sie weiter geradeaus. Lukas musste an die Geburt von Jonathan denken, die im wahrsten Sinne des Wortes keine einfache gewesen war, und an den Moment, als er seinen Sohn das erste Mal in den Armen gehalten hatte. Es war der schönste Moment seines Lebens gewesen. Seit diesen Minuten im Kreißsaal und allem, was danach passiert war, konnte er nicht verstehen, dass es Menschen gab, die bewusst darauf verzichteten, Kinder zu kriegen. Er musste an Julius denken, der so alt war wie er und schon viel länger verheiratet mit einer Frau, die wie er in der Politik war, ein Paar, das sich für nichts anderes interessierte als eben für Politik. Er dachte an Niklas, der schon drei Kinder hatte, vielleicht weil man das in den Kreisen, in denen seine Familie verkehrte, so machte. Und er musste an Clemens denken, den unglücklich verliebten Clemens, der jedes Mal, wenn er die Hammersteins besuchte, ein Geschenk für Jonathan mitbrachte.

Sein Auftritt bei den *Vier Flaschen* hatte Lukas nachhaltig beeindruckt, weil er in Clemens' Gesicht neben einer Spur von Verzweiflung auch die Entschlossenheit gesehen hatte, die er aus Unizeiten kannte. Wenn Clemens in der Weltverbesserer AG, die sie damals zusammen mit anderen Studenten aus verschiedenen Fakultäten gegründet hatten, nicht die gemäßigteren Weltverbesserer Julius, Niklas und Lukas kennengelernt hätte, hätte er sich früher oder später radikalisiert, da waren sich die Freunde einig. Und Lukas wollte nicht ausschließen, dass er diese Radikalisierung jetzt in gewisser Weise nachholte, im Kampf gegen den Klimawandel genauso wie im Kampf um das Herz von Mara.

Den Kampf zu verlieren, sei keine Alternative, hatte Mara in der vergangenen Woche bei einer Talkshow gesagt, es musste bei *Hart, aber fair* gewesen sein, allmählich verlor Lukas angesichts der Omnipräsenz der Aktivistin im Fernsehen den Überblick. Sie hatte sich auch für eine lange Fotostrecke in der *Bunten* ablichten lassen, obwohl Clemens ihr davon abgeraten hatte, »weil sie die ganzen Typen da draußen, für die sie nur ein Sexobjekt ist, noch schärfer macht«. Tatsächlich sei die Zahl der Nachrichten an Mara, in denen es nicht um CO_2 ging, nach der Veröffentlichung der Bilder explodiert, so Clemens: »Aber sie wollte ja nicht auf mich hören und hat noch einen extraengen Pullover angezogen.« Nach dem Treffen der *Vier Flaschen* hatte er Lukas in die Redaktion begleitet, der dort Finchen abholen wollte, und ihn gelöchert, wie das damals mit ihm und Lilli gewesen sei.

»Du hast doch mal erzählt, dass sie am Anfang überhaupt nichts von dir wissen wollte«, hatte Clemens das Gespräch begonnen. »Und ist Lilli nicht auch zehn Jahre jünger als du?«

»Achteinhalb«, hatte Lukas geantwortet und dann die Entwicklung seiner Beziehung zu Lilli beschrieben, die alles andere als gradlinig und stolperfrei gewesen war. Die beiden hatten sich kennengelernt, als Lilli noch überlegte, Journalistin zu werden, und ein Praktikum bei den *Hamburg News* gemacht hatte. Sie war ein paarmal mit Lukas zu Rechercheterminen gegangen und hatte ihn irgendwann gefragt, ob er ihr einmal in Ruhe die vielen Fragen beantworten könne, die sie zu dem Beruf habe. Lukas hatte vorgeschlagen, gemeinsam essen zu gehen. Sie waren bei einem Thailänder in Altona gelandet, Lukas hatte von seinem Werdegang erzählt und dabei für seine Verhältnisse ziemlich dick aufgetragen. An diesem Abend hatte sich Lukas in Lilli verliebt, in ihre braunen Augen, das kecke Lachen und die Energie, die sie ausstrahlte. Aber bis es umgekehrt auch so war, dauerte es etwas mehr als ein Jahr. Lilli war in einer festen Beziehung, und sie war genauso fest davon überzeugt, dass sie ihren drei Jahre jüngeren Freund eines Tages heiraten würde.

»Sie fand mich zu alt, meine Hände zu klein und meine Haut zu blass«, hatte Lukas Clemens erzählt.

»Und heute seid ihr das glücklichste Paar, das ich kenne, habt einen süßen Sohn und ein Haus in einer der schönsten Lagen Hamburgs«, hatte Clemens gesagt und dabei gestrahlt, als wäre das der Beweis, dass am Ende auch Mara mit ihm zusammenkommen würde. Lukas hatte darauf nicht reagiert, er wollte seinem Freund die Hoffnung nicht nehmen, so wie der ihm damals nicht die Hoffnung genommen hatte, als er bei den *Vier Flaschen* von seinen verzweifelten Versuchen berichtet hatte, Lilli herumzukriegen.

Lukas war so in Gedanken, dass er fast nicht mitbekommen hatte, dass Finchen endlich das erledigt hatte, weswegen sie vor allem unterwegs waren. Sie hatte ihr Geschäft so tief in einem Gebüsch gemacht, dass davon kaum etwas zu sehen war. Lukas vergewisserte sich, dass niemand in der Nähe war, der mitbekommen könnte, dass er die Hinterlassenschaft seines Hundes nicht brav einsammelte, und ging schnellen Schrittes nach Hause, wo eine Überraschung auf ihn wartete. »Du hast Glück«, sagte Lilli, als er ins Schlafzimmer kam, auf Socken und so leise, wie es nur ging, weil er Jonathan nicht wecken wollte. »Dein Sohn schläft noch nicht, obwohl ich alles versucht habe. Jetzt bist du dran.« Lilli schwang sich aus dem Bett, und Lukas nahm nur zu gern ihren Platz ein. Jonathan strahlte und gickste, als Finchen dazusprang und anfing, ihm das Gesicht abzulecken. Der Kleine mochte das, und Lukas ließ es für einen Moment durchgehen. Dann nahm er seinen Sohn hoch, stemmte ihn in die Luft, tat so, als ob er ihn fallen lassen würde, um ihn sofort wieder aufzufangen. Jonathan juchzte, Finchen bellte, und Lukas genoss die Nähe zu den zwei kleinen unschuldigen Wesen. Als eine halbe

Stunde später der Dackel an seinen Füßen und das Kind in seinem rechten Arm eingeschlafen waren, musste Lukas an den Vater von Anna denken und dessen Höllenängste, als sich die Tochter plötzlich nicht mehr meldete. Und er beschloss, die Eltern von diesem Gregor Vögele ausfindig zu machen.

24

Klara Volkmann wohnte mit ihrem Mann Jürgen seit mehr als fünfzig Jahren in derselben Wohnung. Kurz nachdem sie geheiratet hatten, waren die beiden hierhergezogen, in den Stadtteil im Hamburger Süden, der fast genauso hieß wie der große Bruder jenseits der Elbe, aber eben nur fast. Ein Buchstabe trennte Harburg von Hamburg, ansonsten lagen zwischen dem Süden und dem Norden Welten. Wenn Klara Volkmann in die Stadt fuhr, dann sagte sie: Ich fahre nach Hamburg, als wäre Harburg gar nicht Teil davon. Aber so oft fuhr sie mit ihren fünfundsiebzig Jahren gar nicht mehr in die Stadt.

Sie war ein Gewohnheitsmensch. Das begann bei der Wohnung und ging über ihren Mann bis hin zu den *Hamburg News*, die sie genauso lange abonniert hatten, wie sie in Harburg lebten. Sie liebte die Zeitung, mit der sie aus ihrem kleinen Reich die Verbindung zu der Welt da draußen hielt. Im Wohnzimmer, im Regal neben dem Fernseher, standen die Ordner mit den Zeitungsartikeln, die Klara aus den *Hamburg News* herausgerissen hatte, weil sie sie besonders interessant fand. Sonntags, wenn die Zeitung nicht erschien, blätterte sie darin und damit in ihren Erinnerungen herum. Von Montag bis Samstag dagegen holte ihr Jürgen die *Hamburg News* schon morgens früh um sieben Uhr aus dem Briefkasten, damit seine Frau sie von hinten nach vorne lesen konnte. Klara begann immer mit der letzten Seite, mit dem Vermischten, den Nachrichten aus aller Welt, von Königshäusern und Prominenten, und sie endete nach anderthalb bis zwei Stunden auf der Titelseite. Sie las selbst kleinste Meldungen, sie mochte das, und sie fand, dass sie das sich und ihrer geistigen Leistungsfähigkeit schuldig war.

Manchmal besuchte sie auch Veranstaltungen der Zeitung, ging zu Podiumsdiskussionen oder Buchvorstellungen. An einem Tag der offenen Tür war sie in der Redaktion in der Hamburger Innenstadt gewesen und hatte dabei einen ihrer Lieblingsautoren des Blatts kennengelernt. Lukas Hammerstein sah zwar nicht so aus wie auf dem Foto, das manchmal unter oder über seinen Artikeln oder Kommentaren zu sehen war, darauf war er mindestens zehn Jahre jünger, aber er war Klara Volkmann von Anfang an sympathisch. Er hatte sich Zeit genommen, viel Zeit, in der sie ihm erzählte, was ihr alles an den *Hamburg News* gefiel und was man aus ihrer Sicht noch besser machen könnte. Lukas Hammerstein hatte sich Notizen gemacht und versprochen, das alles bei der nächsten Redaktionskonferenz zu besprechen.

Seit dem Treffen fühlte sich jeder Text, den Klara in den *Hamburg News* von Lukas Hammerstein fand, wie ein Wiedersehen an. In der letzten Zeit hatte sie aufmerksam seine Berichte über Fridays for Future verfolgt, auch weil sie nicht genau wusste, was sie von den jungen Leuten halten sollte, die andauernd die Schule schwänzten. Trotzdem tat ihr diese Mara Altmeier leid, die so viel Hass über sich ergehen lassen musste, und sie mochte gar nicht darüber nachdenken, was das andere Mädchen erlebt haben musste, das tagelang nackt in einer Scheune eingesperrt worden war.

Vor kurzem hatte ihr Lieblingsreporter davon geschrieben, dass die Leiche, die man gefunden hatte, wohl nicht der Mann gewesen war, der die Aktivistin dort hingebracht hatte. Wie hieß sie noch, dachte Klara und ärgerte sich, dass ihr der Name nicht sofort einfiel. An ein Detail erinnerte sie sich aber ganz genau, weil es sie an den netten jungen Mann denken ließ, der vor zwei Jahren unter ihnen eingezogen war. Wobei jung aus Klaras Warte relativ war, der Herr Dombrowski hatte die fünfzig auch schon hinter sich gelassen. Er war alleinstehend, grüßte immer sehr freundlich im Treppenhaus, und als sie neulich mal etwas länger miteinander gesprochen hatten, konnte sie bei einem Blick durch die geöffnete Tür zufrieden feststellen, dass es in seiner Wohnung ordentlich und sauber aussah. Herr Dombrowski schien ein feiner, ruhiger Nachbar zu sein, er war nach seinem Einzug von Tür zu Tür gegangen, um sich vorzustellen, und hatte jedem die Hand gedrückt. Klara erinnerte sich daran, wie komisch sich das angefühlt hatte und dass sie es sich nicht hatte verkneifen können zu fragen, wie das denn mit seiner Hand passiert sei. Denn Herr Dombrowski hatte an der rechten Hand nur drei Finger. »Arbeitsunfall«, hatte er gemurmelt, und ein strenger Blick von ihrem Mann hatte verhindert, dass Klara Volkmann nachgefragt hatte, was sie zu gern getan hätte.

»Wie vielen Menschen in Hamburg fehlen zwei Finger an der rechten Hand?«, hatte Klara vor sich hingemurmelt, als sie den Text von Lukas Hammerstein las, und sich die Antwort selbst gegeben: »Wahrscheinlich mehr, als man vermutet.« Sie musste Frau Waterstrat, die mit Herrn Dombrowski auf einer Etage lebte, mal fragen, ob sie wusste, wo der seine Finger verloren hatte.

Gerade war die Waterstrat aber verreist, und sie hatte Klara Volkmann wie immer ihren Wohnungsschlüssel gegeben und sie gebeten, zweimal am Tag nach ihrer Katze zu gucken und ihr Futter zu geben. Nachdem sie den Text über die Sache mit der Scheune und den fehlenden Fingern in den *Hamburg News* gelesen hatte, war sie jedes Mal, wenn sie zu Frau Waterstrat runterging, vor der Tür von Herrn Dombrowski stehen geblieben. Lange her kam es ihr vor, dass sie ihn gesehen hatte, was natürlich auch daran liegen konnte, dass er nicht an ihrer Wohnung vorbeimusste, um in seine zu kommen. Sie überlegte, ob sie mal klingeln sollte, einfach so, aber ihr fiel kein Vorwand ein. Als jedoch vor drei Tagen die Katze so laut gejault hatte, dass Klara sie durch die geschlossene Tür gehört hatte, hatte sie endlich einen Grund. Sie wollte sich »stellvertretend für die liebe Frau Waterstrat« entschuldigen, falls die Katze im Moment etwas lauter sein sollte als sonst – das Tier würde seine Besitzerin vermissen, und sie, also Klara, könne sich leider nicht den ganzen Tag um sie kümmern. So etwas wollte sie sagen, wenn Herr Dombrowski die Tür aufmachte, und dann würde sie ihn in ein Gespräch verwickeln, in dessen Verlauf sie, geschickt, wie sie war, wie zufällig die Sache mit der Scheune einfließen lassen würde.

Klara klingelte einmal, sie klingelte zweimal, aber Herr Dombrowski öffnete nicht. Sie probierte es am Abend noch einmal, die Tage darauf jedes Mal, wenn sie nach der Katze sah. Doch die Tür blieb verschlossen. Klaras Neugier wuchs, und ein bisschen gruselte sie sich auch bei dem Gedanken, dass der Mann in der Scheune ... Sie hatte ihrem Jürgen davon erzählt, als der von seiner Tennisrunde wiedergekommen war. »Du liest entschieden zu viele Krimis«, hatte er gesagt. Das stimmte, und vielleicht tat Klara Volkmann deshalb etwas, was man als vertrauenswürdige Nachbarin nicht tat. Sie durchsuchte das Schlüsselbord von Frau Waterstrat nach einem Schlüssel, der zu der Wohnungstür von Herrn

Dombrowski passen könnte. Die Hausverwaltung hatte den Mietern empfohlen, für den Notfall einen Schlüssel bei einem der Nachbarn zu deponieren, und aus praktischen Gründen war das meist der, mit dem man auf einer Etage lebte. Klara hatte zwei Schlüssel gefunden, die infrage kamen. Nachdem sie gestern Abend wieder mehrmals bei Herrn Dombrowski geklingelt und sich hinter der Tür nichts gerührt hatte, hatte sie versucht, die Schlüssel ins Schloss zu stecken. Der erste ging nur zur Hälfte rein, und Klara Volkmann hatte Mühe, ihn wieder herauszuziehen.

Der zweite passte.

25

»Der liebe Gott lässt einen guten Journalisten nie im Stich«, pflegte der alte Keil zu sagen, wenn seine Reporter bei einer Recherche nicht weiterkamen. Das klang freundlich, war aber in Wahrheit die klare Ansage, den Chefredakteur nicht im Stich zu lassen, der jeden Tag Geschichten für mindestens achtundzwanzig Seiten brauchte und der sehr ungehalten werden konnte, wenn am frühen Abend im Blatt noch viele weiße Flecken waren.

Lukas Hammerstein hielt von dem Spruch wenig. Erstens fand er es vermessen, als Journalist auf himmlische Hilfe zu vertrauen, und zweitens hatte er zu oft erlebt, dass Geschichten nichts oder ganz anders geworden waren, als sie es in der Redaktion geglaubt hatten. Dennoch staunte er immer wieder, wie Zufälle ihnen zu neuen Informationen verhalfen, und darauf würden nun nicht nur die Journalisten, darauf würde auch die Polizei hoffen müssen. Beide waren bei der Aufklärung der Verbrechen rund um Fridays for Future nicht weitergekommen.

Es gab keine Spur zu dem Frank, der Anna in die Tanzenden Türme gelockt hatte, und auch die Männer, die Mara überfallen hatten, blieben verschollen. Das alles war sehr unbefriedigend, fand Lukas, dem es zudem bisher nicht gelungen war, die Eltern von Gregor Vögele ausfindig zu machen. In der Region, aus der der Meteorologiestudent kam, schien jede zweite Familie mit Nachnamen Vögele zu heißen, Lukas hatte bestimmt schon mit zwanzig von ihnen gesprochen. Aber über einen Gregor, der nach Hamburg gegangen war, hatte niemand etwas sagen können.

»Lohnt sich der Aufwand?« Kaja saß Lukas in der Redaktion gegenüber, der immer wieder verschiedene Nummern in Baden-Württemberg wählte und immer die gleichen Sätze sagte: »Mein Name ist Lukas Hammerstein, ich arbeite für die *Hamburg News* und bin auf der Suche nach Informationen über einen Gregor Vögele …«

Kaja wiederholte ihre Frage, weil Lukas sie offensichtlich nicht gehört hatte: »Hallo! Ob du meinst, dass sich der Aufwand lohnt?«

»Mein Gefühl sagt mir, dass Gregor Vögele wichtige Informationen für uns haben könnte«, grummelte Lukas.

»Selbst wenn«, Kaja zuckte mit den Schultern, »er liegt im Koma und ist nicht vernehmungsfähig.«

»Irgendwann hoffentlich schon.« Lukas setzte an, eine neue Nummer zu wählen, als sein Telefon klingelte. Die Zentrale.

»Hammerstein? Ja, natürlich, stellen Sie durch.«

»Was Wichtiges?«, formte Kaja nahezu lautlos mit ihren Lippen, nachdem das Telefonat eine Minute gedauert hatte.

»Eine Leserin«, sagte Lukas und dann: »Ja, Frau Volkmann, ich höre zu.«

Am anderen Ende der Leitung war eine Klara Volkmann, die behauptete, Lukas zu kennen, man habe lange am Tag der offenen Tür miteinander gesprochen, er würde sich doch bestimmt erinnern. Lukas erinnerte sich nicht, erst als diese Frau Volkmann einfach weiterredete, ohne Punkt und Komma, fiel ihm das Gespräch wieder ein. Die Leserin, sie musste Mitte siebzig sein, war damals gezielt auf ihn zugesteuert, hatte sich einen Stuhl an seinen Schreibtisch gezogen und dann bestimmt eine Stunde von seinen Texten geschwärmt, aber auch gesagt, was man aus ihrer Sicht in den *Hamburg News* besser machen könnte. Lukas hatte sich das angehört, ohne wesentlich zu Wort gekommen zu sein. Er hatte eine stoische Ruhe im Umgang mit Leserinnen und Lesern entwickelt, und er gehörte nicht zu den Journalisten, die den direkten Kontakt ablehnten oder empört einen Anruf wegdrückten, wenn jemand eine Beschwerde hatte. Vom alten Keil wurde erzählt, dass er in seiner Anfangsphase Abonnenten, die etwas an der Zeitung auszusetzen hatten, damit gedroht hatte, ihnen das Abo zu entziehen. Etwas, was heute, in Zeiten stark sinkender Auflagen, undenkbar wäre.

Deshalb hörte Lukas Frau Volkmann geduldig zu, auch als sie ihm gerade zum wiederholten Male erzählte, wie sehr sie hoffe, dass es die Zeitung wenigstens so lange auf Papier geben werde, wie sie am Leben sei. »Das kann ich Ihnen versichern«, antwortete er und bemerkte erst hinterher, dass das so klingen konnte, als würde er davon ausgehen, dass Frau Volkmann es nicht mehr lange machte.

»Das ist doch schon mal was«, sagte die und holte tief Luft, weswegen Lukas mit einer weiteren Abfolge harmloser Belanglosigkeiten rechnete, wie er sie von Leserinnen gewohnt war, die viel Zeit zum Telefonieren hatten. Doch es kam anders.

»Meinen Sie, Lukas«, Frau Volkmann benutzte das Hamburger Sie, eine Kombination aus Vornamen und Sie, »dass Sie … also, ich meine: Könnten Sie sich vorstellen, mich mal zu besuchen?«

»Bitte?« Das Wort war Lukas rausgerutscht, weil er glaubte, sich verhört zu haben. Warum sollte er zu einer Leserin fahren, einfach so?

»Wissen Sie, Lukas«, Klara Volkmann senkte ihre Stimme, als ob jemand mithören könnte, »ich habe Ihren Text über diesen Mann mit den drei Fingern gelesen, den aus der Scheune, und dann musste ich an Herrn Dombrowski von unten denken, aber der macht nicht auf, und Frau Waterstrat ist auch nicht da, aber weil ich auf ihre Katze aufpasse, habe ich bei ihr den Schlüssel zu Herrn Dombrowskis Wohnung gefunden, und da dachte ich, vielleicht, also, dass, wenn Sie vorbeikämen, wir beide mal nachsehen könnten … Man weiß ja nie, was meinen Sie, Lukas?«

Lukas verstand kein Wort, aber sein Interesse an dem Gespräch hatte sich schlagartig geändert. Er stellte auf Lautsprecher, bevor er begann, Klara Volkmann ruhig und langsam Fragen zu stellen, bis er begriffen hatte, worum es ging.

»Ich komme gern«, sagte er dann und bemerkte, dass Kaja ihm signalisierte, dabei sein zu wollen. Eigentlich hatte sie in den nächsten Minuten zu einem Polizeieinsatz am Hauptbahnhof fahren wollen, wo ein Mann vor eine einfahrende S-Bahn gestürzt sein sollte. Aber erstens würde sich das wahrscheinlich als Selbstmordversuch herausstellen, und zweitens wollte sie endlich in Sachen Fridays for Future weiterkommen. Sie nickte Lukas noch einmal zu, und der fragte: »Würde es Sie stören, wenn ich eine Kollegin mitbringe, die mindestens so intensiv wie ich mit dem Fall beschäftigt ist?«

Anscheinend hatte Frau Volkmann zugestimmt, denn Lukas zeigte Kaja den ausgestreckten Daumen. »Wenn Sie mir Ihre Adresse geben, können wir gleich losfahren und …«, er schrieb den Straßennamen auf, »und in einer Dreiviertelstunde da sein.«

»Dann wollen wir mal«, sagte Kaja, als er aufgelegt hatte. »Eine schlechte Spur ist immer noch besser als gar keine.«

Sie fuhren mit dem Auto über die Elbbrücken an den Rand der Stadt und kamen an der Marienstraße vorbei, dort, wo ein paar der Terroristen gelebt hatten, die für die Anschläge auf das World Trade Center im Jahr 2001 verantwortlich gewesen waren. »Wer wohl heute in der Wohnung wohnt?«, fragte Kaja, und Lukas dachte, dass das Stoff für eine gute Geschichte sein könnte. Aber jetzt mussten sie erst mal zu Klara Volkmann.

Die lebte in einer Siedlung mit Mehrfamilienhäusern aus rotem Klinkerstein, wie er für Hamburg typisch war. Frau Volkmann lugte aus ihrem Schlafzimmerfenster im zweiten Stock. Als sie Lukas und Kaja erblickte, winkte sie aufgeregt und lief zur Wohnungstür, um auf den Summer zu drücken. Kaja und Lukas gingen durch ein kühles Treppenhaus, vorbei an Türschildern mit lauter ausländischen Namen. Klara Volkmann stand am oberen Treppenabsatz, und sie staunte nicht schlecht, dass die beiden Reporter der *Hamburg News* in Begleitung eines Dackels kamen. Lukas hatte sich nicht getraut, Finchen allein in der Redaktion zu lassen, das wäre sicher nicht gut gegangen, zumal es einige Kollegen gab, die Angst vor Hunden hatten. Bisher hatte sie sich im fernen Harburg gut benommen, sie wedelte erwartungsvoll mit dem Schwanz, als sie Frau Volkmann sah.

»Ist das ein Polizeihund?«, fragte sie.

»Fast«, antwortete Lukas. »Das jedenfalls ist meine Kollegin Kaja Woitek, die beste Polizeireporterin der Stadt«, Kaja gab Frau Volkmann die Hand, »und das ist Finchen.«

»Wollen Sie reinkommen, oder wollen wir gleich …« Klara Volkmann zeigt wieder die Treppen hinab. Die Wohnung von Herrn Dombrowski lag also im ersten Stock.

»Vielleicht gehen wir erst einmal rein, und Sie erklären uns, was genau Sie mit uns vorhaben.« Kaja ging voraus, Lukas mit Finchen an der Leine hinterher. Klara Volkmann bot ihnen Kaffee und selbst gemachte Plätzchen an und berichtete ein weiteres Mal von den fehlenden Fingern an Herrn Dombrowskis rechter Hand, »ein so netter Mann«, und dass sie ihn länger nicht gesehen, aber dank Frau Waterstrat die Schlüssel zu seiner Wohnung habe. Ganz allein wolle sie trotzdem nicht reingehen. »Aber jetzt, wo Sie da sind, so unter Zeugen, das müsste doch in Ordnung sein, oder, Lukas?« Frau Volkmann sah den Reporter hoffnungsvoll an, und er konnte sich nicht entscheiden, wer neugieriger war: sie, Kaja oder er.

Zwei Minuten später standen sie im ersten Stock. Frau Volkmann steckte den Schlüssel ins Schloss, drehte ihn zweimal rum, dann sprang die Haustür auf. Die drei und Finchen gingen hinein, Kaja zog die Tür hinter ihnen lautlos zu. Die Wohnung von Herrn Dombrowski war genauso geschnitten wie die von Klara Volkmann, vom Flur ging rechts ein Schlafzimmer ab, links ein kleines Esszimmer, daneben war die »gute Stube«, wie Frau Volkmann sagte, ein Begriff, den Kaja anscheinend nicht kannte. Sie guckte Lukas fragend an, und er flüsterte: »Das Wohnzimmer.« Es gab eine Toilette und ein Badezimmer mit Dusche, dazu eine Küche. Finchen hatte angefangen, an der Leine zu zerren, und weil die Wohnungstür geschlossen war und Frau Volkmann nichts dagegen hatte, hatte Lukas den Hund losgelassen.

Sie sahen sich vorsichtig in der Wohnung um, in der es etwas muffig roch, als sei seit längerem nicht durchgelüftet worden. Die Einrichtung war modern, aber unspektakulär, wer wie Kaja viel bei Ikea gewesen war, erkannte viele der Möbel wieder. Lukas warf einen Blick in den Kühlschrank, der gut gefüllt war, so als würde Herr Dombrowski heute Abend auf jeden Fall nach Hause kommen. An den Wänden hingen Fotos, offensichtlich selbst gemacht, Kaja hatte im kleinsten Zimmer der Wohnung, dem Esszimmer, eine große Fotoausrüstung von Canon entdeckt.

»Ein Hobbyfotograf«, wollte Lukas gerade sagen, als Finchen aus dem Schlafzimmer angedackelt kam, die Zunge weit auf den Boden gestreckt und eine dicke Speichelspur hinter sich herziehend. Sie sah aus wie ein Kind, das etwas ausgefressen hatte, fand Lukas und ahnte Schlimmes, als er in Richtung Schlafzimmer ging. Der Hund war unter das Bett gekrochen, auf jeden Fall wies die Schleimspur dorthin, und davor lagen kreuz und quer Papiere herum, die Lukas erst beim genaueren Hinsehen als ausgedruckte Fotos identifizierte. Er wollte sie gerade zusammen- und zurück unter das Bett schieben, als er auf einem der Bilder den nackten Körper einer jungen Frau erkannte, die zu schlafen schien. Er zog das Foto heraus und sah es sich genau an, bevor er leise vor sich hinsprach: »Anna.«

26

Mara Altmeier bekam so viele Einladungen zu Vorträgen, dass sie unmöglich jedes Mal eine neue Rede halten konnte. Dabei hatte sie sich das vorgenommen, weil sie die Zuschauer überraschen und niemals langweilen wollte und weil es so viele Argumente gab, sich Fridays for Future anzuschließen und gegen den Klimawandel auf die Straße zu gehen. Am Anfang war ihr das gut gelungen, zwischen Demonstrationen und gelegentlichen Auftritten hatte sie genügend Zeit gehabt, an ihren Statements zu arbeiten, und es hatte ihr Spaß gemacht. Sie wusste, dass sie inhaltlich den meisten Politikern, auf die sie etwa bei Podiumsdiskussionen traf, überlegen war. Doch sie wollte das auch rhetorisch sein.

Manchmal kam sich Mara selbst wie eine Politikerin vor, wenn sie von Termin zu Termin hetzte, hier in einer Talkshow saß, dort der *Chronik* oder dem *Politik Insider* Interviews gab. Mehrere Verlage hatten angefragt, ob sie sich vorstellen könne, ein Buch über ihre Mission zu schreiben, und sich mit Vorschüssen überboten, als ob es ihr darum ginge. Sie war zu einem Treffen von Klimaaktivisten aus ganz Europa beim französischen Präsidenten eingeladen worden, und ihr Team war auch in Gesprächen mit dem Bundeskanzleramt über einen Termin mit der Bundeskanzlerin.

Alle wollten sie sehen, sie erleben und mit ihr fotografiert werden, und Mara verstand, dass das auch mit den Angriffen auf sie und dem nicht enden wollenden Hass zu tun hatte, der ihnen aus dem Netz entgegenschlug und inzwischen erschreckend oft real wurde. Es verging kaum ein Tag, an dem nicht aus irgendeinem Teil Deutschlands ein Übergriff auf Klimaaktivistinnen vermeldet wurde. Meist waren es Pöbeleien oder Handgreiflichkeiten, aber auch sexuelle Attacken nahmen zu. Einer Sechzehnjährigen hatte ein Unbekannter bei einer Demonstration in Thüringen von hinten in den Schritt gefasst, einer Vierzehnjährigen war in Frankfurt ihr T-Shirt mit der Aufschrift »There is no Planet B« vom Leib gerissen worden. Das Handyvideo, auf dem mehrere lachende Männer zu hören waren, kursierte längst im Internet. Es war widerlich.

Mara wurde in Interviews jedes Mal darauf angesprochen, dass Fridays for Future die erste große Protestbewegung war, die fast ausschließlich von Frauen angeführt wurde. Für sie war das logisch, weil all das, was in Sachen Klimaschutz in den vergangenen Jahrzehnten schiefgelaufen war und weiterhin schieflief, nicht nur damit zu tun hatte, dass sie in einer zutiefst kapitalistischen, sondern auch in einer männlich dominierten Welt lebten. Dass ein Teil dieser Männer sich gegen die neuen starken Frauen nicht anders zu wehren wussten als mit sexualisierter Gewalt, wunderte Mara nicht.

Alle Drohungen und Beschimpfungen, die via Mail, Twitter oder Instagram und manchmal sogar per Post bei Fridays for Future eintrafen, leitete Mara inzwischen automatisch an eine Rechtsanwaltskanzlei weiter. Den Kontakt hatte Clemens über seinen Freund, den Chef der Alster-Lounge, hergestellt, und der hatte auch zugesagt, die entstehenden Kosten zu übernehmen. Als ein Reporter, sie hatte seinen Namen und das Medium vergessen, sie gefragt hatte, ob sie nicht Angst um die eigene Sicherheit habe, hatte Mara gesagt: »Die einzige Angst, die ich habe, ist, dass meiner Generation die Zukunft geklaut wird.« Darum ging es und nicht um alte weiße Männer, die einfach so weiterleben wollten wie bisher und für die Frauen ins Bett oder an den Herd gehörten und nicht auf das Cover des *Politik Insiders*.

»Das Klima und der Hass« stand über der Titelgeschichte, die sechs Seiten lang war und die in der vergangenen Woche erschienen war. Die Reporter hatten Auftritte Maras und Passagen aus dem Interview, das sie mit ihr geführt hatten, gegen Reaktionen auf ihre Arbeit geschnitten. Sie hatten versucht, mehr über die Männer zu erfahren, die Mara überfallen hatten, aber nur herausbekommen, dass Mario Greve für eine Versicherung arbeitete und Christian Petersen Autohändler war. Die beiden waren vor zwei beziehungsweise drei Jahren aus Nordrhein-Westfalen nach Hamburg gezogen. Der *Politik Insider* hatte ein paar Freunde in der Heimat ausfindig gemacht, die sie aus der Schulzeit kannten und als »relativ normal« beschrieben. Aber auch die hatten »seit der Sache mit der Klimatussi«, wie einer gesagt hatte, nichts von ihnen gehört. Die jungen Männer waren so perfekt untergetaucht, dass ihnen nicht einmal das sechs Personen starke Autorenteam des Magazins auf die Schliche gekommen war.

Dafür hatten die Journalisten im Netz eine Reihe von Fotos gefunden, die Mara im Urlaub an ein paar der abgelegensten Orte der Welt zeigten und die anscheinend beweisen sollten, dass die Klimaaktivistin in ihrer Freizeit nichts Besseres zu tun hatte, als möglichst weit wegzufliegen. Ein Fake, aber die Menge der bösen bis verleumderischen Kommentare in den sozialen Medien war enorm. »Mara Altmeiers Leben spielt sich zwischen großer Bewunderung und Standing Ovations auf der einen und Hass und Diffamierungen auf der anderen Seite ab«, schrieb der *Politik Insider*.

So ähnlich hatte es auch der Professor formuliert, der Mara an diesem Abend als Stargast und Rednerin bei der Hamburger Mediendozentur angekündigt hatte, einer Veranstaltungsreihe, auf der kluge Menschen über gesellschaftspolitische Themen sprachen. Die Laeiszhalle war schnell ausverkauft gewesen. Mara probierte zum ersten Mal die Einleitung aus, mit der sie in den kommenden Wochen möglichst viele ihrer Reden beginnen wollte. Nicht nur, um die Aufmerksamkeit der Leute zu wecken, sondern auch, um ihnen das Gefühl zu nehmen, ihr Schema schon zu kennen. Sie sagte: »Als Aktivistin bin ich in der leicht vertrackten Situation, dass ich hier erzählen kann, was ich möchte, aber Sie haben schon längst ein Bild von mir. Sie haben schon längst Meinungen und Vorurteile, positive und negative Assoziationen im Kopf. Ich trete hier auf die Bühne, und bevor ich nur einen einzigen Satz gesagt habe, haben Sie eine Idee davon, wer ich bin und wer ich nicht bin. Ich möchte Ihnen einen Vorschlag machen. Ich möchte Sie einladen, mit mir auf eine Gedankenreise zu gehen.« Es funktionierte, sie hatte die Leute – und als sie ihre Rede nach einer Stunde schloss, standen alle auf und applaudierten. Fünf Minuten und vierunddreißig Sekunden, wenn Clemens die Zeit richtig gestoppt hatte.

Er war einer von sechs bis acht Leuten, die Mara inzwischen zu jedem Termin begleiteten. Wenn sie sich je große Sorgen um die eigene Sicherheit gemacht hatte, würde sie es spätestens jetzt nicht mehr tun. Wer an sie herankommen wollte, müsste nicht nur an dem bewaffneten Mann vom Landeskriminalamt vorbei, sondern auch an Clemens und Linus, der immer öfter auch bei Auftritten außerhalb Berlins dabei war. Mara genoss es, wenn Linus in ihrer Nähe war, und leider registrierte das auch Clemens. Sie hatte dessen Annäherungsversuche bisher als die rührenden Regungen eines väterlichen Freundes abgetan, mehr nicht. Das änderte sich, wenn sie beobachtete, wie Clemens auf Linus reagierte und wie er versuchte, sich zwischen die beiden zu drängen, wann immer es ging. Vielleicht musste sie tatsächlich mal Clemens' Angebot annehmen, sich in Ruhe mit ihm zu treffen, um das Verhältnis unter vier Augen zu klären. Er hatte ihr gegenüber mehrfach angedeutet, dass er ihr auch etwas zu sagen hatte.

Ein anderes schien sich erledigt zu haben: Die Veranstaltung in der Laeiszhalle war die vierte in Folge ohne den Stalker gewesen. Weder Mara noch jemand aus dem Team hatte ihn entdeckt, obwohl sie sich angewöhnt hatten, nach dem Mann Ausschau zu halten, und er normalerweise nicht zu übersehen und, wie Mara leider mehrfach hatte feststellen müssen, auch nicht zu überriechen war: Der Stalker stank nach Schweiß, wie sie es bei keinem anderen Menschen erlebt hatte, seine Kleidung zeigte große eingetrocknete Ringe unter den Achseln. Aber, und das war eben die gute Nachricht: Er war wieder nicht da gewesen. Vielleicht hatte es doch Eindruck gemacht, dass ein Beamter des Landeskriminalamtes ihn auf Bilder angesprochen hatte, die Henri, der Fotograf von Fridays for Future und fast so etwas wie Maras Leibfotograf, von ihm geschossen hatte. Der Stalker hatte nämlich bei einem ihrer Vorträge vor den Toren Hamburgs ausnahmsweise nicht in einer der ersten, sondern in der letzten Reihe gesessen, und Henris Fotoserie ließ darauf schließen, dass er, wie Linus es vornehm ausgedrückt hatte, »an sich herumgespielt« hatte. Clemens war drastischer geworden, wie immer, wenn es um Mara ging: »Das Schwein hat sich bei deiner Rede einen runtergeholt! Ich könnte den Typen …« Seine Hände hatten eine entsprechende Geste gemacht. Den Rest hatte der Mann vom LKA übernommen, und seitdem war Ruhe.

Und das war gut so, dachte Mara, als sie in ihrer Garderobe hinter der Bühne der Laeiszhalle saß und mit dem Team zwei Flaschen Sekt trank, die Clemens in einer Tiefkühltasche mitgebracht hatte. Denn den Stalker hätte sie bei ihrer nächsten großen Aktion nun wirklich nicht gebrauchen können.

27

Enno von Spoercken wusste nicht, ob er Kaja und Lukas dankbar oder ob er wütend auf sie sein sollte. Es war fair von den beiden gewesen, dass sie ihn angerufen und von der Geschichte mit Frau Volkmann und diesem Herrn Dombrowski erzählt hatten, bevor sie darüber in den *Hamburg News* berichteten. Aber natürlich ärgerte er sich darüber, dass die Reporter seiner Kriminalpolizei wieder einen Schritt voraus waren; auch weil er wusste, dass Kaja ihn in den nächsten Tagen bei jeder Gelegenheit damit aufziehen würde. Und dann passte es ihm nicht, dass er den beiden im Gegenzug zu den Informationen hatte zusagen müssen, dass sie bei den Ermittlungen in der Wohnung dabei sein dürften und alle wichtigen Ergebnisse zuerst bekämen. »Eine Hand wäscht die andere«, hatte Kaja gesagt, als sie ihn angerufen hatte, und er hatte geantwortet: »Du meinst wohl eher, dass ihr mich in der Hand habt.«

So hatte sich das anfangs angefühlt, doch nachdem Enno mit seinem Team in dem Mehrfamilienhaus im Hamburger Süden angekommen war, hatte sich die Lage geändert. Die Spurensicherung war einfacher als gedacht, auch wenn Lukas' verrückter Dackel für einiges Chaos in Dombrowskis Wohnung gesorgt hatte. Ansonsten fanden die Experten schnell, was sie brauchten: weitere Fotos der nackten Anna, auf denen sie mal komplett zu sehen war, mal nur Details, und nicht bloß die, die Enno erwartet hatte: Dombrowski hatte mehrfach ihre Füße aus unterschiedlichen Winkeln fotografiert und den Bauchnabel, der so vergrößert worden war, dass er wie ein Vollmond aussah. Neben den Ausdrucken hatten sie auf dem Laptop, der in der Wohnung gestanden hatte, Hunderte weitere Aufnahmen gefunden. Es sah aus, als hätte sich Dombrowski mit Anna zu einer Fotosession getroffen, gegen die an sich nichts einzuwenden gewesen wäre, wenn die junge Frau sie denn bei Bewusstsein und freiwillig mitgemacht hätte.

Der Ordner mit den Bildern von Anna war der größte, den die Polizisten auf dem Laptop entdeckt hatten, aber nicht der einzige. Die Festplatte war übersät mit weiteren Dateien, hinter denen sich Fotos von nackten Frauen verbargen, viele stammten von Erotikmessen, bei denen Typen wie Dombrowski Pornosternchen aus der Nähe fotografieren konnten. Die passende Ausrüstung dazu besaß er – ein Kameragehäuse und zwei Objektive steckten in einer großen Tasche. Weil drei Fächer darin leer waren, ging Enno davon aus, dass Dombrowski an dem Tag, an dem sein Leben in der Scheune ein Ende fand, erneut Fotos hatte machen wollen. Einziges Problem: Am Tatort waren weder eine Kamera noch Objektive gefunden worden, Enno hatte bereits angeordnet, das Gelände erneut abzusuchen.

Dass Dombrowski ihre Leiche mit den drei Fingern war, stand hingegen fest: Der Abgleich des Kiefers mit einer Röntgenaufnahme des Zahnarztes war eindeutig gewesen war. Die aufdringliche Nachbarin, die anscheinend sehr viele Krimis las und sich damit rühmte, »in den vergangenen dreißig Jahren nicht einen *Tatort* verpasst zu haben«, hatte Enno ungefragt die Adresse der Praxis, die Dombrowski aufzusuchen pflegte, geliefert und die Antwort auf seine Frage vorweggenommen: »Ich habe dem Herrn Dombrowski damals meinen Zahnarzt empfohlen, als er hier ins Haus gezogen ist, und bin sicher, dass er dort auch hingegangen ist. Und ich weiß ja, dass so ein Zahnarzt Ihnen helfen kann …« Bevor Klara Volkmann weiterreden konnte, hatte Lukas sich ihrer angenommen und sie mit der Begründung aus der Wohnung gezogen, »dass wir die Kripo bei ihrer sehr wichtigen Arbeit lieber nicht stören wollen«. Wofür Enno dem Reporter im Grunde dankbar war, auch wenn der natürlich mit Kaja vor der Haustür stehen blieb, um ja nichts zu verpassen.

Ohnehin hielt Enno Wort, und so standen, einen Tag nachdem die Polizei Dombrowskis Wohnung auf den Kopf gestellt hatte, alle Details der Ermittlungen als große Geschichte in den *Hamburg News*. »Was für ein Scoop«, hatte Kaja Enno zugeflüstert, nachdem sie am Abend der Durchsuchung in ihrer Wohnung etwas gehabt hatten, das sich für Enno wie Versöhnungssex anfühlte. Dabei hatten sich die beiden offiziell gar nicht gestritten. Aber das ewige Duell Polizist gegen Polizeireporterin hatte Enno zuletzt verloren, und er war ein schlechter Verlierer, wie Kaja feststellte: »Aber dafür bist du ein guter Liebhaber, und du weißt ja: Man kann nicht alles im Leben haben.«

Den Text, den Lukas und Kaja über die Ereignisse der letzten Tage verfasst hatten, hatten sie gemeinsam gelesen, Kaja auf ihrem Laptop, Enno in der Zeitung, die er früh am Morgen aus dem Briefkasten gezogen hatte. Die Reporter hatten sich ihrerseits an die Abmachungen gehalten und (noch) nichts von einer weiteren Spur geschrieben, die dem Fall eine völlig andere Dimension gab und die, da machte Enno sich nichts vor, sie nicht lange würden geheim halten können. Seine Kollegen hatten mehrere Chats gefunden, an denen sich Dombrowski mit Nachrichten oder Emojis beteiligt hatte und hinter denen sich offenbar Netzwerke von Männern verbargen, die alle dasselbe Hobby hatten: nackte Frauen zu fotografieren. Ein Nutzer mit dem Namen »Frankundfrei« schien das »Treffen« in der Scheune organisiert zu haben. Dombrowski hatte, um daran teilnehmen zu dürfen, tausend Euro bezahlt. Die Summe war in der »Einladung« von »Frankundfrei« genannt worden, und sie entsprach genau dem Betrag, den Dombrowski an dem Tag bei der Hamburger Sparkasse abgehoben hatte, an dem seine Bilder von Anna entstanden waren. Was wiederum achtundvierzig Stunden vor dem Zeitpunkt lag, an dem die Scheune in Wellingsbüttel in Brand geraten war und die Polizei seine verkohlten Überreste gefunden hatte.

Dombrowski musste also ein zweites Mal zur Scheune gegangen sein, und eine der Fragen, die Enno zu klären hatte, war, ob das mit dem Wissen von »Frankundfrei« und mit dessen Einwilligung geschehen war. Dass Dombrowski ihm noch einmal Geld bezahlt hatte, um die nackte Anna erneut zu fotografieren, war unwahrscheinlich – nachdem er die tausend Euro abgehoben hatte, hatte es auf seinem Konto keine weiteren auffälligen Veränderungen gegeben. War er auf eigene Faust zurück zur Scheune gekehrt, um die junge Frau zu befreien? Und war er dabei auf »Frankundfrei« gestoßen, der ihn überwältigt, in die Scheune gesperrt und ihn bei lebendigem Leib hatte verbrennen lassen? Das schien Enno die wahrscheinlichste Variante, die den Vorteil hätte, dass sie nicht nur den Namen des Opfers, sondern auch gleich den des Täters hätten, wobei Enno nicht entgangen war, dass »Frankundfrei« perfekt zu dem Namen des Mannes passte, mit dem Anna sich in den Tanzenden Türmen getroffen und zu dem die Polizei bisher keine Spur hatte.

Ihn galt es jetzt genauso zu finden wie die anderen Männer, die auf die Einladung in dem Chat mit Daumen hoch, einem Smiley oder kurzen Zusagen wie »Bin dabei« oder »Geiles Ding!« reagiert hatten. Wenn Ennos Kollegen richtig gezählt hatten, konnten in der Scheune bis zu neun Männer gewesen sein, ob einzeln und nacheinander oder zeitgleich, konnte niemand sagen. Auf jeden Fall hatte »Frankundfrei« auf einen Schlag mindestens neuntausend Euro verdient, wobei Enno davon ausging, dass so ein Typ für den einen oder anderen Sonderwunsch noch einen Aufschlag nahm. Dombrowski könnte mit den tausend Euro, die er gezahlt hatte, einer der normaleren unter den Perversen gewesen sein. Und trotzdem musste er für »Frankundfrei« so gefährlich geworden sein, dass der ihn aus dem Weg geräumt hatte.

Enno wusste, dass die Journalisten, allen voran Lukas und Kaja, sich in ein, zwei Tagen die gleichen Fragen stellen würden wie er jetzt. Und er konnte sich ausmalen, was da draußen passieren würde, wenn die Menschen erfuhren, dass eine Aktivistin von Fridays for Future entführt worden war, um nackt von einer Horde Männer fotografiert zu werden. Enno musste an ein Zitat aus *Das Schweigen der Lämmer* denken: »Man begehrt das, was man jeden Tag sieht«, hatte es darin geheißen, wenn er sich recht erinnerte, und das stimmte in diesem Fall – die Menschen sahen jeden Tag Bilder von den Aktivistinnen um Mara Altmeier in den Zeitungen und im Fernsehen, und was sie sahen, musste ihnen gefallen. Die meisten Mädchen waren nicht nur jung, sondern auch hübsch. Als er vor einigen Tagen beim Zahnarzt im Wartezimmer gesessen und aus Langeweile ein paar Klatschmagazine durchgeblättert hatte, war er auf mehrere Bilder von Mara gestoßen, die sie nicht wie eine Aktivistin, sondern fast wie ein Model gezeigt hatten. Auf diese Weise würde Fridays for Future wahrscheinlich auch Leute erreichen, die sich eher für Promigetuschel als für den Klimawandel interessierten. »Der Zweck heiligt die Mittel«, hatte Enno im Wartezimmer vor sich hin gemurmelt und sich dennoch gefragt, ob Mara Altmeier sich keine Gedanken darüber gemacht hatte, wie ihre Fotos auch wirken könnten – und auf wen. Trotzdem konnte sie natürlich nichts dafür, was in den kranken Köpfen von Typen wie Dombrowski und seinesgleichen vor sich ging.

Auf jeden Fall war er sehr froh, dass Mara jetzt mehr oder weniger rund um die Uhr unter Polizeischutz stand. Er mochte gar nicht darüber nachdenken, was passiert wäre, wenn sie statt Anna in die Fänge von »Frankundfrei« geraten wäre. Für Nacktbilder der bekanntesten Aktivistin Deutschlands hätte der ganz sicher noch andere Summen aufrufen können. Wobei der Preis, den Dombrowski seine Fotos am Ende gekostet hatten, der höchste war – sein Leben.

Enno hatte vier Leute abgestellt, um die anderen Männer aus Dombrowskis Chat- und E-Mail-Verläufen ausfindig zu machen, die in der Scheune gewesen waren und die man, anders als Dombrowski selbst, zu dem Tathergang und zu »Frankundfrei« befragen konnte. Er war sicher, dass man die Ersten schnell finden würde – das waren keine Profis, das waren notgeile Fotoamateure, die sich wenig bis gar keine Mühe gemacht hatten, ihre Spuren im Internet zu verwischen. Von mindestens zweien hatten seine Kollegen bereits die Klarnamen ermittelt, einer davon war in Tornesch gemeldet, einer kleinen Stadt, die gut vierzig Autominuten vom Hamburger Polizeipräsidium entfernt lag. Ein Streifenwagen war bereits unterwegs. Wenn es so weiterging, könnte Enno auf der Pressekonferenz, die er angesichts der neuesten Entwicklung so oder so einberufen würde, deutlich mehr verkünden als das, was die Kollegen von Lukas und Kaja bereits in den *Hamburg News* lesen konnten.

28

Später würde Lukas an die Stunden bei der Psychologin in dem Gefühl zurückdenken, dass sie für die Auflösung des Falles entscheidend gewesen waren. Doch jetzt war er nur genervt. Weil Finchen nach dem Besuch von Klara Volkmann – und der Durchsuchung von Dombrowskis Wohnung, von der Lukas Lilli lieber nichts erzählt hatte – einen Anfall nach dem anderen bekommen und sogar begonnen hatte, nach Jonathan zu schnappen, hatte etwas passieren müssen. »So kann es nicht mehr lange weitergehen«, hatte Lilli gesagt, als der Hund mitten in der Nacht anderthalb Stunden durchbellte. Und als sie nach einem gemeinsamen Abendessen mit Jonathan aus der Küche ins Schlafzimmer gegangen waren und den Dackel dabei erwischt hatten, wie er einen Schlüpfer von Lilli nach dem anderen zerfetzte, war endgültig Schluss: »Finchen hat sie nicht alle, die muss jetzt zum Psychologen.«

Organisch war mit dem Hund alles in Ordnung – Lillis Eltern hatten den Dackel durch alle MRTs gejagt, die es für Tiere in Hamburg und Umgebung gab, um festzustellen, ob eine Krankheit hinter seinen Anfällen stecken konnte. Das komplette Prozedere hatte ein paar Tausend Euro gekostet, die Ergebnisse waren immer dieselben gewesen: Finchen mochte sehr seltsame Angewohnheiten haben, war aus tierschulmedizinischer Sicht aber gesund, und das reichte Lillis Eltern. Auf die Idee, zu einem Psychologen zu gehen, wären sie allein deshalb nicht gekommen, weil sie von diesem Berufsstand wenig hielten.

Aber jetzt waren die beiden nicht da, und Lukas erinnerte sich an einen Text, den er auf der Norddeutschland-Seite der *Hamburg News* gelesen hatte. In dem war es es um eine Tierpsychologin aus der Nähe von Flensburg gegangen, die sich auf Fälle spezialisiert hatte, bei denen andere nicht weiterkamen. Er hatte sie angesichts des Drucks, den Lilli machte, einfach mal angerufen und die Probleme mit Finchen geschildert. Die Psychologin, eine Frau Schwarz, hatte ihm geduldig zugehört und dann gesagt: »Das klingt alles sehr interessant, Herr Hammerstein, aber leider habe ich erst wieder in sieben Wochen einen Termin frei.« Sie hatte eine Pause gemacht, in der erst Lukas und dann Finchen hörbar aufgeheult hatten. »Es sei denn, Sie schaffen es gleich morgen um sieben Uhr. Ich bin Frühaufsteherin.«

Also hatte sich Lukas am nächsten Tag um halb fünf ins Auto gesetzt, Finchen auf ihrem Lieblingsplatz vor dem Beifahrersitz verstaut, wo sie die gesamte Fahrzeit ihre rechte Pfote malträtierte, und war über die A 7 Richtung Flensburg gefahren. Das Dorf, in dem Frau Schwarz ihre Praxis hatte, hieß Langballig, laut Navi würde Lukas rechtzeitig da sein. Er hatte einen Puffer von einer halben Stunde einkalkuliert, das musste um diese Uhrzeit reichen, und die Autobahn war tatsächlich frei. Um 6.58 Uhr klingelte Lukas, und um 6.59 öffnete eine große Frau mit noch größeren Händen die Tür: »Du musst Finchen sein«, sagte sie und bückte sich zu dem Dackel herunter, der sofort anfing, den Boden vor ihren Füßen abzulecken, »und Sie sind dann der Herr Hammerstein.« Frau Schwarz streckte Lukas ihre rechte Hand entgegen, in dem seine komplett verschwand. Lukas musste an Michael Jordan denken, in dessen Händen Basketbälle wie Tennisbälle wirkten. Er drückte, so doll er konnte, und war sich trotzdem sicher, dass Frau Schwarz das gar nicht bemerken würde. »Kommen Sie rein, wir gehen gleich raus«, sagte die, als Lukas seine Hand wieder für sich hatte, und es war zu früh am Morgen, als dass er sich über die lustige Formulierung hätte freuen können.

Hinter dem Haus begann ein großes Grundstück, auf dem ein paar Hindernisse standen und Tierspielzeug verstreut lag. Frau Schwarz hatte Finchen offensichtlich eingeschüchtert, sie wich nicht von Lukas' Seite, während ihre Zunge auf dem Boden eine Spur zog. Als sie den Rasen betraten, fing der Dackel wie wild an, nach Grashalmen, Blumen oder Insekten zu schnappen, als wollte er sagen: Leute, das ist hier alles zu viel für mich.

»Nun machen Sie Finchen erst mal los.« Frau Schwarz blieb in der Mitte ihres Gartens stehen, der in Hamburg als Park durchgegangen wäre, und blickte Lukas auffordernd an.

»Niemals.« Das war ihm so rausgerutscht, instinktiv, denn von allen Ideen, die sie hätte äußern können, war die, Finchen von der Leine zu lassen, mit Sicherheit die bescheuertste. Er hatte sich allerspätestens seit dem Vorfall bei der Scheune geschworen, das nie wieder zu tun, ganz egal, wo und wie sicher das Gelände oder Gebäude war, in dem sie sich befanden.

»Wenn ich sie losmache, ist sie innerhalb von wenigen Sekunden weg«, sagte Lukas und wickelte die Leine demonstrativ fester um seine Hand.

»Lukas«, Frau Schwarz grinste, »ich darf doch Lukas sagen, oder?« Er nickte und verstärkte den Zug der Leine. »Sie müssen loslassen können, und hier ist ein guter Ort, das zu üben. Das Gelände ist komplett eingezäunt, hier kommt niemand raus oder rein, außer ein paar Wühlmäusen vielleicht.« Frau Schwarz, die Lukas ihren Vornamen bisher nicht verraten hatte, grinste, beugte sich zu Finchen hinab und löste die Leine.

»Nein«, entfuhr es Lukas, als er sah, wie sich der Hund nach kurzem Zögern davonmachte und kreuz und quer durch den Garten jagte, als hätte er das in seinem Leben noch nie tun dürfen. Was ja, wenn Lukas nachdachte, auch stimmte.

»So, und jetzt erzählen Sie mir bitte ganz ausführlich, wann die Anfälle auftreten, von denen Sie am Telefon gesprochen haben, und wodurch sie ausgelöst werden.« Frau Schwarz stemmte die großen Hände in die Hüften, sie hatte anscheinend beschlossen, dass das Gespräch mitten auf dem Rasen stattfinden sollte, auch wenn ein paar Meter entfernt auf der Terrasse zwei Stühle bereitstanden. Lukas begann, von Finchens seltsamen Verhaltensweisen zu berichten, behielt aber mit einem Auge immer den Hund im Blick. Der flitzte weiter fröhlich durch den Garten.

»Lukas, Sie können sich wirklich«, Frau Schwarz zerquetschte das Wort fast zwischen ihren Zähnen, so wie sie es betonte, »wirklich entspannen und müssen nicht die ganze Zeit nach Finchen gucken. Das ist nämlich auch nicht gut, weder für Sie noch für den Hund. Stichwort: Helikopter-Hundehalter.« Den Begriff hatte Lukas noch nie gehört. Er atmete tief ein und wandte sich zum ersten Mal seit seiner Ankunft in Langballig komplett der Tierpsychologin zu, die musste schließlich wissen, was sie tat. Er war in seinem Bericht bei den Vorkommnissen der vergangenen Tage angekommen, erwähnte zwar die Wohnung von Herrn Dombrowski und seine Nachbarin Klara Volkmann nicht, wohl aber, dass Finchen »nach dem Besuch in einer fremden Wohnung« völlig übergeschnappt sei und seine Frau und er das Gefühl gehabt hätten, jetzt dringend etwas unternehmen zu müssen: »Und deshalb sind wir heute hier, Frau Schwarz, weil ich in den *Hamburg*

News gelesen habe ...« Lukas brach mitten im Satz ab. Irgendetwas stimmte nicht, irgendetwas lag in der Luft, und sein Unterbewusstsein hatte das, wie so oft, eher mitbekommen als sein Bewusstsein. »Alles in Ordnung, Lukas?«, fragte Frau Schwarz noch, bevor der sich einmal um die eigene Achse drehte, hektisch mit den Augen den Garten absuchte und dann mit einem Anflug von Panik in der Stimme konstatierte: »Finchen ist weg.«

Die nächsten Minuten sah man zwei erwachsene Menschen, einen sehr großen Mann und eine Frau mit sehr großen Händen, die einen Hundenamen rufend durch den Garten liefen, sich über Büsche beugten und Äste und Zweige auseinanderbogen. »Wir hätten sie nicht losmachen dürfen, wir hätten sie nicht losmachen dürfen«, murmelte Lukas vor sich hin, als würde das etwas an der Situation ändern. Frau Schwarz versuchte, ihn zu beruhigen, ebenfalls mit einer Art Mantra. »Sie kann nicht weg sein, sie kann nicht weg sein«, sagte sie, bis sie das kleine Loch im Zaun in der hintersten Ecke des Gartens entdeckte, das ihr bisher nicht aufgefallen war, weil sie so gut wie nie so weit vordrang. Dafür hatte sie schließlich den Gärtner.

Für einen Moment überlegte Lukas, über den etwa anderthalb Meter hohen Zaun zu klettern, entschied sich dann aber, den etwas längeren, einfacheren Weg durch die Gartentür zu nehmen. »Finchen, Finchen, Finchen!« Lukas rief mit jedem zweiten Atemzug nach dem Hund, er rannte, so schnell er konnte, bis er auf der anderen Seite des Lochs angekommen war. Dann stoppte er, um zu schauen, ob er das Tier irgendwo entdecken konnte. Um ihn herum waren nur Felder und Wälder, schwer einsehbar und sicher voll von Hasen und Rehen und ihren Fährten. Ein Paradies für einen Dackel, dachte Lukas, und dann: Was, wenn ich Finchen nie wiedersehe? Was, wenn ich Lilli und den Schwiegereltern sagen muss, dass sie abgehauen ist, weg, für immer? Er schüttelte sich, wie er es immer tat, wenn ein Gedanke auftauchte, den er nicht ertragen konnte, aber diesmal half es nichts. Lukas beschloss, den Feldweg entlangzugehen, an dem die Straße endete, und so lange nach Finchen zu rufen, bis er sie gefunden hatte. Frau Schwarz schien ihm zu folgen, aber er konnte nicht auf sie warten. Nach fünf Minuten wurde Lukas' Stimme brüchiger, nach sieben Minuten tat sie weh. Wahrscheinlich hätte es nicht mehr lange gedauert, und aus dem Schreien wäre ein Wimmern geworden, wenn Lukas den Dackel nicht plötzlich gesehen hätte. Er stand mit dem Rücken zu ihm, vielleicht fünfzehn Meter weiter in den Wald hinein, und starrte offensichtlich auf etwas, das vor ihm stand oder lag. Lukas atmete tief durch, versuchte ruhig zu bleiben und schlich sich, so leise es ging, von hinten an, die Leine in der rechten Hand auf Anschlag. Finchen schien ihn nicht zu bemerken, sie wirkte wie hypnotisiert von diesem Etwas, das Lukas nur schemenhaft erkennen konnte. Es war schwarz und bewegte sich ebenfalls nicht. Lukas hätte zu gern gewusst, was Finchen so im Bann hielt, aber jetzt musste er sich auf den Dackel und sein Halsband konzentrieren. Noch drei Meter, noch zwei, noch einen, dann machte es klick. Lukas hatte den Dackel wieder an der Leine, er fühlte sich wie ein Polizist, der einem lange gesuchten Räuber die Handschellen angelegt hatte, und schwor sich ein für alle Mal, Finchen draußen nie, nie wieder von der Leine zu lassen. Die Dackeldame blickte ihn an, als wäre gar nichts vorgefallen, und dann sahen sie beide auf das Lebewesen, das Finchens Flucht beendet hatte. Es war ein toter Igel.

Als sie zurück zum Haus der Tierpsychologin kamen, stand die mit einer jungen Frau vor der Tür, die ein Baby auf dem Arm trug.

»Da ist unser kleiner Ausreißer ja!« Sie legte Lukas die Hand auf die Schulter. »Ich habe Ihnen doch gesagt, dass Sie sich entspannen können. Hier kommt keiner weg, schon gar nicht ein Hund. Wollen wir wieder?«

Lukas hatte eigentlich keine Lust, erneut ins Haus, geschweige denn in den ungesicherten Garten zu gehen, aber was blieb ihm übrig? Wenn die lange Anreise und die ganze Aufregung der vergangenen Minuten nicht umsonst gewesen sein sollten, musste er …

»Das ist mein Tochter Liev mit meinem Enkel Bosse.« Frau Schwarz zeigte auf die Frau mit dem Baby, die Lukas schüchtern zunickte. Bevor er reagieren konnte, begann Finchen, an der Leine zu ziehen und wie verrückt zu bellen, bevor sie erneut gierig den Boden vor Frau Schwarz' Haustür ableckte. Die beobachtete die Szene interessiert und bat die Tochter, etwas zurückzutreten. Als die sich so weit entfernt hatte, dass man sie nicht mehr sehen konnte, beruhigte sich Finchen und stand schließlich unschlüssig in der Gegend herum.

»Und nun?«, fragte Lukas, aber Frau Schwarz bedeutete ihm mit einem ihrer überdimensionalen Zeigefinger, leise zu sein.

»Liev, einmal zurück, bitte«, rief sie. Als ihre Tochter mit dem Baby wieder in Sichtweite kam, ging ein Zittern durch Finchens Körper, dann wiederholte sich die Prozedur von vorhin: Leineziehen, Bellen, Bodenlecken, jetzt auch noch kombiniert mit Pfotebeißen.

»Ich glaube, wir sind ihrem Problem auf die Spur gekommen.« Frau Schwarz wiegte sich zufrieden hin und her. »Es scheint mir, dass Ihr Finchen einen ausgeprägten Beschützerinstinkt hat, der für den ganzen Aufruhr verantwortlich ist.«

»Beschützerinstinkt?«, fragte Lukas.

»Beschützerinstinkt!«, antwortete Frau Schwarz, und man glaubte, das Ausrufezeichen mitzuhören.

Die Diagnose klang für Lukas etwas seltsam, der Besuch in Langballig und der Dialog mit Frau Schwarz – »Beschützerinstinkt?«, »Beschützerinstinkt!« – waren es auf jeden Fall.

Dass er ihn so schnell nicht vergessen würde, lag aber an etwas anderem.

29

Eddie Malek konnte sich nicht erinnern, wann er zuletzt auf der Baustelle gewesen war. War es drei Monate her oder schon vier? Als es mit dem Umbau des Kaufhauses in der Mönckebergstraße losging, war das für seinen Chef das mit Abstand wichtigste Projekt gewesen. Die Mö war schließlich *die* Einkaufsstraße in Hamburg, und den Auftraggeber, die Modekette mit den zwei Buchstaben (»Nee, nicht C&A, für die arbeite ich nicht«, hatte der Chef gesagt), kannte schließlich jeder. Gut, Eddie kannte sie nicht, aber das war egal. Er wurde schließlich nicht dafür bezahlt – im Übrigen ziemlich schlecht, wie er fand –, die neuesten Trends und richtigen Kleidergrößen zu kennen. Er bekam sein Geld für richtig harte Arbeit, Stichwort: Roh- und Tiefbau, und er hatte vor, sich eher früher als später selbstständig zu machen. Bis er dafür genügend Geld beisammenhatte, musste er sich jedoch von seinem Chef von Baustelle zu Baustelle schieben lassen, so wie in den vergangenen Monaten. Nachdem es mit der Modekette offensichtlich Schwierigkeiten gegeben hatte – Eddie hatte etwas von verspäteten Zahlungen gehört –, war er mit seinem Trupp weitergezogen, hatte andere Aufträge abgearbeitet und relativ schnell das große Projekt in der Hamburger Innenstadt vergessen.

Jetzt war er wieder hier, wie immer der Erste. Eddie war Frühaufsteher, länger als fünf Uhr hielt es ihn nicht im Bett, unabhängig davon, wann er eingeschlafen war. Dann trank er zwei Becher schwarzen Kaffee, rauchte eine Zigarette und machte sich auf den Weg zur Arbeit. Er genoss es, allein auf der Baustelle zu sein, auf »seiner Baustelle«, wie er gern sagte. Er hatte dadurch den Vorteil, schnell zu erkennen, was wo am dringendsten gemacht werden und wie er sich die Arbeit einteilen musste, damit er möglichst früher fertig wurde. Denn nachmittags arbeitete Eddie noch für ein paar private Auftraggeber, davon wusste der Chef aber nichts. Und das Finanzamt natürlich auch nicht.

In dem Kaufhaus in der Mönckebergstraße sah alles noch genau so aus, wie sie es zurückgelassen hatten. Sie hatten damals verschiedene Mauern eingerissen und mit den Vorbereitungsarbeiten für einen Neubau begonnen. Die Pläne dafür lagen aufgeklappt auf einer Kiste mit Cola und Wasser, ein Drittel der Flaschen war leer. Eddie warf einen Blick auf die Skizze und war schnell wieder »im Film«, wie sein Chef gern sagte. Zwei große Mauern mussten noch weg, dann hätten sie den Durchbruch, den sie für die Erweiterung bräuchten, und könnten mit dem Rohbau anfangen. Etwas, was Eddie, anders als viele seiner Kollegen, lieber mochte, als stumpf Dinge zu zerstören. Er zündete sich eine Zigarette an und begann, die Werkzeuge herauszusuchen, die sie als Erstes brauchen würden. Er erinnerte sich, dass sie die teuren Maschinen aus Sicherheitsgründen in den Heizungskeller eingeschlossen hatten. Auf Baustellen wurde in den letzten Jahren geklaut wie früher im Supermarkt, es gab praktisch nichts, was nicht verschwand. Auch Eddie bediente sich manchmal, wenn er für seine nachmittäglichen Projekte etwas brauchte, es merkte bei kleineren Dingen sowieso niemand, und rausschmeißen würde ihn sein Chef auf keinen Fall. Der hatte schon jetzt nicht genügend Leute, um alle Aufträge in der vereinbarten Zeit abzuarbeiten.

Der Schlüssel für den Heizungskeller war in einem der massiven Werkzeugkästen deponiert, der wiederum mit einem Nummernschloss gesichert war. Der Code war 0007, »wie James Bond«, hatte der Chef gesagt, und Eddie hatte sich gefragt, wie jemand eine vernünftige Rechnung schreiben sollte, der sich schon bei James Bond um eine Null vertat. Das Schloss schnappte auf, und Eddie musste zwischen Schraubenziehern und Hämmern herumkramen, bis er den Schlüsselbund gefunden hatte. Einen Augenblick später sollte er merken, dass er sich die Mühe hätte sparen können: Anscheinend hatten sie vergessen, den Keller abzuschließen, als der Chef sie damals von jetzt auf eben von der Baustelle abgezogen hatte. Hoffentlich war alles noch da, weitere Verzögerungen konnten sie sich nicht leisten.

Eddie tastete hinter der Tür nach dem Lichtschalter, der sich allerdings nicht, wie er glaubte, auf der rechten, sondern auf der linken Seite befand. Die Glühbirne, die von der Decke hing, flackerte etwas, aber ihr Licht reichte, dass Eddie sicher die Treppe hinuntergehen konnte. An deren Ende standen alle Maschinen so aufgereiht, wie sie sie hinterlassen hatten. »Kann losgehen«, murmelte Eddie vor sich hin und wollte die Zigarettenschachtel aus seiner Hosentasche fummeln. Sie fiel auf den Boden, zwei Zigaretten rollten heraus. Als Eddie sich bückte, um alles wieder einzusammeln, nahm er aus dem Augenwinkel etwas wahr, was hier nicht hingehörte, und erstarrte.

30

Sie hatten sich am Abend geliebt wie immer, und es war schön gewesen, aber trotzdem anders als sonst. Hinterher war Enno schnell eingeschlafen, der kriminalistische Small Talk, den Kaja so liebte, war diesmal ausgefallen. Normalerweise sprachen sie über die Fälle, mit denen sie sich gerade beschäftigten, und der eine neckte den anderen damit, heiße Details zu kennen, die er leider für sich behalten müsse. Diesmal hätten sie sogar viel Gesprächsstoff gehabt: die Wohnungsdurchsuchung bei diesem Dombrowski, die auskunftsfreudige Frau Volkmann und die Frage, wie viele fotogeile Männer – Kaja hatte sich das Adjektiv selbst ausgedacht – in der Sache noch drinsteckten. Doch Enno hatte nur gemurmelt, dass er »sehr müde« sei und »morgen früh raus« müsse, bevor er sich von Kaja weggedreht hatte und wirklich innerhalb weniger Minuten eingeschlafen war.

Was Kaja nachdenklich machte. Hatte sie ihre Erfolge in den vergangenen Tagen zusammen mit Lukas zu sehr abgefeiert? Nahm Enno es ihrem Kollegen und ihr übel, dass sie ihm zuvorgekommen waren? Eigentlich konnte er nicht wütend auf sie sein, schließlich hatten sie ihn, und damit die Polizei, über den Hinweis von Klara Volkmann informiert und darüber erst berichtet, als die Wohnungsdurchsuchung beendet war. Aber natürlich kratzte es an Ennos Polizistenehre, dass seine Freundin, die ja »nur« Journalistin war, den Entführungsfall Anna nahezu allein aufgeklärt hatte. Jetzt war es nur eine Frage der Zeit, bis die Polizei die anderen Täter und Hintermänner ausfindig machte, allen voran diesen Frank, der die Aktivistin in den Club auf den Tanzenden Türmen gelockt hatte und damit in die Falle.

Oder war Enno mit seinen Leuten schon ein paar Schritte weiter und hatte neue Informationen, die er vor Kaja geheim halten wollte? War er deshalb so schnell zur Sache gekommen und hinterher noch schneller eingeschlafen? Damit er sich nicht verplappern, damit sie nicht so lange auf ihn einreden konnte, bis er Details herausließ, die nicht in die Zeitung gehörten? Bei dem Gedanken wurde Kaja unruhig. Diese ganze Sache mit Fridays for Future war ihre Geschichte, Lukas und sie hatten alle wichtigen Informationen immer weit vor der Konkurrenz gehabt, und das sollte so bleiben. Wobei: Was konnte jetzt noch kommen? Von dem Netzwerk der fotogeilen Männer – Kaja hatte gestaunt, dass ihr Lukas den Begriff nicht aus dem gemeinsamen Text gestrichen hatte – hatten sie geschrieben und auch davon, dass im Internet und anderswo wahrscheinlich weitere Nacktfotos der betäubten Anna kursierten. Sie hatten berichtet, dass es sich bei der verkohlten Leiche, die man in der Scheune gefunden hatte, um einen Herrn D. handelte, einen vermeintlich unbescholtenen Bürger, der seine perverse Leidenschaft am Ende mit dem Leben bezahlt hatte. Und natürlich hatten sie erwähnt, dass die Polizei bereits Verbindungen zu anderen Tätern gefunden hätte und weitere Festnahmen sicher bald folgen würden.

Mehr geht eigentlich nicht, dachte Kaja und überlegte einen Augenblick, ob sie versuchen sollte, Enno wach zu rütteln, um ihn irgendwie doch in ein Gespräch zu verwickeln. Weil sie von der anderen Seite des Betts ein gleichmäßiges, zum Glück leises Schnarchen hörte, verwarf sie den Gedanken.

Als sie am nächsten Morgen aufwachte, war der Platz neben ihr leer. Enno hatte sein Kopfkissen und seine Bettdecke aufgeschüttelt, nichts deutete mehr darauf hin, dass er dort die vergangenen Stunden gelegen hatte. Kaja schnappte sich ihr Handy, um nach einer Nachricht zu suchen, die er ihr hinterlassen hatte. Sie fand sie auf WhatsApp: »Guten Morgen. Hatte ja gesagt, dass ich früh losmuss. Wollte dich nicht wecken, du hast so unschuldig ausgesehen.« Das klang für Kajas Ohren versöhnlich, also nicht danach, als wäre Enno wütend auf sie. Oder schrieb er so nett, weil er doch noch etwas vor ihr geheim hielt und deswegen ein schlechtes Gewissen hatte? Sie wechselte von WhatsApp in den Posteingang ihrer E-Mails, wo genau in dem Moment die Nachricht von einem größeren Polizeieinsatz in der Mönckebergstraße aufploppte: »Männl. Leiche in Kaufhaus gefunden« stand dort, dazu die Uhrzeit der Notfallmeldung und die genaue Adresse. »Der Alltag hat mich wieder«, murmelte Kaja vor sich hin.

Eine halbe Stunde später stand sie vor dem Kaufhaus, in dem sie früher öfter mit ihrer Mutter Blusen gekauft hatte, ein Gedanke, auf den sie heute niemals kommen würde. Die Modekette, die hinter dem Laden stand, war für sie inzwischen der Inbegriff von Spießigkeit, sie hätte sich nicht gewundert, wenn Frauen wie sie von den Mitarbeitern hier noch mit »junges Fräulein« angesprochen wurden. Der Haupteingang war geöffnet, vereinzelt gingen meist ältere Kunden rein und raus. Vor dem Nebengebäude, das umgebaut wurde, standen zwei Polizisten, die Kaja leider nicht kannte. Es war zu befürchten, dass sie sie nicht reinlassen würden, zumal an der Seite schon ein Fernsehteam vom NDR und ein Fotograf vom *Blick* standen, der großen Boulevardzeitung, für die »Männl. Leiche in Kaufhaus gefunden« immer eine Eilmeldung bedeutete. Kaja nickte den Kolleginnen und Kollegen zu, holte ihren Presseausweis heraus und hielt ihn den Polizisten hin: »Moin, ich bin Kaja Woitek von den *Hamburg News* und wollte fragen, ob ich einmal kurz mit Enno von Spoercken sprechen könnte.« Einen Versuch war es wert, dachte Kaja, auch wenn sie gar nicht wusste, ob Enno überhaupt am Tatort war. Die Wahrscheinlichkeit lag bei fünfzig Prozent – wenn es den Verdacht auf ein Kapitalverbrechen gab, war ihr Freund in der Regel nicht weit.

»Tut mir leid«, einer der Polizisten sah gelangweilt auf den Presseausweis, »aber Herr von Spoercken ist nicht hier.«

»Und wir haben die Anweisung, niemanden hereinzulassen«, sagte der andere, jüngere, der etwas übereifrig wirkte. Ein Kandidat, der dazu neigen könnte, sich zu verplappern, dachte Kaja und hakte nach: »Was wissen wir über das Opfer?«

Bevor der Übereifrige irgendetwas sagen konnte, antwortete sein Kollege: »Wir wissen das, was wir wissen müssen, und alles Weitere werden Sie und Ihre Kollegen von den anderen Medien«, er zeigte auf die Gruppe an Journalisten, die sich um Kaja herum gebildet hatte, »rechtzeitig und von geeigneter Stelle erfahren.« Es fehlte nur noch, dass er etwas wie »Gehen Sie zurück, es gibt hier nichts zu sehen« sagte, dachte Kaja. Sie hatte keine Lust, hier draußen zu warten, bis die Leiche aus dem Haus getragen wurde, das war die Aufgabe der Fotografen. Also tat sie, was sie immer in solchen Situationen tat: Sie sah sich in der Umgebung um, in der Hoffnung, dass ihr etwas auffallen würde, das den Kollegen der anderen Zeitungen entging.

Was am Rande des Kaufhauses gebaut wurde, war kaum zu erkennen. Die Fassade war mit weißen Planen eingerüstet, auf denen in großen Buchstaben Sätze wie »Wir erweitern für Sie« standen. Kaja versuchte durch die wenigen Lücken, die es gab, einen Blick ins Innere zu erhaschen, doch sie konnte nichts sehen. Auf der Straße stand ein VW-Bus der Firma »Sudermann Rohbau«, an den sich ein junger Mann lehnte, der telefonierte. Auf der Brusttasche seiner Arbeitsjacke war »E.M.« aufgenäht. Kaja ging wie zufällig an ihm vorbei und hörte, dass er Polnisch sprach; was er sagte, verstand sie nicht. Nach ein paar Metern kehrte sie um und ging diesmal direkt auf den Mann zu. Sie hatte beschlossen, ihr Glück zu versuchen. Als E.M., der offensichtlich ein Handwerker war, sein Telefonat beendet hatte, sprach sie ihn auf Polnisch an. Kajas Großmutter kam aus Polen, sie hatte immer wieder versucht, ihrer Enkelin wenigstens die Grundlagen der Sprache beizubringen. Nun könnte sich das auszahlen.

»Dzień dobry«, sagte sie.

»Dzień dobry.« Der Mann blickte erstaunt hoch.

»Ich heiße Kaja Woitek und arbeite für die *Hamburg News.*« Kaja wechselte automatisch ins Deutsche, und ihrem Gesprächspartner schien das nichts auszumachen.

»Ich heiße Eddie Malek und arbeite für Sudermann.« Er zeigte auf den Schriftzug auf dem Bus, und Kaja fragte sich, ob sie gleich zum Punkt kommen sollte.

»Was ist denn hier los?«, fragte sie.

»Wie meinen Sie das?«, fragte Eddie zurück.

»Ich meine die ganzen Polizisten hier, die Kamerateams, das alles halt.«

»Ich schätze, die sind aus demselben Grund hier wie Sie. Sie sind doch so was wie Reporterin, oder?« Eddie grinste. »Ich habe die *Hamburg News* eine Zeit lang nebenbei ausgetragen. Schnell verdientes Geld.«

»Wenn man sportlich ist.« Kaja grinste zurück, und beschloss, zum Du überzugehen, so bekam sie in der Regel mehr aus den Menschen heraus. »Und jetzt arbeitest du hier auf der Baustelle im Kaufhaus?«

Eddie zog eine Schachtel Zigaretten aus seiner Hosentasche und hielt sie Kaja hin. Sie nahm eine, obwohl sie sich das Rauchen lange abgewöhnt hatte. Aber es war nicht der Zeitpunkt, darauf stolz zu sein.

»Danke.«

Eddie hielt ihr das Feuerzeug hin, sie nahm einen tiefen Zug und verschluckte sich fast.

»Ich rauche zu viel.« Eddie zündete sich auch eine Zigarette an. »Sagt meine Mutter. Dabei raucht die, seit ich denken kann.«

»Zum Runterkommen gibt es nichts Besseres«, sagte Kaja, obwohl ihr schon nach dem dritten Zug schlecht wurde.

»Dann habe ich guten Grund, den Rest des Tages durchzurauchen.« Eddie hatte einen leichten polnischen Akzent, ansonsten war sein Deutsch fehlerfrei. Kaja lehnte sich neben ihn ans Auto, um scheinbar beiläufig ihre Frage zu stellen: »Du meinst, du bist der Grund für diesen ganzen …«, sie musste kurz nach dem passenden Wort suchen, »Auflauf?«

»Auflauf?«, fragte Eddie zurück.

»Polizei, Fernsehen …«

»*Hamburg News*.«

»Genau.« Kaja sah sicherheitshalber zum Eingang hinüber, wo die Fernsehteams damit begonnen hatten, in Ermangelung besserer Bilder sich selbst zu filmen. Zum Glück hatte niemand außer ihr den einsamen Handwerker entdeckt.

»Ja, wenn du so willst, sind die da meinetwegen hier.« Eddie nahm einen tiefen Zug aus der Zigarette, um dann langsam kleine Kreise aus dem Mund zu pusten. »Wobei ich ihn ja nur gefunden habe.«

»Ihn?« Kaja schmiss den Rest ihrer Zigarette auf den Boden und trat ihn mit der Fußspitze aus. »Also, du meinst den Toten?«

»Du weißt ja doch Bescheid.« Eddie sah sie an, als ob seine Ausführungen unnötig gewesen wären.

»Ich weiß nur, dass man auf der Baustelle eine männliche Leiche gefunden hat«, sagte sie.

»Man ist in diesem Fall ich, und der Tote lag im Heizungskeller. Ich habe ihn erst für einen Obdachlosen gehalten, aber dann …«, Eddie stockte. »Na ja, als ich gemerkt habe, dass er, du weißt schon, dass er nicht mehr lebt, habe ich die Polizei gerufen. Die wollen mich nachher mit aufs Präsidium nehmen, der Chef wird durchdrehen.«

»Wieso?«

»Wir sind nach drei oder vier Monaten das erste Mal hier auf der Baustelle, wollten endlich wieder loslegen. Und dann das. Oder der.« Eddie schien über etwas nachzudenken. Er schnippte seine Zigarette weg, um sein Handy aus der anderen Hosentasche zu holen. Er zögerte einen Moment, dann zeigte er auf das Telefon.

»Willst du mal sehen?«

Kaja brauchte einen Moment, um das Angebot zu verstehen.

»Du meinst, du hast …« Jetzt hätte sie doch wieder eine Zigarette gebraucht.

»Es war ein Reflex, weißt du?« Eddie zündete sich eine neue Zigarette an, diesmal, ohne Kaja eine anzubieten. »Irgendwie hat man sich daran gewöhnt, immer erst mal Fotos zu machen, wenn einem was Besonderes passiert, und na ja …« Er holte Luft. »Also, willst du sehen?«

Kaja fühlte sich an eine Szene aus *Tom Sawyer und Huckleberry Finn* erinnert, ihrem Lieblingsbuch aus Jugendzeiten, auch wenn sie nicht genau wusste, warum. Dieser Eddie konnte nicht wissen, dass es ihr gar nichts ausmachte, Bilder wie das zu sehen, was er ihr gleich zeigen würde.

»Wenn du meinst.« Sie zuckte mit den Schultern.

»Ich habe sie mir selbst noch gar nicht angeguckt, das, was ich da unten gesehen habe, hat mir erst mal gereicht.« Eddie schien seine Fotos aufzurufen, er scrollte ein wenig nach unten, dann streckte er Kaja das Handy entgegen. Sie nahm es, führte den Bildschirm näher an ihr Gesicht und klickte von einem Foto zum nächsten. Der Mann auf dem Bild sah aus, als würde er schlafen. Sie zog mit Daumen und Zeigefinger der rechten Hand das Foto auf, um das Gesicht besser erkennen zu können. Die Belichtung im Heizungskeller war nicht optimal gewesen, aber das, was Kaja nach der Vergrößerung sehen konnte, genügte ihr. Die Ähnlichkeit mit dem Foto, mit dem die Polizei nach Mario Greve suchte, war erdrückend. Sie gab das Handy zurück, um ihr eigenes aus der Tasche zu holen, und wollte gerade eine WhatsApp an Lukas schreiben, als eine Nachricht von ihm aufploppte: »Pressekonferenz mit Enno im Rathaus, in einer Stunde. Treffen wir uns dort?«

Mist, dachte Kaja. Ihr Polizeifreund war ihr diesmal zuvorgekommen.

31

Enno hatte es schon als Kind gemocht, im Mittelpunkt zu stehen. Erst auf Familienfeiern, bei denen er kleine Sketche aufführte, dann in der Theater-Arbeitsgemeinschaft in der Schule, in der er darauf erpicht war, möglichst große Rollen zu bekommen. Als Leiter der Kriminalpolizei genoss er nun die Pressekonferenzen, die während oder nach den ganz großen Fällen einberufen wurden und bei denen sich die Kameras der Fernsehsender und Fotografen ganz auf ihn konzentrierten, zumindest so lange, wie weder der Polizeipräsident noch der Innensenator dabei waren. Heute war so ein Tag: Enno war alleiniger Einlader zu der Pressekonferenz zum Thema »Angriffe auf Fridays for Future«, und er konnte sich nicht erinnern, sich jemals so auf die Fragen der Journalisten gefreut zu haben. Denn er glaubte, sie alle beantworten zu können.

Seine Leute hatten dank dem Laptop, den sie in der Wohnung von Dombrowski gefunden hatten, drei weitere Männer ausfindig gemacht, die wie der Tote Anna in der Scheune fotografiert hatten. Die Polizei hatte sie ausführlich befragt, sowohl zu Mittätern als auch zu dem Mann, den man als Haupttäter und Anstifter vermutete und zu dem mindestens einer der Festgenommenen einen engeren Kontakt gehabt hatte. Als hätten diese Informationen nicht für die Pressekonferenz gereicht, auf der Enno verkünden wurde, dass der Fall aus seiner Sicht so gut wie abgeschlossen sei, hatte sich Ritter, seine rechte Hand, am Morgen von einem neuen

Tatort gemeldet. Im Heizungskeller eines Kaufhauses an der Mönckebergstraße hatte ein Handwerker die Leiche eines Mannes gefunden, was in einer Millionenstadt wie Hamburg durchaus vorkommen konnte. Doch der Tote entpuppte sich nicht als irgendein Obdachloser, der dort unten auf eine natürliche Weise ums Leben gekommen war. Schnell hatten Ritter und seine Kollegen herausbekommen, dass es sich um Mario Greve handelte, den Kerl, den sie nach dem Angriff auf Mara Altmeier vergeblich gesucht hatten. »Jetzt haben wir ihn«, hatte Enno leise in sein Handy gesagt, als Ritter ihn darüber informierte. Wie er in den Heizungskeller gelangt und was die Todesursache war, stand zwar noch nicht fest. Trotzdem hatte Enno sich entschlossen, die frische Nachricht sofort mit den Medien zu teilen, und sei es nur, wie er es gern bei Besprechungen mit seinen Mitarbeitern zu sagen pflegte, »um endlich mal wieder vor die Welle zu kommen«. Das war ihm diesmal gelungen, und das tat gut, nachdem er zuletzt so oft auf die Informationen von Kaja und Lukas angewiesen gewesen war.

Obwohl die Kripo kurzfristig eingeladen hatte, war der Raum 151 im Hamburger Rathaus gut gefüllt. Enno zählte vier Kamerateams und bestimmt zwanzig Journalisten, die auf ihn warteten. Er sah Kaja in der zweiten Reihe und hätte ihr in einem Anflug von Übermut fast zugewinkt. Zum Glück beherrschte er sich im letzten Moment und schritt mit erhobenem Kopf an das Rednerpult, das vorne links im Raum aufgestellt war.

»Sehr geehrte Vertreter…«, Enno besann sich rechtzeitig, »…innen und Vertreter der Medien, ich freue mich, dass Sie der spontanen Einladung zu dieser Pressekonferenz so zahlreich gefolgt sind.« Er legte eine kurze Pause ein, damit die

Fotografen vernünftige Bilder von ihm machen konnten, mit geschlossenem Mund und Augen, die klar in die Objektive sahen.

»Ich würde Sie heute gern über den neuesten Ermittlungsstand in den Fällen informieren, in denen es um die Angriffe auf Aktivistinnen der Organisation Fridays for Future geht.« Das klang alles ein wenig hölzern und technisch, dachte Enno, aber so sprach der Leiter der Kriminalpolizei nun mal. »Wir haben in sehr kurzer Zeit große Fortschritte gemacht, wofür ich meinem Team, das in den vergangenen Tagen fast rund um die Uhr gearbeitet hat, aus tiefstem Herzen danken möchte.« Er würde sich nie daran gewöhnen, dass Journalisten nach solchen Sätzen nicht wenigstens kurz applaudierten, aber so waren sie nun mal. Dafür schrieben die meisten eifrig alles mit, was er ihnen sagte, nur Kaja schaute ihn direkt an, er konnte es aus den Augenwinkeln sehen.

»Ich bin froh, Ihnen mitteilen zu können, dass wir drei weitere Täter ausfindig machen konnten, die im Verdacht stehen, sich des sexuellen Missbrauchs an der Aktivistin A.«, er kürzte den Namen vorschriftsmäßig ab, obwohl er nachher auf allen Zeitungsseiten von Anna lesen würde, »schuldig gemacht zu haben.«

»Das heißt?«, rief eine junge Journalistin aus der ersten Reihe dazwischen, die Enno noch nie bei einer Pressekonferenz gesehen hatte. Wahrscheinlich eine Praktikantin.

»Das heißt«, sagte er, obwohl es ihm nicht gefiel, unterbrochen zu werden, »dass wir auch bei diesen Männern Fotos der nackten A. gefunden haben, die diese gegen den Willen der Frau in der Scheune in Hamburg-Wellingsbüttel gemacht haben, die, wie Sie hoffentlich alle wissen«, er blickte streng zu der Praktikantin, »abgebrannt ist. Die Verhöre mit den drei Verdächtigen waren ergiebig, und wir sind sicher, dass wir nicht nur bald weiteren Mittätern, sondern auch dem Urheber des Verbrechens auf die Spur kommen werden.« Ob er sich da wirklich so sicher sein konnte, war eine andere Frage. Aber Enno wollte, dass die Medien seine Worte genauso verbreiteten, wie er sie gesagt hatte, weil dadurch die Wahrscheinlichkeit stieg, dass dieser »Frank« oder wie immer er heißen mochte, nervös wurde. Vielleicht würde er sich auch von sich aus stellen, wenn der Fahndungsdruck zu groß würde. Alles schon mal dagewesen.

Als Enno weitere Arme hochgehen sah, machte er ein Zeichen, dass sich die Journalisten gedulden mögen. »Ich werde nachher alle Ihre Fragen so ausführlich beantworten, wie es mir möglich ist. Aber zuvor möchte ich Sie noch mit einer Information versorgen, die wenige Stunden alt ist. Wir haben den Mann gefunden, der hauptverantwortlich für den Angriff auf Mara Altmeier ist. Er ist tot.« Enno blickte in staunende Gesichter, er spürte die Blitzlichter der Fotografen in seinen Augen, die genau diesen Moment festhalten wollen. Nur Kaja schien nicht sonderlich überrascht, aber das konnte auch gespielt sein. 1:1, dachte Enno und meinte damit das interne Duell mit seiner Freundin. Er räusperte sich und erzählte dann in knappen Sätzen, was in den Morgenstunden passiert war. Weitere Arme schnellten für Fragen in die Höhe.

Enno holte tief Luft: »Ich habe mich entschlossen, Sie außergewöhnlich zeitnah über diesen Fall zu unterrichten, möchte als Gegenleistung aber um Verständnis bitten, dass ich viele der Fragen, die Sie dazu haben werden, zum jetzigen Zeitpunkt nicht werde beantworten können.« Enno sah, wie die ersten Journalisten die Arme wieder runternahmen, was allerdings auch daran liegen konnte, dass er keine Anstalten machte, seine Ausführungen zu unterbrechen. »Ich kann Ihnen noch nichts über die genaue Todesursache berichten, die

Leiche des Mannes ist gerade erst auf dem Weg in die Rechtsmedizin. Wir wissen auch nicht, wie sie dorthin gekommen ist, wo sie heute Morgen ein Handwerker gefunden hat, nämlich in einem Teil eines Kaufhauses in der Mönckebergstraße, der umgebaut werden soll. Der Handwerker dürfte in diesen Minuten«, Enno sah wirkungsvoll auf die Uhr, »im Polizeipräsidium vernommen werden. Und wir haben bisher auch keine weitere Spur zu dem anderen Mann, der an dem Überfall auf Mara Altmeier beteiligt gewesen ist, der aber, nach allem, was wir wissen, nur eine Nebenrolle gespielt hat. Der Haupttäter ist definitiv derjenige«, Enno hatte Schwierigkeiten, sich ein unangebrachtes Grinsen zu verkneifen, »der nun in der Rechtsmedizin liegt. Ich werde Sie selbstverständlich zu gegebener Zeit über weitere Fortschritte unserer Ermittlungen informieren. Alles in allem gehe ich davon aus, dass wir beide Fälle, also sowohl die Vorkommnisse um die Aktivistin A. als auch den Angriff auf Mara Altmeier, in den nächsten Tagen vollumfänglich aufklären werden.« Das reichte eigentlich, fand Enno und blickte zufrieden in die Runde, in der wieder einige Arme nach oben schnellten.

»Ich beantworte Ihre Fragen wie gesagt gern«, Enno machte eine künstliche Pause, »wäre aber froh, wenn Sie sie möglichst knapp stellen könnten, weil ich, was Sie sicherlich verstehen, so schnell wie möglich zurück ins Präsidium möchte. Bitte.« Er zeigte auf einen älteren Herrn in der zweiten Reihe: »Seien Sie bitte jeweils so nett und sagen Sie, von welchem Medium Sie kommen.«

»Manuel Breuer vom *Politik Insider*«, sagte der Journalist, »ich mache es wie gewünscht kurz: Gibt es aus Ihrer Sicht einen Zusammenhang zwischen den Verbrechen?«

»Ich wüsste nicht, welchen«, sagte Enno. »Nächste Frage bitte, erste Reihe, die Dame rechts außen.«

»Sandra Hellberg, NDR. Werden Sie den Personenschutz für Mara Altmeier aufrechterhalten?«

»Der hat nur zu einem geringeren Teil mit dem Überfall zu tun und zu einem deutlich größeren mit den Drohungen gegen Frau Altmeier, die der Bürgermeister, der Innensenator und ich sehr ernst nehmen.« Enno hatte kurz überlegt, ob er sich in einer Reihe mit den beiden anderen nennen könne, hatte es dann aber einfach getan.

»Kurze Nachfrage«, sagte die Frau vom NDR. »Wir haben gehört, dass Mara Altmeier ganz konkret mit einer Art Stalker zu kämpfen hat, können Sie uns dazu etwas sagen?«

»Soweit ich weiß, ist dieses Problem gelöst«, antwortete Enno, obwohl er sich da nicht hundertprozentig sicher war. »Bitte, der Herr vorn links.«

»Ich glaube, ich muss mich nicht vorstellen.« Peter Berndt vom *Blick* war eine Institution in der Hamburger Medienlandschaft, ein Journalist, der bei den Kollegen genauso gefürchtet war wie bei denen, über die er berichtete.

»Herr Berndt, ich weiß natürlich, wer Sie sind«, sagte Enno, und weil sich das aus seiner Sicht etwas zu devot anhörte, ergänzte er rasch: »Ihre Frage, bitte.«

»Glauben Sie wirklich, dass wir reinfallen auf das, was Sie hier heute aufführen? So nach dem Motto: Seid mal dankbar, dass ich euch über die Leiche informiert habe, die seit Tagen in einem Heizungskeller in einem Kaufhaus an der Mönckebergstraße liegt, und kommt bloß nicht auf die Idee, mir dazu Fragen zu stellen. Mit Verlaub, werter Herr Kripochef: So geht man mit Journalisten nicht um. Verarschen können wir uns allein …«

»… und da ich sehe, werter Herr Berndt«, unterbrach ihn Enno, »dass Sie wieder einmal keine Frage haben, würde ich die Pressekonferenz an dieser Stelle gern beenden. Ich werde im Polizeipräsidium gebraucht.« Er stellte das Mikrophon auf seinem Rednerpult aus, und als das rote Licht daran erloschen war, schritt er in Richtung Ausgang, vor dem sein Fahrer auf ihn wartete. Im Gehen schrieb er eine WhatsApp an Kaja: »Kurz treffen, Parkplatz hinter dem Rathaus, in zwei Minuten?«

Drei Minuten später stiegen Kaja links und Lukas rechts in den Dienstwagen von Enno ein und schlugen die Türen zu.

»Soll ich euch ein Stück mitnehmen?«, fragte der Kripochef.

Kaja schüttelte den Kopf: »Weißt du eigentlich, dass ich das mit diesem Mario Greve schon selbst herausbekommen hatte?«

»Du meinst, du wusstest, dass die Leiche im Heizungskeller der Typ war, der Mara Altmeier angegriffen hat?«

Kaja nickte.

Jetzt schüttelte Enno den Kopf. »Nein, das habe ich nicht gewusst. Respekt.«

»Der mir nichts nützt. Denn dank deiner Pressekonferenz wissen das nun auch alle anderen Kollegen, einschließlich des unsäglichen Peter Berndt.«

»Ein widerlicher Kerl.« Enno verzog das Gesicht. »Wieso sagt ihm nicht einmal einer von euch, dass man sich so in einer Pressekonferenz im Rathaus nicht aufführt? Am Ende schadet er eurem ganzen Berufsstand.«

»Vergebliche Liebesmüh.« Lukas hatte das Gefühl, auch mal etwas sagen zu müssen. »Berndt ist unbelehrbar, hochgradig genervt von allem und jedem und hält dich und uns für Trottel.«

»Was für eine Hybris«, sagte Enno, »und die ist auch noch durch das Grundgesetz besonders geschützt.«

»Du wolltest uns aber nicht hier treffen, um über die Pressefreiheit zu diskutieren, oder?« Kaja fiel es schwer, nicht so sauer zu klingen, wie sie es war, weil Enno ihr den Coup mit der Leiche im Kaufhaus kaputt gemacht hatte.

»Nein.« Der Polizist sah seine Freundin von der Seite an, und stellte fest, dass er sie besonders attraktiv fand, wenn sie wütend war. »Ich hätte da noch eine Kleinigkeit, die ich euch beiden für die *Hamburg News* exklusiv überlassen wollte.«

Er zog zwei vergrößerte Fotos aus der Sitztasche vor sich, gab eines Lukas und eines Kaja. Zu sehen war das Gesicht eines Mannes mit geschlossenen Augen.

»Wer ist das?«, fragte Lukas – und Kaja, fast gleichzeitig: »Was soll das?«

»Das ist ein Mann, der bei einem Sturz vor die S-Bahn im Hauptbahnhof ums Leben gekommen ist. Wir wissen nicht, wer das ist, und ich hatte gehofft, dass ihr beide«, er schaute erst zu Kaja, dann zu Lukas, »uns helfen könnt, seinen Namen herauszukriegen. Ihr dürft das Bild veröffentlichen. Natürlich exklusiv.«

Weil es offenbar keinen Zusammenhang mit dem Fridays-for-Future-Fall gab, wusste Kaja nicht, ob sie lachen oder schreien sollte.

32

Mara war heimlich für zwei Tage nach Stockholm gefahren, und Clemens hatte mehrfach angeboten, sie zu begleiten. Doch Mara hatte abgelehnt, angeblich, weil sie nicht zu viel Aufhebens um die Reise machen und ohnehin inkognito unterwegs sein wollte, »mit Cap und Sonnenbrille und so, da erkennt mich sowieso keiner«. Lediglich der Sicherheitsmann sollte mitfahren und Anna, aber Clemens hatte herausgefunden, dass dieser Linus wohl direkt aus Berlin ebenfalls nach Stockholm kommen würde, um Mara dort zur Seite zu stehen. Ein Treffen mit Greta war geplant, der weltweiten Ikone der Fridays-for-Future-Bewegung, und es sollte um ein ganz großes Ding gehen, so viel wusste Clemens. Ansonsten kam er sich ziemlich alleingelassen vor und wurde das Gefühl nicht los, dass er dringend handeln musste, wenn er Mara nicht verlieren wollte.

Er hatte sie mit ein paar anderen zum Hauptbahnhof begleitet und war sich, als er dem Richtung Stockholm herausrollenden Zug nachgewinkt hatte, wie ein unglücklich verliebter Teenager vorgekommen. Was er irgendwie auch war, nur mit fünfundzwanzig Jahren Verspätung.

Clemens hatte sich direkt vom Bahnhof mit einem der Großraumtaxis von Moia, die vollelektrisch durch Hamburg fuhren und die man sich mit anderen teilte, die einen ähnlichen Weg hatten, nach Eppendorf bringen lassen. Er musste dringend mit einer Frau über all das sprechen, was ihn beschäftigte, und die Einzige, die dafür infrage kam, war Lilli. Clemens hatte kurz überlegt, ob er sie vorwarnen sollte, war dann aber einfach auf gut Glück losgefahren. Die Wahrscheinlichkeit, dass eine junge Mutter mit ihrem kleinen Sohn zu Hause war, war groß. Wenn es richtig gut lief, würde Jonathan gerade schlafen, und wenn nicht, würde er etwas mit ihm spielen, während er mit Lilli die Strategie für die nächsten Tage festlegte.

Die Fahrt kostete ihn 10,25 Euro. Clemens zahlte 15 Euro, weil er immer möglichst viel Trinkgeld gab, auch das eine Art, die Schwächen und Ungerechtigkeiten des Kapitalismus auszugleichen. Als er vor der Haustür der Hammersteins stand, fiel ihm ein, dass es keine gute Idee war zu klingeln. Es war kurz vor vierzehn Uhr, eine Zeit, in der kleine Kinder gern mal ein Mittagsschläfchen hielten, und Clemens wollte nicht dafür verantwortlich sein, das zu beenden. Also klopfte er zaghaft. Als er drinnen nichts hörte, ging er einmal um das Haus herum, auf die Terrasse und schaute durchs Wohnzimmerfenster. Was man, dachte er, eigentlich auch bei sehr guten Freunden nicht machen durfte, weil man dadurch in unglückliche Situationen geraten konnte. Niklas hatte mal erzählt, wie er in einem der Ferienhäuser seines Vaters dessen besten Freund dabei erwischt hatte, wie er sich im Erdgeschoss mit der Haushälterin vergnügte, während seine Frau im ersten Stock den Kindern etwas vorlas. So etwas traute Clemens Lilli nicht zu, aber erstens wusste man nie, und zweitens wollte er nicht übergriffig wirken. So schnell er auf die Terrasse getreten war, so schnell war er wieder von dort verschwunden. Zurück vor der Haustür schrieb er Lilli eine WhatsApp, dass er sie überraschen, aber nicht klingeln wolle und ob sie einfach mal aufmachen könne.

Fünf Minuten später saßen die beiden in der Küche, dort, wo man bei den Hammersteins eigentlich immer saß, wenn man zu Besuch war. Clemens konnte sich nicht erinnern, jemals länger im Wohnzimmer gewesen zu sein. Das Sofa sah aus, als sei es erst gestern angeliefert worden, es wirkte gemütlich, aber getestet hatte er es noch nicht. Stattdessen hatte er viele Stunden auf den harten Holzstühlen an einem massiven, zwei Meter langen und mehr als einen Meter breiten Tisch verbracht, den Lilli sich von einem holländischen Schreiner hatte anfertigen lassen, der das Ding selbst ausgeliefert und aufgebaut hatte. Es gab Tee und Kaffee und Wasser aus einer Karaffe in Form eines Fisches, die immer seltsam gluckerte, wenn man sich etwas eingoss. Als Clemens noch als Makler gearbeitet hatte, hatte er so ein Teil in jedem zweiten Haus in Hamburgs betuchteren Stadtteilen wie Eppendorf, Winterhude, Blankenese oder Harvestehude gesehen. Es war, als gehörte es zur Inneneinrichtung dazu, als dürfte man in diesen Gegenden nicht wohnen, wenn man nicht wenigstens einen der Fische in der Küche hatte.

»Das ist eine schöne Überraschung, Clemens. Ich freue mich total, dich zu sehen.« Lilli schenkte sich mit einem großen Gluckser ein Glas Wasser ein, bevor sie ihm mit der rechten Hand über seine Schulter strich. »Wir haben uns viel zu lange nicht mehr getroffen. Lukas hat mir erzählt, dass du voll bei Fridays for Future drinsteckst, und ich kann dir gar nicht sagen, wie toll ich das finde. Ich würde auch gern noch viel mehr machen, aber …«, sie zeigte nach oben, wo Jonathan tatsächlich schlafend in seinem Bettchen lag. »Bei der nächsten Demo sind wir aber auf jeden Fall wieder dabei.« Sie trank einen Schluck. »Es ist schon irre, was die jungen Leute in so kurzer Zeit erreicht haben, vor allem Mara. Sie ist«, Lilli machte eine Pause, als müsste sie sich die passenden Worte zurechtlegen, »der erste Ökosuperstar in Deutschland, oder?«

»Mit allen Vor- und Nachteilen.« Clemens trank Kaffee, er brauchte viel davon, weil er aus Angst, irgendetwas mit Mara und Fridays for Future zu verpassen, kaum noch schlief.

»Du meinst den Überfall?«, fragte Lilli.

»Und die Sache mit Anna, die abgebrannte Scheune, das Netzwerk dieser perversen alten Männer, die Toten …«, antwortete Clemens.

»Weißt du«, Lilli pustete sich eine Haarsträhne aus dem Gesicht, »ich lese das alles nicht mehr so genau. Ich weiß, dass Lukas mit seiner Kaja tief in der Geschichte steckt, aber ich bin froh, wenn ich davon möglichst wenig mitbekomme. Seit Jonathan auf der Welt ist, versuche ich, schlechte Nachrichten möglichst weit von mir, von uns fernzuhalten. Ich will optimistisch und fröhlich in die Zukunft blicken, und ich will alles dafür tun, dass diese Zukunft lebenswert bleibt. So wie deine Mara.«

»So wie meine Mara.« Clemens seufzte.

Lilli sah ihn direkt aus ihren braunen Augen an: »Alles in Ordnung?« Offensichtlich hatte Lukas ihr nicht von ihrem Gespräch bei den *Vier Flaschen* erzählt, und wenn doch, verstellte sie sich geschickt.

»Hat Lukas dir nicht …?«

»Wie gesagt: Wir reden nicht viel über seine Arbeit, ich habe mit der Schlechtigkeit der Welt da draußen echt meine Schwierigkeiten und möchte im Moment so wenig wie möglich davon hören. Nenn es die Marotten einer Erstgebärenden, nenn es Hormonschwankungen, mir egal: Ich will die Welt gerade gern so rosarot wie möglich.«

Clemens lächelte: »Ich auch.«

»Aber?«, fragte Lilli.

»Aber was?«

»Du machst doch gerade etwas, durch das diese Welt zu einem besseren Ort werden könnte, und darfst stolz auf dich sein. Ich kann mir vorstellen, dass du im Moment glücklicher bist, als du es als Makler jemals warst, trotz der ganzen Kohle, die du damit verdient hast.«

»Einerseits ja, andererseits«, Clemens schenkte sich Kaffee nach und staunte, wie viel er davon inzwischen trinken konnte, ohne dass seine Müdigkeit ein für alle Mal verschwand, »andererseits bin ich ziemlich unglücklich.«

»Mara?« Lukas hatte es ihr doch erzählt.

»Ja, Mara«, sagte Clemens und hoffte, dass Lilli nicht etwas sagen würde wie, dass sie seine Tochter sein könnte.

»Du meinst es ernst?«

»Wenn ernst heißt, dass ich ihr eine Wohnung in der HafenCity gekauft habe, die ich ihr schenken will, damit sie nicht auf die Idee kommt, aus Hamburg wegzugehen, dann meine ich es ernst.«

»Du hast was?«

Clemens holte sein Handy heraus und zeigte Lilli Bilder von der Wohnung und dem Blick vom Balkon auf die Elbe.

»Die muss ein Vermögen gekostet haben«, sagte sie.

»Du weißt ja, was mir Geld bedeutet«, sagte Clemens.

»Und ich ahne jetzt, was dir Mara bedeutet. Du bist verliebt, Clemens.«

»Ich weiß, und ich weiß auch, dass sie meine Tochter sein könnte.«

»Lukas ist auch deutlich älter als ich.«

»Aber nicht fast doppelt so alt«, sagte Clemens.

»Du übertreibst, und du weißt, dass das egal ist. Denk mal an diesen ehemaligen *Tagesthemen*-Moderator, wie heißt er noch?«

»Ulrich Wickert«, antwortete Clemens, weil er ahnte, worauf Lilli hinauswollte.

»Wenn ich mich richtig erinnere, hat der eine Frau geheiratet, die schlappe dreißig Jahre jünger ist als er, und mit ihr zwei Kinder bekommen.«

»Das will ich ja gar nicht unbedingt.«

»Du willst Mara nicht heiraten?«, fragte Lilli.

»Ich will keine Kinder«, antwortete Clemens. »Also, ich hätte nichts dagegen, wenn sie welche wollte, aber das spielt doch gerade keine Rolle.«

»Weiß sie davon?« Lilli stand auf, um den Fisch aufzufüllen. Sie trank Leitungswasser, wie das fast alle in Hamburg taten, weil auch das Leitungswasser in der Stadt den Ruf hatte, zu dem besten zu gehören, was man in Deutschland bekommen konnte.

»Weiß wer wovon?«

»Weiß Mara von den Gefühlen, die du für sie hegst?« Lilli musste lachen, wahrscheinlich, weil sie ein Wort wie »hegen« seit Jahren nicht verwendet hatte.

»Na ja«, druckste Clemens.

»Na ja, was? Hast du es ihr schon mal direkt gesagt?«

»Die Gelegenheit hat sich bisher noch nicht so richtig ergeben, darüber wollte ich unter anderem mit dir sprechen. Und über Linus.«

In den nächsten zwei Stunden erzählte Clemens Lilli die ganze Geschichte, und er sprach auch davon, dass er sich Sorgen um Mara machte, um ihre körperliche, vor allem aber um ihre seelische Unversehrtheit, und dass er den großen Drang verspürte, für sie da zu sein.

»Du liebst sie, Clemens, sag es einfach.«

Er schluckte und merkte, dass er rot anlief. »Ja, verdammt, ich liebe sie. Aber ist das so schlimm?«

»Nicht, wenn sie das auch irgendwann einmal erfährt. Ach, Clemens«, Lilli bedeutete ihm, von seinem Stuhl aufzustehen, und tat es selbst auch. »Ich muss dich einmal drücken. Du bist ein hoffnungsloser Romantiker.«

»Wieso hoffnungslos?«, fragte er, dann nahm Lilli ihn in den Arm: »Das sagt man so, mein Romeo.« Die Umarmung dauerte eine Minute, dann hörte Clemens von oben Kindergeschrei, und Lilli löste sich wieder: »Ich hole mal Jonathan runter, und dann überlegen wir zu dritt, wie das mit dir und Mara klappen könnte. Aber wenn ihr wirklich heiraten solltet, will ich Trauzeugin sein, versprochen?«

Am Ende saßen sie zu fünft in der Küche, weil Lukas mit Finchen aus der Redaktion zurück nach Hause gekommen war, als Clemens gerade mit Lilli darüber sprach, ob er Mara die Wohnung in der HafenCity nur zeigen oder die gemeinsame Besichtigung gleich für einen Heiratsantrag nutzen sollte – wovon Lilli dringend abriet. »Eins nach dem anderen«, sagte sie, dann ging die Tür auf, und Finchen stürmte so laut bellend herein, dass jegliches weitere Gespräch unmöglich war. Lukas hatte Sushi mitgebracht, das die drei gerecht unter sich aufteilten, bevor sie ein paar Brote aßen, gemeinsam eine Flasche Wein tranken und dann noch eine. Lukas hatte nur kurz nachgefragt, worüber die beiden gesprochen hatten. Er konnte sich denken, dass es um Mara gegangen war. Lukas hätte gern von der Pressekonferenz und dem Fund im Kaufhaus erzählt, die auch beide mit Mara und Fridays for Future zu tun hatten, aber er verkniff es sich. Lilli hatte seine Geschichten nie besonders gern gehört, doch seit sie Eltern waren, lehnte sie sie geradezu ab.

Jonathan saß den ganzen Abend abwechselnd auf dem Schoß von Lukas und Clemens und versuchte, einen Schluck

Wein abzustauben. Alles, was vom Tisch fiel, saugte Finchen auf. Als es nichts Essbares mehr gab, bekam sie einen Rappel, der darin gipfelte, dass sie in einem unbeobachteten Moment die Einkaufstüte im Flur umkippte, in der Lukas jede Menge Gemüse, das Brot und ein paar Süßigkeiten transportiert hatte. Wenn Clemens nicht das Knacken von Karotten gehört hätte, die Finchen zwischen ihren Kiefern zermalmte, hätte der Hund wahrscheinlich Lebensmittel für zwanzig Euro verspeist. Clemens stand auf, erwischte Finchen im Flur in flagranti, sammelte die Lebensmittel ein, steckte sie in die Einkaufstüte zurück und stellte die so auf einen Stuhl, dass sie vor dem Dackel sicher war.

Als er zurück in die Küche kam, hielt er etwas in der Hand. Es war das Bild, das Lukas und Kaja von Enno von Spoercken bekommen hatten, mit dem unbekannten Mann, der vor die S-Bahn gefallen war.

»Was ist das denn?«, fragte Clemens.

»Das ist nichts, vergiss es«, sagte Lukas.

»Trotzdem musst du mir erklären«, Clemens holte tief Luft, »warum du ein Foto von Maras schlimmstem Stalker mit dir herumschleppst.«

33

Für die Rückfahrt von Stockholm nach Hamburg hatte Mara den Nachtzug gebucht. Anna und der Mann vom Landeskriminalamt waren schon am Mittag mit einem normalen Zug vorgefahren, Mara selbst war länger in Schweden geblieben, um unter vier Augen mit Greta zu sprechen. Jetzt lag sie in ihrer Zweierkabine, deren Tür sie sicherheitshalber abgeschlossen hatte, und genoss es, fast lautlos in Richtung Heimat zu gleiten. Es war kurz nach Mitternacht, und das einzige Geräusch, das sie wahrnahm, war der gleichmäßige Atem von Linus. Er war direkt von Berlin nach Stockholm gereist, nachdem er von Maras Plänen gehört hatte, und hatte eigentlich auch vorgehabt, von dort wieder direkt in die Hauptstadt zurückzufahren. Bis Mara ihm von dem freien Bett in ihrer Kabine erzählt hatte und dass er es ruhig haben könne, sie jedenfalls würde sich freuen. Linus hatte gezögert, er gehörte zu der Sorte Mensch, die sich ungern aufdrängte, aber am Ende war er mitgekommen.

Nach der Abfahrt in Stockholm hatten sie lange über die Demonstration geredet, die sie zusammen mit Greta und ihrem Team vorbereitet hatten. Es sollte der größte Protest für mehr Klimaschutz werden, den Deutschland je erlebt hatte, und auch so etwas, aber das hatte sie nicht laut ausgesprochen, wie Maras Abschiedsgeschenk an ihre Heimatstadt Hamburg. Sie spürte, dass es für sie an der Zeit war, ihren Lebensmittelpunkt wirklich nach Berlin zu verlegen. Fridays for Future war eine hochpolitische Angelegenheit geworden, es verging fast kein Tag, an dem Mara nicht Kontakt zu einem oder mehreren Vertretern der großen Parteien hatte. Das ewige Pendeln zwischen Hamburg und Berlin machte keinen Sinn mehr, es kostete sie unnötig Zeit, die sie gut für ihre Projekte gebrauchen konnte. Sie hatte locker angefangen, sich nach einer kleinen Wohnung in der Hauptstadt umzusehen, am liebsten wäre ihr eine Wohngemeinschaft gewesen, »gern in Mitte«. Sie hatte den Halbsatz in Stockholm nebenbei fallen lassen, als sie sicher sein konnte, dass Linus ihn hören würde. Sie wusste, dass er in Mitte lebte, und sie konnte sich Schlimmeres vorstellen als eine WG mit ihm.

Sie mochte es, wenn sie zusammen waren, weil er etwas so Unaufdringliches hatte. Er war immer da, wenn sie ihn brauchte, wenn ihr Handy ununterbrochen klingelte oder sie ihrem Terminkalender hoffnungslos hinterherhinkte. Dann kam Linus ins Spiel, der wie der Manager eines Popstars die Dinge in die Hand nahm und regelte und dabei tat, als wäre das das Selbstverständlichste auf der Welt. Er arbeitete als freier Journalist und Moderator für verschiedene Fernsehsender, und wenn Mara es richtig mitbekommen hatte, war er im Gespräch, eine eigene Talkshow im öffentlich-rechtlichen TV zu übernehmen. Worüber sie sich gewundert hatte, weil Linus anders als sie überhaupt nichts von einer Rampensau hatte, wobei: Eine *coole* Sau war er schon.

Dass sie jetzt gemeinsam in einem Schlafwagen fuhren, war etwas, was Mara aus verschiedenen Gründen gern für sich behalten wollte. Seit sie so bekannt war, interessierten sich nicht nur die Journalisten der Zeitungen und TV-Sender für sie, in denen es um Politik ging. Regelmäßig lauerten ihr Paparazzi auf, vor ein paar Wochen hatte sie es sogar auf den Titel einer dieser Yellow-Press-Zeitschriften geschafft. Neben ihrem Gesicht hatte in gelben großen Buchstaben »Krach bei Fridays for Future« gestanden. Die Geschichte dazu war so, wie Geschichten in solchen Zeitschriften nun einmal waren, nämlich von vorn bis hinten ausgedacht: Der »Krach« bezog sich nicht etwa auf eine interne Auseinandersetzung bei Fridays for Future, sondern auf eine Baustelle vor ihrer Zentrale in der HafenCity. Der Lärm, der von dort komme, störe die Aktivistinnen bei ihrer Arbeit, hatte es in dem kurzen Text geheißen, der wiederum mit Fotos von Mara bebildert worden war: »Wie soll die junge Frau bei diesem Krach nur die Welt retten?«, war der letzte Satz des Textes gewesen. Mara hatte sich gefragt, ob so etwas der Autorin, die ihn geschrieben hatte, nicht peinlich war. Und sie ahnte, was Journalistinnen wie sie sich ausdenken würden, wenn es Bilder gäbe, auf denen Linus und sie gemeinsam zu sehen waren. Nein, sie konnte derzeit keinen Freund gebrauchen, zumindest nicht einen, den die Öffentlichkeit kannte.

Ansonsten war ihr Linus auch in Stockholm wieder eine große Hilfe gewesen und würde das auch bei der Aktion in Hamburg sein, die ein einmaliges Zeichen gegen die Klimakatastrophe setzen würde. Am Marsch der Million sollten, so der Plan, mindestens 500 000 Menschen stellvertretend für den Rest der Welt teilnehmen, besser wirklich eine Million. Das klang fast unmöglich in einer Stadt, die 1,8 Millionen Einwohner hatte, aber das machte es für Mara noch reizvoller. Von überallher sollten die Aktivistinnen und Aktivisten nach Hamburg strömen, angelockt von der Sehnsucht nach der gigantischen Zahl – und von Greta. Die hatte zugesagt, als Galionsfigur zum ersten Mal nach Deutschland zu kommen, um den Zug durch die Stadt anzuführen. Mara war sich sicher, dass allein die Anwesenheit Gretas dazu führen würde, dass viele, viele Politiker ebenfalls mitdemonstrieren würden. Die beiden Parteivorsitzenden der Grünen hatten sich den Termin schon fest notiert, das SPD-Präsidium wollte eine Klausurtagung extra nach Hamburg verlegen, um auch dabei sein zu können. Und für morgen Mittag hatte Mara einen Telefontermin mit der Bundeskanzlerin bekommen, es war gar nicht so schwer gewesen, wie Anna und die anderen geglaubt hatten. Es hatte gereicht, dass sie persönlich im Bundeskanzleramt angerufen hatte: Mara Altmeier war so lange durchgestellt worden, bis sie die Dame in der Leitung hatte, die offenbar die Hoheit über den Terminkalender der Kanzlerin hatte, in der jetzt für ein 15-Minuten-Telefonat ihr Name stand. Sie wusste nicht, was sie sich von dem Gespräch erhoffen durfte, andererseits – von Hamburgerin zu Hamburgerin ging einiges …

Darauf setzte sie auch bei dem Mann, der nach ihrer Abschlussrede auf dem Heiligengeistfeld, dem großen Platz in der Hamburger Innenstadt, auftreten und Musik machen sollte, natürlich »für umme«, wie man bei Mara zu Hause sagte. Sie war sich sicher, dass sie Udo Lindenberg davon würde überzeugen können, und sie wusste auch schon, mit wessen Hilfe. Clemens hatte ihr erzählt, dass sein Freund Lukas von den *Hamburg News* wiederum ein Freund von Udo Lindenberg sei, »wenn nicht sein bester«. Letzteres war sicher übertrieben, so wie Clemens manches übertrieb, auch seine Sorge um sie. Mara hatte nicht nur darüber einmal in Ruhe mit ihm sprechen wollen, aber zuletzt einfach keine Zeit gehabt, vielleicht klappte es nach dem Marsch der Million. Erst einmal musste sie Udo treffen, der mit einem Gratiskonzert bestimmt Zehntausende junge und alte Leute zusätzlich anlocken würde. Verabredet waren sie schon, das hatte dieser Lukas arrangiert. Für übermorgen, am späten Abend, weil Udo Lindenberg angeblich nie vor vierzehn Uhr aufstand, dann aber die Nacht durchmachte, bevor er irgendwann zwischen drei und vier Uhr morgens ins Bett ging. Komischer Kerl.

Von Lukas hatte sie nicht nur E-Mails mit den Details des Dates im Hotel Atlantic bekommen, in dem Udo seit Jahrzehnten wohnte, sondern auch Texte aus den *Hamburg News* über den Mann, der sie überfallen hatte. Mara hatte tief durchatmen müssen, als sie las, dass er tot im Heizungskeller eines Hamburger Kaufhauses gefunden worden war. Aber schockiert war sie nicht, sie war nicht mal richtig überrascht, etwas, was sie wunderte. Vor kurzem war sie nachts wach geworden, weil sie zum ersten Mal von dem Überfall geträumt hatte und weil sie sich plötzlich wieder an dieses Geräusch erinnerte, diesen Knall, den sie gehört hatte, bevor sie sich aus der Umklammerung des Typen hatte lösen können. Sie sah erneut die angstvollen Augen seines Kompagnons vor sich, und sie erinnerte sich dunkel, dass da noch etwas war, was sie wahrgenommen hatte. Nur was? Mara hatte versucht, sich den Moment zu vergegenwärtigen, auch wenn es Schöneres gab, aber es gelang ihr nicht, und es war am Ende so anstrengend, dass sie darüber eingeschlafen war.

Sie sah auf die Uhr, es war kurz vor eins, sie musste dringend ein paar Stunden schlafen. Am Hauptbahnhof würde sie von einem neuen Kollegen des Landeskriminalamtes abgeholt werden, sie hatte zugesagt, mal wieder an einer Talkshow von Markus Lanz teilzunehmen, die ihretwegen am Vormittag aufgezeichnet wurde. Auch das ein Zeichen, was Fridays for Future auf einmal erreichen konnte – vor ein paar Monaten war Mara noch froh gewesen, überhaupt bei Lanz eingeladen zu werden, jetzt bestimmte sie schon die Modalitäten. Sie wollte gerade die kleine Leselampe an der Wand ausknipsen, als sie unter sich ein Geräusch hörte. Mara beugte sich herunter. Linus redete im Schlaf, es klang, als würde er mit jemandem sprechen. Plötzlich bäumte er sich mit geschlossenen Augen auf, sagte: »Ich dich doch auch«, und kuschelte sich wieder in seine Decke ein, als wäre nichts gewesen.

Verrückter Kerl, dachte Mara. Aber irgendwie echt niedlich.

34

Kaja hatte Lukas aus der Tiefgarage angerufen und ihn gefragt, ob er ihr beim Tragen helfen könne. Lukas war aus dem siebten Stock, in dem die Redaktion der *Hamburg News* saß, in den Keller gefahren und hatte Kaja hinter der riesigen Pinnwand kaum erkannt, die sie mit Mühe in den Händen hielt.

»Wie hast du die mit dem Fahrrad hierhertransportiert?« Lukas packte die eine Seite der Wand, bevor sie auf den Boden fallen konnte.

»Frag nicht«, sagte Kaja und wischte sich den Schweiß von der Stirn.

Eine Viertelstunde später hatten sie die Pinnwand an der Wand hinter Lukas' Schreibtisch befestigt, notdürftig, aber das reichte erst einmal. Er hatte Kaja gestern Abend sofort angerufen, nachdem Clemens den toten Mann auf dem Foto, das ihnen Enno gegeben hatte, als den Stalker von Mara identifiziert hatte. Kaja hatte gelacht, erst leise, dann immer lauter: »Das hat er jetzt davon! Wollte uns ein kleines Trostpflästerchen zukommen lassen, was Belangloses, und beschert uns die nächste große Geschichte.« Ihr Lachen ging in ein Glucksen über, schließlich in einen Schluckauf. »Armer Enno: Erst hat er kein Glück, und dann kommt auch noch Pech dazu.«

Lukas und Kaja hatten sich für den Morgen in der Redaktion verabredet, um die nächsten Rechercheschritte zu besprechen. »Die ganze Geschichte bekommt eine völlig neue

Wendung«, sagte Lukas jetzt, während er die Leine von Finchen an seinem Schreibtisch festband. Am liebsten hätte er den Hund zu Hause gelassen, weil er ahnte, dass es viel, sehr viel zu tun geben würde. Aber Lilli wollte mit Jonathan ihre Patentante in der Nähe von Hannover besuchen, und Finchen wäre den ganzen Tag allein zu Haus gewesen. »Das können wir ihr nicht antun«, hatte Lilli gesagt. »Und dem Haus auch nicht«, hatte Lukas gedacht und den Hund mitgenommen.

Nun saß Finchen halbwegs brav in ihrem Körbchen und starrte wie Lukas auf die leere Pinnwand. »Kann es sein, dass du zu viele Kriminalfilme guckst?«, fragte er Kaja, die davor mit Zetteln, Stecknadeln und Tesafilm hantierte.

»Hä?«

»Ich meine«, sagte Lukas, »nur, weil die Ermittler …«

»… und Ermittlerinnen!«, mahnte Kaja.

»… meinetwegen auch die, im Fernsehen bei der Suche nach Serienmördern mit zehn oder mehr Todesopfern stundenlang vor irgendwelchen Pinnwänden stehen und Querverbindungen herausfinden wollen, müssen wir das nicht …«

Kaja brachte oben links einen Zettel mit der Aufschrift »Tot«, daneben einen mit »Fast tot« und schließlich einen mit »Vermisst« an: »Ich glaube, dass uns meine Pinnwand sehr wohl helfen kann, in dieses ganze Fridays-for-Future-Chaos mal Ordnung zu bringen. Und ich dachte, wir wären uns beide einig, dass es durchaus sein könnte …«

»… dass wir auch einen Serienmörder suchen müssen.« Lukas schluckte. Der Gedanke war ihm gestern Abend gekommen, als Clemens in aller Ausführlichkeit die Geschichte »des Stalkers« erzählt hatte – wie er Mara immer wieder aufgelauert und sie abgepasst hatte, bis einer der Sicherheitsmenschen vom Landeskriminalamt mal »inoffiziell« ein paar deutliche Worte mit ihm gesprochen hatte.

»Kurz darauf war er verschwunden, weswegen wir dachten …«, hatte Clemens gesagt, und Lukas hatte den Satz vollendet: »… dass die Ansprache des Polizisten Wirkung gezeigt hätte. Dabei hat euer Stalker Mara nur in Ruhe gelassen, weil er leider nicht mehr am Leben ist.« So wie der Herr Dombrowski und so wie der Typ, der Mara überfallen hat, ergänzte Lukas im Stillen, und er dachte, warum auch immer, an seinen Besuch mit Finchen bei dieser Tierpsychologin mit den großen Händen. Was hatte die noch mal gesagt? »Es scheint mir, dass Ihr Finchen einen ausgeprägten Beschützerinstinkt hat …«

Das waren die zugegebenermaßen noch losen Teile der Theorie, über die Lukas gestern Abend am Telefon mit Kaja gesprochen hatte, deretwegen sie heute in der Redaktion vor der Mutter aller Pinnwände saßen.

»Wollen wir?«, fragte Kaja.

Lukas nickte, obwohl er nicht genau wusste, was sie damit meinte.

Kaja nahm sich eine Stecknadel und eines der Blätter, die sie vorbereitet hatte, und befestigte es in der Kategorie »Tot«: »Opfer Nummer eins, der uns inzwischen ziemlich gut bekannte Herr Dombrowski, nach dem der liebe Enno heute immer noch suchen würde, wenn Klara Volkmann nicht dein größter Fan …«

»… und Abonnentin der *Hamburg News* wäre.« Lukas grinste, er hatte das Spiel verstanden.

»Opfer Nummer zwei: Mario Greve, den der arme Eddie Malek im Heizungskeller auf seiner Baustelle gefunden hat.« Kaja befestigte das Porträt direkt neben Dombrowski. »Und Nummer drei: der Stalker, von dem wir wissen, dass er der Fridays-for-Future-Feind Nummer eins war.«

»Neben Gregor Vögele, dessen Eltern ich noch immer

nicht ausfindig gemacht habe, weil es in Süddeutschland mehr Vögeles als Vögel zu geben scheint«, sagte Lukas.

»Der gehört in die zweite Kategorie.« Kaja befestigte ein Bild von Gregor Vögele bei »Fast tot«.

»Du kannst echt ganz schön makaber sein.« Lukas verzog betont schmerzverzerrt das Gesicht.

»Bringt der Job leider mit sich.« Kaja hatte noch das Fahndungsfoto von Christian Petersen übrig, Marios Kumpel, das kam in den Bereich »Vermisst«. Als es aufgehängt war, ging sie zwei Schritte zurück und blickte stolz auf die Pinnwand, auf der noch jede Menge Platz war. Platz, der hoffentlich nie gefüllt werden würde, dachte Lukas.

»Und, Herr Meisterdetektiv, was fällt Ihnen auf?« Kaja hatte sich eine Tafel Schokolade von ihrem Schreibtisch geholt und hielt sie Lukas hin. Er brach sich einen Riegel ab, Rum-Trauben-Nuss.

»Allesch Männer«, sagte er, während er sich die Schokolade in den Mund schob. »Und allesch Typen, die zu einer Gefahr für Fridays for Future geworden sind.«

»Männer stimmt, Gefahr ist mir zu niedlich«, sagte Kaja und legte die Schokolade auf einen Schrank neben der Pinnwand, der hoch genug war, dass Finchen nicht drankommen konnte. Auch wenn sie es in der nächsten Viertelstunde immer wieder versuchen würde. »Das sind Kriminelle«, sie suchte nach einem anderen Begriff, »und Perverse.«

»Außer Gregor Vögele, dem Fridays for Future einfach zu lasch war«, sagte Lukas.

»Und von dem wir bis heute nicht wissen, ob er bei einer gewagten Aktion von den Tanzenden Türmen gefallen ist oder ob ihn jemand geschubst hat.«

»Das wissen wir auch von dem Stalker nicht, oder?«

Kaja schüttelte den Kopf.

»Die Videokameras am Hauptbahnhof müssen doch aufgenommen haben, wie er …«

»Defekt«, sagte Kaja nur. »Das habe ich natürlich als Erstes gecheckt. Und erstaunlicherweise gibt es auch niemanden, der beobachtet hat, wie der Stalker«, sie zeigte auf das Gesicht an der Pinnwand, »auf die Schienen gefallen ist. Aber …« Sie machte eine Pause, als müsse sie nachdenken.

»Aber was?«, fragte Lukas.

»Aber wieso sollte der vor einen Zug springen?«

»Weil Mara Altmeier seine Liebe nicht erwidert hat, zum Beispiel?« Lukas nahm sich noch ein Stück Schokolade.

»Quatsch«, sagte Kaja. »So ein Stalker gibt nicht so schnell auf, dem reicht es, wenn er immer wieder in der Nähe der Person sein kann, die er verehrt, und er versteht im Zweifel gar nicht, dass sie nichts von ihm will. Stalker ticken nämlich nicht wie normale Menschen, falls dir das noch nicht aufgefallen sein sollte.« Kaja grinste.

»Interessante Bögen, die du schlägst.« Lukas schielte auf die Schokolade und fragte sich, ob er wegen des Kakaos oder wegen des Rums nicht aufhören konnte, davon zu essen. »Also, ich fasse zusammen: Drei Menschen haben mit ihrem Leben dafür bezahlt, dass sie sich an Aktivistinnen von Fridays for Future vergriffen haben, einer kämpft noch darum …«

»… und ich hoffe sehr, dass wir seine Eltern bald ausfindig machen und mit ihnen reden können. Oder mit ihm selbst, falls er inzwischen aus dem Koma raus ist. Dann müssten wir allerdings«, Kaja nickte mit dem Kopf in Richtung Pinnwand, »eine neue Kategorie einführen.«

»Überlebt«, sagte Lukas.

»Was?«, fragte Kaja und antwortete selbst: »Ach so, überlebt, ja, stimmt.«

»Und meine Theorie mit dem Beschützer, der dafür sorgt, dass alle, die Mara Altmeier und Co. bedrohen, dafür büßen müssen, könnte auch stimmen«, sagte Lukas und dachte, dass der Besuch bei der Tierpsychologin doch zu etwas gut gewesen war. Sie hatte ihn auf die Idee mit dem Beschützerinstinkt gebracht.

»Wobei es auch mehrere sein könnten. Mir ist der Begriff Beschützer im Übrigen viel zu positiv für diese Leute, das klingt so nach Robin Hood und nicht nach Mord.«

»Du meinst, dass es auch eine Gruppe von Menschen geben könnte, die ...«

»Es gibt sehr große Gruppen von Menschen, wie du so schön sagst, die den Aktivistinnen von Fridays für Future das Schlimmste wünschen, Hals- und Genickbruch sozusagen.«

»Aber zwischen Wünschen und Anfeindungen im Netz und dem, was wir hier vor uns haben, liegt doch ein großer Unterschied«, sagte Lukas. »Was machen wir jetzt daraus, ich meine journalistisch, für die *Hamburg News*? Wir können schlecht meine Theorie so aufschreiben, wie wir gerade darüber gesprochen haben, dafür ist mir das Ganze zu dünn.«

»Findste?« Kaja hatte in der Regel weniger Probleme als Lukas, eine halbgare Geschichte zu veröffentlichen. »Man muss auch mal einen Stein ins Wasser werfen, um zu sehen, welche Kreise er zieht. Wenn man ihn gar nicht erst wirft ...«

»Danke, ich habe schon verstanden.« Lukas steckte sich noch ein Stück Schokolade in den Mund. Die Tafel war bald leer. »Isch kaufe dir eine neue«, nuschelte er in Kajas Richtung, doch die hatte jetzt keine Zeit, sich über ihren Süßigkeitenvorrat Gedanken zu machen.

»Okay, wir haben einen Plan: Erst mal berichten wir nur über den Mann, der bei dem Sturz vor die S-Bahn ums Leben gekommen ist, und dass er nach unseren Informationen wie der Herr Dombrowski und die anderen eine Verbindung zu Fridays for Future hatte, wo er ›der Stalker‹ genannt wurde.« Kaja machte sich in einer Schrift Notizen auf einem Zettel, die niemand außer ihr würde lesen können. »Und dann warten wir ab …«

»… welche Kreise der Stein zieht«, sagte Lukas.

»Ganz genau. Und während die Kreise immer größer werden, versuchst du, endlich die Eltern von Gregor Vögele ausfindig zu machen oder am besten mit Gregor Vögele selbst zu sprechen. Wissen wir eigentlich, in welchem Krankenhaus er liegt? Ist der überhaupt noch im Krankenhaus und im Koma? Herrje, das hätten wir doch längst herausfinden müssen.« Kaja nahm sich einen weiteren Zettel, um hektisch darauf herumzukritzeln.

»Vielleicht sollte ich noch eine weitere Kategorie an unserer schönen Pinnwand anbringen.« Sie griff ein DIN-A4-Blatt, faltete es einmal der Länge nach und schrieb, diesmal in schönen Großbuchstaben, »Verdächtig« darauf. Dann sah sie Lukas ungewohnt ernst an: »Und du kannst froh sein, dass ich gerade kein Foto von Clemens dahabe. Denn der wäre der Erste, der mir an dieser Stelle einfallen würde.«

35

Die Ärzte hatten der Polizei noch nicht erlaubt, ihn zu verhören. Aber wenn all das stimmte, was Gregor Vögele las, obwohl er eigentlich nicht so viel lesen sollte, schon gar keine Nachrichten, dann hatte die Polizei im Moment auch genug mit anderen Sachen zu tun. Gerade erst hatte er auf der Internetseite der *Hamburg News* von diesem Stalker erfahren, der Mara nachgestellt hatte, bis er im Hamburger Hauptbahnhof von einer S-Bahn überrollt worden war. Die beiden Reporter, die den Text geschrieben hatten, ein Lukas Hammerstein und eine Kaja Woitek, hatten diesen Fall an zwei weitere Todesfälle gereiht und an sein eigenes Unglück erinnert, den »Sturz eines Aktivisten von den Tanzenden Türmen, der bis heute nicht aufgeklärt ist«. Es gehörte nicht viel dazu, hinter all dem ein Muster zu erkennen, eine Serie zu vermuten, auch wenn in dem Artikel explizit nie die Rede davon war.

Gregor hatte heimlich alles gelesen, was über seinen »Unfall« veröffentlicht worden war, und war wie von selbst zu den Übergriffen auf Anna und Mara weitergeleitet worden. Er wusste, dass er für ein paar Wochen in eine künstliche Ruhe versetzt worden war, wie es die Ärzte hier nannten, und staunte, was in dieser Zeit alles passiert und welch Superstar Mara geworden war. Er hatte ihren Namen bei Google eingegeben und fast drei Millionen Treffer erhalten. Es war verrückt, wie eigentlich alles, was er erfahren hatte, seit ihn die Ärzte zurück ins Leben geholt hatten. Er wunderte sich, wie schnell er sich wieder im Hier und Jetzt zurechtfand. Fast so, als wäre er nicht weggewesen, sondern hätte nur etwas länger geschlafen. Sein Kopf funktionierte auf jeden Fall besser als sein Körper, der an mehreren Stellen bandagiert, geschient oder eingegipst worden war. Die Ärzte hatten von diversen Verletzungen gesprochen, die zum Teil langwierig wären, aber höchstwahrscheinlich komplett ausheilen würden, er hätte wirklich Glück im Unglück gehabt.

Gregor hatte die Mediziner und Pflegekräfte gebeten, ihm so wenig wie möglich über das zu erzählen, was passiert war. Ihre Blicke verrieten ihm, dass diese Bitte für einen Patienten in seiner Lage ungewöhnlich sein musste, aber sie hatten ihr entsprochen. Gregor wusste nur, dass er einen schweren Unfall gehabt hatte und seit langem in einem Hamburger Krankenhaus behandelt wurde. Den Rest wollte er selbst herausbekommen, als Test, ob und wie gut sein Kopf arbeitete. Am Anfang war sein einziges Hilfsmittel die eigene Erinnerung gewesen, die etwas brauchte, um in Schwung zu kommen. Doch nach und nach wurde aus dem, was ihm einfiel, so etwas wie ein zusammenhängendes Bild, und nach gut achtundvierzig Stunden hatte er alles parat, was er brauchte, zumindest glaubte er das. Er erinnerte sich an das Transparent, das er in stundenlanger Kleinarbeit angefertigt und in das er sich so eingewickelt hatte, dass es unter seinem langen Mantel niemandem auffiel, als er den Club auf den Tanzenden Türmen betrat. Er sah Anna vor sich, wie sie mit einem für sie viel zu alten Typen an ihm vorbeigeschwänzelt war, und er sah sich selbst, wie er auf der Dachterrasse in einer ruhigen Ecke vorsichtig über die Brüstung lugte. Was danach geschehen war, fühlte er mehr, als dass er es beschreiben konnte. Wann immer er in Gedanken an den Punkt kam, wo sich seine Füße vom Boden hoben und er plötzlich durch die

Luft segelte, verspürte er einen gigantischen Kopfschmerz, und er hätte schreien können. Sein Körper schien sich auch nachträglich noch vor diesem lebensgefährlichen Moment schützen zu wollen, es brauchte jedes Mal ein paar Minuten, bis er wieder ruhig atmen und die Augen öffnen konnte, ohne dass ihm das Licht im Zimmer wehtat. War das eine Nahtoderfahrung gewesen? Wahrscheinlich, dachte Gregor, aber viel wichtiger war doch eine andere Frage: Wer hatte ihm den Schubs gegeben, der ihn erst in den freien Fall und am Ende in dieses Krankenhaus gebracht hatte?

Dass jemand versucht hatte, ihn umzubringen, stand für Gregor fest, bevor er sich auf die lange Rechercheresise durch das Internet machte, meist mit dem Handy unter der Bettdecke, damit ihn keiner von den Schwestern oder Pflegern erwischen konnte. Wobei die sich nicht einmal darüber wunderten, dass er mehrfach am Tag sein Handy in der Steckdose am Kopfende seines Bettes auflud. Wenigstens das konnte er von Anfang an ohne fremde Hilfe.

Darüber zu lesen, was Anna passiert war, hatte ihm wehgetan, auch wenn sie am Ende vergleichsweise glimpflich aus der Sache herausgekommen war, anders als er. Er hatte sie gemocht, mochte sie immer noch und fand die Vorstellung ekelhaft, dass ein paar ältere, offensichtlich gestörte Männer Anna genauso nackt gesehen hatten wie er. Kurz hatte Gregor überlegt, ob er ihr eine WhatsApp schreiben sollte, wie es ihr gehe und dass er an sie denke, aber dann hatte er den Gedanken wieder verworfen. Es war besser, wenn keiner, weder bei Fridays for Future noch sonst irgendwo, wusste, dass er wieder zurück war. Er musste an den *Graf von Monte Christo* denken, eines seiner Lieblingsbücher über einen Mann, den seine Feinde unschuldig ins Gefängnis gebracht hatten und der eines Tages unerkannt zurückkehrte, um sich zu rächen.

Das, dachte Gregor, könnte jetzt seine Rolle sein, weshalb es besser war, wenn niemand mehr mit ihm rechnete.

Nach allem, was er gelesen hatte, war er sich sicher, dass er am Anfang einer Verbrechensserie gestanden hatte. Er war das Opfer null, der Mann, mit dem das alles begonnen hatte, und er war der Einzige, der noch am Leben war und darüber nachdenken konnte, wer hinter all dem steckte. Je mehr er das tat, desto öfter spuckte sein Kopf den Namen des Mannes aus, der von Anfang an nicht in die Reihen von Fridays for Future gepasst und der der eigentliche Extremist gewesen war, viel, viel schlimmer als er. Ein Fanatiker – nicht unbedingt, wenn es um die Ziele der Bewegung, wohl aber, wenn es um ihr Gesicht ging, um die Person, um die sich inzwischen alles zu drehen schien. Wie schnell konnte aus großer Liebe abgrundtiefer Hass entstehen, auf alle, die dieser Liebe gefährlich wurden? Wer hatte die Möglichkeiten, vor allem das Geld, um im Zweifel jemanden darauf anzusetzen, andere zu entsorgen? Das waren ein paar der Fragen, die er am liebsten persönlich mit seinem Verdächtigen Nummer eins besprochen hätte. Bei der Vorstellung, dass er, der Ausgestoßene und Totgeglaubte, eines Tages wieder in die Zentrale von Fridays for Future in der HafenCity spazieren würde, als wäre nichts gewesen, musste Gregor laut lachen. So laut, dass ihm die Rippen wehtaten, die er sich bei dem Sturz gebrochen hatte.

Weil es aber noch etwas dauern würde, bis er hier rauskam, schon gar auf eigenen Beinen, und weil er vielleicht wirklich der Einzige war, der dieser Verbrechensserie ein Ende bereiten konnte, schickte er eine E-Mail an den Reporter der *Hamburg News*, der den Text über Maras Stalker geschrieben hatte. Er kannte dessen Adresse nicht, versuchte sein Glück aber einfach mit Lukas.Hammerstein@hamburg-news.de. Da keine Fehlermeldung zurückkam, ging Gregor davon aus, dass seine Nachricht ihren Weg gefunden hatte. Was er geschrieben hatte, klang etwas kryptisch, aber das war durchaus beabsichtigt:

»Ciao, lieber erfahrener Medienmensch, es nachrichtet sehr!

Ich hätte Ihnen was zu erzählen. Ihr Gregor Vögele«

Die Anfangsbuchstaben im ersten Satz waren die eigentliche Botschaft der E-Mail, und Gregor war gespannt, ob Lukas Hammerstein von selbst darauf käme. Wenn nicht, würde er ihm auf die Sprünge helfen.

36

Mara saß das erste Mal im Hotel Atlantic an der Außenalster, und trotzdem kannte jeder hier ihren Namen. Es waren noch zwei Minuten bis zu dem Termin mit Udo Lindenberg und Lukas Hammerstein, sie war ausnahmsweise einmal pünktlich, dabei wäre das gar nicht nötig gewesen. Lukas hatte ihr vor einer Stunde per WhatsApp geschrieben, dass sich das Gespräch mit Udo etwas verzögern würde, weil der heute seinen »Press Day« hätte, eine Aneinanderreihung von Interviews mit Journalisten verschiedener Medien über die nächste Tour. »Wir sind die Letzten, dann haben wir nach hinten raus keinen Druck und alle Zeit der Welt«, hatte Lukas geschrieben. »Udo geht ja normalerweise nicht vor drei Uhr ins Bett.« Mara war das ganz recht, sie hatte im Anschluss nichts vor, außer, die mehr als hundert ungelesenen Nachrichten durchzusehen, die sie in den vergangenen zweieinhalb Stunden erhalten hatte.

Sie hatte sich einen Platz in einer hinteren Ecke der Atlantic-Bar gesucht. Der Sicherheitsbeamte, der sie hierher begleitet hatte, saß am Tresen und hatte ein Glas Wasser vor sich. Mara bestellte bei dem jungen Kellner, der sie wie selbstverständlich mit »Frau Altmeier« angesprochen hatte, einen Espresso und bat ihn, »in einer Viertelstunde eine weitere Tasse zu bringen, ach nein, vielleicht besser in zehn Minuten«.

Das Atlantic war mit seiner strahlend weißen Fassade von

außen deutlich mondäner als von innen. Die Bar hätte mal wieder einen Refresh verdient, dachte Mara, und der Teppich im Eingangsbereich sah so aus, als würde er aus den Fetzen Hunderter anderer Teppiche bestehen. Vielleicht musste das so sein in einem Hotel, damit man den Schmutz, den Hunderte Gäste jeden Tag hineintrugen, nicht sehen konnte.

Mara lehnte sich in ihrem schweren braunen Ledersessel zurück, trank ihren Espresso, den der Keller mit einem großen Teller Kekse gebracht hatte, und begann, durch die Nachrichten auf ihrem Handy zu scrollen. Anna wollte ebenso wie Frida wissen, wie das Telefonat mit der Bundeskanzlerin gelaufen war. »Erzähl ich euch später«, schrieb Mara beiden und dachte an die vierzehn Minuten und dreiundzwanzig Sekunden, die sie mit der Regierungschefin geredet hatte. Das Gespräch war so gewesen, wie sie es erwartet hatte, nett, aber unverbindlich. Die Kanzlerin hatte gesagt, wie schön sie es finde, dass sie sich auf diesem Weg einmal kennenlernen würden und dass sie die Entwicklung der Klimaschutzbewegung aufmerksam verfolge. Schließlich sei sie als Klimakanzlerin angetreten und würde sich freuen, dass es gerade junge Frauen wie Mara seien, die sich des Themas annahmen. »Ich würde Frau Thunberg und Sie gern einmal ins Bundeskanzleramt einladen«, hatte die Kanzlerin gesagt, und Mara hatte gedacht: Die Bilder würden dir so passen, bessere PR kannst du im Moment gar nicht bekommen. Sie hatte sich trotzdem brav für die Einladung bedankt, um die Kanzlerin dann zu fragen, ob sie sich vorstellen könne, beim Marsch der Million dabei zu sein, Greta käme auch, sie könnten alle drei vorneweg marschieren, »einer für alle, alle für einen«.

»Deswegen haben Sie um das Gespräch gebeten?«, hatte die Bundeskanzlerin Mara gefragt.

»Das war der Hauptgrund, ja«, hatte Mara geantwortet. In diesem Moment wusste sie, dass die Kanzlerin nicht zusagen würde und dass sie eben alles war, nur eben keine Klimakanzlerin.

»Ich muss das einmal prüfen lassen, ob das in meinen Terminkalender passen könnte«, hatte die Bundeskanzlerin gesagt, und wieder hatte sich Mara ihren Teil gedacht: Du bist die mächtigste Frau der Welt, ein Wort von dir reicht, und dein dämlicher Terminkalender wird passend gemacht.

»Sie hören dann von uns, Frau Altmeier, vielen Dank für das Gespräch. Es war mir eine Freude«, hatte die Kanzlerin noch angefügt. Dann war sie weg gewesen und Mara um eine Erkenntnis reicher: Im Bundeskanzleramt saß jemand, auf den sie besser nicht bauen sollte.

»Der zweite Espresso, ich hoffe, nicht zu früh, Frau Altmeier.« Der Kellner war wirklich auf Zack.

»Nicht eine Minute«, Mara trank den letzten Tropfen aus der ersten Tasse aus. »Und sag doch bitte Mara zu mir.«

Der Kellner lief rot an und nickte, dann beugte er sich leicht zu ihr herunter und flüsterte: »Mein Chef ist gerade nicht da, können wir ein Selfie machen?«

»Klar«, sagte Mara, stand auf, legte einen Arm um den Kellner und lachte in seine Handykamera.

»Danke.«

»Wir machen bald eine riesige Demo durch Hamburg, für die Rettung des Klimas, biste dabei?«, fragte Mara.

»Jetzt auf jeden Fall«, antwortete der Kellner und deutete auf das Handyfoto, das wirklich schön geworden war. »Nächster Espresso wieder in zehn Minuten?«

»Ich hoffe, dass ich dann schon bei Udo Lindenberg bin«, sagte Mara. »Sonst gern.«

Sie wollte sich gerade wieder in den Sessel plumpsen lassen, als Lukas Hammerstein um die Ecke bog, seinen Blick durch die Bar schweifen ließ und Mara entdeckte.

»Hi«, sagte er.

»Hi«, echote Mara und registrierte, dass sich der Reporter bei ihrem ersten Treffen offensichtlich gemerkt hatte, wie sie andere Leute begrüßte. Das »Hi« war eines ihrer Erkennungszeichen geworden, sie sagte es selbst in den Talkshows im Fernsehen, in denen alle anderen brav »Guten Abend« murmelten, wenn die Moderatoren sie vorgestellt hatten.

»Tut mir leid, dass du warten musstest«, sagte Lukas.

»Wenn man mit Udo eine Uhrzeit abmacht, ist das mehr ein Näherungswert, wenn du verstehst, was ich meine.«

»Kenne ich.« Mara trank den zweiten Espresso aus.

»Er meint das nicht böse, er sagt immer, dass er einer von den flexiblen Betrieben sei, soll heißen: Irgendwann kommt er, wann, weiß vorher niemand. Wollen wir hochgehen?«

Mara fiel auf, dass sie gar nicht daran gedacht hatte, dass Udo Lindenberg in diesem Hotel ja wohnte und sie vielleicht in seinem Apartment empfangen könnte, etwas, wofür zahllose Fans Geld bezahlt hätten.

»Wir treffen uns in der Präsidentensuite, die Udos Plattenfirma für den heutigen Tag angemietet hat.« Lukas schien Gedanken lesen zu können. »Treppe oder Fahrstuhl?«

Mara entschied sich für den Fahrstuhl, nachdem sie dem Kellner signalisiert hatte, dass er keinen weiteren Espresso bringen müsse, und dem Sicherheitsbeamten, dass er hier unten auf sie warten solle. Am Ende positionierte er sich vor dem Fahrstuhl, der Lukas und sie zur Präsidentensuite brachte. Die Tür dort war verschlossen, und auf Lukas' Klopfen passierte nichts.

»Udo scheint noch in einem Interview zu sein. Kann aber

nicht mehr lange dauern.« Er zeigte auf zwei Sessel, die ein paar Meter entfernt standen, ungefähr auf der Hälfte des Weges zwischen Fahrstuhl und Präsidentensuite: »Wollen wir dort warten? Ich kann dir auch noch einen Espresso bestellen.«

»Danke, erst mal habe ich genug«, sagte Mara und wollte sich gerade in einen der Sessel setzen, als die Fahrstuhltür aufging und eine Frau heraustrat, auf die die Bezeichnung »imposante Erscheinung« wirklich zutraf. Sie hatte pechschwarze, hochtoupierte Haare und lange silberne Fingernägel und trug eine riesige runde und mit Strasssteinchen besetzte Sonnenbrille.

»Ach, die Zarin.« Lukas nahm die Frau kurz in den Arm, dann wandte er sich wieder zu Mara. »Mara Altmeier kennst du ja sicher. Mara, das ist die Zarin, einer der vielen Schatten von Udo. Sie ist, wenn ich das so sagen darf, seine persönliche Maskenbildnerin, kümmert sich darum, dass er immer so aussieht, wie er aussieht.«

Die Zarin zog ihre Sonnenbrille ein Stück nach unten, wahrscheinlich, um Mara besser sehen zu können.

»Hi«, sagte Mara.

»Hi«, sagte die Zarin, und dann zu Lukas: »Du hast das Wichtigste vergessen. Ich bin die Einzige, die Udo an seine Augen gehen darf, um deren besonderen Zauber zu unterstreichen.« Jetzt wandte sie sich wieder zu Mara: »Wenn Udo die Sonnenbrille abnimmt, hält man es kaum aus. Sein Blick berührt alle, wird auch dich berühren.« Sie schob ihre eigene Brille wieder hoch und stolzierte auf Stöckelschuhen, die die gleiche Farbe wie die Handschuhe hatten, davon: »Ich gehe schon mal vor, ihr Süßen.«

»Die Zarin«, konstatierte Mara, als die Frau hinter der Tür der Präsidentensuite verschwunden war.

»Sie ist ein Faktotum. Udo braucht immer Menschen um sich herum, seine Panik-Familie, er ist nicht gern allein. Sie hat natürlich auch einen richtigen Namen«, sagte Lukas.

»Schon klar.«

»So wie der Stalker einen richtigen Namen hat.«

»Er nannte sich Wolfi«, sagte Mara.

»Hast du die Geschichte gelesen?«, fragte Lukas.

Mara nickte. Clemens hatte ihr den Link zu dem Text in den *Hamburg News* geschickt, und sie hatte den Stalker auf dem Foto sofort wiedererkannt.

»Er war echt ein ziemlich unangenehmer Typ. Aber das, was ihm passiert ist, wünscht man seinem ärgsten Feind nicht«, sagte sie.

»Und sonst?«, fragte Lukas.

»Was, und sonst?«, fragte Mara zurück.

»Was sagst du dazu, dass alle, die dich und Fridays for Future angegriffen haben, nun ja …«

»… ums Leben gekommen sind, meinst du? Ich halte die Theorie, die in eurem Text durchschimmert, für ziemlich weit hergeholt, und ich bin mir sicher, dass es für jeden einzelnen Fall eine gute Erklärung gibt.« Mara hantierte an ihrem Handy herum, auf dem allein seit dem Auftauchen der Zarin acht neue Nachrichten eingegangen waren. Seit dem geplanten Termin war mehr als eine Stunde vergangen.

»Das ist leider normal bei Udo.« Lukas beantwortete die Frage, die Mara gar nicht gestellt hatte. »Wenn es einen Menschen gibt, der im Hier und Jetzt lebt, dann ist er es. Wenn du willst, kann ich noch mal klopfen.«

Gerade in dem Moment, als Lukas aufstand, öffnete sich die Tür zur Präsidentensuite, und die Zarin guckte heraus: »Ihr könnt kommen, er ist frei.«

Mara sprang auf und folgte Lukas. Hinter der Tür ging der

Flur zu zwei Seiten ab, die Zarin wies den Weg nach rechts. Sie traten in einen gewaltigen Wohnraum, in dessen Zentrum ein großes Sofa und zwei Sessel standen. Auf einem davon lag Udo Lindenberg, nicht so, wie man das erwartet hatte, sondern mit dem Rücken über die Lehne gebeugt, der Kopf schwebte frei in der Luft. Er schien sich zu strecken, das Kreuz zu entlasten, aber der Hut auf seinem Kopf saß wie angegossen.

»Udo, alles in Ordnung?«, fragte Lukas und blieb kurz vor dem Sessel stehen.

»Alles easy, Lucky Lukas, muss nur mal alles gummimäßig durchstretchen.« Udo sprach, wie er sang, mit dieser ziemlich vernuschelten Stimme, die sein Markenzeichen geworden war. Mara hatte sich gefragt, ob das alles nur gespielt, geschauspielert war, aber innerhalb weniger Minuten wurde sie eines Besseren belehrt. Das Nuscheln war echt, es war leise, und man musste sich anstrengen, um nichts von dem zu verpassen, was Udo sagte. Es lohnte sich, fand Mara – fast alles, was der Mann mit der dunklen Sonnenbrille, den dünnen Beinen und den grünen Socken von sich gab, war hörens- und nachdenkenswert. Das Interview, das Lukas mit ihr und dem Musiker führte, würde ein lohnendes werden, und das lag vor allem an Udo. Er hatte den Reporter mit einer sanften Umarmung begrüßt, Mara dagegen mit einem angedeuteten Handkuss, bei dem sie über seine vollen Lippen und über den Hut gestaunt hatte, der sich manchmal wie von selbst auf und ab bewegte. Lukas musste nicht viel tun, um das Gespräch zwischen den beiden in Gang zu halten. Udo erzählte von seiner Zeit in der Friedensbewegung und von dem Lied »Wozu sind Kriege da?«, bei dem er sich immer wieder fragte, wie oft er es eigentlich noch singen müsse, bis sich auf dieser Welt endlich etwas ändere. Mara hakte ein, dass es ihr so ähnlich gehe, dass alles, was man über den Klimawandel wissen müsse, längst bekannt sei, aber die Menschheit, gerade der politische Teil, nach wie vor so tue, als könne man das überhören. »Manchmal könnte ich verzweifeln«, sagte Mara nach einer guten halben Stunde, und Udo murmelte zustimmend, bevor er nuschelte: »Einer muss den Job ja machen, und das bist jetzt du, Maria Magdalena.«

Nach einer guten Stunde klopfte es an der Tür der Präsidentensuite, und ein Mann kam herein, den Lukas als Fotografen der *Hamburg News* vorstellte. Während dieser auf der anderen Seite des Wohnraumes seine Lichtanlage aufbaute, fragte Mara Udo frei heraus, ob er sich vorstellen könne, zum Abschluss des Marsches der Million auf dem Heiligengeistfeld ein Konzert zu geben.

»Eigentlich nicht«, antwortete er, »aber wir sind ja vom Stamme uneigentlich und deshalb: Yeah, ich bin dabei, keine Panik.« Er stand auf, drückte Lukas die Zigarre in die Hand, die er sich zwischenzeitlich angezündet hatte, und umarmte Mara. Sie hatte den Geruch eines alten, leicht versoffenen Mannes erwartet, aber nichts dergleichen: Udo war erstaunlich frisch und straff für jemanden, der die siebzig hinter sich gelassen und ein Leben geführt hatte, das eigentlich nicht dazu gemacht war, alt zu werden. Aber er war ja vom Stamme uneigentlich ...

Mara hatte etwas Respekt davor, sich mit ihm fotografieren zu lassen. Sie mochte das Spiel mit den Kameras zwar, und sie fand, dass es ihr bei verschiedenen Shootings ganz gut gelungen war. Aber Udos tänzerische Leichtigkeit ging ihr ab, dieses ständige Wippen in den Beinen zu einer Musik, die offensichtlich nur er hören konnte, die vielleicht in ihm drin war. Er summte ein paar dieser Laute, mit denen auch viele Lieder von ihm begannen, und Mara merkte, dass sie sich der Aura dieses Mannes nicht entziehen konnte. Als der Fotograf der *Hamburg News* die beiden bat, sich einmal tief in die Augen zu sehen, musste sie an die Worte der Zarin denken: »Wenn Udo die Sonnenbrille abnimmt, hält man es kaum aus.« Sie drehte sich zu ihm, Udo drehte sich zu ihr, und wenige Augenblicke später, diesmal im wahrsten Sinne des Wortes, verstand sie, was die Zarin gemeint hatte. Und sie hatte zum ersten Mal ein Gefühl dafür, woher all die klugen Worte, die sie von Udo Lindenberg gehört hatte, und woher all die wunderschönen Lieder kamen, die ihn berühmt gemacht hatten. Tief aus einer Seele, deren Eingangstüren diese Augen waren.

»Hi, ich bin Mara«, sagte sie, es war mehr ein Reflex.

»Ich weiß.« Udo setzte seine Sonnenbrille wieder auf, mehr zu ihrem Schutz als zu seinem. »Wir haben uns schon mal getroffen.«

37

Wenn es eins gab, das Enno bei Journalisten nicht mochte, dann war es, dass und wie sie voneinander abschrieben. Es reichte, wenn einer etwas herausgefunden zu haben glaubte, damit die anderen das übernahmen, als wenn sie es selbst recherchiert hätten. Das Prinzip war dabei aus Ennos Sicht das gleiche wie bei dem Kinderspiel »Stille Post«. Mit jedem Abschreiben lief eine Geschichte Gefahr, eine neue Wendung zu bekommen, sei es, weil die, die abschrieben, das ungenau taten oder weil sie den Sachverhalt, auf den sie selbst nicht gekommen waren, weiter zuspitzen wollten. Am Ende konnte es sein, dass das Einzige, was aus dem Ursprungsartikel korrekt übrig blieb, der Name der Quelle war.

In diesem Fall war die Quelle die *Hamburg News*, der aktuelle Artikel von Kaja und Lukas. An dem war eigentlich nichts auszusetzen, auch wenn Enno sich tierisch darüber ärgerte, dass ausgerechnet er die beiden auf die neue Spur gebracht hatte. Was hatte ihn geritten, ihnen das Bild von diesem Toten vor der S-Bahn zu überlassen? War es Hochmut gewesen, Mitgefühl, ein schlechtes Gewissen, weil er Kaja die Story mit dem anderen Toten aus dem Kaufhaus kaputt gemacht hatte? Wahrscheinlich war es eine Mischung, vor allem aber war es überflüssig gewesen und brachte Enno und seine Kriminalpolizei jetzt in eine Situation, die sie nicht gebrauchen konnten.

Die Deutsche Presseagentur hatte die Geschichte aus den

Hamburg News noch sauber zusammengefasst und im Kern über den einzigen Fakt berichtet, der aus Ennos Sicht wirklich neu war: Der Mann, der durch die S-Bahn ums Leben gekommen war, hatte vorher wochenlang Mara Altmeier gestalkt. Die anderen Fälle, bei denen es eine Verbindung zu Fridays for Future gab, wurden nur beiläufig erwähnt, in einer Aufzählung am Schluss. Das musste man nicht so lesen, als ob es zwischen den einzelnen Verbrechen einen Zusammenhang gäbe. Aber Enno wusste, dass wenigstens die Boulevardzeitungen und diese Reichweitenportale, also Internetseiten, denen es nicht um die Wahrheit, sondern nur um möglichst viele Klicks ging, genau diesen Zusammenhang konstruieren würden. »Die unheimliche Todes-Serie der FFF-Gegner« stand am nächsten Morgen auf der Titelseite des *Blicks* über dem Foto einer lächelnden Mara Altmeier, die aussah, als würde sie sich darüber freuen. Im Innenteil der Zeitung wurde die Frage gestellt, wer der »mysteriöse Rächer von Fridays for Future« sei. Im Text, der von diesem widerlichen Peter Berndt verfasst worden war, hieß es: »Die jungen Klimaaktivistinnen um die bildhübsche Mara Altmeier haben in den vergangenen Wochen viel über Bedrohungen und Sexismus geklagt, denen sie sich ausgesetzt sahen. Altmeier wird seit einiger Zeit zu fast allen Terminen von Sicherheitskräften des Landeskriminalamtes begleitet, weil sie angeblich sonst um ihr Leben fürchten muss. Das ist das sogenannte Narrativ der Organisation, die sich gern als Opfer stilisiert, als Opfer des Klimawandels und einer Gesellschaft, die ihr feindlich gegenübersteht. Doch die Wahrheit sieht anders aus: Die wahren Opfer sind drei Männer, die mit ihrem Leben dafür bezahlt haben, dass sie sich mit Fridays for Future eingelassen haben. Erleben wir gerade, wie vermeintliche Täter zu Opfern werden und Opfer zu Tätern? Fest steht: Es kann gefährlich sein, wenn man sich gegenüber den jungen Aktivistinnen – die meisten sind übrigens Frauen aus besserem Hause – nicht so verhält, wie die sich das vorstellen. Und was macht die Polizei? Sie schützt Mara Altmeier, anstatt endlich den Mann (oder die Frau???) zu finden, der oder die sich als FFF-Rächer aufspielt.«

Enno hatte den Text nur mit Mühe zu Ende lesen können, er würde nie verstehen, wie hochbezahlte Chefredaktionen so etwas durchgehen lassen konnten. Und er ahnte, dass der »FFF-Rächer« von einer kruden Erfindung Berndts zu einem viel gesuchten Begriff in den Suchmaschinen des Internets werden würde. Der neue Ton war damit gesetzt: Wer sich mit Fridays for Future anlegte, musste mit Vergeltung rechnen, im schlimmsten Fall mit dem Tod. Die Reichweitenportale stürzten sich auf die Geschichte wie Hyänen auf frisches Aas, und innerhalb kürzester Zeit war das Netz voller neuer abwegiger Theorien und Ennos Postfach voller Medienanfragen.

»Es ist zum Kotzen«, hatte er bei der morgendlichen Lagebesprechung mit dem Team gesagt, das sich um die Fälle kümmerte, »trotzdem müssen wir ruhig bleiben und uns auf das konzentrieren, was wir wissen. Und uns genau überlegen, was wir davon an die lieben Kollegen von den Medien weitergeben.« Denn tatsächlich gab es Informationen, die diesen Namen wirklich verdienten. Die Untersuchung der Leiche von Mario Greve in der Rechtsmedizin war abgeschlossen, die Todesursache stand fest: Der Mann, der Mara Altmeier angegriffen hatte, war an den Spätfolgen einer Kopfverletzung gestorben, die ihm mit einem harten Gegenstand zugefügt worden war. »Das könnte ein Baseballschläger genauso wie ein anderer schwerer Gegenstand gewesen sein«, stand im Obduktionsbericht. Demnach musste Greve bereits tot gewesen sein, als er in den Heizungskeller des Kaufhauses gebracht wurde. Man hatte an seiner Kleidung alle möglichen

Spuren gefunden, die weiter untersucht werden mussten. Zum Aufenthaltsort seines Freundes Christian Petersen gab es dagegen weiter keinen Hinweis.

Fest stand, dass die vielen Meldungen und Vermutungen, die im Netz kursierten, die Lage nicht besser machten, im Gegenteil. Die Zahl der Drohungen gegen Fridays for Future hatte erneut sprunghaft zugenommen, der Hass der Gegner steigerte sich durch die »Taten des FFF-Rächers« weiter und weiter. Enno und seine Kollegen konnten das beinahe in Echtzeit auf den Social-Media-Accounts von Mara Altmeier beobachten, auf denen Formulierungen wie »Die Rache wird dem Rächer gewiss sein« oder »Das werden wir euch heimzahlen« noch die harmlosen waren. Gleichzeitig verschärfte sich auch der Ton der Anhänger von Fridays for Future, fast schien es, als würde der »Rächer« ihnen Mut machen. »Ich würde mich hier an eurer Stelle mit Kommentaren zurückhalten«, schrieb ein User mit dem Namen »KeinenPlanetB« und ein anderer, »CO_2-Kills«: »Ihr wisst ja, was mit Leuten passiert, die den Klimawandel leugnen …« Wenn Enno solche Sätze las, fühlte er sich wieder einmal in seiner Theorie bestätigt, dass es Trittbrettfahrer auf allen Seiten geben konnte, bei den vermeintlich Bösen genauso wie bei den vermeintlich Guten. Für die Polizei kam leider sowohl bei den einen als auch bei den anderen in der Regel nichts Gutes heraus.

Für das, was der Kripochef heute Morgen in seinem E-Mail-Postfach gefunden hatte, war die Lage sowieso alles anderes als ideal. Im Namen von Mara Altmeier und Clemens Engel hatte Fridays for Future eine Demonstration durch die Hamburger Innenstadt mit »mindestens 500 000 Teilnehmerinnen und Teilnehmern« angemeldet. Enno hatte zweimal hinsehen müssen. Die wollten mit einer halben Million Menschen durch

Hamburg laufen? Das wäre schon ohne all das, womit sich die Polizei im Moment beschäftigen musste, eine große, um nicht zu sagen gigantische Herausforderung. Solch eine Demonstration hatte die Stadt in ihrer Geschichte nicht einmal in Ansätzen erlebt, die Metropole wäre mit ihren engen Straßen damit überfordert, die Polizei mit den Hunderttausenden vor sich hergeschobenen Überstunden sowieso. Und die Sicherheitslage konnte angesichts der drei Toten und ständig neuer Gerüchte um den FFF-Rächer nicht schlechter sein. Enno war gerade dabei, seine Bedenken in einer E-Mail zu formulieren, die er an den großen Verteiler schicken wollte, der unter anderem an den Innensenator und den Polizeipräsidenten ging, als sein Telefon klingelte.

»Von Spoercken.«

»Guten Morgen, Herr von Spoercken, der Empfang. Ich habe bei mir hier unten einen jungen Mann stehen, der unbedingt mit Ihnen persönlich sprechen will. Sein Name ist …« Die Polizeibeamtin am Empfang hielt offensichtlich die Hand über die Muschel, damit Enno nicht hören konnte, dass sie den Besucher erneut nach seinem Namen fragte. »Sein Name ist Christian Petersen.«

Der Kumpel von Mario Greve stellte sich nicht etwa, weil er ein schlechtes Gewissen hatte. Er war aus Angst vor dem »Rächer« gekommen, der, wie Petersen sagte, »da draußen unbehelligt unschuldige Leute um die Ecke bringen kann«. Dass er mit dem Überfall auf Mara Altmeier so gut wie nichts zu tun hatte, dass ihn sein total besoffener Freund Mario (»der hatte bestimmt fünf Gin Tonic intus«) reingezogen hatte, glaubte Enno sofort, nachdem er nur ein paar Minuten mit ihm gesprochen hatte. Christian Petersen war ein schüchterner, stotternder Junge, der mit blassem Gesicht und enormen Schweißflecken unter den Armen vor ihm saß. Der Kripochef konnte seine Angst riechen, als er von den aus heutiger Sicht entscheidenden Minuten des Überfalls erzählte: wie sein Kumpel »diese Klimatussi« umklammert habe und wie dann hinter ihm jemand aufgetaucht war, »mit irgendetwas Großem, Langem in der Hand«, das plötzlich auf Marios Kopf heruntergeschnellt sei, ohne dass Christian ihn hatte warnen können: »Ich habe geschrien, und der der … ist w-wie ein Sack zu Boden gefallen, und die… diese Frau …«

»… sie heißt Mara«, sagt Enno, weil es ihn nervte, dass der Junge so tat, als würde er den Namen seines Opfers nicht kennen, und weil er hoffte, dadurch etwas mehr Struktur in dessen Aussage bringen zu können.

»… Entschuldigung, als die… diese Mara mir in die Eier getreten hat und einfach an mir vorbeigelaufen ist.« Er holte tief Luft. »Ja, und da … da … da bin ich einfach auch abgehauen, so schnell, wie … wie ich konnte.«

Nein, was mit seinem Kumpel danach passiert sei, könne er nicht sagen, das erste Mal habe er jetzt wieder von ihm gehört, besser gelesen, als man seine Leiche gefunden habe, und da habe er ein zweites Mal Panik bekommen und gedacht, dass es vielleicht besser wäre, sich zu stellen. »Ich … ich will nicht, da… dass mir da… das Gleiche …«

»Schon verstanden.« Enno nickte, er hatte erfahren, was er wollte. Dass der verängstigte Junge hier etwas Wesentliches beitragen konnte, um den Mann zu identifizieren, der den Angreifer von Mara Altmeier niedergeschlagen und damit am Ende auch getötet hatte, glaubte Enno nicht. Trotzdem ließ er einen Kollegen kommen, der sich mit dem Anfertigen von Phantombildern auskannte, man wusste nie, wozu das noch gut war. Er selbst rief erneut sein Team zusammen. Denn jetzt stand endgültig fest, dass jemand die Altmeier zielgerichtet aus den Fängen ihres Peinigers befreit hatte. Die

Frage war nur, ob er gewusst hatte, wem er da zu Hilfe gekommen war, oder ob es sich um einen Akt der gerade von der Politik so oft eingeforderten Zivilcourage gehandelt hatte. Wobei, dachte Enno angesichts des weiteren Verlaufs der Geschichte, der Übergang von Zivilcourage zur Selbstjustiz fließend gewesen wäre. Und irgendwie musste der arme Mario Greve kurz nach dem Angriff von den Deichtorhallen in das Kaufhaus in der Mönckebergstraße gekommen sein. Der Weg war zwar nicht sehr weit, es ging um fünfhundert oder sechshundert Meter, aber weit genug, um dabei in einer Stadt wie Hamburg von jemandem gesehen worden zu sein.

Doch Zeugen hatten sich bisher nicht bei der Polizei gemeldet, ganz anders als Männer, die gestanden, Geld bezahlt zu haben – »viel Geld«, wie sie fast alle betonten –, um Fotos von »dieser Anna« zu machen. Sie trudelten im Fünfstundentakt auf verschiedenen Polizeistationen ein, bei sechs hatte Enno aufgehört zu zählen, und sie erzählten alle die gleiche Geschichte: dass sie nicht gewusst hätten, dass das Mädchen (»Die war auf jeden Fall über achtzehn Jahre, ganz sicher!«) nicht bei Bewusstsein gewesen sei und dass man ihnen versichert hätte, die Bilder, einer der Geständigen sprach gar von »kunstvoller Aktfotografie«, würden mit Annas Einverständnis gemacht. Enno konnte nicht glauben, wie normal die Typen waren, die so etwas taten, Familienväter waren dabei, ein Beamter, ein Lehrer, ein Dozent an der Uni, es war widerlich. Jetzt hatten sie plötzlich Angst, dass ihnen das Gleiche widerfahren könnte wie dem Herrn Dombrowski. Mehrere boten an, freiwillig in Untersuchungshaft zu gehen, bis sich »das Ganze hier geklärt« habe, und meinten damit nicht die eigenen Verfehlungen, sondern die Suche nach dem »Rächer«.

Ennos eigene Rache war ganz einfach: Er ließ jeden Einzelnen der Herren nach Aufnahme seiner Personalien wieder nach Hause schicken, mit dem Hinweis, sie möchten doch bitte in den nächsten Tagen sehr, sehr vorsichtig sein, wenn sie jemandem die Haustür öffneten.

»Ein bisschen Spaß muss sein«, hatte Enno gesagt, als er dem ersten Kollegen, der sich um einen der Männer kümmerte, eine entsprechende Anweisung gab. Die jeweiligen Personalien bekam er umgehend per Mail zugeschickt, ihn interessierten vor allem die Vornamen. Bisher war kein Frank dabei, aber das konnte sich ändern. Der Organisator der verbotenen Fotorunde musste sicherlich am meisten Angst haben vor jemandem, der sich an denen rächte, die sich an Klimaaktivistinnen vergingen. Aber vielleicht war Frank gar nicht sein richtiger Name, und wahrscheinlich war der Gesuchte im wahrsten Sinne des Wortes viel abgewichster als die Typen, die er um viel Geld erleichtert hatte.

38

Frau Schwarz, die Hundepsychologin aus Langballig, hatte Lukas per Mail nicht nur eine Rechnung über zweihundertfünfzig Euro zuzüglich Mehrwertsteuer geschickt, was er angesichts dessen, was sie für ihn getan hatte, deutlich überhöht fand. Sie hatte ihm auch ein paar Zeilen geschrieben: »Lieber Lukas, ich habe noch einmal über Ihre Probleme mit Finchen nachgedacht. Gegen ihren Beschützerinstinkt wird man nichts machen können, wohl aber gegen dessen Ausprägung. Je mehr Sie sie fordern, je mehr Sie mit ihr unterwegs sind und sie müdespielen, desto weniger stark werden ihre Anfälle sein, da bin ich sicher.«

Das waren keine guten Nachrichten, vor allem nicht, weil Lilli sie gelesen hatte, die wissen wollte, ob sich der Tagesausflug an die Ostsee gelohnt hatte. »Das heißt«, hatte sie gesagt, »dass du einfach noch mehr mit ihr Gassi gehen musst, damit wir zu Hause unsere Ruhe haben und ich nicht Angst haben muss, dass Finchen irgendwann doch einmal Jonathan attackiert.« Die Sorge hielt Lukas für völlig übertrieben, aber jetzt, wo Lilli sie ausgesprochen hatte, blieb ihm gar nichts anderes übrig. Jeden Morgen ging er mit Finchen zu Fuß die gut neun Kilometer in die Redaktion und abends wieder zurück. Auto, U-Bahn, Bus und sogar Fahrrad waren tabu, Letzteres, weil Lilli Finchen nicht zutraute, neben dem Rad herzulaufen.

»Ich dachte, ich soll sie auspowern«, hatte Lukas gesagt, der die Idee nicht schlecht fand.

»Aber nicht so, dass sie irgendwann zusammenbricht«, hatte Lilli erwidert.

Damit hatte sich das Thema Fahrradfahren erledigt und den Weg verlängert, den Lukas von zu Hause in die Redaktion und zurück brauchte. Das ärgerte ihn, weil dadurch sowohl die Zeit knapper wurde, die er mit Jonathan verbringen konnte, als auch die, die er für seine Recherchen hatte. Das Interview mit Udo und Mara war gut geworden, selbst der alte Keil hatte es in der Konferenz gelobt, obwohl er weder für Lindenbergs Musik noch für die Klimaaktivistinnen besonders viel übrighatte. Dass Udo zum Abschluss der großen Demonstration ein kostenloses Konzert auf dem Heiligengeistfeld geben würde, hatte sich Lukas für einen weiteren Artikel aufgehoben, der erst dann erscheinen sollte, wenn die Stadt den Auftritt genehmigt hätte. Kaja hatte aus der Polizei gehört, dass es angesichts der toten Männer und der Berichterstattung über den »FFF-Rächer« Bedenken gegen den Marsch der Million gebe, die man auch im Rathaus sehr ernst nehme. Am Ende, so hieß es, werde der Bürgermeister entscheiden müssen. Lukas konnte sich nicht vorstellen, dass Julius die Demonstration verbieten würde, das würde nicht zu seinem Freund passen. Er war früher, als er noch lange lockige Haare gehabt hatte, selbst ständig auf die Straße gegangen, für den Frieden, gegen den Nato-Doppelbeschluss und die Atomkraft. Er hätte sich daran von niemandem hindern lassen, und er wusste heute, dass Verbote in einer Demokratie immer der letzte und meistens der schlechteste Ausweg waren, vor allem wenn es um die Meinungs- und Demonstrationsfreiheit ging.

Was der Bürgermeister über die inzwischen nicht mehr zu zählenden Berichte über den FFF-Rächer dachte, ahnte Lukas auch. Er hasste jegliche Form der Hysterie, und er konnte nicht verstehen, dass gerade Journalisten ihr immer wieder und so schnell anheimfielen. »Eure Aufgabe müsste doch sein, nüchtern und analytisch die Welt zu betrachten – ohne Schaum vor dem Mund und Panik in den Augen«, hatte er einmal zu Lukas gesagt, und der hatte nicht widersprochen. Das war nämlich genau seine Art, Journalismus zu betreiben – weil er glaubte, dass die Leser von ihm erwarteten, dass er ihnen half, Probleme zu lösen, und nicht, ihnen zusätzliche zu machen.

Er hatte die Berichterstattung, die sie mit ihrem Text über den Stalker von Mara ausgelöst hatten, eher belustigt verfolgt. Etliche Kollegen schienen mittlerweile den Großteil ihrer Arbeitszeit auf die Formulierung der Überschriften zu verwenden, je zugespitzter und reißerischer sie waren, umso besser. Der Kampf um die Aufmerksamkeit im Internet hatte tatsächlich hysterische Züge angenommen. Weil dort so viele Menschen mit Nachrichten und Meinungen unterwegs waren, musste man immer lauter schreien, um gesehen, gelesen oder gehört zu werden. Die Texte, die nach den Überschriften folgten, waren anscheinend etlichen Kollegen nicht mehr so wichtig, da hatte man sich schnell etwas zusammenkopiert. Lukas fand ganze Absätze aus seinem und Kajas Artikel bei der Konkurrenz, und er hätte große Lust gehabt, den Autoren eine Rechnung zu schicken. Früher hatten sie das gemacht und damit hier mal zweihundert und dort mal vierhundert Euro zusätzlich eingenommen. Aber früher war der Diebstahl von geistigem Eigentum auch nur selten vorgekommen, heute war er die Regel. Der alte Keil hatte in einer Redaktionskonferenz gesagt, dass er überlege, jemanden einzustellen, der sich nur darum kümmere, das Geld einzutreiben, das den *Hamburg News* für geklaute Artikel zustehe. Lukas fand das keine schlechte Idee, glaubte aber, dass man dafür eher drei bis vier Mitarbeiter brauchte.

Er selbst konnte sich nicht darum kümmern, er musste versuchen, so viel wie möglich auf dem Weg von zu Hause in die Redaktion per Handy zu erledigen. Lukas war dazu übergegangen, Finchens Leine an seinem Gürtel oder der Tasche festzumachen, in der er seinen Laptop transportierte. So hatte er die Hände frei, konnte telefonieren, im Internet recherchieren oder E-Mails beantworten. Angesichts der Flut an Nachrichten, die er in diesen Tagen bekam, von Lesern, die sich erstaunlich oft über Fridays for Future aufregten und Verständnis für die Taten des »Rächers« äußerten, hätte er eine fast übersehen. Erst als er diverse Leserbriefe en bloc löschen wollte, bemerkte er, dass sich eine besondere E-Mail dazwischengeschmuggelt hatte.

Gregor Vögele hatte ihm geschrieben. Allein das war eine Neuigkeit, die Lukas elektrisierte. Der Mann, der das erste Opfer in ihrem Fall gewesen sein konnte, war also nicht nur am Leben, es ging ihm auch so gut, dass er ein Handy bedienen und E-Mails versenden konnte. Wobei das, was er Lukas geschrieben hatte, ziemlich kryptisch klang: »Ciao, lieber erfahrener Medienmensch, es nachrichtet sehr!

Ich hätte Ihnen was zu erzählen. Ihr Gregor Vögele«

Schrieb man so, wenn man von einem Hochhaus gefallen war? Und warum war nur der erste Satz so seltsam, und der zweite völlig normal? Hatte Gregor Vögele darin eine Botschaft versteckt, für den Fall, dass andere seine E-Mail an Lukas mitlesen würden? Oder wollte er ihn nur ärgern? Und woher hatte er überhaupt seine Adresse?

Er hatte die E-Mail sofort an Kaja weitergeleitet, in der Hoffnung, dass sie jemanden wusste, der sich mit verschlüsselten Nachrichten auskannte. Dann hatte er Gregor geantwortet, sich für die Mail bedankt und geschrieben, dass er sehr gern direkt mit ihm sprechen würde. »Ich kann jederzeit zu Ihnen kommen, wo immer Sie sind«, hatte Lukas geschrieben und sich für einen Moment gefragt, ob das zu devot klang. Klang es wahrscheinlich, aber dafür war es die Wahrheit. Lukas hätte mit Gregor am liebsten von Angesicht zu Angesicht gesprochen, und bis es so weit war, grübelte er immer und immer wieder über diesen seltsamen ersten Satz.

Er konnte sich nicht erinnern, jemals eine E-Mail erhalten zu haben, die mit Ciao begann. Warum schrieb man das, und was war das für eine Konstruktion, die danach folgte? Die Worte passten nicht zusammen, sie lasen sich, als wären sie nach einem bestimmten Muster ausgewählt worden und nicht, weil sie einen Sinn ergaben. So wie diese Rechenaufgaben früher in der Schule: »Ergänze: 2, 6, 18, 54 ... Was sind die nächsten beiden Zahlen?« Lukas war bei solchen Fragen damals ganz gut gewesen. Bei Gregors Rätsel stieß er an seine Grenzen und war, wie so oft in seiner Reporterkarriere, auf einen Zufall angewiesen. Weil Finchen nach dem langen Spaziergang dringend etwas zu trinken brauchte, war Lukas in der Redaktion zu den Kollegen aus der Kultur gegangen. Zwei von denen hatten selbst Hunde, die sie regelmäßig mit zur Arbeit brachten, weswegen es dort Näpfe für Wasser und Futter gab. Lukas fragte, ob er sich einen ausleihen könne. Der Popredakteur, der als Einziger schon an seinem Arbeitsplatz war, hätte ihn fast nicht bemerkt, weil er mit Kopfhörern vor seinem Computer saß und laut Musik hörte. Lukas musste ihn anstupsen.

»Entschuldigung«, sagte er.

Der Kollege zuckte zusammen, dann nahm er die Kopfhörer ab: »Hast du mich erschreckt«, er schüttelte sich kurz, »ich habe dich nicht kommen hören, Musik zu laut.« Er zeigte auf die Kopfhörer, aus denen Lukas ein Lied entgegenkam, das er zu kennen glaubte.

»Was ist das?«, fragte er.

»Fanta Vier, *MfG, mit freundlichen Grüßen*«, sagte der Popredakteur. »Du weißt schon, das Lied mit den ganzen Abkürzungen.«

»Ach so, klar, kenne ich.« Lukas nickte ein wenig im Takt. »Kann ich mir einen Hundenapf ausleihen?«

Jetzt nickte der Popredakteur und setzte sich die Kopfhörer wieder auf. Lukas staunte immer wieder, wie Kollegen Musik hören und Texte schreiben konnten, ihm würde das niemals gelingen.

Jetzt hatte er einen Ohrwurm. Er fragte sich, warum er sich nur mit Mühe seinen Hochzeitstag merken, aber wie aus dem Nichts diesen Songtext abrufen konnte.

»MfG, mit … Moment mal.« Lukas blieb abrupt stehen und hätte beinahe Finchen stranguliert, die einfach weitergerannt war, aber immer noch an seinem Gürtel hing. Er zog sein Handy aus der Tasche und suchte die Mail von Gregor Vögele heraus. Der Song mit den Abkürzungen hatte ihn auf eine Idee gebracht. Was, wenn zwar die Worte des ersten Satzes keinen Sinn ergaben, aber deren jeweilige erste Buchstaben? Da hatte er es: C – L – E – M – E – N – S.

»Clemens.« Lukas sagte den Namen seines Freundes so laut, dass sich vor ihm zwei Kollegen umdrehten. Er signalisierte ihnen, dass nicht sie gemeint waren, und ging weiter.

»Clemens! Gregor Vögele glaubt, dass ihn Clemens vom Dach der Tanzenden Türme gestoßen hat.« Lukas hatte darauf verzichtet, Kaja zu begrüßen, er war einfach nur froh, dass sie an ihrem Schreibtisch saß und er sofort über die wichtige Neuigkeit mit ihr reden konnte.

»Dir auch einen guten Morgen, lieber Lukas.« Kaja drehte

sich mit ihrem Stuhl so, dass sie ihren Kollegen direkt ansehen konnte. »Und nun wäre es schön, wenn du mir ganz in Ruhe erzählen könntest, wie du auf den Satz kommst, den ich eben zu hören geglaubt habe.«

»Na ja, genau das will mir dieser Gregor mit seiner Mail signalisieren. Dass Clemens es war.« Lukas machte Finchen von seiner Hose los und am Schreibtisch fest, bevor er Kaja die Nachricht auf seinem Handy zeigte: »Guck mal, die Anfangsbuchstaben des ersten Satzes ergeben seinen Namen.«

»Ich verstehe den Satz nicht, der ist doch inhaltlich und grammatikalisch murks«, sagte Kaja.

»Genau, weil es nicht um die Wörter, sondern nur um die ersten Buchstaben geht. Versuch du mal, einen klugen Satz zu formulieren, der mit einem C beginnt, gar nicht so einfach.«

»Check ich nicht.« Kaja grinste. »Ganz einfach. Also, du meinst allen Ernstes, dass dieser Gregor Vögele nicht nur mit dir sprechen will, weil du der berühmte Reporter der *Hamburg News* bist, der mit Hilfe seiner noch berühmteren Kollegin große Teile dieser Fridays-for-Future-Fälle aufgedeckt hat, sondern dass er dir auch gleich den Hauptverdächtigen mitliefert?«

»Warum sonst diese Botschaft?«

»Aber er weiß doch gar nicht, dass ihr befreundet seid.«

Darüber hatte Lukas nicht nachgedacht, was ein Zeichen dafür sein konnte, dass das nicht wichtig war. »Was spielt das für eine Rolle? Ich muss dringend mit ihm sprechen.«

»Hast du ihm schon geantwortet?«, fragte Kaja.

»Natürlich.« Lukas rollte mit den Augen. »Alter, ich mach den Job jetzt bald seit zwanzig Jahren …«

»Alte, wenn schon bitte, Alte.« Kaja grinste erneut. »Dann schreib ihm noch mal.«

»Was denn?«

»Na, dass du den Geheimcode geknackt hast.«

»Jetzt wirst du albern.« Lukas fing trotzdem an, an seinem Handy herumzuspielen.

»Schreib einfach: Clemens?«

»Clemens und ein Fragezeichen?«

»Genau.«

Lukas zuckte mit den Schultern und tat, wie ihm geheißen: »Clemens?«

»Schick ab«, sagte Kaja. Lukas drückte auf Senden, und dann starrten sie beide auf das Handy, als sei es das Selbstverständlichste auf der Welt, dass es in den nächsten Sekunden klingeln und Gregor Vögele am anderen Ende der Leitung sein würde.

»Das letzte Puzzleteil«, murmelte Kaja vor sich hin, ohne Lukas' Telefon aus den Augen zu lassen.

Es klingelte erst nach einer guten Stunde, zwischendurch hatten die beiden Reporter überlegt, ob sie eine weitere Nachricht schicken sollten, Kaja hatte »Gregor? Was ist mit Clemens?« vorgeschlagen. Aber es war nicht nötig.

»Das muss er sein«, sagte Lukas und zeigte auf die »Unbekannte Nummer«, die auf seinem Telefon aufleuchtete. Er räusperte sich, bevor er ranging, und bemühte sich, sehr offiziell und seriös zu klingen: »Lukas Hammerstein von den *Hamburg News*, guten Tag.«

39

Julius Wolff hatte bisher nur seine zwei engsten Berater in die Details des Plans eingeweiht, der ihn binnen zwei Jahren vom Hamburger Rathaus ins Kanzleramt bringen sollte. Die Freunde von den *Vier Flaschen* würden bald die Nächsten sein, und dann sollte die Geschichte Kreise ziehen, erst vorsichtig und langsam, dann druckvoll und immer schneller. Er stellte sich das wie eine *self-fulfilling prophecy* vor, die am Ende wahr wurde, weil immer mehr Menschen daran glaubten. Die Geschichte ging so: Er würde Kanzlerkandidat seiner Partei werden und bei der nächsten Bundestagswahl genau in dem Moment antreten, in dem die Bundeskanzlerin nach sechzehn Jahren abtrat. Viele Leute würden das erst kurz vor der Wahl registrieren, und weil sie an sich ganz zufrieden waren mit der Regierungschefin, würden sie nach der langen Zeit jemanden suchen, der so ähnlich war wie sie – und auf ihn stoßen, auf Julius Wolff, der der Kanzlerin in vielen Punkten glich, bis hin zu der Eigenart, dass er auf Fragen von Journalisten ungern direkt antwortete. »Und am Ende reichen fünfundzwanzig oder sechsundzwanzig Prozent, um Bundeskanzler zu werden«: Genau das würde er seinen Freunden und allen sagen, die es hören und nicht hören wollten. Die meisten werden mich auslachen, dachte Julius, aber wie heißt es so schön: Wer zuletzt lacht, lacht am besten. Vor allem, wenn der dann im Bundeskanzleramt sitzt.

Er grinste zufrieden in sich hinein, wie er es immer tat,

wenn er glaubte, einen Plan zu haben, mit dem niemand rechnete und der aufgehen konnte, nein, musste. So oder so stand für ihn fest, dass seine Zeit in Hamburg dem Ende zuging und er nur aufpassen musste, jetzt keine Fehler zu machen. Die Stadt war in einem guten Zustand, das Wohnungsbauprogramm, das er zu Beginn seiner ersten Legislaturperiode auf den Weg gebracht hatte, zahlte sich endlich aus. Kitaplätze waren in den ersten fünf Stunden kostenlos, die Schulen hatten fast komplett auf Ganztagesbetrieb umgestellt, und bei jedem Schul-Vergleichstest kletterte Hamburg im Ranking der Bundesländer weiter nach oben. Es lief genau so, wie Julius Wolff es vorhergesagt hatte, und es hatte sich ausgezahlt, dass er sich in diesen Bereichen deutschlandweit an die Spitze der Bewegung gesetzt hatte. In der Klimadebatte stand das noch aus, er hätte es gern gesehen, wenn Hamburg als eine der ersten Städte Europas CO_2-neutral gewirtschaftet hätte, aber davon war man leider weit entfernt. Dafür hatte sich die Stadt ganz ohne sein Zutun zu einem der Zentren von Fridays for Future in Europa entwickelt. In kaum einer anderen Metropole gelang es der Organisation, bei ihren Demonstrationen so viele Menschen zu mobilisieren wie im vergleichsweise kleinen Hamburg, eigentlich konnte nur London mithalten. Deshalb gefiel Julius Wolff die Idee des Marsches der Million, wie ihm alles gefiel, was dazu führte, dass außerhalb Hamburgs über Hamburg gesprochen wurde, und damit hoffentlich auch über dessen Bürgermeister.

Nachdem er eine Notiz von seinem Innensenator erhalten hatte, in der dieser grundsätzliche Bedenken ob der Demo angemeldet hatte, hatte Julius zwei Dinge getan: Er hatte sich mit Mara Altmeier verbinden lassen und sie gefragt, welche Politikerinnen und Politiker für den Marsch zugesagt hatten, und dabei erfahren, dass die Bundeskanzlerin nicht dabei sein würde. Das war gut und ein Grund, weshalb Julius Wolff anbot, den Protestzug gern mit Greta Thunberg und Mara anzuführen. Anschließend hatte Julius einen Termin mit dem Innensenator, dem Polizeipräsidenten und dem Kripochef ansetzen lassen, der anscheinend die größten Einwände gegen den Marsch der Million hatte. Zwanzig Minuten, das musste reichen. Denn für Julius stand der Ausgang der Besprechung lange fest, bevor sie begonnen hatte.

Nachdem er den anderen von seinem Telefonat mit Mara Altmeier erzählt und festgehalten hatte, dass der Marsch der Million nicht so hieß, weil die Veranstalter wirklich mit Teilnehmerzahlen in dieser Größenordnung rechneten, sondern weil »Marsch der Million« besser klang als »Marsch der halben Million«, durfte als Erster der Polizeipräsident seine Einschätzung abgeben. Er klagte, wie immer!, dachte Julius, über die hohe Zahl an Überstunden, die durch eine Großdemo sicher nicht weniger wurden. Der Bürgermeister fragte kurz, was denn eigentlich mit den fast tausend Stellen sei, die er der Polizei in seiner bisherigen Amtszeit zusätzlich genehmigt hatte, und wieso die an der Situation nichts ändern würden. Dann war der Innensenator dran, der, wie vorher mit Wolff abgesprochen, das Hohelied auf die Versammlungs- und die Meinungsfreiheit sang und an Hamburgs lange Tradition der Bürgergesellschaft erinnerte, auch so ein Begriff, den sein Chef gern und oft verwendete. »Wird schon schiefgehen«, sagte Naumann, »ich mache mir da überhaupt keine Sorgen.«

Was alles andere als die Überleitung war, die Enno von Spoercken sich für sein Statement erhofft hatte. Er hatte das Gefühl, dass die Stimmung zwischen Gegnern und Anhängern von Fridays for Future sich mit jeder Stunde verschärfte, die seit der Veröffentlichung der ersten Texte über den vermeintlichen Rächer der Klimaaktivistinnen vergangen war. Als wäre das nicht genug, hatten die *Hamburg News* heute Morgen einen langen Artikel veröffentlicht, der der Geschichte einer Serie von Anschlägen auf Männer, die sich in welcher Form auch immer an Fridays for Future vergriffen hatten, neue Nahrung gab. Lukas Hammerstein, wenigstens nicht Kaja, hatte mit Gregor Vögele gesprochen, dem ersten Opfer. Enno hatte gehofft, dass die Medien ihn vergessen würden, und er hatte seine Kollegen ständig darauf hingewiesen, dass sie die Ersten sein müssten, die mit ihm sprachen. Wann immer er nachgefragt hatte, wie die Lage sei, hatte es geheißen, dass Vögele nicht vernehmungsfähig sei, dass das Okay der Ärzte leider fehle. Und dann musste er in den *Hamburg News* ein einseitiges Interview mit dem Mann lesen, in dem der zum ersten Mal und »bei vollem Bewusstsein« erklärte, von einem unbekannten Täter von den Tanzenden Türmen geschubst worden zu sein. Er selbst hätte niemals die Absicht gehabt, sich das Leben zu nehmen, er sei nur dort oben gewesen, um ein Transparent anzubringen und eine neue Stufe bei den Klimaprotesten zu zünden. »Mit Demos und Schulschwänzen kommen wir nicht weiter«, hatte Gregor Vögele Lukas Hammerstein in den Block diktiert. »Wenn wir die Menschen endlich, endlich aufrütteln wollen, müssen wir die öffentliche Ordnung stören, Flughäfen und Autobahnen lahmlegen, uns auf Straßen festkleben, so was.« Er sei Meteorologe, es sei nicht fünf vor, sondern mindestens fünf nach zwölf, und deshalb dürfe man keine weitere Sekunde im Kampf gegen den Klimawandel verlieren. Und ja, man habe ihn bei Fridays for Future rausgemobbt, Mara Altmeier allen voran, und er müsse leider davon ausgehen, dass sein Unfall, der kein Unfall gewesen sei, in irgendeiner Form damit zusammenhänge. Zumal das ja nur das erste in einer

Reihe von schrecklichen Verbrechen im Umfeld der Organisation gewesen sei. »Ich bin dankbar, dass wenigstens einer, nämlich ich, überlebt hat und jetzt darüber sprechen kann«, hatte Lukas Hammerstein Vögele zitiert und dann die Frage gestellt, die Enno am meisten aufgeregt hatte: ob er sich vorstellen könne, dass es so jemanden wie den »FFF-Rächer«, wie er in bestimmten Medien genannt werde, tatsächlich gebe. Die Antwort war perfekt inszeniert, in den *Hamburg News* stand:

»Gregor Vögele (wird sehr ernst, denkt lange nach): ›Ob ich mir das vorstellen kann? Natürlich. Ich wäre selbst bereit gewesen, über Leichen zu gehen, und ich kann mir gut vorstellen, dass das auch andere sind, wenn sie die Ziele von Fridays for Future gefährdet sehen. (Lange Pause) Und unterschätzen Sie nicht die Wirkung, die Mara Altmeier auf Männer hat, im Guten wie im Schlechten.‹«

Das klang nach einer Abrechnung, und das sollte das Interview aus Sicht von Gregor Vögele wohl auch sein. Enno und seinen Kollegen hatte es weitere Geständige zugespielt, die sich alle aus der abgebrannten Scheune kannten und die zu Hause Fotos von der nackten Anna hatten. Einer hatte den entscheidenden Hinweis gegeben, der die Kriminalpolizei zu dem Drahtzieher führen sollte, der sich nur als Frank ausgegeben hatte und in Wahrheit Wladimir hieß. Wenn alles gut lief, würde der Zugriff in anderthalb Stunden erfolgen.

»Herr von Spoercken, Sie sind dran.« Der Bürgermeister nickte Enno aufmunternd zu, als würde der sich sonst nicht trauen, etwas zu sagen.

»Ich«, seine Stimme klang leicht kratzig, er musste sich räuspern, »würde gern vorher noch mehr über die verschiedenen Fälle in Erfahrung bringen …«

»... er meint den Scheunenbrand, die Kaufhausleiche und den Stalker, der vor die S-Bahn gefallen ist«, ging der Polizeipräsident dazwischen.

»... und den Mann, der von den Tanzenden Türmen gefallen ist und wie durch ein Wunder überlebt hat.« Enno hatte seine Stimme gehoben und den Polizeipräsidenten kurz und scharf von der Seite angesehen. Er mochte es nicht, wenn jemand ihm das Gefühl vermittelte, ihn erklären zu müssen. Das durfte auch sein Chef nicht.

»Wir haben alle das Interview in den *Hamburg News* gelesen und gehen natürlich davon aus, dass Sie diesen Gregor Vögele längst vernommen haben.« Julius Wolff betonte den Satz so, dass allen anderen klar war, dass er darauf keinen weiteren Kommentar erwartete.

Enno verzog keine Miene: »Wie gesagt, wir kommen sehr gut und sehr schnell voran, aber ich hätte gern noch mehr Zeit ...«

»Die haben Sie doch«, sagte Julius. »Der Marsch der Million soll erst in neun Tagen stattfinden.«

»Reicht das?«, fragte Innensenator Naumann und gab sich die Antwort umgehend selbst: »Ich denke, das reicht. Und an diese Geschichte mit dem Fridays-for-Future-Rächer glaubt doch außer den Boulevardmedien ohnehin niemand, oder?«

Der Polizeipräsident schüttelte den Kopf, als würde er dafür und nicht für die Sicherheit der Menschen in Hamburg bezahlt. Manchmal war die Unterwürfigkeit seines direkten Chefs nicht auszuhalten, dachte Enno, aber das sagte er in diesem Kreis besser nicht. Stattdessen sagte er: »Ich möchte zu diesem Zeitpunkt nicht ausschließen, dass eine Gefährdungslage für Menschen herrscht, die Fridays for Future und insbesondere Mara Altmeier bedrängen.«

Bei den letzten Worten des Kripochefs horchte Julius

Wolff auf. Zum ersten Mal in diesem Termin hatte er ein ungutes Gefühl, weil er an seinen alten Freund Clemens denken musste.

40

Clemens konnte sich nicht erinnern, dass jemals so viele Menschen in seinem Büro in der HafenCity gewesen waren. Die fast dreihundert Quadratmeter reichten nicht aus, mit jedem Tag, den der Marsch der Million näher rückte, strömten mehr Aktivisten in die Zentrale. Um den Überblick zu behalten und weil die Leute vom Landeskriminalamt anfingen, sich Sorgen um die Sicherheit in den Räumen zu machen, waren sie dazu übergegangen, all diejenigen, die bedenkenlos in der Fridays-for-Future-Zentrale ein- und ausgehen konnten, mit Bändchen am Handgelenk auszustatten. Die wurden von einem Freiwilligen am Eingang kontrolliert.

Das änderte aber nichts an dem Chaos dahinter. Clemens fühlte sich wie ein Arbeiter – gab es die männliche Form überhaupt? – in einem Bienenstock. Es summte und brummte in allen Ecken, und die Königin Mara flog ständig ein und wieder aus. Die Interviewanfragen hatten eine neue Rekordhöhe erreicht, und Mara war fest entschlossen, vor der großen Demo so vielen Journalistinnen und Journalisten Rede und Antwort zu stehen, wie es nur ging. Sie hatte Einladungen zu fast allen großen politischen Talkshows im deutschen Fernsehen angenommen, auch das ziemlich einmalig, dachte Clemens. Maras Omnipräsenz zahlte sich genauso aus wie die Kampagnen, die in dieser Zeit in der HafenCity erdacht wurden. Nie zuvor waren auf den Konten von Fridays for Future so viele Spenden eingegangen, etliche mit Vermerken wie »Zeigt es denen!«, »Jetzt erst recht« oder »Wir sind an eurer Seite«. Die vielen Berichte über den FFF-Rächer hatten zwar zu einer weiteren Welle ätzender Beschimpfungen im Internet, aber gleichzeitig auch zu eben jener Aufmerksamkeit beigetragen, die der Organisation das Geld bescherte, dass sie jetzt so dringend brauchte.

Clemens hatte sich bereit erklärt, sich bis zum Marsch der Million um die Finanzen zu kümmern, auch wenn ihm dafür nur ein winziger Fleck und ein Laptop in der Ecke des Büros blieben, in dem er früher ganz allein gesessen hatte und das Lukas bei seinem ersten Besuch als »Tanzsaal« bezeichnet hatte. Dass er den Überblick über die Konten hatte, führte dazu, dass Clemens jeden Tag mehrmals mit Mara im Kontakt war, sein musste. Seinen größten Augenblick hatte er gehabt, als er ihr den Eingang einer Spende in Höhe von 50000 Euro vermelden konnte. Das war genau das Geld, das noch gefehlt hatte, unter anderem für die Bühne und die Technik, die sie für das Konzert von Udo Lindenberg zum Abschluss des Marsches der Million brauchten.

»Du bist der Größte!« Das war Maras Reaktion gewesen, als sie von der Spende gehört hatte. Sie war Clemens in die Arme gesprungen, anders konnte man das nicht nennen, und hatte ihn so doll und so lange gedrückt wie noch nie. Er hatte ihren weichen Körper gespürt, ihre Wange an seiner, und als sie sich von ihm löste, hatte sie ihm zum ersten Mal einen Kuss auf die Wange gegeben. Wenn er wegen der stickigen Luft in seinem Büro nicht eh schon einen hochroten Kopf gehabt hätte, wäre es spätestens jetzt so weit gewesen.

»Das müssen wir feiern«, hatte Mara gesagt, und auf ihre Smartwatch geguckt, auf der der nächste Termin aufleuchtete. »Bist du heute am späten Abend noch da?«

»Wo sonst?« Clemens breitete die Arme aus, als könnte

er sich nichts Schöneres vorstellen, als hier zusammen mit Dutzenden anderen Menschen zu arbeiten.

»Haben wir noch Champagner?« Mara hatte die Frage quasi im Herausgehen gestellt, ihr Sicherheitsbeamte bahnte ihr den Weg in Richtung Ausgang.

»Ich besorge welchen«, hatte Clemens ihr hinterhergerufen. Er konnte sein Glück kaum fassen, nahm sein Handy und ging ebenfalls vor die Tür. Er brauchte frische Luft – und Ruhe, um Lilli über die neuesten Entwicklungen zu informieren. Um ihr zu sagen, dass Tag X gekommen war.

Es dauerte lange, bis Mara wieder zurückkam. Ihr Terminkalender war so voll, dass sie unmöglich jede einzelne Verabredung pünktlich einhalten konnte, zumal sie dafür bekannt war zu überziehen. Gegen 22.30 Uhr war ein Fotoshooting in der HafenCity geplant, wofür einer der Räume vorübergehend leer geräumt und mit großen Scheinwerfern in ein Studio verwandelt worden war. Es hatte diverse Foto- und Filmanfragen an Mara gegeben, und um nicht zu viele davon absagen zu müssen, hatten sie sich entschlossen, einen Termin für alle anzubieten. Das war aus Sicht der Fotografen mit großer Wahrscheinlichkeit nur die zweitbeste Lösung, aber immer noch besser, als Mara gar nicht ablichten zu können. Sie kam eine Viertelstunde zu spät und musste sich, dachte Clemens, im Auto frisch geschminkt haben. Sie sah perfekt aus.

»Kennst du die alle?«, fragte er Henri, den Haus- und Hoffotografen von Fridays for Future, der die Gelegenheit selbst nutzen wollte, um neue Studiobilder von Mara zu machen.

»Nein«, antwortete der, und Clemens fiel auf, dass er mit Henri noch nie wirklich lange gesprochen hatte, obwohl er andauernd in der HafenCity und bei den wichtigen Aktionen dabei war.

»Na denn«, sagte er, um überhaupt etwas zu sagen, und dann wandten sich beide wieder dem Scheinwerferlicht zu, in das Mara abgetaucht war. Sie hatte einen engen schwarzen Pullover an, der ihre Figur aus Clemens' Sicht etwas zu stark betonte, und eine dieser Hüfthosen, die junge Frauen heute trugen, dazu weiße Sneakers. Die Fotografen riefen Dinge wie »Bitte einmal die Arme verschränken«, »Einmal zur Seite drehen, wenn es geht«, »Gern mal an der Kamera vorbeigucken« in Maras Richtung. Die tat, was man von ihr verlangte, aber in der Reihenfolge, wie es ihr passte. Clemens staunte wieder einmal darüber, wie sie mit den Kameras und den Menschen dahinter spielen konnte, wie ihr Lachen am Ende alle verzauberte und die Profis gar nicht aufhören konnten, Bilder von ihr zu machen. Bis Mara nach einer guten halben Stunde einmal von links nach rechts und von rechts nach links guckte, um zu sagen: »Ich glaube, das reicht, oder?« Fast zeitgleich machte Henri die Scheinwerfer aus und knipste das Bürolicht an: Die Show war vorbei.

Clemens hatte einen Moment Angst, dass Mara ihre Verabredung von heute Mittag vergessen haben könnte. Doch nachdem sie sich persönlich von den Fotografen verabschiedet hatte, kam sie auf ihn zu: »Wo ist der Champagner?«

Auf die Frage hatte Clemens gewartet.

»Ich habe ihn kalt gestellt und da mal was vorbereitet«, sagte er und machte ein Zeichen, wie es Kellner in Restaurants machen, wenn sie einen Gast zu einem besonders guten Tisch geleiten. »Wollen wir?«

»Wollen wir was?«, fragte Mara, nicht böse, sondern neugierig.

»Ich dachte mir, dass wir zumindest einmal am Tag dem ganzen Trubel hier entfliehen könnten«, Clemens zeigte auf die vielen Leute, die neben Henri in seinem Büro herumwirbelten, der angefangen hatte, die Scheinwerfer abzubauen. »Sind nur fünf Minuten Fußweg.«

»Okay, du gehst vor.« Mara folgte Clemens in Richtung Ausgang, wo der Sicherheitsmann vom Landeskriminalamt wartete: »Ich glaube, ich brauche Sie heute nicht mehr.«

Der Beamte wünschte einen schönen Abend, und dann war Clemens zum ersten Mal seit, ja, seit wann eigentlich?, mit seiner Mara allein.

Sie hakte sich bei ihm unter, während die beiden durch die menschenleere HafenCity spazierten. Zwei Möwen flogen krächzend über sie hinweg, und Clemens hörte das Plätschern der Elbe. Es war kitschig, und es war der perfekte Moment zugleich, und nur darauf kam es an: »Du brauchst den perfekten Moment, und ich verspreche dir: Du wirst spüren, wenn er gekommen ist«, hatte Lilli gesagt, und Clemens dachte: Sie hat recht gehabt.

Er hielt vor dem Haus mit der Nummer 9 und zog einen Schlüssel aus der Tasche.

»Gibt es hier eine Bar …?« Mara löste die Unterhakung.

»Lass dich überraschen«, sagte Clemens und verzichtete im letzten Moment darauf, das in dem Tonfall von Rudi Carrell zu machen. Denn der Showmaster, den in Clemens' Generation alle kannten, war Mara sicher kein Begriff mehr.

Der Fahrstuhl wartete im Erdgeschoss, was Clemens als ein weiteres gutes Zeichen begriff, und brachte sie schnell und lautlos bis ganz nach oben. Er war gespannt, ob Mara das Namensschild bemerken würde, neben der Tür stand schon »Altmeier«, aber sie behielt nur ihn im Blick.

»Einen kleinen Moment noch, warte hier, dauert wirklich nicht lang.« Clemens stürzte in die Wohnung, wo er einen Kerzenleuchter auf den Tresen der Küche gestellt hatte, die direkt ins Wohnzimmer überging. Er zündete die Kerzen in Windeseile an, holte den Champagner aus dem Kühlschrank, die Gläser standen bereit. Dann hastete er zurück zur Tür, voller Panik, dass Mara es sich inzwischen anders überlegt haben und abgehauen sein könnte. Aber sie war genau da, wo er sie zurückgelassen hatte.

»Äh, Champagner?«, fragte Mara.

»Bitte hier entlang.« Clemens glaubte ein Geräusch im Treppenhaus gehört zu haben, aber das konnte auch das Rauschen in seinen Ohren sein. Er konnte sich nicht daran erinnern, jemals so aufgeregt gewesen zu sein, aber es fühlte sich gut an. Und nur das zählte.

»Wow.« Mara blieb in dem großen leeren Wohnzimmer stehen und blickte aus dem Panaromafenster auf die Elbe hinaus, auf der zwei beleuchtete Barkassen unterwegs waren.

»Champagner!« Clemens entkorkte die Flasche mit einem Ploppen, das fast wie bei einem Flensburger Bier klang, und schenkte die Gläser drei viertel voll.

»Bitte.«

Er hielt Mara ihres entgegen. Sie nahm es und sah Clemens an, in ihren Augen spiegelte sich das Licht des Kerzenleuchters wider. »Was ist das hier?«, fragte sie.

Das wirst du gleich erfahren, dachte Clemens, stellte sein Champagnerglas ab und sank auf die Knie.

41

Ihr Vater hatte ihr schon in jungen Jahren gesagt, dass sie wie eine Kerze sei, die an beiden Enden brenne. Und ja, hatte Lilli Hammerstein, die damals noch Schuster hieß, gedacht: Das stimmte. Sie gehörte zu den Frauen, die niemals ruhig rumsitzen und die es nicht ertragen konnten, nichts zu tun. Erstens, weil es schließlich immer etwas zu tun gab, und zweitens, weil ihr Leben eine endlose Abfolge von To-do-Listen war. Sie konnte nicht sagen, wann das begonnen hatte, aber sie war sich sicher, dass es sich niemals ändern würde, und das war auch nicht schlimm. Sie war, so hatte sie neulich zu Lukas gesagt, eine Aktivistin im Ursinn des Begriffs, auch wenn sich ihr Aktionsradius zuletzt stark auf alles verengt hatte, was mit Jonathan zu tun hatte. Daran hatte sie sich gewöhnen müssen, und das sollte sich wieder ändern, je eher, desto besser.

So gesehen war der Marsch der Million für sie ein Glücksfall. Endlich konnte Lilli ihre ganze Energie auf ein großes Projekt ausrichten, das nicht mit ihrem Kind und dem Haus zu tun hatte. Dass die Familie, einschließlich Jonathan und Finchen, beim Marsch dabei sein würde, stand außer Frage. Lilli hatte sich zudem vorgenommen, mindestens hundert weitere Bekannte, Verwandte, Nachbarn und Freunde zu mobilisieren. Am liebsten hätte sie ihre Eltern von deren Langzeitkreuzfahrt zurückgeholt. Weil das nicht möglich war, schrieb sie ihnen regelmäßig WhatsApp-Nachrichten, in denen es um die große Demonstration ging und in der Lilli mehr oder weniger versteckt durchklingen ließ, was sie in Zeiten des Klimawandels von Kreuzfahrten hielt: nämlich nichts.

Gestern hatte sie zusammen mit einer Freundin in der Kita, in die Jonathan bald kommen würde, mit Kindern und Erzieherinnen Plakate und Transparente gebastelt und alle aufgerufen, mit ihren Familienmitgliedern zu demonstrieren. Die Kleinsten verstanden zwar nicht so recht, worum es ging und was es mit diesem Klima auf sich hatte, aber sie waren mit Feuereifer dabei, und am Ende übten sie gemeinsam den Schlachtruf der neuen Generation: »Wir sind hier, wir sind laut, weil ihr uns die Zukunft klaut!« Mit diesem vielstimmig kreischigen Chor wurden die Eltern empfangen, die ihre Kinder am Nachmittag aus der Kita abholten und von Lilli ein Flugblatt mit den wichtigsten Informationen über den Marsch der Million in die Hand gedrückt bekamen.

Sie war eine Marketingexpertin, hatte jahrelang in der entsprechenden Abteilung eines großen Hamburger Familienunternehmens gearbeitet. Damals war sie stolz auf ihre vielen Dienstreisen gewesen – dass sie mal einen Termin in New York gehabt hatte und zwei Wochen später einen in Singapur. Sie hatte sich wenig Gedanken darüber gemacht, welche Produkte sie den Menschen da draußen andiente, entscheidend war nur, dass das Unternehmen möglichst viel verkaufte. Das Prinzip des Höher-schneller-weiter hatte sie spät angefangen zu hinterfragen, so richtig und radikal eigentlich erst mit der Geburt von Jonathan. Einerseits war der eigene Sohn Mahnung genug, von der Welt, in die sie ihn hineingeboren hatte, noch etwas übrig zu lassen. Andererseits beschämte es sie, dass es Schule schwänzende Jugendliche gebraucht hatte und immer noch brauchte, um die sogenannten Boomer ins Nachdenken und vor allem ins Handeln zu bringen, wenn es um den Klimawandel ging.

Lilli wusste, dass sie das, was sie in diesem Zusammenhang alles versäumt und falsch gemacht hatte, nicht würde wettmachen können, aber sie wollte es zumindest versuchen. Und sei es dadurch, dass sie an den Nachmittagen vor dem Marsch der Million mit Jonathan im Kinderwagen durch die Nachbarschaft in Eppendorf, Winterhude und Harvestehude streifte, um ihre Flugblätter in Briefkästen zu stecken und mit Menschen ins Gespräch zu kommen. Lilli glaubte, am Ende acht von zehn Personen, mit denen sie über die Demo und den Klimawandel sprach, überzeugen zu können. Selbst wenn es nur jeder Zweite war – auch das würde helfen. »Wir wissen doch alle, dass wir irgendwann was tun müssen, und irgendwann ist jetzt. Man kann zu Hause auf dem Sofa sitzen und denken, dass man ja doch nichts unternehmen kann. Aber ist das nicht viel anstrengender und zermürbender, als aufzustehen und zu sehen, dass man nicht allein ist?«

Es waren nur noch wenige Tage bis zum Marsch der Million, und Lilli hatte, wie sie es in der Einladung genannt hatte, den großen Freundeskreis der Hammersteins samt Kindern zur »Pre-Demo« eingeladen. Marketingsprech, zugegeben, aber Lilli wusste, dass der bei ihren Freundinnen verfing. Und so war es auch. Zum Vorbereitungstreffen – denn nichts anderes war die »Pre-Demo« – waren fast achtzig Leute gekommen, die sich über die komplette Fläche des Hauses verteilten und bastelten und bemalten, was halt gebraucht wurde: Lärminstrumente, Plakate, Schirmmützen, Gimmicks aller Art. Bei Hammersteins war die Hölle los, Lilli graute davor, das Chaos hinterher aufräumen zu müssen. Jonathan war wie die anderen Kinder quietschvergnügt und turnte mit farbverschmierten Fingern über große Papierplanen. Finchen war zum Glück nicht da, sondern mit Lukas in der Redaktion, sie wäre sonst sicher komplett durchgedreht.

Zwischendurch erhielten die Leute in den verschiedenen Zimmern die Aufgabe, sich Schlachtgesänge auszudenken, die erst von der jeweiligen Gruppe und dann von dem kompletten Haus angestimmt wurden. Irgendwann klingelte es Sturm bei den Hammersteins, aber als Lilli sah, dass es der alte Professor von nebenan war, öffnete sie lieber nicht. Der würde sich nur über den Lärm beschweren und für die Vorbereitungen genauso wenig Verständnis haben wie für Schülerinnen und Schüler, die den Unterricht schwänzten, weil sie sich Sorgen um die Erde, die Zukunft und damit um eigentlich alles machten. »Was soll der Matheunterricht, wenn die Welt zusammenbricht«, dröhnte es von oben aus dem Schlafzimmer, und Lilli, die in der Küche saß, grölte zurück: »Was soll der Matheunterricht, wenn die Welt zusammenbricht!« Jonathan sah seine schreiende Mutter erst so an, als würde er gleich in Tränen ausbrechen, doch dann stand er vom Boden auf, lief zur schneeweißen Küchenwand und trommelte mit seinen farbigen Fäusten dagegen, als wolle er den Rhythmus für die nächsten Protestrufe vorgeben. Lilli war stolz auf ihren Sohn, aber gleichzeitig fragte sie sich, ob sie genug Schmutzradierer hatte, um seine Farbabdrücke von der Wand abzubekommen.

Am frühen Abend verlagerte sich das Geschehen ins Wohnzimmer, auf die Terrasse und in den Garten. Das Wetter war, gerade für Hamburger Verhältnisse, erstaunlich gut. Es gab Prosecco und einen Roséwein vom Weingut Diefenhardt, den Niklas Lilli und Lukas empfohlen hatte. Als Letzterer gegen zwanzig Uhr mit einer fanatisch bellenden und dann wie irre den Boden ableckenden Finchen nach Hause kam – was ihr angesichts der vielen Farbreste schnell eine ziemlich bunte Zunge einbrachte –, war das Hallo groß. Lukas brauchte eine halbe Stunde, bis er alle Gäste begrüßt hatte, und eine weitere, um sich sämtliche Utensilien anzusehen, die an diesem Nachmittag vorbereitet worden waren.

»Ich sehe, ihr hattet Spaß«, sagte er, als ein spontan angestimmtes Schlachtrufkonzert mit »Was soll der Matheunterricht, wenn die Welt zusammenbricht?« endete. Vorsichtig fragte er, ob er sich nun auch ein Glas Wein holen dürfe. Er erwischte die letzte Flasche, was darin war, reichte gerade, um sein Glas zur Hälfte zu füllen. Lukas prostete in die Runde und schien jemanden zu suchen. Als er ihn nicht fand, beugte er sich zu Lilli runter und fragte: »Sag mal, wollte Clemens nicht auch kommen? Oder ist der schon wieder weg?«

»Was meinst du?« Es war so laut, dass Lilli ihren Mann nicht verstanden hatte. Lukas wiederholte die Frage.

»Stimmt, er hatte eigentlich fest zugesagt, wollte vielleicht sogar Mara mitbringen«, sagte Lilli. »Weißt du, er hat nämlich gestern …« Sie merkte gerade rechtzeitig, dass sie dabei war, Lukas etwas zu erzählen, was sie ihm nicht erzählen durfte.

»Er hat gestern was?«

»Ach, nichts«, sagte Lilli und fügte hinzu, damit er nicht weiter nachfragte: »Ich rufe ihn schnell an und frage, ob er noch kommt …«

»Und ich gucke, ob ich noch irgendwo Wein finde.« Lukas grinste und nickte in Richtung der vielen leeren Flaschen, die im Wohnzimmer herumstanden.

»Wie viel hattest du denn besorgt?«, fragte Lilli.

»Mindestens zwölf.« Jetzt grinste Lukas noch breiter, weil die tatsächlich alle weggegangen zu sein schienen.

»Hoppala«, Lilli grinste zurück, nahm ihr Handy und suchte die Nummer von Clemens heraus. Es klingelte dreimal, dann ging die Mailbox dran: »Hallo, hier ist Clemens

Engel, ich bin gerade nicht zu erreichen, rufe aber so schnell wie möglich zurück.«

Lilli wartete den Piepton ab, dann sagte sie: »Hi, Clemens, hier ist Lilli, die sich gerade fragt, ob du heute noch zu ihrer Pre-Demo kommst, gern mit Mara, hier ist richtig was los, willst du mal hören?« Sie gab ein paar Freundinnen ein Zeichen und fing an, den Mathespruch zu grölen, die anderen fielen sofort ein, das würde sich auf Clemens' Mailbox sicher eindrucksvoll anhören. »Du siehst, wir geben alles und warten nur auf dich. Lukas ist auch schon da, melde dich oder komm einfach vorbei!«

Als sie auflegte, hatte Lilli ein komisches Gefühl. Nicht, weil Clemens bisher nicht aufgetaucht war. Sondern vor allem, weil er sich nach dem bevorstehenden Treffen mit Mara in dieser Wohnung in der HafenCity, von dem er ihr gestern Nachmittag am Telefon so überschwänglich berichtet hatte, überhaupt nicht gemeldet hatte.

42

Normalerweise hatte der Leiter der Kriminalpolizei mit Demonstrationen nichts zu tun, so wie sich der Bürgermeister nicht um das Einsammeln von Steuern kümmerte. Aber eben dieser Bürgermeister hatte Enno gebeten, einen genauen Blick auf den Marsch der Million zu haben, und der Innensenator hatte hinzugefügt: »Sie sind ja unser Mann für die schwierigen Fälle, von Spoercken.« Und deshalb hatte Enno jetzt auch diese Großdemo an den Hacken, obwohl er sich eigentlich um echte Verbrechen kümmern musste, nicht zuletzt um die, die auch mit Fridays for Future zu tun hatten.

Nachdem das Interview mit Gregor Vögele in den *Hamburg News* erschienen war, hatte er keinen Grund mehr gesehen, warum der Mann nicht von der Polizei verhört werden sollte. Den zwei Beamten, die das übernommen hatten, berichtete Vögele so ziemlich dasselbe wie Lukas Hammerstein. Die Kernaussage war, dass ihn jemand bewusst die Tanzenden Türme hinuntergeschubst hatte und dass er fest davon ausging, dass das mit seiner Rolle bei Fridays for Future zu tun gehabt hatte. Damit gab es erstmals eine offizielle Aussage zu der These, die die Medien seit Tagen verbreiteten, als sei sie bewiesen: dass es nämlich wirklich jemanden gab, der sich an Männern rächte, die FFF-Aktivistinnen in irgendeiner Form in die Quere kamen. Das Problem war nur, dass Gregor Vögele nicht mal in Ansätzen hatte beschreiben können, wie der Täter ausgesehen hatte. »Wie auch? Ich stand mit dem

Rücken zu ihm, und ich hatte ehrlicherweise nicht damit gerechnet, dass mich jemand von der Dachterrasse eines der höchsten Häuser Hamburgs schubsen würde«, hatte er der Polizei zu Protokoll gegeben und sie gleichzeitig aufgefordert, den Täter in den Reihen der Organisation zu suchen, »die mich wie einen Fremdkörper ausgestoßen hat, obwohl ich einer derjenigen war, die sich mit dem Klimawandel und seinen Folgen am besten auskennen. Ich bin schließlich Meteorologe und nicht bloß Geographiestudentin.« Der zweite Teil des Absatzes konnte sich nur auf Mara Altmeier beziehen, die offiziell mitten im Geographiestudium steckte. Und es, wenn man Enno fragte, so schnell nicht abschließen würde. Dafür hatte sie als das Gesicht der deutschen Klimabewegung viel zu viel zu tun. Ach ja: Den Hinweis Vögeles, dass er Clemens Engel zutraue, »hinter alldem hier zu stecken«, hatte der Kripochef vorerst ignoriert. Das erschien ihm zu absurd, nicht nur, weil Engel der Freund von Lukas Hammerstein war.

Dafür hatte Enno Mara und ihre Freundin Anna noch einmal ins Polizeipräsidium gebeten. Er hatte ausrichten lassen, dass er wisse, dass der Zeitpunkt so kurz vor dem Marsch der Million ungünstig sei, aber es lasse sich leider nicht verschieben. Offiziell plante er zwei Gegenüberstellungen: Die von Anna mit diesem Frank, der in Wahrheit Wladimir hieß, Deutschrusse war und im Verhör von dem Moment an keine Fragen mehr beantwortet hatte, als ihm klar wurde, dass man ihn nicht nur der Sache mit den Fotos in der Scheune beschuldigen wollte.

Die zweite Gegenüberstellung, die Enno vorhatte, war die von Mara und Christian Petersen. Auch die dürfte Formsache sein, aber der Kripochef hoffte, die Klimaaktivistin danach zu einer Befragung überreden zu können, die sich bei Petersen bewährt hatte. Der hatte sich ein zweites Mal unter Hypnose verhören lassen, eine Technik, die die Polizei manchmal nutzte, wenn das Trauma eines Verbrechens so groß war, dass das Bewusstsein alles verhinderte, um das unterbewusst Erlebte an die Oberfläche geraten zu lassen. Petersen hatte unter normalen Bedingungen so gut wie nichts über die Person sagen können, die seinen Kumpel angegriffen hatte. Unter Hypnose wirkte er deutlich entspannter und sprach von »einem großen, kräftigen Mann mit kurzen Haaren, mit Sicherheit ein Deutscher, die Haare waren hell und der Teint auch«. Das waren Informationen, fand Enno, auf denen man aufbauen konnte, zumindest wenn sie andere so oder so ähnlich bestätigen würden. Und dafür brauchte er Mara.

Sie traf um Punkt Viertel vor sechs vor dem Polizeipräsidium ein. Die Gegenüberstellungen waren so gut vorbereitet, dass sie bereits zehn Minuten später abgeschlossen waren.

»Das ist er«, hatte erst Anna und dann Mara gesagt und sofort gefragt, ob sie »denn jetzt wieder gehen könnten.«

»Ich hätte noch eine Bitte«, Enno empfing die beiden in seinem Büro. »Nehmen Sie doch Platz.« Er wies auf die Stühle an seinem Besprechungstisch und setzte sich den beiden Frauen gegenüber. »Ich bräuchte in einem anderen Punkt Ihre Hilfe.«

»Wir helfen immer gern.« Mara nickte und wunderte sich gar nicht, dass ihr wortlos ein Espresso vor die Nase gestellt wurde.

»Auch einen?«, fragte er in Richtung Anna, doch die schüttelte mit dem Kopf. »Wasser?«

»Nein, danke, ich bin fein.«

»Also«, Enno schenkte sich selbst etwas aus der Karaffe ein, die auf seinem Tisch stand, Wasser mit Sprudel, »also, es wäre schön, wenn wir noch mehr darüber herausbekommen könnten, was Sie in der Scheune«, er blickte Anna an, »und was Sie bei dem Überfall erlebt haben«, jetzt sah er zu Mara.

»Wir haben dazu alles gesagt«, antworteten beide fast gleichzeitig.

»Das weiß ich«, sagte Enno, »aber es gibt eine Methode, mit der wir Dinge herausbekommen können, die Sie gesehen und erlebt haben, die aber irgendwo in Ihrem Unterbewusstsein versteckt sind.«

»Sie wollen uns jetzt aber nicht irgendwelche bewusstseinserweiternden Drogen anbieten, oder doch?« Mara trank ihren Espresso aus und stellte fest, dass der für sie auch so etwas wie eine Droge war. Ein Leben ohne konnte sie sich zumindest nicht mehr vorstellen.

»Nein, natürlich nicht. Das wäre ja noch schöner: Tagsüber jagen wir die Typen, die die Drogen unter die Leute bringen wollen, und abends verteilen wir sie selbst.« Enno grinste. »Bevor wir das tun, probieren wir lieber etwas anderes aus. Haben Sie beide schon einmal Erfahrungen mit Hypnose gemacht?« Er erklärte kurz, wie so eine Befragung unter Hypnose ablaufe und was er sich davon verspreche. Während Anna auf Enno etwas ängstlich wirkte, hörte Mara interessiert zu und sagte, als er fertig war: »Also, wenn es Ihnen hilft, bin ich dabei. Schließlich haben Sie uns ja auch geholfen«, sie zeigte zu ihrem Sicherheitsmann, den man durch die gläsernen Wände von Ennos Büro sehen konnte und der in diesem Moment auf seine Armbanduhr blickte. Mara hatte nicht mehr viel Zeit: »Ist es okay, wenn ich anfange?«, fragte sie Anna und Enno gleichzeitig. »Ich habe etwas Termindruck.«

Eine halbe Stunde später kam Mara aus dem Besprechungsraum, in dem das besondere Verhör stattgefunden hatte. »Hat gar nicht wehgetan.« Sie grinste, nickte Anna zu und verschwand mit einem lässigen »Bis später« in Richtung ihres Bodyguards. Die Aufzeichnung einer weiteren Talkshow wartete.

»Bitte.« Enno machte eine Handbewegung, dass nun Anna dran sei, und hatte den Eindruck, dass die sich einen Ruck geben musste. Doch dann verschwand auch sie hinter der Tür des Besprechungsraums.

Nicht einmal eine Stunde später hatte Enno die wortgetreuen Protokolle der beiden Gespräche auf seinem Schreibtisch liegen. Was er da las, würde den Fall, besser gesagt die Fälle, zwar nicht von heute auf morgen lösen. Aber erstaunlich war es schon.

43

Zwei Tage vor dem Marsch der Million zog Lukas mit Axel, dem so genialen wie chaotischen Videoredakteur der *Hamburg News,* durch die Stadt, um kleine Filme von Prominenten aufzunehmen, die an der großen Demo teilnehmen wollten und denen es ein Bedürfnis war, darüber zu sprechen oder sogar dafür Werbung zu machen. Es war erstaunlich einfach gewesen, Termine mit bekannten Hamburgern zu bekommen, selbst mit solchen, die sich aus politischen Aktionen normalerweise raushielten. Die Mischung aus dem Kampf für eine richtige und wichtige Sache und die Anfeindungen der vergangenen Wochen und Monate hatten Fridays for Future offensichtlich in eine Lage gebracht, in der fast alles möglich war. Die Sängerin Ina Müller rief im *Hamburg-News*-Video »die Leute da draußen« auf, »ihren Popo hochzukriegen und allen zu zeigen, dass eine andere Welt möglich ist«, die Botschaften von Musiker Sasha, den TV-Köchen Tim Mälzer und Steffen Henssler, den Moderatoren Markus Lanz und Johannes B. Kerner, der Schriftstellerin Ulla Hahn und ihrem Mann, Altbürgermeister Klaus von Dohnanyi, klangen ähnlich. Fußballlegende Uwe Seeler hatte sich im leeren Volksparkstadion seines Hamburger SV filmen lassen und nur vier Worte gesagt: »Dabei sein ist alles.«

Jetzt war Lukas mit Axel, den er noch nie ohne Schirmmütze gesehen hatte und der diese auch dann nicht abnahm, wenn sie im Rathaus filmten, auf dem Weg ins Hotel Atlantic.

Natürlich musste Udo mit einem eigenen Video dabei sein, nicht nur weil er zum Abschluss des Marsches der Million das wahrscheinlich größte Konzert geben sollte, das Hamburg je gesehen hatte.

Axel durfte das »Set«, wie er es nannte, in dem unendlich langen Flur aufbauen, der im Hotel Atlantic den Eingangsbereich und die Rezeption mit dem großen Saal verband. Lukas fragte, ob er ihm helfen könne, wie man das eben so machte, wenn man mit einem Kollegen unterwegs war, auch wenn man die Antwort kannte. Denn bei technischen Dingen verließ sich der Videoredakteur vor allem auf sich selbst. »Nee, alles gut«, sagte er. »Das schaffe ich allein, gib mir zehn Minuten. Du kannst Udo ja schon mal Bescheid sagen.«

Axel hatte Lindenberg erst einmal gesehen, aber es wäre ihm nie in den Sinn gekommen, den Sänger zu siezen. Alle in Hamburg sagten Du zu Udo: Lukas schrieb ihm eine WhatsApp, dass und wo sie auf ihn warten würden, und überlegte kurz, ob er sagen sollte, dass er sich noch Zeit lassen könne. Am Ende verzichtete er darauf, weil Udo das normalerweise so oder so tat. Entsprechend groß war Lukas' Überraschung, als sein berühmter Freund fünf Minuten später um die Ecke geschlurft kam, eine kalte Zigarre im Mundwinkel, den Hut leicht ins Gesicht gezogen, Sonnenbrille am Start und den Daumen der rechten Hand am Hosenbund. Lukas musste an John Wayne denken und an alte Cowboyfilme. Er ging Udo entgegen, weil Axel gerade festgestellt hatte, dass es Probleme mit der Lichtanlage gab und er doch länger brauchen würde, »keine Ahnung, was damit los ist. Wir müssen dringend mal neues Equipment kaufen, wenn wir uns bei Aktionen wie dieser nicht blamieren wollen.« Das sagte er bei jedem Termin, den Lukas mit ihm hatte, und deshalb hatte dieser den alten Keil darauf angesprochen, ob die *Hamburg*

News nicht in eine moderne Video- und Filmausrüstung investieren sollten, schließlich sei das die Zukunft. Die Antwort des Chefredakteurs war eindeutig gewesen, und Lukas hatte Axel sicherheitshalber nichts davon erzählt: »Am Ende«, hatte der alte Keil gesagt, »sind die *Hamburg News* immer noch eine Zeitung und werden das auch in Zukunft sein.«

Lukas nahm Udo vorsichtig in den Arm und achtete vor allem darauf, nicht an den Hut zu kommen. Das mochte Udo gar nicht, was vielleicht damit zusammenhing, dass er das Geheimnis um seine nach wie vor vollen, langen Haare nicht lüften wollte. Waren die echt? Oder nicht? Und wenn nicht: Wie konnten die so perfekt aussehen? Das waren Fragen, auf die es nie eine endgültige Antwort geben würde und deshalb immer viel Getuschel.

»Lucky Lukas, mein Amigo.« Udo stülpte die Unterlippe nach vorn, wie nur er die Unterlippe nach vorn stülpen konnte, und deutete den langen Hotelflur hinab: »Alles klar auf der Andrea Doria?«

»Der Kollege braucht noch ein wenig, irgendwelche Schwierigkeiten mit der Lichtanlage«, antwortete Lukas. »Wollen wir kurz in die Bar …«

»… auf ein Eierlikörchen oder auch zwei, die Nachtigall ist dabei.« Udo tippelte voraus. Er musste nichts tun, als in die Bar zu gehen und sich auf seinen Stammplatz zu setzen, dann kamen wie von Geisterhand eine Flasche Eierlikör mit zwei kleinen Gläsern und ein alkoholfreies Hefeweizen: »Bringste auch eins für meinen Freund Lucky Lukas«, nuschelte Udo in Richtung des Kellners, der alles auf einen Tisch gestellt hatte, und räkelte sich in seinen Sessel, an dessen Lehne Lukas Brandspuren zu erkennen glaubte. Natürlich durfte Udo im Atlantic rauchen, er war der Einzige, und Lukas ging davon aus, dass sich noch nie jemand darüber beschwert hatte oder jemals beschweren würde.

»Das war El Giganto, das Interview mit dieser Mara und mir in den *Hamburg News*, hast du super gemacht, Amigo.«

Der Kellner hielt Udo ein Feuerzeug hin, damit er die kalt gewordene Zigarre wieder anzünden konnte. Lukas war noch nicht dahintergekommen, ob sein Freund wirklich rauchte oder nur paffte, just for show. Zigarren passten eigentlich nicht zu dem späten gesundheitsbewussten Lindenberg, der einmal am Tag schwimmen oder laufen ging und extrem auf seine Ernährung achtete. Und der inzwischen auch seinen Eierlikör alkoholfrei trank – die Flasche auf dem Tisch hatte zumindest 0,0 Prozent.

»Ziemliche Frauenpower, diese Powerfrau, das wird 'ne geile Party dieser Marsch der Million, und am Ende fliegt der Panic Ghost über das Heiligengeistfeld, hoch die Tassen.« Er trank einen Schluck von dem alkoholfreien Weizenbier. »Schnell und gut, der Mann mit Hut, aber noch viel besser, die vielen jungen Leute, so heiter und weiter, als wir es damals waren, als das mit der Bunten Republik Deutschland begann, erinnerst du dich, als zusammenwuchs, was zusammengehörte, so Willy-Brandt-mäßig?«

Lukas nickte, Udo war bei einem seiner Lieblingsthemen angekommen, der Wiedervereinigung, und Lukas hatte für seine Sammlung wieder eines dieser Irgendwasmäßig-Wörter, die er so liebte und die sich niemand so Lindenberg-mäßig gut ausdenken konnte wie Udo.

»Jetzt kommt das nächste große Ding, Lucky Lukas, die Klimabewegung, alles wird gut, da kannste was draus bauen mit dieser Mara an der Spitze. Lieber die Altmeier als die alten Meier mit den vernagelten Köpfen, und immer die Spalt-Tablette griffbereit. Können wir nicht gebrauchen, wir wollen Optimisten sein, Botschafter der guten Laune, oder?« Udo beugte sich ein wenig nach vorn und schob die dunkle Sonnenbrille so tief auf die Nasenspitze, dass ihm Lukas direkt in die Augen gucken konnte: »Weißt du, an wen sie mich erinnert?«

»Mara?«

»Ja, Mara, eine wie sie sah ich noch nie. Dachte ich, aber das stimmte nicht. Als ihr zu mir in die Präsidentensuite gekommen seid, war es wie ein Déjà-vu, ich so: Die kennste, Udolinus, die kennste, aber woher?« Udo schob die Brille wieder zurück.

»Inzwischen ist es mir eingefallen. Tessa, Lucky Lukas, Tessa, die Tapfere, das tollkühne Mädchen, das vor ein paar Jahren so etwas zu werden schien wie die Frontfrau der Frontfrauen.«

»Du meinst, Tessa ...«, Lukas fiel der Nachname nicht ein.

»Frag Dr. Google.« Udo grinste und begann, den Eierlikör einzuschenken, »Marke Eigenbau, einer für alle, zwei für uns.«

Lukas hatte den Eintrag bei Wikipedia gefunden. »Tessa Bleyer war eine deutsche Aktivistin, die sich für die Rechte der Frauen überall auf der Welt einsetzte und in Deutschland für ihren Kampf gegen die sogenannten Ehrenmorde bekannt wurde.«

»Ich habe sie ein paarmal getroffen – Anti-Kriegs-Aktionen, Lieder für den Frieden und die Frauen, Gleichberechtigung und so, keine Gnade, volle Power, wie Mara. Altmeier und Bleyer, check das mal, Lucky Lukas. Fotos?«

Es gab mehrere Fotos von Tessa Bleyer im Netz, und es stimmte, sie hatte auch optisch Ähnlichkeit mit Mara. Lange braune Haare, dunkle Augen, ein Lächeln, das einen Raum erfüllen konnte.

»Verrückt«, sagte Lukas.

»Hör auf das, was die Nachtigall sagt, Geschichte wiederholt sich eben doch.« Udo hielt Lukas das Schnapsglas mit dem Eierlikör hin, sie stießen an: »Auf Tessa, die schon mal vorausgegangen ist.«

»Sie ist ...«

»Only the good die young, Lucky Lukas. Club der 27er, Tessa ist Ehrenmitglied, sie hat sich selbst ...« Udo stockte, schenkte Eierlikör nach und trank auch sein zweites Glas in einem Schluck leer. »Es war ein Schock damals, sie war so ein fröhlicher Typ.«

»Nimm dir das Leben und lass es nicht mehr los ...« Lukas fing leise an zu singen, in der Hoffnung, dass Udo einfallen würde.

»... denn alles, was du hast, ist dieses eine bloß. Warte, mein Freund.« Udo erhob sich und ging zu dem Klavier, das in einer Ecke der Bar stand, als würde es nur auf ihn warten. »Das hat sie verdient, die Tessa«, sagte Udo, bevor er die ersten Takte von »Das Leben« spielte, einem Song, in dem es überhaupt nicht um Selbstmord ging und der gerade deshalb so wunderbar zu diesem Augenblick passte. Lukas hatte Gänsehaut.

Als Udo fertig war, klatschten ein paar der Gäste, die in der Bar saßen, die meisten eher zaghaft. Der Musiker verbeugte sich, dann ging er zurück zu Lukas.

»Weißt du, wo die Power geblieben ist, Lucky Lukas? Sie ist nicht weg, nichts ist weg, so buddhamäßig, sie ist jetzt bei Mara. Altmeier statt Bleyer, volle Power, yeah.« Udo trank einen Schluck Weizenbier. »Wollten wir nicht noch ein klitzekleines Filmchen drehen?«

Das hätte Lukas fast vergessen und seinen Videoredakteur Axel auch, der den Hotelflur illuminiert hatte, als würde dort die Fortsetzung von *Star Wars* entstehen.

Während Udo auf die Kamera zutänzelte und seinen Text aufsagte, griff Lukas zum Handy und schrieb Clemens eine WhatsApp: »Weißt du eigentlich, dass deine Mara eine Wiedergeburt ist, so buddhamäßig? Sagt Udo, kein Scherz, googel mal Tessa Bleyer ...«

44

Für einen kurzen Augenblick hatte Niklas überlegt, das Treffen der *Vier Flaschen* abzusagen, weil am nächsten Tag der Marsch der Million sein sollte und alle damit so viel zu tun hatten. Clemens, der »Makler for Future«, in seiner neuen Rolle als einer der wichtigsten erwachsenen Unterstützer der Klimaaktivistinnen. Julius, der als Bürgermeister den Protestzug neben Mara Altmeier und Greta Thunberg anführen wollte. Lukas als Reporter für die *Hamburg News* und pflichtbewusster Ehemann von Lilli, die selbst bei ihm in der Alster-Lounge Flugblätter ausgelegt hatte, die zur Teilnahme an der Demo aufforderten. Niklas hatte nichts dagegen gehabt, obwohl er wusste, dass seine Klientel, die reichen und sehr reichen Hamburger, wachstumsverwöhnten Unternehmer und Manager mit Millionengehältern, nicht immer die Ersten waren, die Hier schrien, wenn es um den Kampf gegen den Klimawandel ging. Immerhin hatten sich knapp hundert Mitglieder für das »One-Million-Marsch-Menü« angemeldet, das Niklas für morgen organisiert hatte. Von der Terrasse der Alster-Lounge würden sie den besten Blick auf den Protestzug haben. An der Brüstung hatte er ein zehn Meter langes Transparent mit dem Schriftzug »Auf die Dauer hilft nur Power« aufhängen lassen. Dagegen konnten weder seine Mitglieder noch die Klimaaktivisten etwas haben, und zu dem Konzert von Udo Lindenberg passte es auch.

Schwerer als mit dem Spruch hatte sich Niklas mit der

Auswahl der Weine für die *Vier Flaschen* getan, deren Treffen trotz des ganzen Brimboriums stattfinden sollte. Sie mussten wie immer den unterschiedlichen Ansprüchen seiner Freunde gerecht werden. Diesmal würde er auch darauf achten müssen, dass die Weine nicht zu schwer waren, keiner der Freunde konnte am nächsten Tag einen dicken Kopf gebrauchen, sie mussten alle im Vollbesitz ihrer Kräfte sein. Niklas stromerte eine Dreiviertelstunde durch den Weinkeller der Alster-Lounge, in dem fast 20 000 Flaschen lagerten, bis er die richtige Mischung gefunden hatte. Losgehen sollte es, sozusagen als Vorgeschmack und Einstimmung auf den Marsch der Million, mit einem Rieslingsekt vom Weingut Kruger-Rumpf. Niklas würde seinen Freunden erst einmal nicht sagen, dass der komplett alkoholfrei war, und er war gespannt, ob es die anderen überhaupt merken würden. Dann hatte er zwei Flaschen für Clemens ausgesucht, weil der in den vergangenen Wochen von allen am meisten unter Druck gestanden hatte: einen Sauvignon blanc aus der Steiermark, der wunderbar nach Holunder und Zitrone schmeckte, aber ganz wenig Zucker hatte, und eine Scheurebe von Philipp Wittmann, sozusagen die deutsche Alternative zum Sauvignon blanc. Julius, der beide wahrscheinlich nicht besonders mögen würde, konnte sich auf Flasche Nummer vier freuen, einen bezahlbaren Bordeaux mit dem Namen Château de La Dauphine, den Niklas persönlich auf einer Reise durch das wahrscheinlich bekannteste Weinanbaugebiet der Welt entdeckt hatte. An einem Tag, wie er den Freunden würde erzählen können, an dem er allein hundertzwanzig verschiedene Bordeaux verkostet hatte. Wenn die Stimmung danach war, würde er beichten, dass er auf der Reise für fast eine Million Euro Weine für die Alster-Lounge eingekauft hatte und dass er überlegte, einen eigenen Wein-Shop zu eröffnen, online selbstverständlich. Aber vielleicht war der Vorabend des Marsches der Million nicht geeignet, um über derartige Geschäfte zu sprechen.

»Mal sehen«, murmelte Niklas, als er am Abend das Kaminzimmer für die *Vier Flaschen* herrichtete. Er sprach oder summte gern vor sich hin, wenn er etwas tat und niemand sonst da war, mit dem er sich unterhalten konnte. Es war fünf vor acht. Niklas öffnete alle Weine und dekantierte den Bordeaux. Sie würden ausnahmsweise drei verschiedene Gläser brauchen, seine Mitarbeiter hatten nur zwei, eins für den Sauvignon blanc und die Scheurebe, eines für den Rotwein eingedeckt. Niklas besorgte noch Gläser für den Rieslingsekt, der keiner war, und freute sich tierisch darauf, seine Jungs gleich reinzulegen. Gleichzeitig hoffte er, dass sie den Unterschied merken würden, nach alldem, was er ihnen bei den Treffen der *Vier Flaschen* in den vergangenen Jahren über Wein beigebracht hatte.

Auf dem Flur vor dem Kaminzimmer wurde es laut, Niklas hörte schnelle Schritte, und dann passierte etwas, was in der Historie der *Vier Flaschen* noch nie passiert war. Julius Wolff, der Bürgermeister, trat herein, wie immer mit seinen Sicherheitskräften im Gefolge.

»Huch, bin ich der Erste?«, fragte er und sah auf seine Armbanduhr, die zeigte, dass es Punkt acht war.

»Einmal ist immer das erste Mal.« Niklas grinste und drückte Julius kurz an seine Brust.

»Und die anderen?«

»Kommen sicher gleich, abgesagt hat keiner«, antwortete Niklas. »Wenn du willst, kannst du dich nützlich machen und vorsichtig den Sekt öffnen …«, er stockte, weil ihm auffiel, dass Julius dann die Aufschrift »0,0 Prozent Alkohol« auf der Rückseite bemerken könnte. »… wobei, vielleicht mache ich das doch lieber selbst.« Er zog die Flasche mit dem Kronkorken, die er Julius gerade noch hingehalten hatte, wieder weg.

»Ganz wie du meinst«, sagte der und wanderte mit seinem Blick über die leere Rotweinflasche, die auf dem Kamin stand.

»Ein Bordeaux?«, fragte er.

»Nicht irgendein Bordeaux, sondern *die* Entdeckung eines deiner besten Freunde. Du wirst begeistert sein, vor allem, wenn du den Preis hörst.«

»Sieht teuer aus.« Julius nahm die Flasche in die Hand und sah sie sich genau an. »Und riecht gut.«

»Denk daran: Nur Amateure riechen an Flasche oder Korken ...«

»... Profis riechen am Glas. Ich weiß. Und ich kriege langsam richtig Durst, wird Zeit, dass die anderen kommen.«

»Dann weißt du mal, wie wir uns sonst immer fühlen.«

Es war Viertel nach acht, als Lukas das Kaminzimmer betrat. Niklas umarmte ihn ebenfalls. »Bleibt nur die Frage«, murmelte er, »wo Clemens ist. Hat er bei einem von euch gesagt, dass er wegen des Marsches morgen später kommt?«

Julius schüttelte den Kopf, Lukas sah sicherheitshalber auf sein Handy: »Ich habe ihm gestern Abend eine WhatsApp geschrieben, auf die er nicht geantwortet hat. Er hat sie, wenn ich das richtig sehe, nicht mal gelesen.«

»Komisch«, sagte Niklas. »Wollen wir mit dem Sekt starten, oder wollen wir noch warten?«

»Warten«, sagten Lukas und Julius fast gleichzeitig und nahmen sich jeder ein Glas mit Wasser. Julius berichtete von dem letzten Stand der Vorbereitungen für den Marsch der Million aus Sicht der Stadt, Lukas erzählte von seinen Treffen mit Udo und all den anderen Prominenten, von denen er Videos gemacht hatte.

»Wieso habt ihr mich nicht gefragt? Ich hätte auch was sagen können«, sagte Julius.

»Wir wollten bewusst keine Politiker dabeihaben, nur, wie sagt ihr das im Rathaus immer so schön, Menschen aus der Zivilgesellschaft«, antwortete Lukas.

»Ich wusste gar nicht, dass du so unzivilisiert bist, Julius.« Niklas grinste und sah erneut auf die Uhr. Es war gleich neun. »Allmählich fange ich an, mir Sorgen um Clemens zu machen.«

»Wahrscheinlich ist er im Marsch-Chaos versackt«, sagte Lukas.

»Ich rufe ihn mal an.« Niklas suchte Clemens' Nummer heraus, wählte sie und wartete ein paar Sekunden. »Der Teilnehmer ist zurzeit nicht erreichbar«, wiederholte er dann, was er am anderen Ende der Leitung gehört hatte. »Kein Piepton, keine Mailbox, nichts.« Er versuchte es noch einmal, mit demselben Ergebnis.

»Warte, ich habe die Festnetznummer von seinem Büro.« Lukas wählte sie, es klingelte sechsmal, dann ging eine Stimme ran, die er nicht kannte. Nein, sagte eine Frau, sie könne nicht sagen, wo Clemens sei, ehrlich gesagt kenne sie einen Clemens gar nicht, sie sei erst ein paar Tage bei Fridays for Future und habe heute den Telefondienst übernommen, eine Nachricht könne sie gern weitergeben. Lukas bat sie zu notieren, dass Clemens sich dringend bei ihm melden solle.

»Und jetzt?«, fragte Niklas. Dass Clemens einem Treffen der *Vier Flaschen* fernblieb, hatte es noch nie gegeben. Er vergaß diesen Termin nicht, irgendetwas stimmte nicht.

»Ich rufe Mara an«, sagte Lukas. Er brauchte drei Versuche, dann hatte er die Aktivistin in der Leitung.

»Hi, Lukas«, sagte sie, »ich bin gerade in der Maske bei Maybrit Illner, hab leider keine Zeit, was gibt es?«

»Wir sind mit Clemens verabredet, aber er ist nicht gekommen«, fasste Lukas die Situation so kurz zusammen, wie er konnte.

»Okay«, sagte Mara. »Hat er dir nicht erzählt, was …«, sie stockte. »Offensichtlich hat er es dir nicht erzählt. Lukas, sorry, ich muss in die Sendung und ehrlich gesagt ist das ziemlich privat, am besten fragst du Clemens selbst. Bis morgen.« Dann legte sie auf.

»Die Sache wird immer seltsamer.« Lukas berichtete den Freunden von Maras Reaktion.

»Ich verstehe kein Wort«, sagte Niklas. »Und langsam werde ich unruhig.«

»Die Wohnung!«, brach es aus Lukas heraus. »Irgendwas hat mir Lilli neulich erzählt, wartet.« Er rief seine Frau an, die einzige Nummer, die er jedes Mal Ziffer für Ziffer in sein Handy eingab, er wusste auch nicht, warum. Das Gespräch dauerte gut drei Minuten, Niklas und Julius konnten nicht hören, was Lilli sagte, sie sahen nur, dass Lukas konzentriert zuhörte und wenige Zwischenfragen stellte. Als er auflegte, atmete er tief durch:

»Lilli geht davon aus, dass Clemens Mara vor zwei Tagen eine Liebeserklärung in einer Wohnung in der HafenCity gemacht hat, die er ihr schenken will, vielleicht noch mehr.«

»Du meinst«, fragte Niklas, »dass er um ihre Hand angehalten hat? Das würde zu ›Hat er dir nicht erzählt, was …‹ passen.«

»Aber warum ist er dann wie vom Erdboden verschwunden?«, fragte Julius.

»Vielleicht, weil sie eben nicht ja gesagt hat.« Niklas sah von Lukas zu Julius und wieder zurück.

»Wenige Stunden vor dem Treffen mit Mara hat er noch länger mit Lilli telefoniert, aber seitdem hat er sich nicht bei ihr gemeldet. Dabei wäre es doch das Naheliegendste, wenn er eine Abfuhr erhalten hätte ... Das behält man doch nicht für sich.«

»Denkt ihr, was ich denke?«, fragte Julius. Lukas nickte, nur Niklas sah ratlos zu seinen beiden Freunden: »Aber ihr glaubt nicht ernsthaft, dass er sich etwas angetan hat ...?«

»Unsere Gedanken gehen leider in eine andere Richtung«, sagte Lukas.

45

Manchmal war es von Vorteil, dass einer der vier Freunde Bürgermeister der Freien und Hansestadt Hamburg war. Lukas hatte in den Raum geworfen, ob man nicht Enno von Spoercken informieren sollte, denn schließlich war es nicht ausgeschlossen, dass Clemens' Verschwinden im Zusammenhang mit seiner Arbeit für Fridays for Future und seiner Nähe zu Mara Altmeier stand.

»Verstehe ich das richtig, dass ihr an diesen Rächer denkt?«, hatte Niklas noch gefragt, aber bevor Lukas etwas antworten konnte, war Julius dazwischengegangen: »Jungs, meine Leute warten draußen, vor der Tür sind zwei Autos, wir brauchen wirklich keine Unterstützung. Und wir stünden auch ziemlich peinlich da, wenn Clemens sich nur enttäuscht zu Hause eingeschlossen haben sollte und niemanden mehr sehen will, weil er bei Mara abgeblitzt ist. Also noch mal: Lasst uns einfach los.«

Sie fuhren mit deutlich überhöhter Geschwindigkeit durch Hamburg, was aber keine Rolle spielte. Sollte die Polizei die beiden Wagen anhalten, würde Julius einmal rauswinken, und man würde sie passieren lassen.

Als Erstes ging es zu Clemens' Privatwohnung in Harvestehude. Lukas und Niklas sprangen raus, klingelten erst mehrmals bei Engel, dann bei verschiedenen Nachbarn, bis einer öffnete. Sie entschuldigten sich für die Störung, sagten, dass sie ihren Freund Clemens, der unter dem Dach wohnt, telefonisch nicht erreichen könnten, aber dringend mit ihm sprechen müssten. Sie klopften mehrmals an Clemens' Wohnungstür, am Ende, so laut es ging, ohne noch mehr Aufmerksamkeit im Haus auf sich zu ziehen. Aber hinter der Tür regte sich nichts. Lukas klappte den Schlitz des Briefkastens hoch und konnte in einen dieser langen Flure schauen, der für die Altbauwohnungen in Hamburg typisch war.

»Clemens«, rief er. »Bist du da? Ich bin's, Lukas!« Er hielt ein Ohr an den geöffneten Schlitz, konnte aber keine Reaktion hören. Unter der Tür lugte ein Stück Papier raus, Lukas versuchte, es mit seinen dünnen Fingern herauszufummeln. Im dritten Anlauf gelang es, und er hielt ein Stück Zeitung in der Hand.

»Guck mal, Niklas, die *Hamburg News* von vorgestern.« Lukas hielt seinem Freund den Papierrest entgegen.

»Du meinst«, fragte Niklas, und Lukas vervollständigte seinen Satz: »Ich meine, dass er offensichtlich länger nicht zu Hause gewesen ist.«

»Also weiter.« Die beiden rannten wieder runter, saßen zwei Minuten später wieder bei Julius im Auto und erstatteten Bericht. Er war im Wagen geblieben, weil ein Bürgermeister im Treppenhaus für unnötige Aufregung gesorgt hätte. Als sie zu Clemens' Büro in die HafenCity fuhren, ließ es sich Julius aber nicht mehr nehmen, mit hineinzukommen. Doch in dem ganzen Gewusel gab es niemanden, der sagen konnte, wo Clemens war. Wobei sich einige zu erinnern glaubten, ihn heute gesehen zu haben, oder war das gestern? »Sorry, Lukas«, sagte Anna, die die Einzige war, die der Reporter erkannte, »wegen dem Marsch der Million ist bei uns so viel los, dass wir alle das Zeitgefühl verloren haben. Ich bin froh, dass ich weiß, dass morgen Freitag ist …«

»Weißt du denn auch, wann Mara zurückkommt?«

»Keine Ahnung.« Anna zuckte mit den Schultern, bevor sie grinsend sagte: »Spätestens morgen um sechs Uhr, dann beginnt hier der Countdown. Und dann ist sicher auch Clemens wieder am Start, vielleicht muss der sich einfach mal ausruhen. Ist ja schließlich keine zwanzig mehr ...«

»Und jetzt?«, fragte Niklas, als die drei Freunde wieder vor Clemens' Büro standen.

»Es gibt aus meiner Sicht drei Möglichkeiten.« Lukas begann, auf und ab zu gehen, weil er sich einbildete, dabei besser denken zu können. »Entweder ist er untergetaucht und will niemanden sehen, auch seine besten Freunde nicht, weil diese Sache mit Mara schiefgegangen ist.«

»Schwerer Anfall von Liebeskummer, meinst du?«, fragte Niklas. »Bei Clemens?«

»Wie hast du vorhin so schön gesagt, als ich als Erster zu den *Vier Flaschen* gekommen bin? Einmal ist immer das erste Mal ...«, antwortete Julius. »Möglichkeit Nummer zwei, Lukas?«

»Clemens hat sich etwas angetan, das traue ich ihm allerdings noch weniger zu als den Liebeskummer. Bleibt drittens, dass es tatsächlich jemanden gibt, dem es nicht gefällt, wenn ältere Männer Mara Altmeier zu nah kommen, und der ...«

»Der FFF-Rächer.« Julius stöhnte.

»Du hast doch vorhin von einer Wohnung in der HafenCity erzählt, die Clemens Mara Altmeier schenken wollte ...«

»Ja, aber die HafenCity ist groß«, Lukas zeigte vor und neben sich. Er wusste nicht, wie viele Menschen in dem Stadtteil lebten, der in den vergangenen Jahren direkt an der Elbe entstanden war, aber ein paar Tausend waren es bestimmt.

»Das haben wir gleich«, sagte Julius. »Für irgendetwas muss dieses Bürgermeisteramt ja gut sein ...« Er gab einem der Sicherheitsbeamten ein Zeichen, sprach kurz mit ihm und wandte sich dann wieder an die Freunde: »Wollen wir hier warten oder ein paar Schritte gehen?«

Sie entschieden sich für die zweite Variante, und so stapfte der Bürgermeister mit Niklas und Lukas in Richtung Elbe, ein Beamter des Landeskriminalamtes vorweg, einer hinterher, die beiden anderen folgten mit etwas Abstand in den gepanzerten Dienstwagen. Nach zehn Minuten klingelte Julius' Handy, er nahm den Anruf entgegen, sagte »Ja, bitte« und wenig später »Schönen Dank«. Dann winkte er die Autos heran und bat die Freunde einzusteigen: »Die Adresse ist Koreastraße 9.«

Zwei Minuten später waren sie da, Lukas suchte die Namen an den Briefkästen ab. Engel fand er nicht, dafür aber Altmeier. »Er hat …«, mehr musste er nicht sagen, lesen konnten die anderen auch. Sie klingelten mehrmals, aber nichts passierte. Die Tür ließ sich anscheinend sowohl mit einem Schlüssel als auch mit einem Code öffnen, neben dem Türrahmen hing ein entsprechendes Display mit Nummern. Lukas scrollte, bis er den Namen Altmeier gefunden hatte und drückte auf okay. Er wurde aufgefordert, einen vierstelligen Code einzugeben: »Und jetzt?«

Julius zuckte mit den Schultern: »Ich könnte die Sicherheitsleute fragen, ob sie eine Idee haben, wie man die Tür …«

»Nicht nötig.« Niklas hatte sich neben Lukas gestellt und begonnen, eine Nummer auf dem Display einzugeben. »Ich will nicht mehr Niklas Claasen heißen, wenn Clemens als Code nicht das Gründungsjahr seines geliebten HSV angegeben hat.« Er zögerte, bevor er die letzte Zahl eingab. »Und das ist 1887.« Er hatte die sieben kaum gedrückt, als der Summer erklang: »Ich bin und bleibe ein Zahlengenie«, sagte Niklas und hielt seinen Freunden die Tür auf: »Bitte nach Ihnen.« Julius signalisierte einem der Sicherheitsleute mitzukommen, jetzt konnte man nicht mehr wissen. Wenigstens hatten sie bisher nichts getan, das illegal war.

Die vier nahmen die Treppe und sahen bei jeder Tür genau auf die Namensschilder. Als sie im vorletzten Stock angekommen waren und weder Engel noch Altmeier gefunden hatten, sagte Lukas: »Typisch Clemens – Dachgeschoss.«

Es war die letzte Tür. Lukas atmete tief durch, Niklas hatte Schweiß auf der Stirn, was sowohl an seiner Aufregung als auch an dem Gang durchs Treppenhaus lag. Julius tat das, was getan werden musste. Er klingelte zweimal, dann klopfte er mehrmals an die Tür, bevor er »Clemens, bist du da?« rief. »Nichts«, sagte er zu den Freunden und dem Sicherheitsbeamten, als hätten die das nicht selbst gemerkt.

»1887«, sagte Niklas und zeigte auf das Display, das über dem Schloss angebracht war. Er drückte auf die Ziffern, wieder ein Summen. Der Bürgermeister signalisierte dem Sicherheitsmann, diesmal voranzugehen.

»Clemens, bist du hier irgendwo?«, rief Niklas in die leere Wohnung hinein, als der Sicherheitsmann das Wohnzimmer erreichte und plötzlich hektisch wurde. »Schnell«, rief er. Julius, Niklas und Lukas rannten hinterher.

Das Wohnzimmer war von beachtlicher Größe. In der offenen Küche standen eine Flasche Champagner, zwei Gläser und ein Leuchter mit heruntergebrannten Kerzen. Und davor saß Clemens, dessen Hände auf dem Rücken zusammengebunden waren. Sein Mund war mit einer Art Tape verklebt, nur in der Mitte war ein kleines Loch. Für einen Moment dachten Lukas, Niklas und Julius, dass ihr Freund bewusstlos war, wenn nicht Schlimmeres. Der Sicherheitsbeamte gab über Funk ein paar knappe Befehle an die Kollegen durch, sie sollten einen Notarzt verständigen und den Eingang sichern. Er selbst hatte ein Taschenmesser aus seinem Brustbeutel gezogen, und Lukas staunte, dass ein Polizist so etwas dabeihatte. Er kniete sich zu Clemens hinunter, riss ihm das Pflaster mit einem Ruck vom Mund, was den Nebeneffekt hatte, dass Clemens zur Besinnung kam, sein Schrei war für die Freunde eine große Erleichterung.

»Wasser, wir brauchen Wasser«, sagte Julius, der jetzt dem Sicherheitsbeamten half, Clemens von den Fesseln zu befreien. Niklas nahm den Kübel vom Tresen, in dem die Champagnerflasche steckte, und überlegte nicht lange. Das Eis, das einmal darin gewesen sein musste, war lange geschmolzen.

»Zur Seite«, sagte Niklas, bevor er ausholte und Clemens das Wasser mit Schwung ins Gesicht schüttete. Der Freund zuckte zusammen, dann schüttelte er sich wie ein Hund, der aus der Ostsee kommt.

»Ich hatte eigentlich an Wasser zum Trinken gedacht.« Julius fing an, Clemens' geschundene Arme zu massieren. Niklas hielt ihm ein Champagnerglas hin, das er mit Wasser gefühlt hatte und an dessen Rand etwas Lippenstift klebte. Es musste Maras Glas gewesen sein, aber das war jetzt egal.

»Clemens, du musst was trinken.« Julius führte das Glas an die Lippen seines Freundes, der anfing, daran zu nippen. Langsam schien er zu sich zu kommen, in der Ferne waren die Sirenen von Feuerwehr, Notarzt und Polizei zu hören.

»Alles wird gut«, sagte Julius, als er Clemens das erste Wasserglas verabreicht hatte und Niklas ihm ein zweites hinhielt.

»Waaas ...«, Clemens Stimme war leise und seltsam heiser, »waaas ... macht ...«, er versuchte zu schlucken, aber es schien ihm wehzutun, »ihr ... hier?«

»Wir haben dich vermisst.« Lukas hatte sich schräg hinter seinen Freund gesetzt und massierte ihm den Nacken.

»Heute sind doch die *Vier Flaschen*, und Niklas hatte extra …«

»Ich … konnte … nicht … kommen.« Clemens schien schon wieder zu lächeln. Die Freunde trauten sich nicht, ihm aufzuhelfen, sie wollten auf die Rettungskräfte warten, deren Schritte man im Treppenhaus hören konnte. Aber Lukas konnte nicht anders, als ihm die Frage zu stellen, die sowieso im Raum stand: »Alter, was ist hier passiert?«

46

Die Nacht war kurz, Lukas bekam nur ein paar Stunden Schlaf und konnte am nächsten Vormittag nicht wie geplant zusammen mit Lilli und Jonathan zum Marsch der Million fahren. Zuerst musste er in die Redaktion, um Kaja auf den neuesten Stand zu bringen und mit ihr zu beratschlagen, wer heute, an diesem so oder so historischen Tag, was recherchierte und worüber berichtete. Weil es schnell gehen musste, hatte er mit Finchen ausnahmsweise die U-Bahn genommen. Um kurz vor acht trafen die beiden in der Redaktion ein, Kaja hatte bereits Kaffee gemacht und Teewasser aufgesetzt.

»Erzähl!«, sagte sie, kaum dass Lukas Finchen wie immer an seinem Schreibtisch festgebunden hatte. Er hatte Kaja gestern per WhatsApp in knappen Sätzen von der Suche nach Clemens geschrieben und dass der mit großer Sicherheit das nächste Opfer des FFF-Rächers gewesen sei, für Lukas ein klarer Hinweis, dass es den tatsächlich gebe.

»Das muss aber wirklich alles unter uns bleiben.« Lukas gähnte, obwohl er das in diesem Moment unpassend fand, aber er war einfach zu müde. »Es geht schließlich um einen meiner besten Freunde. Keine Berichte, ohne dass wir uns mit ihm abgestimmt haben. Verstanden, Kaja?«

»Bin ja nicht blöd. Jetzt erzähl endlich.«

»Also«, Lukas gähnte noch einmal und diesmal so laut, dass Finchen in ihrem Körbchen zusammenzuckte. Dann machte er das Fenster auf, murmelte etwas wie, dass er so viel Sauerstoff brauche, wie er bekommen könne, und legte los: »Ich weiß nicht, ob ich dir davon mal erzählt habe, aber … Also, Clemens hat sich in Mara verliebt, und dass er so viel für Fridays for Future getan hat, lag mindestens so sehr an ihr wie an der Sache selbst.«

»Und ich sage jetzt mal nicht, dass sie seine Tochter sein könnte.« Kaja trank einen Schluck Kaffee.

»Das ist nett von dir.« Lukas unterdrückte den nächsten Gähner. »Clemens hat sich in diese Liebe verrannt, er hat gar nicht gemerkt, dass von Mara nichts zurückkam, oder er wollte es nicht merken. Auf jeden Fall ist es zum Showdown in einer Wohnung in der HafenCity gekommen, die Clemens Mara schenken wollte …«

»Er wollte *was*?«

»… mit Elbblick, wenn du es genau wissen willst. Und weil er dachte, dass er den perfekten Moment erwischt hatte, nur sie und er über den Dächern der Stadt, Kerzenlicht und Champagner, ist Clemens, mein Freund Clemens«, er schüttelte sich kurz, als könnte er sich die Situation nicht vorstellen, »auf die Knie gefallen und hat quasi mit der Wohnung um ihre Hand angehalten.«

»Auch mal 'ne Methode – nicht so einfallslos wie die anderen Kerle mit ihren Klunkern.«

»Mara hat ihm wieder aufgeholfen, wie einem alten Mann. Dann hat sie ihn lange in den Arm genommen und ihm gesagt, dass er verrückt sei und sie ihn dafür und für alles, was er für Fridays for Future getan habe, wirklich wahnsinnig gernhabe, aber dass das hier eine Nummer zu groß für sie sei.«

»Und dann?«

»Dann hat sie ihn noch einmal kurz umarmt, zwei-, dreimal Sorry gesagt, ihren Champagner ausgetrunken und die Wohnung verlassen. Clemens hat berichtet, dass er ihr eigentlich hinterherlaufen wollte, aber es nicht konnte. Er sei an dem Tresen in der Küche wie festgewachsen gewesen, selbst als die Tür längst ins Schloss gefallen war.«

»Und dann?«

»Dann hat Clemens erzählt, dass er immer noch am Tresen stand, als es plötzlich an der Wohnungstür klingelte. Er dachte, dass Mara es sich anders überlegt hätte, was sonst, und war wie gelöst. Er rannte zur Wohnungstür und riss sie auf …«

»Ich ahne, was jetzt kommt.«

»Du ahnst nichts. Das Einzige, was Clemens sah, war ein riesiger Lichtblitz, der ihn so stark blendete, dass er ein paar Schritte in die Wohnung zurücktaumelte. Das Nächste, woran er sich dann erinnerte, war, dass er gefesselt und geknebelt auf dem Boden lag, mit ziemlichen Kopfschmerzen.«

»Entweder ist er also nach diesem Blitz, oder was immer das auch war, unglücklich auf den Kopf gefallen, oder jemand hat ihm vorsätzlich eins übergezogen.«

»Wie auch immer, er war ziemlich lange benommen, und die vielen Stunden ohne Flüssigkeitszufuhr haben diesen Zustand nicht gerade verbessert«, sagte Lukas.

»Das hätte böse ausgehen können …«

»… wenn Clemens nicht so ein zähes Kerlchen wäre. Die Ärzte haben gesagt, dass er noch weitere zehn bis zwanzig Stunden so hätte aushalten können, bevor es wirklich kritisch geworden wäre.«

»Respekt!« Kaja trank fast instinktiv ihren Kaffee aus. »Ich könnte das nicht. Was sagen unsere Freunde von der Kripo?«

»*Dein* Freund Enno kam gestern eine halbe Stunde nach den ersten Einsatzkräften in Clemens' Wohnung an. Ich glaube, er hat sich nicht gefreut, mich dort zu sehen«, sagte Lukas.

»Er muss sich vorkommen wie in dem Rennen zwischen dem Hasen und dem Igel, der Arme. Wo immer er auftaucht, ist einer von uns beiden schon da.«

»Wobei ich diesmal ja nicht als Reporter da war, sondern als Freund.«

»Das konnte Enno ja nicht wissen.« Kaja grinste. »Er wird tierisch Angst haben, dass seine Vorgesetzten alle Details des Angriffs auf Clemens in den *Hamburg News* lesen können, bevor seine Spurensicherung die Ermittlungen überhaupt abgeschlossen hat.«

»Eine Angst, die unberechtigt ist, weil ich kaum über eine Geschichte berichten kann, in die ich selbst so involviert gewesen bin.« Lukas machte das Fenster wieder zu, anscheinend hatte er genug Sauerstoff bekommen.

»Dafür hast du ja mich, mein kleines Reporterass.« Kaja stellte sich vor ihre Pinnwand. Aus der Kategorie »Fast tot« war »Überlebende Opfer« geworden. Neben das Foto von Gregor Vögele pinnte die Polizeireporterin ein Bild von Clemens, das sie ausgedruckt haben musste, bevor Lukas in die Redaktion gekommen war. Es war komisch, seinen Freund an dieser Stelle zu sehen, und es war für Lukas Appell genug, den Fall jetzt endlich zum Abschluss zu bringen. Am besten noch heute, Marsch der Million hin oder her.

»Also, was sehen wir?«, fragte Kaja und ging ein paar Schritte zurück.

»Wir sehen fünf Männer, von denen drei tot sind und zwei zum Glück nicht«, antwortete Lukas und kam sich dabei albern vor.

»Und was haben diese Männer gemeinsam?«

»Sie haben in irgendeiner Form Fridays for Future attackiert, bis auf Clemens …«

»Falsch«, sagte Kaja. »Wenn man sich die einzelnen Fälle

genau ansieht, stellt man schnell fest, dass es eigentlich nie um Fridays for Future ging.«

»Bitte?«, fragte Lukas, der den Gedanken der Polizeireporterin nicht richtig folgen konnte, was nicht nur an seinem Schlafdefizit lag.

»Einmal ging es darum, dass eklige alte Männer Fotos von dieser Anna machen wollten. Und sonst – ging es immer um Mara!« Kajas Stimme hatte etwas Auftrumpfendes, als hätte sie beim Spieleabend mit der Familie nach langer Suche das Puzzleteil unter dem Sofa entdeckt, das fehlte.

»Was so ziemlich dasselbe ist. Mara ist Fridays for Future.«

»Das stimmt, aber ich glaube, so zu denken führt uns auf den falschen Weg, und der beste Beweis dafür ist dein Freund Clemens.« Kaja nahm einen roten Edding und machte ein Kreuz an dessen Bild.

»Ich verstehe nicht, worauf du hinauswillst, Kaja.«

»Guck mal: Gregor Vögele ist von den Tanzenden Türmen geflogen, nachdem er sich mit Mara angelegt hatte. Mario Greve ist im Heizungskeller eines Kaufhauses gelandet, nachdem er sie überfallen hatte. Der Stalker ist tot, und Clemens muss für den Mann oder die Frau, der oder die über die heilige Mara gewacht hat, auch nicht viel besser gewesen sein. Ein Stalker mit vermeintlich guten Absichten und viel Geld, aber am Ende auch ein Stalker. Und dafür sollte er bezahlen.«

»Du meinst ...«, langsam schien Lukas Kajas Thesen nachvollziehen zu können.

»Ich meine, dass wir in Wirklichkeit keinen Rächer suchen, sondern Maras Schutzengel, der eher ein Erzengel ist, oder wie heißen noch mal die, die keine guten Absichten haben?« Kaja schien kurz darüber nachzudenken, und weil Lukas nichts sagte, fügte sie an: »Und muss man Engel eigentlich nicht gendern? Denn Engel sind ja nicht nur Männer, nach meiner Erfahrung sind sie das eigentlich gar nicht ... Egal, auf jeden Fall müssen wir jemanden suchen, der es sich zur Aufgabe gemacht hat, Mara vor all den Männern zu schützen, die ihr aus seiner Sicht ...«

»... oder ihrer ...«

»Du lernst schnell, Lukas, und du lernst von der Besten.« Kaja grinste. »Die Mara aus seiner oder ihrer Sicht zu sehr auf die Pelle rücken. Mann oder Frau, auf jeden Fall ist es ein böser Schutzengel, der Tag und Nacht über der einmaligen Mara Altmeier wacht.«

»Die so einmalig gar nicht ist«, sagte Lukas. »Hast du schon mal von Tessa Bleyer gehört?«

47

Weil Lukas schnell zum Hauptbahnhof musste, wo Greta Thunberg um neun Uhr mit dem Nachtzug aus Stockholm ankommen sollte, und wegen seiner persönlichen Verwicklung in die Angelegenheit, hatten Kaja und er beschlossen, dass sie sich um den Text über den Überfall auf Clemens kümmern sollte. Wobei Lukas darauf bestand, dass die Polizeireporterin den Namen seines Freundes änderte und all die Dinge, die er ihr erzählt hatte, so weit es ging nachrecherchierte. Beides hatte Kaja versprochen, bevor sich Lukas in Richtung Bahnhof aufmachte.

Als er zehn Minuten vor der Ankunft des Zugs aus der schwedischen Hauptstadt, der tatsächlich pünktlich war, an Gleis vierzehn eintraf, gab es dort kein Durchkommen mehr. Aus den einfahrenden Zügen vom Nachbargleis strömten unzählige Menschen mit Plakaten, Pfeifen und Tröten in die Innenstadt, wo der Marsch der Million gegen elf Uhr beginnen sollte. Und an Gleis vierzehn warteten Hunderte junge Leute und mindestens so viele Journalisten auf die Ankunft von Greta. Lukas konnte sehen, dass in Abschnitt F ein Bereich abgesperrt war. Dort irgendwo musste Mara Altmeier mit ihrer Entourage auf die Schwedin warten, Enno von Spoercken dürfte auch nicht weit sein. Wenn Lukas Kaja richtig verstanden hatte, war die Zahl der Sicherheitsleute für Greta und Mara noch einmal auf zwanzig verdoppelt worden, das waren Verhältnisse wie beim Besuch des US-Präsidenten.

Lukas versuchte, sich mit dem Presseausweis in der Hand den Weg durch die wartenden Menschen frei zu machen, aber weiter als bis in den Abschnitt E schaffte er es nicht. Als der Zug mit Greta einfuhr, konnte er nur sehen, wie sie durchs Fenster winkte. Wenige Minuten später bahnte die Bundespolizei dem berühmten Gast und ihrer nicht minder berühmten Gastgeberin den Weg aus dem Bahnhof heraus. Die beiden wollten zu Fuß die paar Minuten zum Rathaus gehen, wo sie von Julius Wolff empfangen werden sollten. Einige Hamburger Politiker hatten gefordert, dass sich Greta Thunberg ins Goldene Buch der Stadt eintragen sollte, aber das fand der Bürgermeister eine Nummer zu groß. Er hatte eine halbe Stunde unter sechs Augen mit Mara und Greta im traditionellen Bürgermeisteramtszimmer reserviert, danach würde es für ein gemeinsames Foto auf den Rathausbalkon gehen, bevor die drei sich an die Spitze des Marsches der Million setzen würden.

Lukas hatte sich für das Programm im Rathaus akkreditieren lassen, und Julius hatte ihm versprochen, dafür zu sorgen, dass er von diesem Zeitpunkt an in seiner Nähe und damit auch in der von Greta und Mara sein konnte. »Aber nur, wenn du deinen Dackel diesmal zu Hause lässt«, hatte Julius gesagt, halb im Scherz und halb im Ernst. Lukas hatte den Hund in der Redaktion in die Obhut einer Praktikantin gegeben und sie angewiesen, die Leine am Schreibtisch nur in einem einzigen Fall loszumachen – wenn es Feueralarm geben sollte. Die Praktikantin hatte das versprochen und Lukas erzählt, dass sie in ihrer Familie schon immer Dackel gehabt hätten, was beruhigend geklungen hatte.

Auf dem Rathausbalkon hatte Lukas nahezu perfekte Sicht auf Greta, Mara und Julius. Er stand schräg an der Seite, als die drei von drinnen nach draußen kamen, und sowohl Mara als auch Julius winkten ihm unauffällig zu, bevor sie an die Brüstung traten und auf eine Menschenmenge blickten, die nirgendwo zu enden schien. Tatsächlich wand sich der Strom der Demonstranten bereits einmal vom Rathausmarkt um die komplette Binnenalster, und auch die anderen großen Straßen in der Innenstadt waren voll von Menschen, genauso wie die Reeperbahn und das Heiligengeistfeld, wo am frühen Nachmittag Udo sein Konzert geben sollte. Er hatte auch eine Einladung auf den Rathausbalkon bekommen, aber freundlich abgesagt, und Lukas wusste, warum: Das hier war der Nachtigall einfach zu früh, schon das Konzert um vierzehn Uhr war ein großes Zugeständnis an die Klimabewegung.

Lukas hatte in Hamburg noch nie so viele Leute in der City gesehen, die Schätzungen überschlugen sich. Fridays for Future sprach schon gegen kurz vor elf Uhr von einer halben Million Menschen, die Polizei immerhin von 350000. Lilli hatte Lukas vorhin angerufen, eigentlich nur um zu sagen, dass sie es mit Jonathan und ihrem Freundinnentross heil in die Nähe des Rathauses geschafft hatte, aber dann hatte sie angefangen zu weinen. »Lukas«, schluchzte sie, »all diese Menschen, ich kann das gar nicht glauben, es ist so großartig!«

»Ist wie früher in den Western: Am Ende siegen immer die Guten«, hatte er geantwortet, dann war die Verbindung abgebrochen. Das Handynetz sollte jetzt alle fünf Minuten in die Knie gehen, es gab einfach zu viele Menschen, die zur gleichen Zeit zu viel zu berichten hatten – und sei es nur, dass sie mit dabei waren, wenn Geschichte geschrieben wurde.

Als um kurz vor zwölf Uhr die Sicherheitskräfte Greta Thunberg, Mara Altmeier, Julius Wolff und die anderen Prominenten an die Spitze der Demonstration gebracht hatten, meldete Fridays for Future »unglaubliche 750000 Teilnehmer«. Es ist der Wahnsinn, dachte Lukas, der froh war, sich in dem etwas geschützten Bereich rund um die erste Reihe bewegen zu können. Er mochte Menschenansammlungen nicht besonders, und das hier war die Mutter aller Menschenansammlungen.

»Let's go.« Greta und Mara gaben gemeinsam das Startsignal, und dann setzte sich die Masse in Bewegung, wie sich eine Masse in Bewegung setzen kann: träge, aber gewaltig. Vor allem die Bilder, die aus den Hubschraubern der Fernsehsender gemacht wurden, würden um die Welt gehen. Hamburg setzte ein unübersehbares Zeichen, und Lukas war sicher, dass man auch im Ausland an diesem Tag über das berichten würde, was hier gerade auf den Straßen passierte.

Kaja hatte ihm vor wenigen Minuten eine WhatsApp mit der Nachricht geschickt, dass Enno höchstpersönlich Clemens am frühen Morgen im Krankenhaus befragt hatte, wohin man ihn vorsorglich gebracht hatte. Er hatte gehofft, beim Marsch der Million dabei sein zu können, doch dann hatten ihm sowohl die Ärzte als auch der Kripochef davon abgeraten. Und so musste Clemens die Demo, die es ohne ihn nie gegeben hätte, am Fernseher verfolgen. Er tat Lukas leid. Mit dem besten Bildausschnitt, den er hinbekam, machte er ein Foto von Greta und Mara und schickte es ihm aufs Handy. Anders als bei der letzten Nachricht antwortete Clemens sofort: »Ich kann es nicht glauben, Lukas, ich kann es nicht glauben. Sooo viele Menschen, und ich muss hier liegen ... Zum Heulen schön!«

»Klingt, als ob es dir schon wieder besser geht.«

»Viel besser, und ehrlich gesagt habe ich vor, nachher wenigstens bei Udos Konzert dabei zu sein.«

»Untersteh dich«, schrieb Lukas, aber er wusste, dass Clemens die Phase, in der man ihm etwas vorschreiben konnte, spätestens nach den Ereignissen der vergangenen Tage ein für alle Mal hinter sich gelassen hatte.

Die in der ersten Reihe hatten sich untergehakt, Julius ging zwischen Greta und Mara, und Lukas hatte das Gefühl, dass er sich dort wohlfühlte. Die drei wurden von einem Pulk von Fotografen ins Visier genommen, die für ein paar Minuten rückwärts vor dem Demonstrationszug gehen durften, bis sie sich in eine der ersten Reihen eingliedern oder ganz verschwinden mussten. Das war ein waghalsiges Schauspiel, Lukas sah seinen Videoredakteur Axel mittendrin, wie er immer wieder ins Taumeln kam und einmal sogar hinfiel.

Zwei, drei Fotografen scherten in Lukas' Reihe ein, ein weiterer direkt vor ihm, in die Reihe hinter Mara. Der Typ kam ihm bekannt vor, aber das war nichts Besonderes. Wenn man als schreibender Journalist in Hamburg unterwegs war, traf man regelmäßig auch auf die fotografierenden Kollegen. Man kannte sich in der Branche, man grüßte sich, auch wenn niemand, fand Lukas, erwarten konnte, dass man sich alle Namen merkte. Dafür gab es in Hamburg einfach zu viele Menschen, die etwas mit Medien machten.

Der Kerl vor ihm hörte nicht auf zu fotografieren, er trug eine Jacke, auf der vorn groß »Presse« draufstand, musste also ein Profi sein. Oder einer von denen, die so taten.

Lukas' Handy piepte. Eine Nachricht der Praktikantin: »Finchen hat sich eben losgemacht, frag mich bitte nicht, wie, sie hat die Leine zerbissen. Aber alles gut, wir haben sie wieder eingefangen, und bis du wieder da bist, behalte ich sie im Auge.«

»Puh ... Danke«, schrieb Lukas zurück. »Leine noch zu gebrauchen?«

»Geflickt, geht«, antwortete die Praktikantin, und Lukas

konnte wieder einmal nicht glauben, wie es dem Dackel seiner Schwiegereltern immer gelang, in den unmöglichsten und unpassendsten Momenten für Trouble zu sorgen. Er musste an Finchens Sprung in die Alster denken, damals, und daran, wie sie abgehauen war, als sie zu der aus der Scheune geflüchteten Anna und der Scheune geeilt waren und sie den Dackel nur gefunden hatten, weil …

Lukas tat das, was man als einer der Vorderen in einem Demonstrationszug eigentlich nicht tun sollte: Er blieb kurz stehen, weil er wie aus dem Nichts an ein kleines Detail denken musste, das er längst vergessen hätte, wenn die Praktikantin ihm nicht geschrieben und der Fotograf da vorne sich nicht in diesem Moment umgedreht hätte. Auf der Rückseite seiner Jacke, hinten am Kragen, hatte er genau solche zwei grüne F aufgenäht, wie Lukas eines bei der Suche nach Finchen im Umfeld der Scheune gefunden hatte. Zwei F, dachte Lukas, das stand für Freiwillige Feuerwehr, aber deren Mitarbeiter trugen Uniformen. Er trat näher an den Fotografen heran, so nah, bis er nur noch eine Handbreit entfernt war. Und dann konnte er es sehen: Neben den zwei Filz-F waren kleine Löcher zu erkennen und die Reste eines Fadens, an dem einmal ein drittes F gehangen haben musste. Und dann wusste Lukas auch wieder, woher er den Fotografen kannte.

48

Es war eine schwierige Entscheidung. Einerseits musste Lukas dringend mit Clemens, wahrscheinlich auch mit Enno und Kaja sprechen, andererseits durfte er den Mann vor sich nicht aus den Augen lassen. Es war nur ein F, nur ein Filzbuchstabe, aber es war wenigstens so etwas wie ein Anhaltspunkt. Er hatte Clemens auf seinem Handy angerufen, der gleich nach dem ersten Klingeln rangegangen war. Aber um Lukas herum war es zu laut angesichts all der Tröten und nicht enden wollenden Gesänge und Schlachtrufe, als dass er eine Frage hätte stellen können, die sein Freund verstanden hätte. Also schrieb er ihm eine WhatsApp: »Sag mal, wie heißt dieser Fotograf noch, den ich ein paarmal bei dir im Büro und auf Demos gesehen habe?«

»Du meinst bestimmt Henri«, schrieb Clemens zurück. »Der macht für uns ehrenamtlich die Fotos von allen großen Aktionen und hat für ein paar Kampagnenmotive auch Mara fotografiert. Warum?«

»Erklär ich dir später. Hat er so eine Jacke mit vorn Presse und hinten FF drauf?«

»Ja, selbst gemacht, glaube ich. FFF meinst du sicherlich.«

»Und was weißt du noch über den Typen?«

»Nicht viel, außer dass er mir gegenüber immer recht distanziert war. Als wir uns kennengelernt haben und ich mich ihm mit Clemens vorgestellt habe, hat er ernsthaft gesagt: Bleyer, angenehm.«

Lukas wäre vor Schreck fast das Handy aus der Hand gefallen.

»Der heißt Henri Bleyer?«

»So heißt er ... Und jetzt sag mir endlich, warum du das alles wissen willst.«

»Erzähl ich dir später«, schrieb Lukas hastig, bevor er das Handy wieder in die Tasche steckte. Erst das fehlende F, jetzt dieser Nachname – er wusste nicht, wie das alles zusammenpasste, aber dass es irgendwie zusammenpassen musste, stand für ihn außer Frage. Henri Bleyer ging wenige Schritte vor ihm und zielte mit dem Objektiv seiner Kamera jetzt auf die erste Reihe, genauer gesagt auf Mara. Wann immer sie sich umdrehte, drückte er ab, klickklickklick, und Lukas musste an Kajas Worte denken: »Es ging immer um Mara.« War der Fotograf ihr Schutzengel? Jetzt fiel Lukas der Blitz ein, von dem Clemens gesprochen hatte, als er die Tür zu der Wohnung in der HafenCity geöffnet hatte. Sie alle waren bisher davon ausgegangen, dass es diesen Blitz nicht gegeben, sondern Clemens es nur so wahrgenommen hatte, als er einen Schlag auf den Kopf bekam, durch den er bewusstlos wurde. Was aber, wenn es wirklich einfach nur ein Blitz gewesen war, aus dem leistungsfähigen Blitzlichtgerät eines professionellen Fotografen? Lukas merkte, dass er unruhig wurde, es gab so viel zu tun, aber er kam hier nicht weg. Er holte das Handy erneut heraus und schrieb eine weitere WhatsApp, diesmal an Kaja: »Habe einen Verdacht. Henri Bleyer, Fotograf bei Fridays for Future, vielleicht mit Tessa Bleyer verwandt, du weißt. Kannst du checken, schnell bitte?«

»Verstehe kein Wort, aber checke«, schrieb Kaja postwendend zurück. Dann war erst einmal Handyruhe, und Lukas konnte sich wieder auf die Demonstration konzentrieren, und auf Henri Bleyer, der sein Objektiv starr auf Mara gerichtet hielt, als wäre sie die Einzige, die heute auf der Straße war. Die offiziellen Teilnehmerzahlen hatten sich bei 600000 eingependelt, es würde endlos dauern, bis alle die ursprünglich geplante Route durch die Innenstadt passiert hatten. Udos Konzert auf dem Heiligengeistfeld würde nur ein Bruchteil der Protestierenden sehen können.

Lukas Handy piepte. »Einen Henri Bleyer finde ich auf die Schnelle in Hamburg nicht, wohl aber einen H. Bleyer. Der ist in Eimsbüttel gemeldet und Anfang dreißig. Kommt das hin?«

»Kommt hin«, schrieb Lukas.

»Und nun?«, schrieb Kaja zurück.

Gute Frage. »Kannst du Enno einen Tipp geben? Ich habe jetzt keine Zeit, die ganzen Zusammenhänge zu erklären«, und ehrlich gesagt, weiß ich sie auch gar nicht, ergänzte Lukas in Gedanken, »aber mein Gefühl sagt mir, dass dieser Bleyer unser Mann sein könnte.«

»Ich habe gegoogelt, Tessa Bleyer hatte einen Bruder«, antwortete Kaja. »Hilft uns das?«

»Wichtiges Detail«, schrieb Lukas. »Und Enno?«

»Ich funke ihn an.«

Lukas fragte sich, ob der Leiter der Kriminalpolizei vielleicht auch im vorderen Teil der Demonstration zu finden war. Er suchte die Menge Mensch für Mensch ab, konnte Enno aber nicht entdecken. Henri Bleyers Position war unverändert, und Lukas fand seine Fixierung auf Mara von Minute zu Minute verdächtiger.

Sein Handy vibrierte. »Enno fragt: Wie sieht er aus? Ungefähr 1,85 Meter, kräftige Schultern, kurze Haare, Vollbart, Brille?«

Lukas vergewisserte sich noch einmal, dann schrieb er zurück: »Im Moment Sonnenbrille, sonst kommt alles hin.«

»Ehrlich?«

»Ehrlich.«

»Allmählich wird mir die Sache unheimlich«, schrieb Kaja.

»Wieso? Woher hat Enno die Beschreibung?«, fragte Lukas.

»Erzähl ich dir später, ist alles ein wenig kompliziert. Wenn ich Enno richtig verstanden habe, rücken ein paar Leute von ihm gerade zur Wohnung von Bleyer aus.«

»Die wollen da rein?«, schrieb Lukas.

»Gefahr im Verzug«, schrieb Kaja zurück. »Bin auch auf dem Weg.«

»Zur Wohnung?«

»Nee, zum Mond.«

Von der Redaktion der *Hamburg News* nach Eimsbüttel waren es mit einem der E-Bikes, die der alte Keil auf Drängen der Reporter angeschafft hatte, normalerweise nur fünfzehn Minuten. Diesmal würde es viel länger dauern, weil auf den Straßen Hamburgs gar nichts mehr ging. Lukas hoffte, dass Kaja schlau genug war, die U-Bahn zu nehmen, das dürfte jetzt der schnellste Weg sein, je nachdem, wo dieser Henri in Eimsbüttel seine Wohnung hatte. Er selbst konnte nichts anderes tun, als einfach weiter geradeaus zu gehen und den Verdächtigen nicht aus den Augen zu lassen. Was würde er machen, wenn er plötzlich verschwand? Es war leicht, in der Menge unterzutauchen, aber zum Glück machte Henri Bleyer keine Anstalten. Und wenn er wirklich der Schutzengel, der böse Schutzengel von Mara sein sollte, würde er sie ohnehin nicht aus den Augen lassen, bis der Marsch der Million vorbei war.

Lukas machte mit seinem Handy ein paar Fotos von ihm, er versuchte, die zwei F auf seinem Rücken so nah ranzuzoomen, dass man die Stelle erkennen konnte, an der einmal das dritte gehangen hatte. Er hatte keine Ahnung, ob die Bilder etwas taugten, aber er konnte nicht untätig bleiben. Es machte ihn einerseits rasend, hier gefangen zu sein, und andererseits hatte er das Gefühl, mal wieder zur richtigen Zeit am richtigen Ort zu sein. Reporterglück.

Sein Handy piepte. Clemens schrieb: »Ich haue jetzt ab, vielleicht sehen wir uns bei Udo.«

»Was sagen die Ärzte?«, schrieb Lukas zurück.

»Dass man Reisende nicht aufhalten soll.«

»Tut dein Kopf noch weh?«

»Nichts gegen den Schmerz, dass ich beim Marsch der Million nicht dabei sein kann. Bin schon draußen!«

»Verrückter Kerl«, schrieb Lukas. »Pass bitte auf dich auf!«

Clemens schickte drei hochgereckte Daumen, dann war der Chat zu Ende.

Lukas guckte auf die Handyuhr, die Demo lief seit anderthalb Stunden. Sein Telefon klingelte, Lilli war dran, aber er konnte von dem, was sie sagte, nur wenige Worte verstehen. »Gänsehaut« war dabei, »kein Durchkommen« und »Jonathan schläft«. Das klang allemal nach guten Nachrichten, und weil die Praktikantin kurz darauf ein Foto von sich mit Finchen auf dem Schoß schickte, konnte sich Lukas wieder auf die Observation konzentrieren, in die er unfreiwillig hineingeraten war. Links und rechts neben der ersten Reihe waren ein paar zusätzliche Polizisten aufgezogen, Lukas zählte auf jeder Seite etwa acht. Das konnte Zufall sein, es konnte aber auch mit Henri Bleyer zusammenhängen, der weiterhin nur Augen für Mara hatte.

Lukas fragte sich, wann er wieder etwas von Kaja hören würde. »Wie ist die Lage?«, schrieb er ihr.

Bis er eine Antwort bekam, sollte eine weitere halbe Stunde vergehen. Die Nachricht der Polizeireporterin bestand aus einem einzigen Wort: »Volltreffer.«

49

Der Typ hatte einen sechsten Sinn. Obwohl es so aussah, als wäre er die ganze Zeit nur mit Fotografieren beschäftigt, musste er gespürt haben, dass ihm Gefahr drohte. Er schien die zusätzlichen Polizisten registriert zu haben, und Enno von Spoercken hatte das Gefühl, dass Bleyer ihn einen kurzen Moment aus den Augenwinkeln fixierte. Der Chef der Kripo hatte sich von Beginn der Demonstration an schräg hinter Mara Altmeier in Position gebracht. Er trug eine Schirmmütze und eine Sonnenbrille – die Leute vom Landeskriminalamt sollten ihn nicht gleich erkennen, weil das so gewirkt hätte, als würde er ihnen nicht zutrauen, die Klimaaktivistin und Greta Thunberg ausreichend zu beschützen. Aber der Einzige, auf den sich Enno heute verlassen wollte, war er selbst. Und das zahlte sich aus.

Die Funksprüche, die er über den Knopf in seinem Ohr hören konnte, hatten sich in der vergangenen Stunde überschlagen. Wieder waren ihm Lukas und Kaja zuvorgekommen, es war nicht zu glauben. Aber jetzt, wo das große Finale bevorstand, kam es auf ihn, allein auf ihn an. Enno hatte beschlossen, Henri Bleyer selbst festzunehmen, die Polizisten an den Seiten des Marsches hatte er nur zur Absicherung gerufen. Mit dem Fotografen würde er fertigwerden, weil er das Überraschungsmoment auf seiner Seite hatte und weil Henri Bleyer angesichts des ganzen Equipments, das er mit sich trug, vermutlich ziemlich unbeweglich war.

Enno hatte sich dem Verdächtigen Stück für Stück genähert, was in der Menge einerseits eine Leistung war, andererseits aber auch nicht auffiel. Jetzt stand er vielleicht noch zwei Meter von ihm entfernt, die Handschellen in der Hand. »Zugriff in sechzig Sekunden«, gab er per Funk an die Kollegen durch. Dann atmete er tief ein, spannte den Körper an und wollte gerade die entscheidenden Schritte auf Henri zumachen, als der die Kamera sinken ließ, in Ennos Richtung blickte und etwas tat, womit der Kripochef nicht gerechnet hatte. Er ließ seine Kameratasche fallen und drängelte sich durch die Menschen in Richtung der ersten Reihe. »Er wird doch nicht«, dachte Enno und schrie dann in sein Funkgerät: »Zugriff!« Das Nächste, was er hörte, war ein markerschütternder Schrei. »Maaraaaaa!«, brüllte Henri Bleyer und stürzte sich auf die Klimaaktivistin. Die drehte sich um, und Enno glaubte zu erkennen, wie ihr Mund ein sprachloses »Henri?« formte, als sich zwei Beamte des Landeskriminalamtes vor sie warfen und der Fotograf an ihnen abprallte wie ein Ball an einer Tenniswand.

Ein paar Blutergüsse in Henri Bleyers Gesicht erinnerten an die Szene, die nun knapp anderthalb Stunden her war. Enno hatte ihm ein Kühlkissen bringen lassen, das sich der junge Mann an die Stirn hielt, die offensichtlich besonders wehtat. Sein rechtes Auge war angeschwollen, die Oberlippe aufgeplatzt.

»Sie sind der Bruder von Tessa Bleyer?« Enno konnte sich nicht erinnern, ein Verhör jemals mit einer Frage begonnen zu haben, die auf den ersten Blick so wenig mit den zu klärenden Fällen zu tun hatte wie diese. Entsprechend erstaunt sah Henri Bleyer, der in Wahrheit Helmut hieß, ihn an.

»Was hat das …?«, fragte er.

»Das wissen Sie genau«, unterbrach Enno ihn. Es war ein Versuch, und es war ein Versuch mit Folgen. Henri Bleyer bäumte sich auf, wie ein Häftling in Ketten, der diese sprengen will, bevor er in sich zusammensackte und anfing zu weinen.

»Sie war … sie ist … Tessa! Mara … ich musste sie beschützen, sie durfte nicht noch mal …« Henri schluchzte.

»Ich verstehe«, sagte Enno, obwohl das gelogen war. Aber er war hier auch nicht derjenige, der die Wahrheit sagen musste.

»Meine Schwester … Tessa, sie hat sich das Leben genommen. Weil ich«, Henri schniefte so stark, dass Enno ihm ein Taschentuch reichte, und dann noch eins, »weil ich nicht auf sie aufgepasst habe. Ich … habe«, er schnäuzte sich geräuschvoll, »sie auf dem Gewissen.«

Enno schob eine komplette Packung mit Taschentüchern über den Tisch.

»Mara …«, stammelte Henri Bleyer weiter, »Mara ist … wie sie. Genau wie sie. Wie eine Wiedergeburt, meine Schwester, zurück auf der Welt, zurück bei mir.«

Enno befürchtete, dass der Rechtsanwalt, der dem jungen Mann, diesem dreifachen Mörder, zustand, ein psychologisches Gutachten anfertigen lassen würde, das seinen Mandanten mindestens entlasten würde. Die Chancen standen nicht schlecht. Fehlte nur noch, dass er etwas von Stimmen sagte, die ihm befohlen hätten …

»Es … es war etwas ihn mir, das gesagt hat: Versau es nicht wieder, Helmut, das ist deine letzte Chance, die allerletzte.« Bleyer hatte sich gesammelt, er sah Enno mit seinen geröteten Augen direkt ins Gesicht: »Ich musste es tun, verstehen Sie, ich musste es tun.« Er holte tief Luft. »Haben Sie Geschwister?«

Enno wusste nicht, warum er sich darauf einließ, aber er nickte, obwohl es nicht an dem Verdächtigen war, ihm Fragen zu stellen. Er musste an seinen kleinen Bruder denken, der von einem Mitschüler auf dem Gymnasium so lange gemobbt und verprügelt worden war, bis die Lehrer eines Tages in dessen Rucksack Kokain fanden. In einer gar nicht so geringen Menge. Das Arschloch war hochkant von der Schule geflogen, wohin sein Bruder anschließend gern wieder gegangen war, ohne Magenschmerzen am Morgen, ohne Tränen am Abend. Enno war damals schon in der Polizeiausbildung gewesen, hatte aber noch zu Hause bei den Eltern gewohnt. Das mit dem Kokain ging einfacher, als er gedacht hatte.

In der nächsten Dreiviertelstunde musste er nicht viel tun, Bleyer erzählte alles, als sei er sich keiner Schuld bewusst. Am Ende hatte Enno nur eine Frage: »Warum sind Sie auf Mara zugestürmt, als Sie mich beim Marsch der Million entdeckt haben? Wollten Sie …«

»… ihr etwas antun? Ich? Mara, also Tessa?« Bleyer lachte, und es klang so verzweifelt wie linkisch. »Von wegen! Ich wollte sie umarmen und nie wieder loslassen, nie wieder! Und ich wollte ihr sagen, dass ich ihr Bruder bin. Ihr großer Bruder, der immer auf sie aufpasst.«

50

Sie hatten beschlossen, das Treffen der *Vier Flaschen* am Sonntagabend nachzuholen. Normalerweise war die Alster-Lounge geschlossen, aber was war in diesen Tagen schon normal? Niklas hatte darauf bestanden, dass die Freunde noch einmal zusammenkamen, weil man die teuren Weine, die er geöffnet hatte, viel später nicht mehr guten Gewissens würde trinken können. Nur den alkoholfreien Sekt hatte er von der Liste gestrichen – heute wollten sie richtig anstoßen.

Nachdem Niklas erfahren hatte, dass Clemens aus dem Krankenhaus getürmt war, hatte er ihn angerufen und sich beim Marsch der Million mit ihm und Julius hinter der Bühne getroffen, auf der Udo Lindenberg gerade das Abschlusskonzert gab. Lukas konnte nicht dabei sein, weil er schon an der nächsten großen Geschichte saß, die die Fridays-for-Future-Fälle endgültig aufklären sollte.

Udo hatte Mara und Greta auf die Bühne geholt, gemeinsam hatten sie »Wozu sind Kriege da?« gesungen, und Udo hatte erzählt, dass ihn Mara an eine alte Freundin erinnere, an die große, leider viel zu früh verstorbene Tessa Bleyer, eine Aktivistin der allerersten Stunde, die er sehr geschätzt und geliebt habe und die er vermisse, »was denn sonst«. Dann hatte Udo »Ich lieb' dich überhaupt nicht mehr« angestimmt, und Niklas legte den Arm um Clemens, als er sah, dass seinem Freund die Tränen in den Augen standen. Anschließend waren sie gemeinsam in den Refrain eingefallen:

»Ich lieb' dich überhaupt nicht mehr
das ist aus, vorbei und lange her.
Endlich geht's mir wieder gut
und ich hab' jede Menge Mut
Und ich steh' da richtig drüber.«

Niklas musste daran denken, dass er den Text und die Musik für den Rest des Tages nicht aus dem Kopf bekommen hatte, und er fragte sich, wie es Clemens gegangen war.

Dass dessen Welt wieder halbwegs in Ordnung war, zeigte sich, als Clemens als Erster eintraf und darauf bestand, schon mal einen Sauvignon blanc zu trinken.

»Alles, was du willst, mein Freund, wenn du mir versprichst, dass ich dich nie wieder in einer Lage sehen muss wie da in dieser Wohnung«, sagte Niklas.

»Das wäre auch in meinem Interesse«, antwortete Clemens und grinste.

Julius und Lukas trafen fast gleichzeitig in der Alster-Lounge ein, vielleicht hatte auch der eine auf den anderen gewartet, damit Niklas nicht zweimal zur Tür gehen musste, die sonntags immer abgeschlossen war. Jetzt hatten sie alle den Sauvignon blanc aus der Steiermark in den Gläsern, und schwenkten ihn hin und her.

»Wird das jetzt zu einer Tradition?«, fragte Niklas.

»Was?«, fragten die anderen zurück.

»Das wir jedes Mal hier zusammensitzen, wenn Lukas wieder eine Verbrechensserie aufgeklärt hat?« Niklas prostete den anderen zu: »Aufs Leben, Jungs!«

Der Spruch hatte auf jeden Fall Tradition, und er hatte selten so gut gepasst wie heute.

»Danke, Leute.« Clemens Stimme war ungewohnt tief und ernst. »Ihr habt mir wahrscheinlich das Leben gerettet.«

»Du übertreibst«, sagte Julius, bevor er einen Schluck nahm. »Gar nicht mal schlecht für einen Sauvignon blanc.«

»Tut mir leid, dass ich euch solche Umstände gemacht habe«, sagte Clemens.

»Du warst halt verliebt.« Niklas schenkte allen Wein nach. »Da kommt man manchmal in schwierige Situationen, aus denen einem gute Freunde heraushelfen müssen. So, und jetzt genug mit den Gefühlsduseleien. Ich will aus erster Quelle wissen, wie Lukas den Fall gelöst hat. Erzähl!«

»Wenn ich ehrlich bin, hat mich schon wieder Finchen auf die richtige Spur gebracht, und wenn ich noch ehrlicher sein soll, müsst ihr euch jetzt eine ziemlich lange Geschichte anhören.« Lukas hielt Niklas sein Glas hin, und der fing an, den zweiten Sauvignon blanc, den von Philipp Wittmann, auszuschenken.

Er erzählte von dem Tag vor der Scheune, in der Anna gefangen gewesen war, wie der Dackel abgehauen war und er bei der Suche ein kleines Stoff-F gefunden hatte. Eben das F, das von der Jacke von Henri Bleyer stammte und am Ende als wichtiger Beweis dafür diente, dass der Fotograf von Fridays for Future am Tatort gewesen war. Lukas berichtete von dem Gespräch mit Udo, der ihn auf die Ähnlichkeit von Mara Altmeier und Tessa Bleyer aufmerksam gemacht hatte, und wie er im entscheidenden Moment eins und eins zusammengezählt hatte. Henri Bleyer hieß zwar nicht Henri, sondern Helmut, aber er war tatsächlich der Bruder der prominenten Frauenrechtlerin gewesen. »Er hat in Mara seine Schwester wiedererkannt, als wäre sie deren Reinkarnation, es muss ihn wie ein Schlag getroffen haben«, sagte Lukas.

»Tessa Bleyer hat sich vor ein paar Jahren das Leben genommen«, warf Julius ein.

»Du weißt gut Bescheid, aber das ist nur ein Teil der Geschichte, und nicht der entscheidende. Sie hat sich ein halbes Jahr nach einem schrecklichen Verbrechen umgebracht, mit dem sie offensichtlich nicht leben konnte: Sie ist nachts in einem Wald von einer Gruppe junger Männer vergewaltigt worden, die ihr bewusst aufgelauert hatten, weil sie ihr Engagement für Frauen und deren Rechte verachteten.« Lukas machte eine Pause. »Es muss furchtbar gewesen sein, und es hat sowohl das Leben von Tessa als auch das von ihrem Bruder zerstört.«

»Puh«, sagte Niklas. Die zweite Flasche Wein war leer.

»Henri hatte aus seiner Sicht eine Schuld auf sich geladen, die er nie wiedergutmachen konnte. Eigentlich war er an dem Abend, an dem Tessa vergewaltigt wurde, mit seiner Schwester verabredet gewesen, sie wollten essen gehen. Aber dann hat Henri kurzfristig abgesagt, weil er sich lieber mit seiner neuen Freundin treffen wollte. Ihr könnt euch vorstellen, was er sich seitdem für Vorwürfe gemacht hat.«

»Bis er dann Mara das erste Mal begegnet ist.« Julius' Worte waren halb Frage, halb Feststellung.

»Die Begegnung mit Mara und ihre Ähnlichkeit mit Tessa änderten alles, für Henri war es, als hätte ihm das Leben eine zweite Chance geschenkt. Und die wollte er auf keinen Fall vermasseln.« Lukas trank erst einen Schluck Wein, dann Wasser, sein Mund war vom vielen Reden trocken geworden. »Das wurde auch Clemens zum Verhängnis. Henris Wohnung war im Übrigen das reinste Mara-Museum. Die Wände waren mit unzähligen Fotos tapeziert, die er in den vergangenen Monaten von ihr gemacht hatte. An der Decke hing ein Bild von Maras zigfach vergrößerten Augen. Insgesamt haben sie fast 2500 ausgedruckte Fotos gefunden, die heute zum Teil Mara übergeben worden sind. Sie soll entscheiden, was damit geschieht.«

»Mara weiß Bescheid?«, fragte Clemens, und für einen Moment schien sich seine Stimmung wieder zu trüben.

»Enno von Spoercken hat es ihr erzählt, auch die Geschichte mit Tessa Bleyer, sie wollte angeblich alles erfahren«, antwortete Lukas.

»Typisch Mara.« Clemens schluckte so laut, dass es die anderen hörten.

»Wisst ihr, was die Beamten auch in der Wohnung gefunden haben?«, fragte Lukas.

Niklas schüttelte den Kopf, was auch daran lag, dass er die große Abschlussgeschichte von Lukas über den Fall in den *Hamburg News* noch nicht gelesen hatte.

»Sie haben einen Hausausweis für das Kaufhaus in der Mönckebergstraße gefunden, in dem die Leiche des Typen gelegen hat, der Mara überfallen hatte«, sagte Lukas. »Unser Helmut hat hin und wieder für die Modekette, die das Kaufhaus betreibt, Fotos gemacht, er konnte dort also ein- und ausgehen.«

»Ziemlich gute Beweise«, sagte Julius.

»Dazu kam die Täterbeschreibung, die Mara unter Hypnose gegeben hat ...«

»Unter Hypnose?«, fragte Clemens.

»Ist eine noch längere Geschichte, die erzähle ich euch beim nächsten Mal«, sagte Lukas. »Und so kam Puzzleteil zu Puzzleteil ...«

»... und dann das Geständnis dieses Herrn Bleyer«, ergänzte Julius, der als Bürgermeister als einer der Ersten über die Ergebnisse des Verhörs informiert worden war.

»Er hat wirklich alles zugegeben?«, fragte Niklas.

»Ja«, Lukas übernahm wieder. »Gregor Vögele hat er von der Dachterrasse der Tanzenden Türme geschubst, weil er ihn als Bedrohung für Mara wahrnahm. Der Herr Dombrowski ist ihm in die Quere gekommen, als er sich Zugang zur Scheune verschaffen wollte …«

»Kurze Zwischenfrage.« Man sah Niklas an, dass er etwas brauchte, um die ganzen Informationen zu verarbeiten. »Ich habe verstanden, dass dieser Henri Mara beschützen wollte – aber was hatte er mit dieser Anna zu tun?«

»Gute Frage.« Julius schaute erwartungsvoll zu Lukas.

»Ein Zufall oder Missverständnis, ganz, wie man es sieht. Henri hatte in der Jacke von Mara einen GPS-Sender versteckt, um sie ständig orten zu können«, sagte Lukas. »Und Anna hat an dem Abend, an dem sie zu dem Termin mit diesem Frank in die Tanzenden Türme gegangen ist, ihre Jacke mit der von Mara verwechselt …«

»… und Henri hat sie dann dank dem GPS-Sender an einem Ort gefunden, wo sie nicht hingehörte.« Niklas kniff die Augen zusammen, weil er sich so konzentrieren musste, um das alles zu verstehen.

»Also dachte er, dass Mara in der Scheune gefangen ist und nicht Anna«, sagte Lukas.

»Das habe ich nicht gewusst.« Julius sah in die Runde. »Soll ich dann noch schnell den Rest erzählen?«

Die anderen nickten.

»Henri hat Mario Greve von hinten mit einem seiner größten Objektive erschlagen, als der Mara überfallen hat, und dann die Leiche entsorgt. Den Stalker hat er vor die S-Bahn geschubst, und Clemens …«

Lukas, Niklas und Julius sahen wie auf Kommando zu ihrem Freund, der sein gut gefülltes Glas in einem Zug leerte. Er wollte von alldem nichts mehr hören. »Das ist«, sagte er knapp, »aus, vorbei und lange her.«

51

Das Erste, was sie sah, waren Augen. Riesige braune Augen. Ihre Augen. Mara starrte auf das Bild, das über ihr an der Decke hing, und das Bild starrte zurück. Es fiel ihr schwer, sich von dem Blick zu lösen, es war, als würde er fragen: Was machst du hier?

»Was mache ich hier?«, murmelte Mara und rappelte sich auf. Sie lag auf einer Matratze, in einem Raum, der ansonsten leer war. Sie hatte keine Ahnung, wie sie hierhergekommen war. Ihre Sneaker standen direkt neben der Matratze, ihre Socken mit der Aufschrift »Es gibt keinen Planet B« steckten darin. Sonst war sie vollständig angezogen, wenigstens das. Sie hatte unter einem weißen Leinentuch geschlafen. Wie lange? Auch das wusste sie nicht.

Es war so still in dem Raum, dass Mara ihre Frage laut wiederholte, als hoffte sie, von jemandem eine Antwort zu bekommen. »Was mache ich hier?« Langsam stand sie auf, zog ein Haarband aus der Hosentasche und machte sich einen Zopf. Erst dann sah sie es. Die Wände waren tapeziert mit Fotografien von ihr, Ganzkörperaufnahmen, einige fast lebensgroß, daneben Details, ihr Kopf, ihr Rücken, ihr Oberkörper, ihre Augen. Wohin sie sich auch wendete, Mara sah überall sich selbst: bei einer Demonstration vor dem Brandenburger Tor, im Gespräch mit dem französischen Präsidenten, festgekettet vor einem Kohlekraftwerk, in einer Talkshow, im Bikini am Meer. Es war, als wäre sie in ihr eigenes Fotoalbum gefallen, als wäre ihr Instagram-Kanal zu einer begehbaren Ausstellung geworden.

Mara hätte schreien können, und genau das tat sie auch. »Was! Mache! Ich! Hier!«, brüllte sie, stürzte sich wütend und verzweifelt auf das überdimensionierte Bikini-Bild und riss es mit solcher Wucht von der Wand, dass sie sich an einer scharfen Kante die Hand aufschlitzte. Blut tropfte direkt auf den fotografierten Bauchnabel, der die Attacke unbeschadet überstanden hatte. Doch Mara bemerkte die Verletzung nicht, sie starrte nur auf die Balkontür, die sie wie durch ein Wunder freigelegt hatte, zog sie auf und trat hinaus. Jetzt wusste sie, wo sie war. Vor einer Woche hatte sie genau hier oben mit Clemens gestanden und die Elbe entlanggeblickt, auf der ein Schaufelraddampfer dem Sonnenuntergang entgegen fuhr. Ein Tourist winkte in ihre Richtung, und Mara winkte instinktiv zurück.

Sie musste Clemens anrufen und den Mann vom Landeskriminalamt, der für ihre Sicherheit zuständig war, oder am besten gleich diesen Kripochef, den mit der Hypnose. Und … Wo war ihr Handy? Mara klopfte ihre Hosentasche ab, spürte eine EC-Karte, sonst nichts. Sie ging zurück ins Haus, riss das Betttuch ab, schaute unter die Matratze. Doch da war nicht einmal Staub. Das Parkett sah aus wie frisch verlegt, so wie sie es in Erinnerung hatte, seit Clemens ihr die Wohnung in der HafenCity gezeigt hatte.

Hatte er sie hierhergebracht? Und wenn ja, warum? Sie musste hier raus, so schnell wie möglich.

An der Wohnungstür hing eine Tasche, die aussah wie … Es war ihre. Wo die Tasche war, musste ihr Handy sein. Sie griff hinein, holte das Telefon heraus und wollte es einschalten, als sie Schritte in ihrem Rücken hörte. Mara traute sich nicht, sich umzudrehen. Sie griff zur Klinke und wollte die

Tür aufziehen, als hinter ihr eine Stimme sagte: »Du musst keine Angst haben.«

Aber genau die hatte Mara Altmeier in diesem Moment wie noch nie in ihrem Leben.

»Mara, du musst keine Angst haben.« Linus rüttelte an ihrer Schulter. »Wach auf, du bist in Sicherheit, du hast nur schlecht geträumt.« Er strich ihr die Haare zurück, die wirr und verschwitzt in ihr Gesicht hingen.

Mara atmete tief durch, bevor sie erst das rechte und dann das linke Auge öffnete. Die Zimmerdecke über ihr war weiß, das einzige Bild, das an der Wand hing, war eines, das Linus beim Surfen zeigte. Sie war nicht in Hamburg, sie war in Berlin, und der Albtraum war zu Ende.

»Küss mich«, sagte sie.

DANKE

Es kommt mir vor, als wäre es erst ein paar Monate her, dass der erste Teil der Lukas-Hammerstein-Reihe auf den Markt gekommen ist. Und das Verrückte: Es *ist* tatsächlich erst ein paar Monate her. Seit *Einer muss den Job ja machen* erschienen ist, habe ich mich sehr über die vielen freundlichen Kritiken und Rückmeldungen gefreut – und noch mehr über den Wunsch des Verlags, schon ein halbes Jahr später nachzulegen. Das ist ein Rhythmus, an den man sich gewöhnen kann …

Ich kann den lieben Menschen von Hoffmann und Campe gar nicht genug danken, Verleger Tim Jung genauso wie meiner Lektorin Sophia Jungmann, Lisa Bluhm, Carola Brandt und all den anderen, die Lukas Hammerstein, Finchen und Co. anscheinend genauso mögen wie ich. Ich freue mich sehr, dass ihr euch so über neue Geschichten freut. Ich danke Luisa Neubauer, die mich mit einigen Geschichten aus dem wahren Leben erst auf die Idee zu diesem Krimi gebracht hat, und wie jedes Mal danke ich Olaf Scholz, der mich zu einer der Figuren inspiriert hat, ich sage aber nicht, zu welcher. Mein Freund Udo Lindenberg weiß, wie sehr ich ihn und seine Bereitschaft schätze, nicht nur in den Büchern persönlich aufzutauchen, sondern ihnen auch die Titel seiner Songs zu leihen.

Der größte Dank soll aber an die Familie gehen, an die Eltern wie an die Schwiegereltern mit ihrem verrückten Dackel (Finchen gibt es wirklich!), an meine Frau und meine Söhne, die sich alle irgendwie auch in den Büchern wiederfinden ... Hab euch lieb!

ZITATNACHWEIS

Das Zitat auf S. 10 stammt aus dem Song »Cello« von Udo Lindenberg. Text: Udo Lindenberg.

Das Zitat auf S. 297 stammt aus dem Song »Das Leben« von Udo Lindenberg. Text: Udo Lindenberg, Tobias Roeger.

Die Zitate auf den Seiten 336 und 340 sowie das dem Roman vorangestellte Motto stammen aus dem Song »Ich lieb' dich überhaupt nicht mehr« von Udo Lindenberg. Text: Udo Lindenberg.

Lars Haider
Einer muss den Job ja machen
Hammersteins erster Fall
384 Seiten, Paperback
ISBN 978-3-455-01630-7
Hoffmann und Campe

Ein Reporter (urlaubsreif), ein Dackel (durchgeknallt) und Udo Lindenberg (tiefenentspannt): Willkommen in der Welt von Lukas Hammerstein

Hamburg 2017: Die Elbphilharmonie ist eröffnet, die Rolling Stones spielen im Stadtpark, beim G20-Treffen brennt das Schanzenviertel – und Lukas Hammerstein kann nicht mehr. Der Reporter hat das ganze Jahr durchgearbeitet und freut sich auf sein Sabbatical. Wenn nur Dackeldame Finchen nicht wäre, die Lukas aufgenommen hat, ohne zu wissen, dass der Hund einen kleinen Dachschaden hat … Und es kommt noch schlimmer: Ein Journalist wird ermordet, ein weiterer Toter folgt bald, die Polizei ist ratlos. Lukas bleibt keine Wahl, er nimmt die Fährte auf, denn: »Einer muss den Job ja machen« – wie es in einem Song seines guten Freundes Udo heißt.

»Mein Kommissar Weller ist Fan von Hammerstein!
Er wäre gerne wie er.« Klaus-Peter Wolf